Christian Scherl

Steirischer Funkenflug

Der erste Fall für Heinz Pöls

Von Christian Scherl bisher erschienen:
Waldviertler Todesrausch (978-3-99074-049-1)
Tödlicher Donautrip (978-3-99074-090-3)

Christian Scherl kam am 13. Dezember 1971 in Bruck an der Mur zur Welt. Er wuchs in der Obersteiermark auf, ehe ihn das Studium der Publizistik und Theaterwissenschaft nach Wien lockte. Seit dem Jahr 2000 ist er als freier Journalist tätig und arbeitet(e) für unterschiedliche Printmedien, u. a. beim »Wirtschaftsblatt« und der Tageszeitung »Die Presse« sowie über zehn Jahre als Sportressortleiter bei der Lifestylezeitschrift »Wellness Magazin«. Er lebt mit seiner Freundin und seinem Sohn in Wien.

Christian Scherl

Steirischer Funkenflug

Der erste Fall für Heinz Pöls

federfrei
www.federfrei.at

Sowohl die im Buch vorkommenden Personen als auch die Handlungen sind frei erfunden. Namen und Ähnlichkeiten mit Personen oder tatsächlichen Handlungen sind zufällig und nicht gewollt.

1. Auflage
Marchtrenk, 2021
www.federfrei.at

Umschlagabbildung:
© st1909 - Adobe Stock
Lektorat: F. Burgstaller
Satz und Layout: Verlag federfrei
Printed in EU

ISBN 978-3-99074-163-4

Prolog

Die junge Dunkelhaarige ist eine von vielen Frauen in einer langen Menschenschlange. Alle tragen Kopftücher. Blick gesenkt. Schweigend.

»Keinen direkten Augenkontakt! Keine Fragen! Kein Mucksen! Nicht auffallen! So schaffst du es ins Paradies«, hat ihr die Assistenzärztin im Diabeteszentrum zugeflüstert. »Gib acht vor den falschen Polizisten, die dir einreden wollen, mit ihnen mitzukommen, weil sie dich schneller in den Westen bringen wollen. Es gibt schreckliche Menschen da draußen.«

Die Sonne knallt gnadenlos vom Himmel. 40 Grad Celsius im Schatten. Der Staub von der Straße verklebt die Lunge. Am Ende der Schlange stehen Männer in Uniformen und brüllen. Ab und an wagt die junge Frau einen Blick nach vorne. Sie erkennt eine Reihe Lieferwagen hinter einem hohen Maschendrahtzaun. Militärisches Gebrüll und Motorenlärm liegen in der Luft. Ein Helikopter zieht wenige Meter über den Köpfen der Menschentraube hinweg. Manche Frauen erschrecken so stark, dass sie auf die Knie stürzen und wimmern. Auch das kleine Mädchen unmittelbar vor der Dunkelhaarigen. Sofort streckt sie der Kleinen die Hand entgegen und hilft ihr aus dem Dreck. Das Mädchen bibbert am ganzen Körper. Sie hat wahrscheinlich schon Ewigkeiten nichts mehr gegessen und getrunken. Auch für die Dunkelhaarige liegt der letzte Tropfen Wasser weit zurück. Aber in ihrer Hosentasche steckt noch ein Traubenzucker. Sie bricht ihn in der Mitte und gibt eine Hälfte ab.

Die Distanz zum Maschendrahtzaun schwindet. Dieselgestank foltert den Geruchssinn.

Die Menschen werden unterschiedlichen Lieferwagen zugewiesen. Das schwächliche Mädchen packt die Hand der Dunkelhaarigen, kurz bevor sie an die Reihe kommt. Sie dürfte nicht einmal zehn Jahre alt sein.

»No! No!«, sagt der Uniformierte, dem der Helm bis zu den Augen reicht. Grob pflückt er das Kind aus der Hand und schubst das Mädchen Richtung blauen Lieferwagen.

»Sie gehört zu mir.«

Aber der Mann scheint von etwas anderem abgelenkt. Er zieht ihr das Dekolleté nach unten und blickt auf ihren Hals. Ein fieses Lächeln auf seinem Gesicht. In einer flotten Bewegung rupft er ihr das Halskettchen vom Nacken.

»Die habe ich eben erst bekommen«, sagt die Dunkelhaarige empört.

»Ich weiß, aber das ist kein Geschenk, sondern dein Fahrschein.«

Er nimmt ihr auch den Rucksack ab.

»Das brauche ich unbedingt bei mir«, protestiert sie, im nächsten Moment wird sie von fremden Händen unsanft zu einem weißen Wagen gestoßen. Sie versucht noch einen Blick von dem kleinen Mädchen zu erhaschen. Aber da ist zu viel Staub, zu viel Hektik. Irgendwer drückt ihren Kopf nach unten, damit sie nicht am Heck des Wagens rasiert. Dann sitzt sie gepfercht neben Dutzend stummen Frauen auf der fensterlosen Ladefläche. Ein schwitzender Mann überprüft jede Frau einzeln auf Waffen und Schmuck. Bei der Dunkelhaarigen ertastet er zuerst die kleine Teflonkanüle am Bauch, dann den Schlauch, der ihn zur Insulinpumpe führt. Er starrt sie an wie ein Autobus.

»Diabetes«, faucht sie ihn an. »Deshalb brauche ich auch meinen Rucksack.«

Aber der Mann lässt einfach von ihr ab und tastet die nächste Mitfahrende ab. Als das erledigt ist, knallen die Hecktüren zu. Die holprige Fahrt beginnt. Benzingestank und Angstschweiß in der Nase. Stundenlang ohne Fahrtunterbrechung, ohne Nahrung, ohne Wasser. In der Hitze des Transporters fällt es Leyla schwer, Schlaf zu finden, obwohl sie hundemüde und schwindelig ist. Manche Frauen suchen im stillen Gesang Beruhigung, andere in Gebeten. Der Großteil fügt sich stoisch dem Schicksal.

»Du blinkst rot«, bricht die Sitznachbarin das Schweigen.

Die Blutzuckerwerte spielen verrückt und die Insulinpumpe schlägt Alarm. Zittrig greift die junge Frau in die Hosentasche und legt sich das letzte Stück Traubenzucker auf die Zunge. Das wird nicht lange reichen. Sie spürt, wie ihr Blick verschwimmt. Bald ist sie wie in Trance, hört nur noch das Donnern des Motors, bevor sie das Bewusstsein verliert.

Kapitel I

Verbrannte Leich' am Sonntag

1. Bushra: Was knistert da so schön?

Das Rauschen der Sulm ist kaum zu unterscheiden vom Rascheln der Laubblätter entlang des kleinen Mur-Nebenflusses. Bushra lässt die Augen geschlossen. Ihre Hände am warmen Bauch über den Nabel gefaltet. Entspannt auf der Luftmatratze. Sie spürt die Sonne auf ihren Augenlidern. Für einen Moment glaubt sie sich in ihrer alten Heimat in Hazmieh, einem Vorort von Beirut. Aber dann dringt dieses bellende Steirisch an ihr Ohr und sie ist schlagartig wieder in der Realität. Die Südsteiermark ist ihr neues Zuhause, ob sie will oder nicht. Deutschland wäre ihr Ziel gewesen. Österreich ist es geworden. Sie öffnet die Augen, sucht vertraute Gesichter. Aber niemand ist da. Alle weg.

»Sara? Baschar?«

Sie sitzt völlig allein mit ihrer Luftmatratze auf der schmalen Sandbank. Wo sind all die anderen Badegäste?

Mit einem Mal fröstelt es sie. Sie fasst ins Leere, als sie nach dem Frottee-Handtuch greifen möchte. Der Wind wird stärker. Hektisch blickt sie sich um.

Kein Grund zur Aufregung, redet sie sich ein, aber sie weiß, dass Gefahr lauert. Sie wagt es kaum, sich die Umgebung näher anzusehen. Wie von fremder Macht befohlen, muss sie hinblicken - zu der Bucht, zu dem Felsen, an dem sie die reglosen Körper sieht. Die sonnen dort nicht, die sind tot. Das spürt sie und sie weiß auch, dass es ihre beiden Freunde sind.

Aus dem Wald am Ufer starren zwei eiskalte Augen zu ihr herüber. Wie ein hungriger Wolf.

Wusste sie es doch!

Bushra rutscht von der Gummimatratze. Der Sand schluckt ihre Füße. Nach jedem Schritt sinkt sie ein Stück weiter ein. So kommt sie kaum voran. Ihr Verfolger hat leichtes Spiel. Der Jäger in ihrem Nacken holt auf.

Ihr versagen die Kräfte. Sie stürzt auf die Knie. Ein Schatten überrollt sie und mit einem Mal inhaliert sie diesen bestialischen Gestank. Als käme der Teufel direkt aus der Hölle.

Mit einem Schrei bäumt sie sich auf und blickt in Saras Gesicht. Keine Sulm, kein Sand, keine Bäume, kein Wind, kein Wolf. Nur ihr steriles Zimmer. Ihr Herz rast immer noch.

»Bushra!« Sara ist ernst.

»Hoch mit dir, es brennt!«

»Alles nur geträumt?«

»Hörst du nicht? Feuer! Das Haus brennt. Wir müssen raus. Jetzt! Sofort!«

Am Arm wird sie aus dem Bett gezogen. Von einem Alptraum in den nächsten. Nimmt das denn nie ein Ende?

»Beeil dich.«

Sara wirft ihr ein Shirt entgegen. Wie gerädert tastet sich Bushra in ihre Halbschuhe. Ihre Zimmerkollegin ist schon vorausgeeilt.

»Warte auf mich.«

Am langen Flur nebelt es, als hätte jemand einen Topf am glühenden Herd vergessen. Bushra sieht noch, wie Sara in den Rauchschwaden verschwindet. Der Qualm kommt aus dem Nebenzimmer - Mahmouds Kammer.

»Sara, wo bist du?«

Bushra taucht selbst in den dichten Rauch ein. Sofort tränen ihre Augen. Sie muss sich die Hände vors Gesicht schlagen. Schemenhaft erkennt sie Sara vor Mahmouds Tür. Mit einem Mal schlagen ihr giftige Flammen entgegen.

»Sara!«

Ihre Freundin ist verschwunden. Bushra verliert die Orientierung. Ihre Hände rudern so lange herum, bis sie die Mauer ertastet. Eine Hand packt sie am Unterarm. Es ist Sara, die Bushra wortlos aus dem Dampf zerrt.

»Wo ist der verdammte Feuerlöscher!«, faucht sie.

»Keine Ahnung.«

»Wir müssen löschen! Sofort löschen!«

Dann ist Sara wieder verschwunden. Aus den anderen Kammern quillen immer mehr geschockte Gesichter auf den langen Flur. Männer und Frauen. Alle strömen zum Treppenhaus. Aus der Masse sieht Bushra Sara mit Feuerlöscher in den Händen auf das brennende Zimmer zustürmen.

»Sieh zu, dass du aus dem Gebäude kommst. So schnell wie möglich«, ruft sie Bushra zu.

»Und du?«

»Ich komme gleich nach.« Dann taucht Sara ins brennende Zimmer ein. Bushra wird von den anderen Bewohnern zum Treppenhaus mitgerissen und über die Treppen nach unten gespült. Rund um sie herrscht Panik. Der Qualm juckt in der Nase, auch wenn er ferner rückt. Und leise im Hintergrund: Schreie - Saras Schreie.

2. Heinz Pöls: Heinz, Hans, Herwig und Hannes

»Hör auf zum Hawan, du bist dran!«

Es genügt, wenn er fünf Minuten sitzt. Immer, wenn sich Heinz Pöls danach aus der sitzenden in die aufrechte Position begibt, könnte er losheulen wie beim Zahnarzt, so gewaltig ist der Stich, der ihm wie ein Schwert in die Lendenwirbelsäule fährt.

Er jodelt theatralisch. Vor seinen Kumpels ist ihm das nicht peinlich. Schmerzen sind männlich! Verdammt männlich!

»Mein Kreuz. Das bringt mich noch um.«

»Noch immer? Ich hab geglaubt, du bist jetzt in besten Händen, bei deiner neuen Physio-Maus.«

»Einmal in der Woche ist eindeutig zu wenig. Ich bräuchte ihre magischen Hände täglich.«

Stöhnend greift Pöls sich eine der alten Kunststoffkugeln.

Einmal im Monat trifft sich der Inspektor mit seinen Kumpels Hans Pürstler, Herwig Planninger und Hannes Pfeffer zum Männerabend. Eine gepflegte Freundschaft aus der Zeit im BORG Monsberggasse in Graz. Seither nennen sie sich gerne den »HP Club«. An den gemeinsamen Abenden steht nicht immer dasselbe auf dem Programm: Je nach Lust und Laune entscheidet sich das Quartett für Billard, Padel-Tennis, Minigolf, Kegeln oder einfach gemütlich beisammensitzen, einen über den Durst trinken und über Gott und die Welt philosophieren. Auch der Treffpunkt des HP Clubs variiert. Diesmal fiel die Wahl auf das Gasthaus Stoikowitz in Leibnitz. Weil der Hans sich ganz in der Nähe niedergelassen hat und, und das ist fast noch wichtiger, weil der Stoikowitz über das beste Backhendl mit Erdäpfelsalat und Kernöldressing, einer feschen Wirtin und eine der ältesten Doppelkegelbahnen der Steiermark verfügt. Das Alter merkt man ihr an - also der Kegelbahn, nicht der Wirtin. Die automatische Anzeige ist außer Betrieb. Einzig die Trefferanzeige funktioniert und für umgefallene Kegel flackern ganz am Ende der Kegelbahn rote Punkte auf.

»Gut zuschauen, ich zeige euch, wo der Bartl den Most holt.«

Pöls schreitet auf die Anlauffläche. Die Kegeln stehen rund 30 Meter im Spot bereit.

»Worauf wartest, Heinzelmann?«

Hans, Herwig und Hannes - das sind die einzigen drei Menschen auf diesem Planeten, die diesen Namen ungestraft aussprechen dürfen.

Pöls holt mit dem Wurfarm aus, trippelt so gut es sein schmerzendes Kreuz zulässt nach vorne. Nur nicht die Grenzlinie überschreiten, sonst ist der Wurf ungültig. Da sind die Hawara gnadenlos.

»Gut Holz!«, murmelt Pöls zu sich selbst.

Die Kugel donnert auf den Kunststoffboden. Sie rollt und rollt und rollt. Alles gut, solange sie nicht in die Fehlwurfrinne plumpst. Das würde mit hämischem Gelächter quittiert werden. Der Klang umfallender Kegel ist Musik in seinen Ohren. Kein perfekter Wurf, aber über den Kegeln glimmen der Reihe nach rote Glühbirnen auf.

Zufrieden schreitet Pöls zur Kinderschultafel. Die hat der Wirt freundlicherweise zur Verfügung gestellt, damit die Männerrunde ihre Trefferzahlen auch ohne elektronische Anzeigetafel übersichtlich präsentieren kann.

Pöls kritzelt einen Sechser in die Tabelle unter seinen Vornamen und stemmt sein Bier.

»Der alte Schummler. Wenn du dem nicht auf die Finger schaust, hintergeht er dich.«

Hans schüttelt den Kopf, verschmiert mit der Handkante den Sechser und überschreibt eine Fünf. Die anderen kichern. Pöls schielt über den Rand des Bierglases zur Anzeigetafel und zählt heimlich für sich die roten Lichter: Eins, zwei, drei, vier fünf, … ist da nicht noch ein sechster Punkt?

Seine Augen spielen ihm in letzter Zeit häufiger einen Streich. Die Lichtpunkte verschwimmen ineinander. Je länger Pöls auf die Anzeigetafel blickt, desto weniger erkennt er einzelne Spots. Ihm ist, als sehe er eine leuchtende Endlosschleife. Das verschreckt ihn so sehr, dass er das Klagen seiner Freunde beinahe überhört.

»Und ich frage mich die ganze Zeit, wie kann's sein, dass der Heinzelmann einen Stuß nach dem anderen zusammenscheibt und trotzdem immer um den Sieg mitmischt. Jetzt ist mir alles klar. Wenn du dauernd ein, zwei Bonuspunkterl dazu schreibst, bleibst du im Oberwasser.«

Herwig verpasst Pöls einen Ellbogenspitz in die Seite.

»Da hab ich mich halt verzählt. Soll in den besten Familien einmal vorkommen.«

»Komischerweise verzählst du dich immer zu deinen Gunsten.«

Ein anderer aus der Runde gibt sich schockiert: »Ich habe mich darauf blind verlassen, dass man einem Schanti vertrauen kann. Da sieht man einmal, wie blauäugig ich war.«

»Heinzelmann ist und bleibt unser Schummelkönig. Beim Backgammon verdoppelt er auch gerne mal die Würfelpunkte.«

Auch da macht er es nicht absichtlich. Aber Pöls genießt lieber seinen Ruf als Schummler, als zuzugeben, dass es mit seiner Sehkraft rapide bergab geht. Blind sein ist unmännlich. Verdammt unmännlich! Er reibt sich die Augen und schnippt nach dem Wirt.

»Ich brauch noch ein Bier. Dringend!«

Der Wirt kommt an die illustre Runde heran.

»Wollt's ihr wirklich noch was trinken? Ich habe gerade gehört, dass es drüben beim Flüchtlingsheim brennt.«

Hans ist sofort Feuer und Flamme. »Jö, das schauen wir uns an.«

»Mich geht das nix an. Ich will noch ein Bier. Oder noch besser, ein Schnapserl.«

»Aber ich bitte Sie, Herr Inspektor. Dürfen Sie sich dem überhaupt entziehen?«

»Bin nicht im Dienst. Außerdem geht mich eure Gegend

nichts an. Ich bin für den Grazer Raum zuständig.«

»Ein Katzensprung.«

»Grenze ist Grenze. Ich will da meinen Kollegen nicht reinpfuschen.«

»Heinzelmann, geh bitte, gemma schauen wie's brennt. Mit deinen grottenschlechten Würfen reißt du heute sowieso nichts mehr.«

Pöls verdreht die Augen. Vielleicht ist es wirklich besser, sich den Brand einmal näher anzusehen.

»Es war nur eine Frage der Zeit, bis dieses Flüchtlingsheim brennt«, sagt Hans, der sich als Lokalmatador aufspielt und genau wissen möchte, wie sich die Gemeinde vor ein paar Jahren über die Pläne brüskierte, den einst so beliebten Kaninchenwirt zu einer Herberge für Asylanten umzuwidmen.

»Die Rechnung geht auf Schummelkönig Heinzelmann«, plärrt einer der Kumpels. »Denn, es ist eisernes Gesetz: Wer beim Schummeln erwischt wird, zahlt.«

3. Heinz Pöls: Gemma schaun wia's brennt

Mit dem Auto benötigt die Männerrunde vom Stoikowitz bis zum Flüchtlingsheim am Seggauberg keine zehn Minuten. Selbst als Nicht-Einheimischer in der Leibnitzer Region braucht der Inspektor kein Navigationsgerät. Ja, einerseits, weil der Hans am Beifahrersitz ohnehin in einer Tour keppelt und bei jeder Kreuzung hysterisch plärrt, wenn Pöls auch nur ansatzweise auf eine falsche Spur abzubiegen droht, aber bald auch wegen der Blaulichter der Einsatzfahrzeuge, die allesamt dasselbe Ziel haben. Der Nachthimmel funkelt dunkelblau über den beschaulichen Hügeln von Frauenberg und Seggauberg. Bloß Feuersbrunst ist keine große auszumachen.

»Das ist hoffentlich kein Fehlalarm, sonst hamma unsere Runde völlig umsonst abgebrochen und ich war auf der Siegerstraße.«

»Träum weiter, Hannes. Da vorne ist es schon. Das Flüchtlingshaus.«

»Eigentlich eine Schande, dass die diesen schönen Bau für ein Flüchtlingslager missbrauchen.«

»Ob Touristen aus Deutschland und Italien oder Gäste aus Syrien da drinnen wohnen, ist auch schon egal«, sagt Hans.

Der Wagen stoppt. Ganz bis zum Haus schafft man es nicht. Da versperren zu viele Einsatzfahrzeuge den Weg. Sowohl Feuerwehr als auch Polizei.

Das Flüchtlingsheim ist das höchstgelegene Gebäude auf einer Anhöhe. Ein etwas verwortackelter Vierkanthof - das ehemalige Gasthaus Kaninchenwirt. Die Fenster im Erdgeschoss sind vergittert, jene im ersten Stock nicht.

Die Freunde vom Pöls sind fast ein wenig enttäuscht. Von außen ist vom Feuer so gut wie nichts zu sehen. Aus einem Fenster im ersten Stock raucht es ein bisserl. Jedoch auch nicht spektakulär.

»Von einem brennenden Asylantenheim hätte ich mir mehr erwartet.«

Hans stemmt seine Fäuste in die Hüfte.

»Mehr was?«, fragt Pöls.

»Ich weiß auch nicht. Mehr Feuer halt. Da gab es dreimal so viel Remmidemmi, als mir gestern das Staubsaugerkabel durchgebrannt ist.«

»Seit wann übernimmst du daheim das Staubsaugen?«

»Ich wollte bloß etwas ausprobieren und das ist schief gegangen.«

»Ich will's gar nicht wissen.«

Die Feuerwehr hat den Brand unter Kontrolle gebracht.

»Da hätte es ein einziger Feuerlöscher auch getan.« Auch Hannes ist enttäuscht.

»Ich sage dir, da hätte ein Kübel gereicht«, korrigiert Herwig und wendet sich kopfschüttelnd ab. »Und dafür haben wir unseren wertvollen Kegelabend geopfert. Fahren wir wieder zurück.«

»Ja, war eine Schnapsidee. Wir hätten auf den Heinzelmann hören sollen.«

Pöls dreht sich seiner Männerrunde zu.

»Leute, wo wir schon da sind, da muss ich mir das etwas genauer ansehen.«

»Spinnst? Ich krieg' von meiner Alten mit viel Betteln und Flehen einmal im Monat Ausgang.«

»Ihr könnt's gerne zurückfahren, aber ich bleibe hier.«

»Heinzelmann, wir sind mit dir mitgefahren. Unsere Rostschüsseln stehen vorm Stoikowitz.«

»Irgendwer von hier wird euch schon mitnehmen.«

Pöls deutet auf die umliegenden Feuerwehrfahrzeuge. Die meisten von ihnen packen bereits ein und machen sich wieder startklar.

»Aber dort drüben stehen deine Kollegen. Die kümmern sich schon um diesen Fall.«

Hans zeigt auf zwei Polizisten, die beim Eingang des Flüchtlingsheims stehen.

»Diese Dorfpolizisten sind ohne mich aufgeschmissen.«

»Das hätten wir uns denken können. Wenn unser Columbo Lunte riecht, ist er nicht mehr aufzuhalten.«

Hans klopft dem Inspektor auf die Schulter.

»Vielleicht komme ich nach.«

»Du bist noch nie nachgekommen, wenn du in einem Fall verstrickt warst. Heinzelmann, ich weiß, warum du dich drückst. Weil du heute gegen uns chancenlos bist.«

»Von wegen, ich gönne euch nur einen kleinen Vorsprung, damit ihr nicht so frustriert seid. Schaut's, dass übt's, denn beim nächsten Mal gebe ich von Anfang an Vollgas.«

»Na gut«, gibt Hannes auf. »Dann sehen wir uns wohl erst übermorgen zum Kernöl-Shopping.«

»Mal sehen«, murmelt Pöls, bewusst nicht zu laut, um keine Diskussion über Vereinbarungen und Versprechungen anzuzetteln. Kernöl-Shopping ist im Grunde der Überbegriff für ratzfatz einen Karton Kernölflaschen in den Kofferraum zu hieven und dann stundenlang in Gastgärten abzuhängen - und Pöls hat irgendwie so den leisen Verdacht, dass er in Zeitnot geraten könnte. »Ich ruf dich an, Heinzelmann.«

»Mach das.«

Pöls sieht seinen Hawara hinterher, wartet, bis sie alle auf dem Rückweg sind, erst dann bückt er sich schwerfällig und hebt auf, worauf er getreten ist: der abgebrochene Teil eines Silberanhängers. Er stellt ein Möbiusband dar, eine liegende Acht, das Symbol für Unendlichkeit und sieht verdammt so aus wie die durch Pöls Fehlsichtigkeit hervorgerufene Illusion auf der Anzeigetafel der Kegelbahn. Das kann kein Zufall sein. Pöls ist keiner, der an Visionen glaubt, aber an die Fügung des Schicksals. Er streicht den Schmutz von dem kleinen Anhänger. Wirklich sauber wird das Ding nicht. So klein und doch so starke Abschürfungen. Vom Verschluss ist nur noch ein Glied vorhanden. Auf der Verschlussschiene ist etwas eingraviert - viel zu klein für die Augen des Inspektors. Unauffällig steckt er den Anhänger in die Hosentasche und marschiert auf die beiden Dorfpolizisten zu - ein kleiner Dicker und ein großer Schlanker. Da hat ein Vorgesetzter bei der Teamzusammensetzung seiner kreativen Ader wohl freien Lauf gelassen.

»Griaß di!«, sagt der große Schlanke. Der Dicke schweigt.

»Was ist passiert?«

»Wer bist‘n du?«, fragt der Dicke.

»Geh, Helmi, das ist der Inspektor Pöls aus Graz.«

Pöls ist überrascht, dass ihn der große Schlanke kennt, denn umgekehrt könnte er nicht behaupten, den Kollegen schon jemals gesehen zu haben.

»Brennt hat‘s.«

»So viel habe ich mitbekommen. Wisst ihr schon ob Brandstiftung oder Unfall?«

»Das wirst früh genug erfahren, wenn wir unseren Polizeibericht geschrieben haben.« Der Dicke bellt wie der ärgste Bauer. Ganz so, wie man sich die jungen Männer vom Land südlich des Grazer Speckgürtels vorstellt. Aber da muss Pöls an seine Seminarbesuche in Wien denken. Dort gilt ER als »steirischer Wastl«, wegen seines Dialekts, dabei empfindet Pöls, dass ihm feinstes Deutsch über die Lippen flutscht. Alles eine Frage der Perspektive. Für Grazer »böllt« man erst ab Deutschlandsberg. Hinterm Semmering sehen das die Menschen naturgemäß anders.

»Gibt‘s Verletzte?«

»Drehst dich halt um, dann siehts es.« Der Dicke deutet zum Krankenwagen. Den hat Pöls zuvor nicht wahrgenommen, weil ein Feuerwehrauto, das mittlerweile längst ausgeschert hat, den Blick verstellt hatte.

»Ich sag‘s noch einmal. Könnt‘s ihr Grazer morgen alles im Polizeibericht lesen.«

Genervt dreht der Dicke ab, verschwindet im Haus. Jetzt steht nur noch der große Schlanke da - und der schaut alles andere als zwida drein. Selbst im Überbringen trauriger Nachrichten schwingt eine gewisse Fröhlichkeit bei dem Kerl mit.

»Eine schwerverletzte Person hamma zu beklagen. Sieht kritisch aus. Sehr starke Verbrennungen. Äußerst fraglich, ob die Person das übersteht.«

Soeben donnern die Hecktüren des Krankenwagens zu und mit Sirenengeheul geht's dahin.

Dadurch wird der Blick auf einen weiteren Rettungswagen frei. Durch das hell erleuchtete Milchglas erkennt Pöls die Silhouetten von Sanitätern und Verletzten.

Der aufmerksame Schlanke kann die Gedanken des Inspektors offenbar lesen und klärt ungefragt auf: »Nach ersten Erkenntnissen hat eine Person schwere Verletzungen erlitten und zwei Heimbewohnerinnen leichte Verbrennungen und Rauchgasvergiftungen, als sie wohl versucht haben, das Feuer zu löschen. Sicherheitshalber bringen wir diese Personen ins LKH Wagna. Sonst aber, wie gesagt, keine körperlich Verletzten. Bei vielen Bewohnern sitzt jedoch der Schock tief. Eventuell werden wir einen Psychologen brauchen.«

»Ich weiß, dass ich noch nicht offiziell beauftragt wurde, aber ich würde mir gerne einen Blick vom Tatort verschaffen, jetzt, wo ich schon da bin. Glaubst du, dass dein Kollege etwas dagegen hat?«

»Der Helmi bellt nur, beißt aber nicht. Komm mit, Inspektor, ich zeig dir den Weg.«

Der Schlanke geht vor. Im Eingangsbereich des Flüchtlingsheims herrscht eine Aufregung wie in einem Hühnerstall. Jede Menge Polizisten haben alle Hände voll zu tun, um die Daten der Heimbewohner aufzunehmen. Und Pöls staunt nicht schlecht, als sich der Schlanke nun wie ein Eisbrecher durch die Menschenmenge pflügt. Er folgt ihm im Windschatten.

Der Kollege führt den Inspektor in den ersten Stock. Hier ist der Brand deutlich zu riechen. Während der vordere Bereich völlig schadenfrei geblieben scheint, zeigt sich im hinteren Trakt ein kleiner Abschnitt verwüstet. Rund um eine Tür verfärbte das Feuer die Mauer schwarz. Der Polizist duckt sich unter den Türbogen hindurch. Pöls folgt und vor ihm erstreckt sich ein ausgebrannter Raum. Der Gestank ist immens. Ein winziges Zimmer, maximal zehn Quadratmeter. Drei weitere Kollegen sind mit der Spurensicherung beschäftigt. Mit Pöls und dem großen Schlanken wird es im Raum recht eng.

Das Bett gleicht einer überdimensionalen verbrannten Toastbrotscheibe. Überall klebt Schaum von den Löschgeräten. Die gesamte Wand dahinter ist verkohlt, auch der Boden weist starke Beschädigungen auf.

Ein Spurensicherer nickt Pöls freundlich zu. »Der Grazer Kollege, sieh an, das ging aber flott. Mit einem von euch hätte ich ehrlich gesagt nicht gerechnet.«

»War zufällig in der Gegend.«

»Mir soll's recht sein. Muss ich den ganzen Kram nur einmal erklären. Erste Spuren deuten auf einen Brandanschlag hin. Ein Wurfgeschoss wurde mit großer Wahrscheinlichkeit hier beim Fenster hereingeworfen, explodierte dort drüben an der Wand und fiel dann aufs Bett, wo es das Opfer im Schlaf überraschte.«

Pöls blickt zum Fenster. Es hat doppelflügelige Balken. Zersplittertes Glas. »Ist es der einzige Raum, der beschädigt wurde?«

»Ja, das Feuer konnte vorm Übergreifen in andere Räume gestoppt werden«, sagt der Spurensicherer. »Was einem Wunder gleicht, weil, die automatische Sprinkleranlage ist defekt. Nicht mehr als Deko.«

Pöls lässt seinen Blick kreisen. Im Zimmer liegen grüne Scherben des Geschosses am ganzen Boden verteilt.

»Molotow-Cocktail?«

»Mit ziemlicher Sicherheit, ja. Klassiker halt.«

Grüne Scherben auch am Fenstersims und am Fußboden.

Plötzlich fuchtelt der Spurensicherer mit seiner kleinen Kamera.

»So, jetzt muss ich euch alle einen Moment raus bitten, sonst habe ich keinen Platz, um Fotos zu machen.«

»Kein Problem, ich muss ohnehin mit dem Heimleiter sprechen«, sagt der große Schlanke, als wäre er derjenige, mit dem der Spusi-Kollege reden würde. Pöls schnappt nach der Schulter des Schlanken. »Jetzt, wo wir wissen, dass es ein Brandanschlag war, geht das quasi in meinen Aufgabenbereich über. Brandanschlag mit versuchter Tötung. ICH werde also mit dem Heimleiter reden.«

»Gerne, Pöls, wenn ich ein bisserl über die Schulter schauen dürfte, wäre ich sehr verbunden.«

Pöls weiß nicht, was ihn stärker irritiert: Dass der Kollege nicht eingeschnappt reagiert oder, dass er eine Art »Schüler« am Fuß hat.

»Ehrlich gesagt, ermittle ich gerne solo. Aber du kannst mir helfen, indem du die ganzen Zeugenaussagen einholst.«

»Gerne!«

Pöls glaubt zu träumen. Ein Kollege, der nicht widerspricht. Oder ist er schon so benebelt vom HP-Club-Treffen, dass er den Zynismus dahinter nicht versteht? Pöls legt gleich ein Schäuferl nach, um seine Theorien zu überprüfen.

»Und dann kannst du mir eine Liste mit allen Heimbewohnern organisieren, aus der auch hervorgeht, woher die ganze Bande kommt und wer Deutsch spricht und wer nicht.«

»Geht in Ordnung, Pöls.«

»Jetzt musst du mir aber noch deinen werten Namen verraten, Kollege.«

»Bruno Stangl. Kannst Bobo zu mir sagen, wie alle.«

»Ok, Bobo, dann bring mich zum Heimleiter.«

»Wenn er inzwischen endlich da ist. Der wohnt nämlich nicht im Heim und hat vom Brand nichts mitbekommen. Wir haben ihn vor einer knappen Viertelstunde herbestellt.«

Bobo geleitet Pöls hinunter ins Erdgeschoss. Für die Büroräumlichkeiten gibt es einen eigenen Trakt. Sehr rustikal gehalten. Wahrscheinlich die Original-Wirtshaus-Verkleidung. Ein Relikt aus besseren Zeiten. Das verleiht dem Büro gleich einen gemütlichen Touch.

Den Heimleiter erkennt Pöls auch ohne Bobos Hilfe. Der Mann ist heiß begehrt. Eine ganze Horde bildet sich um ihn und löchert ihn mit Fragen. Der Mann könnte Fernsehmoderator sein. Er hat eine angenehme, sympathische Ausstrahlung, einen gepflegten Scheitel und sich für seinen nächtlichen Auftritt nochmals in Schale geworfen. Hat dem Herrn keiner gesagt, dass es hier um einen Brand und keine Modeschau geht?

»Herr Schneeberger«, ruft Bobo.

Jetzt kennt Pöls wenigstens den Namen des Heimleiters, aber das Gespräch würde er schon gerne selbst leiten. Er packt Bobo an der Schulter und hält ihn zurück. »Den Rest mach ich schon. Du kannst dich den anderen Aufgaben widmen.«

Pöls kämpft sich durch die Asylanten-Traube. »Schneeberger, mein Name ist Inspektor Heinz Pöls. Ich hätte ein paar Fragen an dich. Können wir in dein Büro gehen?«

4. Heinz Pöls: Hiobsbotschaft

Es dauert trotzdem noch 15 Minuten, bis der feine Herr Heimleiter die aufgeregten Bewohner vom Leib kriegt und bis sie ihn in sein Büro entlassen.

Pöls war so frei und hat es sich im voluminösen Vintage-Ledersessel bequem gemacht. So ein Teil würde man eher im Chefbüro eines Börsenhaies erwarten und nicht in einem Flüchtlingsheim. Das restliche Mobiliar ist zurückhaltender, aber auch keine Diskonterware.

»Sie müssen entschuldigen, meine Schäfchen sind ganz aufgebracht. Das ist der erste Zwischenfall dieser Art in unserem schönen Heim.«

»Es ist auch mein erster Fall südlich von Graz.«

»Herr Inspektor, darf ich Ihnen etwas anbieten?« Schneeberger stellt sich an eine Wohnzimmerbar, öffnet einen Schrank und der Blick auf ein beachtliches Repertoire edelster Destillate wird frei. Bestrahlt wie Popstars von einer Lichterkette, die sich durch die ganze Bar spannt. Pöls kann sich ein anerkennendes Pfeifen nicht zurückhalten.

»Damit kannst du glatt einen eigenen Nightclub aufmachen.«

»Wegen dem Licht?«

»Wegen den Spirituosen!«

»Das sind allesamt Mitbringsel unserer Gäste.«

Der Heimleiter hebt demonstrativ eine wunderschöne Flasche hervor. »Hier zum Beispiel: das ist ein persischer Vodka. Einfach köstlich.«

»Offiziell bin ich gar nicht im Dienst, also her damit.«

»Verstehe. Fleißaufgabe. Sie opfern Ihre Freizeit. Das ist nobel von Ihnen, Herr Inspektor.« Pöls erhält seine Kostprobe, taucht die Zungenspitze ein, dann kippt er den Rest. »Kleiner Nachschlag gefällig?«

»Gerne.«

»Wie Sie sehen, wir haben genug davon. Der Vorteil bei vorwiegend muslimischen Publikum ist, dass wenig Alkohol konsumiert wird. Darf's noch einer sein?«

»Wir dürfen nicht aus dem Auge verlieren, weswegen wir hier sind. Brand in Zimmer Nummer 19. Wer bewohnt diesen Raum?«

»Zimmer Nummer 19? Mahmoud. Mahmoud Ramadan.«

»Also nehme ich an, dass es sich bei der verletzten Person um Mahmoud Ramadan handelt.«

»Nein.«

»Nein?«

»Mahmoud ist aktuell in Spielfeld. Er besucht dort einen speziellen Deutschkurs. Der endet in diesen Minuten.«

»Gibt es noch einen anderen Mitbewohner auf Zimmer 19?«

»Nein, er haust alleine. Aber mir wurde von meinen Schäfchen vorgetragen, dass der Verletzte Baschar ist. Baschar Afrin, aus Zimmer 7.«

»Was tat der auf Zimmer 19?«

»Das kann ich mir leider auch nicht erklären.«

»Sind Mahmoud und Baschar befreundet?«

»Das wäre mir neu. Die beiden haben völlig andere Freundeskreise. Ich weiß nicht, was Baschar dort getan hat. Ich hoffe, er wird es uns bald persönlich sagen können.«

»Was könnte die beiden Männer verbinden?«

»Das weiß ich nicht. In diesem Haus haben wir vorrangig Flüchtlinge aus Syrien, Iran und Libanon. Die bleiben für gewöhnlich jeweils unter sich. Mahmoud ist Libanese, Baschar Syrer. Auch vom Alter her bewegen sie sich in unterschiedlichen Sphären: Baschar ist 20, Mahmoud 28. Das sind Welten. Mir wäre nicht bekannt, die beiden jemals miteinander gesehen zu haben.«

Es klopft an der Tür und der unfreiwillige neue Kollege von Pöls blickt herein.

»Ich soll von der Spurensicherung mitteilen, dass du wieder zum Tatort darfst, Pöls.«

»Gut, dann begleitet mich der Heimleiter bitte zu Zimmer Nummer 19.«

»Selbstverständlich.«

Das Kreuz meldet sich wieder äußerst unangenehm, als sich Pöls zu erheben versucht.

»Inspektor, alles gut?«

»Ja, ja, geht schon, aber dieser Sessel ist verdammt tief. Nichts für eine alte Krücke wie mich.«

Pöls massiert sich die Hüfte, während er Schneeberger aus dem Büro folgt. Kaum ist der Heimleiter wieder unter seinen Schäfchen, macht sich die übliche Aufregung breit. Wie auf einem türkischen Bazar. Doch diesmal scheint etwas anderes Objekt der Begierde zu sein, die Asylanten drängen nicht zu ihrem Heimvater, sondern bilden eine Art Spalier. Ein dunkelhäutiger Bursche schlurft behäbig wie der Papst auf den Heimleiter zu.

»Mahmoud«, begrüßt Schneeberger den Fremden.

»Was, Mahmoud aus Zimmer 19?«

Pöls drängt sich sofort vor und betrachtet den Mann, der ohne weiteres einem Modekatalog entsprungen sein könnte. Wäre da nicht das zerkratzte Gesicht und das zerknitterte Hemd, das wohl einst blütenweiß war, jetzt eher wirkt, als hätte sich der Mann durch einen Acker gewälzt. Durch den Stoff ist ein trainierter Oberkörper zu erahnen. Pöls fragt sich, wie viele Mädchen diese glühenden Augen schon verführt haben. Wie zum Beweis fällt eine Frau mit Kopftuch vor ihm auf die Knie und berührt seine Handgelenke.

»Mahmoud kommt direkt aus der Gruft!«

In gewisser Weise hat die Frau recht - trotz seines dunklen Hautteints macht er einen käsigen Eindruck. Er schüttelt sie ab wie lästiges Fallobst, hat nur Augen für den Heimleiter.

»Olda Voda, wos härn meine Lauscha, bei mia im Zimma hot‘s braint?« (Was hören meine Ohren, in meinem Zimmer hat es gebrannt?)

Ärgstes Stoasteirisch, wie man es aus so einem Gesicht niemals vermuten würde. Pöls ist baff! Hat er sich verhört?

»Ja, Mahmoud. Es ist schrecklich.«

»Wia kau des ebba gschein?« (Wie kann das passieren?)

Pöls schimpft sich zwar einen waschechten Steirer, hat aber

Probleme, das Gebell von Mahmoud zu verstehen. Der junge Mann ist nun derjenige, der vorauseilt, humpelt von Stufe zu Stufe und wird schneller. Pöls und Schneeberger haben das Nachsehen.

»Bürschchen, das Zimmer darfst du momentan nicht betreten«, ruft ihm Pöls hinterher und hofft, den Mann etwas zu bremsen - zwecklos, Mahmoud ist schon eine Staubwolke. Bis Pöls und Schneeberger im Flur sind, steht der Libanese längst vor seiner Zimmertür und diskutiert mit Bobo und Helmi, die ihm den Zutritt verwehren.

Mahmoud fährt sich mit den Händen durch die Haare und flucht in seiner Landessprache. Pöls und Schneeberger kommen an ihn heran.

»Herr Inspektor, darf ich Sie bitten, dass ich es ihm erkläre?«

»Nur zu.«

Der Heimleiter umarmt seinen Schützling wie einen Sohn.

»Mahmoud, die Polizei wird das klären. Wir müssen kooperativ sein. Dann ist der Schrecken bald vorbei.«

»Und wo sui i hiaz knoatzn?« (Und wo soll ich jetzt schlafen?)

»Wir finden einen Notschlafplatz für dich.«

Als sich die Blicke von Pöls und Mahmoud treffen, nutzt der Inspektor das umgehend, um seine Fragen loszuwerden.

»Wir müssen davon ausgehen, dass der Brand bewusst in deinem Zimmer gelegt wurde. Hast du Feinde?«

»Wos wül'n ea vo mia?« (Was will er von mir?)

»Wie ist dein Verhältnis zu Baschar?«

»Wiasou dain dais?« (Wieso denn das?)

»Ja, der hielt sich während des Feuers in deinem Zimmer auf.«

»Wo isan? I frog eam völli söba!« (Wo ist er? Ich frage ihn gleich selbst.)

Der Inspektor hat wahrlich Probleme, Mahmoud für voll zu

nehmen. Keine Frage, er redet wie ein Stoasteirer, trotzdem klingt es aus seinem Mund so falsch, übertrieben und manche Wörter völlig deplatziert.

»Ist gerade ungünstig, er erlitt schwere Verletzungen und ist im Spital.«

»Wous? Dais gaibt's jau naid. I muass zu eam.« (Was? Das gibt es nicht. Ich muss zu ihm.)

»Geht nicht. Hab doch gesagt, dass er im Krankenhaus ist. Irgendeine Ahnung, was er von dir gewollt haben könnte?«

»I wäu zu eam. Augenblickli!« (Ich will zu ihm. Sofort!)

Pöls blickt den Heimleiter an und kann sich eine Bemerkung nicht verkneifen. »Der macht sich rührend Sorgen um jemanden, mit dem er angeblich nicht wirklich viel zu tun hat.«

»Mahmoud ist unser Kümmerer.«

»Wea fiat mia zu eam?«, (Wer bringt mich zu Baschar?) fragt Mahmoud in die Runde.

»Eines nach dem Andern. Du bleibst erst mal hier. Meine Kollegen nehmen die Daten auf. Du kommst schon noch rechtzeitig zu Baschar. Willst du mir endlich sagen, was er bei dir im Zimmer gesucht haben könnte?«

»Olda, wouher sul i dais wissen?« (Woher soll ich das wissen?)

Im Flur keimt Unruhe auf. Ein junger Mann mit langen schwarzen Haaren kämpft sich durch die Meute. Ein Schnurlostelefon wie ein magisches Schwert in die Höhe gestreckt. Einem Boten gleich fliegt er heran.

»Dad, es ist das Krankenhaus.«

Schneeberger nimmt ihm das Telefon ab. »Ja, hallo, hier spricht Rudi Schneeberger. Wie geht es Baschar?«

Gespannt rücken immer mehr Heimbewohner näher, bilden ein Oval um ihren Leiter, der aufmerksam lauscht. Keiner wagt es, einen Mucks von sich zu geben.

»Verstehe, ich verstehe«, wiederholt Schneeberger in einer Tour.

»Vielen Dank, dass Sie mich umgehend informiert haben.«

Er lässt den Arm sinken und sucht Halt an der Wand. Sein Blick schweift durch die Runde, vorbei an Pöls und bleibt an Mahmoud hängen.

»Baschar ist im Krankenhaus soeben seinen Verletzungen erlegen.«

Betroffenes Schweigen. Dann keimt ein Wimmern auf, wird stärker, schlägt sich einem Lauffeuer gleich bis ans Ende des Flurs. Heimbewohner fallen sich in die Arme und dann lassen die meisten ihren Tränen freien Lauf. Mahmoud ist der erste, der flüchtet und zum Treppenhaus humpelt. Die Blicke vom Inspektor und Bobo treffen sich. Der neue Kollege versteht blind und jagt dem Libanesen hinterher.

Der dicke Polizeikollege steckt sich dagegen lediglich lässig einen Kaugummi in die Backe. »Jetzt ist's offiziell dein Fall. Ich schreibe den Polizeibericht. Dann ist Feierabend.«

Der Heimleiter hat erneut die ehrenvolle Aufgabe, seine »Schäfchen« zu beruhigen. Pöls kann das nicht länger mitansehen und entschließt sich, Mahmoud aufzusuchen. Er findet ihn mit Bobo vor dem Heim. Der Libanese hat rote Augen.

»Das hat dich offenbar richtig mitgenommen.«

Mahmoud schenkt ihm nur einen strengen Blick.

»Bist du trotzdem bereit für ein kurzes Gespräch?«, fragt Pöls und deutet zur Tür.

5. Heinz Pöls: Das falsche Opfer

Mahmoud hat sich den Platz im Ledersessel geschnappt. Bobo konnte Pöls anderweitig beschäftigen, aber den Heimleiter kriegt er nicht von seiner Seite, der möchte bei dem Gespräch unbedingt dabei sein.

»Kann das Verhör nicht bis morgen warten, bis sich die Gemüter etwas beruhigt haben?«

»Es ist kein Verhör und jetzt bin ich schon mal da, da möchte ich mir erste Eindrücke nicht entgehen lassen. Ihr habt euch hier in diesem Heim alle furchtbar lieb.«

»Wir sind wie eine große, große Familie.«

Pöls beobachtet Mahmoud. Er sitzt relativ teilnahmslos im Sessel und kratzt sich den Dreck unter den Fingernägeln hervor.

»Eben noch so traurig, jetzt so cool, wie passt das zusammen?«

»Olda, i bin unträstli. Den Baschar hots daklatscht. In meina Boudn. Des reißt mia her ois wia.« (Natürlich bin ich untröstlich. Baschar ist gestorben. In meinem Zimmer. Das nimmt mich sehr her.)

»Was war denn Baschar für ein Mensch?«

»A faina Zeckl, dou gaibt's goa naix. Grea hinta dai Lauscha, owa a klassa Buasch.« (Ein feiner Kerl. Noch grün hinter den Ohren, aber ein feiner Kerl.)

»Wie konnte er so einfach in dein Zimmer marschieren?«

Jetzt mischt sich der Heimleiter ein.

»Alle Zimmertüren im Heim müssen unversperrt bleiben. Sehr zur Kritik vieler meiner Schäfchen, die sich in ihrer Privatsphäre eingeschränkt fühlen. Es ist eben doch ein Flüchtlingsheim und wir haben hier gelegentlich zahlreiche traumatisierte Gäste, die wir nicht unbeobachtet lassen dürfen.«

Pöls nimmt seinen Blick nicht von Mahmoud.

»Hattest du eine Verabredung mit Baschar?«

»Sicha naid. Sunst hätt i des eana gsougt.« (Sicher nicht. Sonst hätte ich Ihnen das berichtet.)

»Irgendeine Ahnung, was er von dir gewollt haben könnte?«

»Na und hiaz käinna ma eam deis a neama frougn.« (Nein und jetzt können wir ihn das auch nicht mehr fragen.)

»Wann hast du Baschar das letzte Mal gesehen?«

»Hait Vurmitto.«(Heute Vormittag.)

»Wie kommst du zum Training?«

»Mai Malefitzkerl hult mia ou. Spaitastans uma holbi saichsi.« (Mein Trainer holt mich ab. Spätestens um halb sechs.)

»Wie lange dauert der Kurs?«

»Von dreiviertel sechs bis Viertel nach neun«, wirft der Heimleiter ein.

»Ein wahrlich intensives Sprachtraining.«

»Souwiasou, owa sunst braingts jou vöulli naix.« (So ist es, aber sonst bringt das Training nichts.)

»Ich muss sagen, ich habe noch nie einen Migranten getroffen, der sich annähernd so steirisch anhört. Als hättest du es mit der Muttermilch aufgesogen.«

»Dais verdaunk i daim Malefitzkerl.« (Das verdanke ich dem Trainer.)

»Kriecht ihr bei eurem Training im Wald herum, oder warum ist dein Gesicht voller Striemen?«

»I bain gaistan schreams durchn Wold g'hatscht und hob ani Astln vaseign.« (Ich bin gestern quer durch den Wald spaziert und habe dabei ein paar Äste übersehen.)

»Wieso humpelst du so?«

»Wia i dais Feial gsaign haub, hots mit gstraht!« (Als ich das Feuer sah, bin ich gestürzt.)

Pöls blickt dem jungen Mann tief in die Augen. So ganz kauft er Mahmoud den »Stoasteirer« nicht ab.

»Nach so einem Training bist du bestimmt rechtschaffen müde. Wir finden in den kommenden Tagen garantiert noch Gelegenheit, uns ausführlicher zu unterhalten. Gute Nacht.«

Pöls deutet zur Tür. Mahmoud lässt sich nicht zweimal bitten und verlässt umgehend das Büro.

»Ich lasse dir bei den Iranern ein Klappbett aufstellen«, ruft ihm der Heimleiter hinterher, ehe er sich vertrauensvoll an den Inspektor wendet.

»Der Junge steht unter Schock.«

»Bellt er deshalb so?«

»Nein, aber er ist so anders als sonst. Gedämpft, schlichtweg schockiert.«

»Ich lasse dir für die restliche Nacht zwei Polizeikollegen vors Haus stellen. Zur Sicherheit. Wir müssen davon ausgehen, dass der Brandanschlag nur der Anfang einer Serie war und, dass der Angriff nicht Baschar, sondern Mahmoud gegolten haben könnte.«

»Ich wünsche mir so sehr, dass sich dieser Brand als Unfall herausstellt.«

»Diese Hoffnung will ich dir nicht rauben, aber mach dich lieber auf das Gegenteil gefasst. Morgen bin ich klüger. Morgen können wir weitere Schritte besprechen.«

Kapitel II

Der offizielle Auftrag am Montag

6. Heinz Pöls: Einstieg in eine lange Arbeitswoche

»Leise rieselt der Schnee, still und starr ruht der See!«

Weihnachten ist noch fern, aber Inspektor Heinz Pöls trällert, wenn er konzentriert ist, gerne Adventlieder, ganz egal welche Jahreszeit am Kalender gerade aufscheint. Er sitzt in Unterwäsche am Bettrand und schmiert sich seine geschwollenen Füße ein. Jeweils große und kleine Zehe schauen aus, als hätten sie Bekanntschaft mit einer Walze gemacht.

Die Mutter schwört auf die hausgemachte Creme aus Ringelblume, Salbei und geheimen Essenzen.

»Nutzt's nix, schad's nix«, rezitiert Pöls seine Mutter und trägt die Creme fingerdick auf. Bei der Verschwendung würde ihm seine Mutter allerdings die Wadln anständig nach vorne richten. Das weiß Pöls auch und muss schmunzeln. Im Nebenraum erklingen die Originalen Oberkrainer am Smartphone des Inspektors, und verkünden voller Inbrunst einen eingehenden Anruf. Pöls geht auf Fersen in die Küche, um die kostbare Creme nicht im Teppich zu verteilen. Zum zweiten Mal macht das Telefon am Küchentisch auf sich aufmerksam, umzingelt von leeren Bierflaschen.

»Guten Morgen, Pöls. Hier ist der Bobo. Hast du gut geschlafen?«

»Bobo, was gibt's?«

»Es warad wegen der Leich! Aus dem Flüchtlingsheim. Sie wurde an die Rechtsmedizin übergeben. Hast du Lust, mich zu begleiten?«

»Dich zu begleiten?«

»In die Rechtsmedizin, zur Leiche eben.«

»Das ist ohnehin mein Toter.«

»Offiziell noch nicht. Deshalb bin ich auch schon aufm Weg nach Graz. Treffen wir uns bei der Leich?«

Der Kollege legt ein Tempo vor. Es behagt Pöls nicht, sich stressen zu lassen.

Erstmal braucht er einen starken Kaffee. Er lehnt sich mit der dampfenden Tasse an sein Balkongeländer und genießt den Blick auf den Schlossberg. Als er hierhergezogen ist, vor fünfzehn Jahren, war Lend ein verrufener Bezirk und seine kleine Garçonnière so günstig wie anderswo ein Kellerloch. Mittlerweile ist Lend hipp und begehrt bei Jungfamilien, seine Wohnung jedoch nach wie vor ein Preisknüller. Blöd wäre er, die Garçonnière aufzugeben. Solange sie ihm den Blick auf den Schlossberg nicht verbauen. Dann wäre nämlich Schluss mit lustig. Das ließe sich der Inspektor nicht bieten. Rundherum schießen wie wahnsinnig die mehrgeschossigen Wohn- und Bürobunker aus dem Boden.

Der Kollege wird wahrscheinlich schon in Puntigam sein, aber bis der sich quer durch die Stadt bis zur Rechtsmedizin gekämpft hat, ist Pöls auch schon dort - vermutet er zumindest. Der Inspektor kennt die Schleichwegerl, die ihn staufrei ans Ziel bringen.

Das Kaffeehäferl landet im Abwasch neben zig anderen Tassen. Mehr als einmal in der Woche kann er sich nicht aufraffen, abzuwaschen. Genauso wenig wie den Müll rauszubringen. Zumindest das Leergut könnte er mal wegbringen. Im Schneckentempo sammelt Pöls die leeren Bierflaschen in ein Plastiksackerl. Er füllt sich seinen Flachmann, schraubt zu, zögert, öffnet nochmals ganz flink und gönnt sich einen klitzekleinen Schluck. Dann legt er im Badezimmer die hässliche Brille ab und seine Dienstuniform an. Dabei streift er ständig an Säcken von Hundefutter, die sein winziges Bad nochmals deutlich schmäler machen.

Jetzt aber schnell, damit der Dorfpolizist nicht doch noch früher am Treffpunkt ist als Pöls.

7. Heinz Pöls: Mit leeren Magen zum Seziertisch

Pöls hat es vermasselt - der Kollege winkt ihm schon am Parkplatz entgegen, mit guter Laune auf den Wangen. Geschwind gönnt sich Pöls einen Schluck aus dem Flachmann, bevor die Ampel auf Grün springt und er abbiegt.

Bobo reißt dem Inspektor die Fahrertür auf, da hat Pöls noch nicht einmal die Handbremse angezogen.

»Guten Morgen, Pöls, ich kann's kaum erwarten. Es ist so aufregend, mit dir gemeinsam zu ermitteln.«

»So eine gute Laune? Du weißt schon, dass wir uns eine verbrannte Leiche ansehen.«

»Ich bin gewappnet. Ich halte den Gestank nicht aus.« Bobo wedelt mit seinen Händen, damit sein Eau de Toilette schneller in die Nase des Inspektors vordringt.

»Ich glaub, mir wird's eher von der verrückten Geruchsmischung schlecht.«

Pöls schiebt den Kollegen mit der Tür zur Seite, um aussteigen zu können.

»Du hättest dir die Fahrt nicht extra antun müssen. Genügt, wenn du den Polizeibericht der Staatsanwaltschaft schickst.«

»Hab ich schon erledigt. Mir macht es nichts aus. Ich fahre gerne hier her. Darf ich dir etwas gestehen?«

»Noch was?«

Pöls marschiert auf den Eingang zur Rechtsmedizin zu. Er weiß nicht so recht, ob er wirklich hören will, was der Kollege am Herzen hat. Es genügt ihm schon, einen zweiten Schatten erhalten zu haben. Eine echte Plaudertasche braucht er am allerwenigsten an seiner Seite.

»Ich muss gestehen, dass du mich ganz stark an einen Fernseh-Kommissar erinnerst.«

»Oje, und an welchen?«

»Mir will der Name auf die Gache nicht einfallen.«

»Na, hoffentlich ein sympathischer Kommissar.«

»Ja, klar, ein ganz ein klasser Kerl.«

»Deutscher, Österreicher, Amerikaner, Engländer?«

»Ich könnt's gar nicht sagen. Im Fernsehen sprechen die ja alle deutsch.«

»Wo ermittelt er denn?«

»Da fragst mich jetzt zu gach. Ich glaub, …, nein, fällt mir nicht ein.«

»Hauptsache, es ist kein Arschloch.«

»Oh nein, das ist er nicht. Ein schlaues Kerlchen. Und er schnappt sie alle, die Bösen. Glaub ich halt.«

»Dann ist's ja gut. Pack' ma's.«

Den Rechtsmediziner kennt Pöls gut. Otto Baumschneider. Nicht gerade die Schönheit in Person. Der passt ganz gut in die fensterlosen Katakomben. Wären da nicht die Leichen, würde man ihn für das Phantom der Rechtsmedizin halten. Er winkt die beiden Polizisten herein.

»Heinzi, was benutzt du für ein scharfes Mundwasser?«, begrüßt er Pöls.

»Das ist das Parfüm vom Kollegen.«

»Riecht eher nach Vogelbeer'! Bist du dir sicher, dass das nicht dein Mundwasser ist?« Baumschneider kneift ein Auge zu und lächelt.

»Ihr müsst's entschuldigen«, sagt der Pathologe, nachdem Pöls und Bobo in sein Reich eingetreten sind und die Neonröhre über dem Seziertisch wie in der Disco flackert und nicht zur Ruhe kommen will.

»Ihr könnt euch nicht vorstellen, wie sehr ich mich freue, dass wir endlich in die nagelneue Gerichtsmedizin im Med-Campus am LKH Graz übersiedeln, weil, hier, das sind keine Zustände mehr.«

Die Leiche von Baschar liegt auf dem Seziertisch. Der Bursche sieht durch die Nekrose aus, als hätte man sein Skelett mit bernsteinfarbenem Leder überzogen. Bobo ist gut vorbereitet, hat ein Foto von Baschar mitgebracht. Vom rassigen Typ am Schnappschuss ist am Aluminiumtisch nichts mehr zu erkennen. Sämtliche Haare wurden Opfer des Feuers.

»Der Leichnam weist Verbrennungen dritten und vierten Grades auf. Gestorben ist er am Verbrennungsschock.«

»Lässt sich anhand der Verbrennungen irgendetwas über den Tathergang erzählen? Hat der Mann geschlafen? Wurde er direkt vom Brandgeschoss getroffen?«

»Auffällig sind zwei Dinge: Die Leiche weist besonders starke Verbrennungen an Händen, Handgelenken, Unterarmen und Gesicht auf, während Oberarme, Brust, Rücken und Unterkörper deutlich schwächer in Mitleidenschaft gezogen wurden.«

»Verschmorte Hände? Weil er versuchte, das Feuer zu löschen?«

»Heinzi, dir möchte ich nicht beim Feuerlöschen zuschauen. Wie agiert ein Mensch mit ein bisschen Hausverstand bei einem Brand? Er wird versuchen, das Feuer mit einem Handtuch, einem Teppich, einer Decke, einer Jacke oder irgendwas abzudecken, er wird wohl kaum mit den bloßen Fingern ins Feuer greifen. Das wäre zumindest sehr dumm. Aber trotzdem sind seine Hände richtig gut durchgebacken. Was schließe ich daraus?«

»Dass das Brandgeschoss das Opfer direkt getroffen haben dürfte.«

»Treffer, Heinzi! Das könnte bedeuten, dass das Opfer geschlafen hat, weil sonst würde man die Pfoten sofort wegnehmen. Der hat eine Zeit lang seine Hände überhaupt nicht vom Feuer wegbewegt.«

»Da muss er aber einen wirklich gesegneten Schlaf gehabt haben.«

»Und hier kommt die zweite Auffälligkeit zu tragen: An der Schädeldecke hat das Opfer eine Kalottenfraktur.« Der Pathologe lässt Pöls ans Kopfende spazieren, damit der Inspektor das walnussgroße Loch im Schädeldach sehen kann.

»Du meinst, er hat eine drüberbekommen? Würde erklären, warum er die Hände nicht wegnimmt, wenn ihn das Wurfgeschoss trifft.«

»Die Art des Loches würde dafür sprechen. Allerdings kann er nicht schon vor dem Brand dort gelegen haben, sonst würde er andere Brandwunden aufweisen.«

»Er wurde erst zusammengeschlagen, nachdem es bereits brannte?«

»Richtig.«

»Das würde dann bedeuten, dass es mindestens zwei Täter gab.«

»Muss nicht sein«, mischt sich Bobo ein. »Vielleicht wurde der Molotow-Cocktail gar nicht durchs Fenster geschleudert.«

Der Pathologe lächelt verschmitzt.

»Heinzi, dein neuer Partner stellt interessante Thesen auf, aber teile ihm bitte mit, dass das eine andere Baustelle ist. Ich kümmere mich um das Brandopfer. Den Rest macht gefälligst ihr in Abstimmung mit der Spurensicherung.«

Pöls würde gerne erwähnen, dass der Leibnitzer Polizist nicht sein neuer Partner ist, aber er lenkt sich lieber damit ab, indem er sich die Gegenstände genauer ansieht, die das Opfer bei sich trug und die jetzt neben dem Seziertisch auf einem Beistelltisch fein säuberlich aufgeschlichtet liegen. Reste des angesengten Shirts. Jeans und Schuhe haben das Feuer nahezu unbeschadet überstanden. Der Inhalt der Hosentaschen: Kaugummi, ein einfaches Taschenmesser, ein zusammengefalteter Zettel.

Pöls schnappt sich das Papier, entfaltet es - nicht unwesentlich größer als ein modernes Smartphone. Es ist eine herausgerissene Seite aus einem Notizblock. Mehrere Namen stehen untereinander aufgelistet. Die oberen kann man kaum lesen, weil sich eingetrocknete grüne Kernölflecken quer übers Papier erstrecken. Pöls muss seine Augen stark zusammenkneifen, um die Buchstaben zu entziffern.

- Malek Suliman
- Esat Nazari
- Hakim Said
- Jalil Daghar
- Amar Homade
- Sahir Aid

Und ein letzter Name, der ihm vertraut ist:

- Mahmoud Ramadan

Die feine Handschrift einerseits, die unachtsamen Kernölflecken andererseits, wirken wie eine Ohrfeige. Bis auf Mahmouds Namen ist hinter allen anderen jeweils ein liegender Achter beigefügt. Pöls fasst in die Hosentasche, zieht den ramponierten Silberanhänger hervor.

»Wenn das nicht dieselbe Schlaufe ist, fresse ich einen Besen.«

»Wo hast du denn das her?«, fragt Bobo.

»Fand ich gestern vorm Flüchtlingsheim.«

Bobo berührt das Kettchen. »Da ist was am Verschluss eingraviert.«

Pöls nickt. »Genau, lies vor.«

»SOS.«

»Das steht da drauf?«

»Ja, sicher, oder liest du was anderes?«

»Nein, nein, SOS, ganz klar. Ich frage mich nur: Was soll das bedeuten? Save our souls?«

»Du glaubst, das Ketterl hat etwas mit dem Brand zu tun?«

»Keine Ahnung, aber dieser Kringel auf dem Block und dieser Anhänger - das kann doch kein Zufall sein.«

Pöls und Bobo starren intensiv auf den Notizzettel.

»Eine Racheliste?«, flüstert Bobo.

»Ich glaube, du siehst zu viele Mafiafilme.«

»Wonach sieht es für dich aus?«

»Mir sieht es danach aus, dass du herausfinden solltest, wer diese sechs Typen sind. Dann ersparen wir uns die Spekulationen. Fotografiere die Liste ab und mach dich an die Arbeit. Und damit es deinem dicken Kollegen nicht fad wird, kann er das Flüchtlingsheim im Auge behalten und darauf achten, dass Mahmoud nichts passiert, falls an deinen Mafiafantasien doch etwas dran sein sollte.«

»Der Dicke, das ist übrigens Helmut Schwarzbacher. Der Helmi blickt immer etwas grimmig aus der Wäsche, aber er meint es nicht so und ist ein ganz Lieber, Verlässlicher. Wirst sehen.«

»Mir passt das grimmige Gfries schon - so haben's dort im Flüchtlingsheim wenigstens Respekt vor ihm.«

Pöls blickt dem vermeintlichen Partner hinterher. Kaum ist er weg, wendet sich der Inspektor dem Pathologen zu.

»Findest du, dass ich einem Fernsehkommissar ähnlich schau?«

»Was? Du?«

»Der Leibnitzer Kollege meinte so etwas.«

»Vielleicht hat er an den Columbo gedacht.«
»Willst damit sagen, dass ich schrullig bin?«
»Nein, aber vielleicht wegen deinen verdrehten Augen.«
»Verdrehte ..., ich glaub, ich spinn.«
»Hast du früher nicht einmal eine Brille getragen?«
»Von der krieg ich Schädelweh.«
»Musst dir eben ein weicheres Gestell nehmen.«
»Nein, der Rahmen ist mir wurscht, von den Dioptrien wirds mir schlecht.«

8. Heinz Pöls: Vom Staatsanwalt höchstpersönlich

Pöls taucht im Landeskriminalamt LKA Graz im Büro seines Vorgesetzten auf - Rudolf Steiner, Leiter des Büros im Ermittlungsbereich Leib/Leben. Staatsanwalt Walter Schnauber ist auch schon da.

»Wirklich saubere Arbeit von den Kollegen aus Leibnitz. Ein Polizeibericht wie aus dem Lehrbuch. Das lobe ich mir. Wenn bloß alle bei der Polizei so gewissenhaft arbeiten würden. Herr Inspektor Heinz Pöls, ich übergebe diese Angelegenheit in Ihre ehrenvollen Hände. Ich weiß, da ist der Fall gut aufgehoben.«

»Danke für die Blumen. Ich gebe mein Bestes.«

»Wundervoll. So wünscht man sich sein Team. Also, meine Herren, gehen's an die Arbeit und machen's mir eine Freude.«

Der Staatsanwalt verlässt den Raum.

»Brauchst dir darauf nichts einbilden«, holt der Vorgesetzte Pöls sofort wieder auf den Boden der Tatsachen zurück. »Der Schnauber ist nur noch bis Herbst unser Staatsanwalt und vertschüsst sich dann in die Pension und er möchte unbedingt seine Erfolgsstatistik nach oben schrauben, damit man ihm ein Ehrendenkmal als erfolgreichster steirischer Staatsanwalt in der zweiten Republik setzt.«

»Vertrauensvolle Hände hat er g'sagt!«

»Als würde der wissen, wie du ermittelst. Aber ICH weiß es, Heinzi, und ICH sage dir, lange schau ich mir das nicht mehr an.« Steiner rotiert mit seinem Stuhl um die eigene Achse, schnappt sich ein urnenförmiges Gefäß, dreht sich wieder Pöls zu, stellt die Urne auf den Kopf und ein Berg an Strafmandaten purzelt auf den Tisch.

»Das sind alles deine Verkehrsübertretungen der letzten zwei Monate. Rote Ampeln ignoriert, Passanten beinahe vom Zebrastreifen gescheibt, Vorrangregeln missachtet, falsch abgebogen, Spurwechsel nicht angezeigt und so weiter. Wöchentlich flattern mir neue Überraschungen ins Haus.«

»Da zeigt mich irgendein Polizistenhasser ständig an.«

»Vielleicht wird dein Strafmandaten-Register nach der Augenkontrolle schmäler.« Steiner schwingt aus seinem Stuhl, holt ein Klemmbrett vom höchsten Aktenstoß am Schreibtisch und streckt es Pöls entgegen.

»Du bist der Letzte, der mir auf der Liste fehlt. Seit acht Wochen renne ich dir hinterher und erkundige mich, ob du einen Termin für deine Augenkontrolle reserviert hast, aber du ignorierst mich.«

»Ich habe eben viel zu tun.«

»Der Befehl kommt von ganz oben. Alle im LKA müssen die Gesundheitschecks absolvieren.«

»Mein EKG habe ich bestanden.«

»Mit Ach und Krach, ja, aber dein Augentest ist noch ausständig. Ich möchte endlich ein Hakerl hinter deinem Namen machen.«

»Machst eben ein Hakerl.«

»Ich habe etwas anderes gemacht - ich habe dir einen Termin organisiert. Diesen Donnerstag.«

»Was? In drei Tagen?«

»Genau.«

»Du hast es selbst gehört, ich habe eben erst einen neuen Auftrag erhalten.«

»Bis Donnerstag liegt der Fall längst bei den Akten. Ich bitte dich: ein kleiner Zimmerbrand, bei dem ein Schlafender verbrannt ist. Das werden wir rasch als unglücklichen Umstand abhaken können.«

»Brandanschlag, Rudi. Ich komme gerade aus der Rechtsmedizin. Es war definitiv ein Brandanschlag. Das Opfer wurde mit ziemlicher Sicherheit zusammengeschlagen.«

»Die Sexpraktiken mancher Typen sind bizarr. Wer weiß, was die Asylanten in dem Heim treiben.«

»Rudi, ich gehe dem Fall auf die Spur und finde den Mörder von Baschar, egal, wie lange das dauert. Ich kann nicht auf einen Augenarzttermin Rücksicht nehmen.«

»Ich möchte vermeiden, dass du schlafende Wölfe weckst. Hast du nicht mitbekommen, was es für ein Affentheater gab, als die damals beschlossen haben, in Leibnitz dieses Flüchtlingsheim zu errichten?«

»Dunkel.«

»Dann erinnerst du dich sicher auch daran, welchen Wirbel die rechtspopulistischen Politiker damals veranstalteten. Ich habe die Schlagzeilen vom viel zitierten ›Flüchtlingsghetto‹ noch klar vor Augen.«

»Soviel mein löchriges Hirn zulässt, hat man damals von einem Großquartier für rund dreihundert Flüchtlinge gesprochen. Klar, dass da Seggauberg mit nicht einmal tausend Einwohnern auf die Barrikaden geht. Aber in dem Kaninchenwirt befinden sich heute maximal vierzig wohl integrierte Migranten. Da kannst kaum von einem Flüchtlingsghetto sprechen.«

»Das war auch das große Glück der Gemeinde, denn dadurch

ist den Rechten der Zündstoff ausgegangen. Aber ich sage dir, die warten auf den Funken, der die Diskussion wieder aufleben lässt.«

»Vielleicht war's ein Nazi-Anschlag. Willst du das dann unter den Teppich kehren, nur, damit es keine Nachahmer gibt?«

»Wir werden den Ball auf jeden Fall flach halten. Ich kann mir nicht vorstellen, dass dieses kleine Feuer von depperten Skinheads ausgelöst worden ist. Dann hätten wir mindestens zwanzig Schwerverletzte. Genau das möchte ich verhindern. Also: Ich erwarte bis Mittwoch eine einigermaßen logische Erklärung, dann gemma Donnerstag mit einer beruhigenden Pressemeldung raus und die Geschichte ist erledigt. Und du kannst deinen Augenarzttermin wahrnehmen. Zwei Fliegen mit einer Klatsche. Was machst Donnerstag um 9 Uhr?«

»9 Uhr? Das ist schlecht. Da bin ich mit Waldi beim Tierarzt.«

»Sagte ich 9 Uhr? Mein Fehler! 12 Uhr ist dein Termin. Bis dahin wirst du deinen Waldi wohl versorgt haben.«

Steiner tritt an einen Schrank heran, öffnet eine Seitentür und holt ein prall gefülltes Plastiksackerl hervor - randvoll mit Hundefutter. »Richte ihm einen schönen Gruß aus, deinem Waldi. Ich hoffe, wir kriegen ihn irgendwann mal live und in Farbe zu Gesicht.«

»Wie oft noch, Rudi, er ist schon alt. Den kann ich nicht ins Büro mitnehmen.«

Der Vorgesetzte drückt Pöls die ausgezehrten Grifflaschen in die Hand. »Und nicht vergessen: Keinen Staub aufwirbeln in Leibnitz. Machen wir aus einer Mücke keinen Elefanten. Sonst schreiben die Zeitungen gleich vom Asylanten-Killer in der Südsteiermark. So garstige G'schichten brauchen wir nicht.«

»Kennst mich doch: Ich ermittle diskret wie der Mossad.«

Pöls will gehen, wird aber von seinem Chef zurückgepfiffen.

»Heinzi, das ist die Besenkammer. Daneben ist der Ausgang.«

Möglichst unbeeindruckt versucht Pöls aus dem Büro zu entweichen. »Ich erwähne nicht nochmal, dass dein Augenarzttermin am Donnerstag unverrückbar ist.«

9. Heinz Pöls: Augenarzt Viktor Kovac

Pöls setzt seinen Wagen rückwärts aus der Parklücke. Sein Smartphone klemmt am Armaturenbrett in der Freisprecheinrichtung.

»Doktor Kovac anrufen«, brüllt der Inspektor.

Das Handy verbindet. Es tutet. Lange. Dann Mailbox. Pöls drückt fluchend den Off-Knopf. Als der Wagen an der nächsten Kreuzung bei Rot halten muss, läutet das Telefon.

»Viktor, danke für deinen Rückruf«, plärrt er los, damit ihn der Mann am anderen Ende gut versteht. »Wir haben am Donnerstag ein Rendezvous. Da benötige ich wieder einmal deine Unterstützung, alter Sportsfreund. Kannst du mir die Buchstabenliste senden, die du mich zapfen wirst? Ich muss sie auswendig lernen - wahrscheinlich haben wir einen Beobachter bei meinem Kontrolltermin.«

»Diesen Donnerstag? Wovon sprichst du?«

»Ja, hat der Chef bei dir extra für mich reserviert. 12 Uhr, Augen-Check. Ich brauch dein Spezial-TÜV!«

»Ich bin die ganze Woche in Düsseldorf bei einem Seminar. Dann geht's für eine Woche nach Dubai. Ich komme erst in 14 Tagen wieder zurück.«

»Aber ich habe meinen Termin am Donnerstag.«

»Nicht bei mir.«

»Wer ist dein Ersatz?«

»Ich weiß nicht, wen das LKA für die Augentests in meiner Abwesenheit beauftragt. Früher konnte ich meinen Wunschkandidaten benennen, aber seit einem Jahr übernimmt diese Organisation euer Sekretariat persönlich.«

»Dann habe ich ein gewaltiges Problem. Ich brauche ein positives Testergebnis.«

»Heinzi, noch einmal kann ich dir sowieso nicht die Stange halten. Das beim letzten Mal war schon mehr als grenzwertig. Wenn rauskommt, dass ich deine Ergebnisse kosmetisch korrigiere, können wir beide einpacken.«

»Ich brauche deine Hilfe. Wie komme ich an solche Sehtests?«

»Den Snellen-Sehtest?«

»Ich muss die Buchstabenreihen auswendig lernen.«

»Das kannst du vergessen. Das wird alles digital gemacht. Per Zufallssystem. Keine Chance, das im Vorfeld vorherzusagen.«

»Beim letzten Mal hat's doch auch geklappt.«

»Weil ich vorgetäuscht habe, dass das Computerprogramm abgestürzt ist und ich ausnahmsweise zur analogen Alternative gegriffen habe. Sowas kann man sich auch nur einmal leisten, ohne dass es verdächtig wird und du ins Kriminal rutscht.«

»Dann bin ich im Arsch! Weißt du, was das bedeutet? Die werden mir den Führerschein wegnehmen. Ich darf nicht mehr alleine ermitteln. Ich bekomme einen Assistenten zur Seite gestellt. Eine Zeit lang wird das gut gehen, aber hast du es nicht gesehen, wandere ich in die zweite Reihe und das war es dann mit meiner Ermittler-Karriere.«

»Ich kann mir nicht vorstellen, dass die Polizei aufgrund deiner eklatanten Sehschwäche auf deine Spürnase verzichtet.«

»Du hast keine Ahnung, Viktor! Schasaugert ist wie ein Stigma. Die werden sagen, der Typ ist blind wie ein Huhn, wie soll der vernünftig ermitteln? Ein Inspektor braucht ein Adlerauge. Ich könnte der beste Ermittler der Welt sein, würden sie mich abservieren.«

»Du bist der beste Ermittler der Welt.«

»Deinen Sarkasmus kann ich im Moment nicht gebrauchen. Viktor, ich hasse Teamwork, aber wenn ich diesen Test am Donnerstag machen muss, lassen die mich nie wieder alleine ermitteln.«

»Sieh es von der positiven Seite: Du kriegst einen Chauffeur an deine Seite, der dich herumkutschiert. So hast du mehr Energie, dich aufs Ermitteln zu fokussieren.«

»Partner, die mir ins Handwerk pfuschen, machen mich krank. Ich bin Solo-Ermittler. War ich immer schon, werde ich immer bleiben - und dazu muss ich diesen Augentest bestehen.«

»Beruhige dich.«

»Du hast gut lachen. Meine Zukunft hängt von diesem Test ab. Ich bin noch nicht so alt, um die Füße hochzulegen oder Polizeiakten zu wälzen.«

»Wie geht es dir mit deiner neuen Brille?«

»Von der bekomme ich Kopfweh. Ich kann sie nicht tragen. Außerdem sehe ich damit aus wie ein Hausdepp.«

»Immer diese Kompromisse - gut aussehen oder gut sehen. Was für eine Ersatzbrille benutzt du?«

»Keine zurzeit.«

»Keine? Bist du auf Kontaktlinsen umgestiegen?«

»Linsen? Mit diesen Dingern kannst du mich jagen. Ich schaffe es nicht, mir in die Augäpfel zu greifen.«

»Weder Brille noch Linsen?«

»Wenn ich die Augen stark genug zusammenkneife, sehe ich damit alles, was ich sehen muss.«

»Aufs Autofahren solltest du in jedem Fall verzichten.«

»Geht in meinem Job nicht. Ich bin gerade unterwegs nach Leibnitz.«

»Ich darf das alles nicht wissen. Heinzi, da kannst du gleich mit geschlossenen Augen gegen eine Mauer brettern.«

»Ich hab ein Geheimrezept.«

»Ich will's nicht wissen.«

»Ein Schnapserl hilft. Ein Schluck und ich sehe klarer.«

»Ich lege jetzt auf. Heinz, bitte, tu mir den Gefallen. Stelle dich deiner Sehschwäche. Damit ist wirklich nicht zu spaßen. Du riskierst nicht nur dein Leben, sondern auch das deiner Umgebung. Obendrein besteht die Gefahr, dass du eines Tages komplett blind bist, wenn du nichts dagegen unternimmst.«

»Ich unternehme doch etwas.«

»Ich rede nicht vom Saufen.«

»Es ist manchmal sogar angenehm, die Gesichter der Menschen in meiner Umgebung nicht genau zu erkennen. Da fühlt man sich betäubt wie beim Kiffen. Alles wie in Watte. Das beruhigt. Und ich kann mich auf meine Gedanken konzentrieren.«

»Du wirst dich für Donnerstag krankschreiben lassen. So entgehst du dem Augentest. Wenn ich wieder im Land bin, holen wir den Augentest nach - und dann wird Tacheles geredet.«

»Ich kann nicht in Krankenstand gehen. Ich habe einen neuen Fall. Der Staatsanwalt setzt auf mich.«

Pöls brettert auf der linken Fahrspur gen Süden. Im letzten Moment lassen sich die Hieroglyphen auf dem Autobahnschild entziffern. »Ausfahrt Leibnitz« steht da groß und fett!

Pöls verreißt das Lenkrad, um seinen Boliden vor der Leitplanke noch auf die Abbiegespur zu manövrieren.

»Viktor, bist du noch dran?«

10. Bushra: Landeskrankenhaus Südsteiermark

Die beiden Mädchen Sara und Bushra haben im Krankenhaus gerade erfahren, dass Baschar seinen Verletzungen erlegen ist.

Sie hängen sich gegenseitig in den Armen und können ihre Tränen nicht stoppen.

»War es unsere Schuld?«, fragt Bushra in ihrer Muttersprache.

»Wenn ich nicht so früh schlafen gegangen wäre, dann hätte ich das Feuer vielleicht bemerkt und dann wäre Baschar noch am Leben.«

»Hör auf Bushra, das bringt nichts. Wir sind nicht schuld.«

Saras Unterarme sind dick einbandagiert. Sie hatte wortgewaltig dagegen protestiert, aber die behandelnde Ärztin ließ sich davon nicht abhalten und meinte, auch leichte Verbrennungen gelte es, ernst zu nehmen. Winzigste Rauchpartikel kratzen bei jedem Atemzug in der Lunge. Immerhin, die Mädchen sind gesund, sowohl Sara als auch Bushra. Sie dürfen das Krankenhaus wieder verlassen. Man hat ihnen ein Taxi gerufen, das die beiden Migrantinnen zurück zum Flüchtlingsheim am Seggauberg bringen soll.

Bushra hustet. Sie schmeckt das Feuer noch auf ihren Lippen.

»Ich habe Mahmoud gesehen«, sagt Sara und blickt Bushra tief in die Augen. »Kurz bevor es in seinem Zimmer gebrannt hat.«

»Mahmoud ist Sonntagabends doch immer in seinem Spezialtraining.«

»Nicht zum Zeitpunkt des Brandes. Ich habe ihn mit meinen eigenen Augen gesehen.«

»Wirst du es der Polizei sagen?«

»Die werden mir alleine nicht glauben. Du wirst denen bestätigen, dass du Mahmoud auch gesehen hast.«

»Ich? Aber ...«

»Zwei Stimmen sind stärker als eine. Dann können sie es nicht ignorieren.«

»Aber ich habe geschlafen.«

»Muss die Polizei nicht wissen.«

»Sara, wenn Mahmoud davon Wind bekommt - dann sind wir tot.«

»Er wird es nicht erfahren.«

»Glaubst du, dass Baschar ...«, Bushra säbelt ihre Handfläche vor ihrer Kehle. Kopf ab.

»Fakt ist, ich habe ihn gesehen. Kurz bevor es in seinem Zimmer brannte. Das spricht nicht gerade für Mahmouds Unschuld.«

»Besser wir sagen nichts.«

»Und wenn er Baschar ermordet hat? Wir sind es Baschar schuldig. Schweigen wäre eine Sünde.«

Ein stämmiger Mann mit Halbglatze und Lederjacke marschiert suchenden Blickes durch den langen Krankenhausgang - der Taxifahrer. Es geht zurück zum Seggauberg.

11. Heinz Pöls: Die ominöse Liste

Der Inspektor steht vor dem Flüchtlingsheim auf der Breitseite abseits der vorbeiführenden Seggaubergstraße. Hier ist nicht nur Mahmouds Zimmerfenster, sondern auch ein schmaler Fußweg, ein Trampelpfad, der parallel zur Hausmauer über einen Hang bis zu einem abfallenden Waldstück reicht.

Die Vormittagssonne müht sich gerade über das Ziegeldach und entfaltet bereits sommerliche Kraft.

Pöls bleibt auf Höhe von Mahmouds Zimmer stehen. Das Fenster ist nicht zu verfehlen. Es ist kräftig mit Ruß umrandet.

Ja, von hier aus ließe sich mit einem geschickten Wurf eine brennende Flasche in das Zimmer im ersten Stock werfen. Pöls betrachtet die anderen Fenster entlang des Gebäudes. Da gebe es einige, die deutlich leichter zu erreichen wären, also muss der Werfer bewusst Mahmouds Raum ausgewählt haben. Das würde für die »Racheliste« sprechen.

Pöls fasst sein Handy und nimmt es ans Ohr. »Bobo, hast du bei der Namensrecherche schon etwas Kluges rausgefunden?«

»Ich bin dran, Pöls. Ich habe die ganze Zeit gegrübelt, an wen du mich so erinnerst.«

Pöls schließt die Augen.

»Verschone mich. Liefere mir lieber so rasch wie möglich Infos zur Liste.«

Pöls steckt das Mobiltelefon weg und geht ums Haus. Beim Eingang raucht der dicke Polizeikollege mit genervtem Gesichtsausdruck hastig eine Zigarette.

»Helmi, wie geht es den Bewohnern? Haben sie sich einigermaßen beruhigt?«

Grimmig nehmen Schwarzbachers Augen Pöls ins Visier.

»Wir haben bei Gott anderes zu tun, als Babysitter zu spielen.«

»Ist mir noch nicht zu Ohren gekommen, dass Leibnitz so eine Verbrecherhochburg ist.«

»Internetkriminalität und Drogenhandel sind stark angestiegen. Aber statt dort Maßnahmen zu setzen, stehen wir vor einem friedlichen Flüchtlingsheim. Ihr Grazer lest's weder die Kriminalstatistik noch meinen Polizeibericht. Da habe ich alles wesentliche reingeschrieben.«

»Was regst dich so auf? Genieße es, bei Sonnenschein auf so einem Hügel zu stehen, dir die Sonne auf den Wanst scheinen zu lassen und die Landschaft zu genießen.«

Pöls betritt das Heim, dreht sich aber nochmals nach dem dicken Kollegen um.

»In welchem Zimmer finde ich Mahmoud Ramadan?«

»Wen?«

»Den Kerl, auf den DU ein Auge haben solltest.«

Der Raucher zuckt mit den Schultern und dämpft den Stummel an der Hausmauer aus.

»Keine Ahnung, ich bewache das ganze Haus und nicht irgendeinen einzelnen Hansel.«

Pöls marschiert zum Tatort. Die Tür ist mit versiegelndem Klebeband abgeriegelt. In seiner Jackentasche hat der Inspektor ein Cuttermesser, mit dem er sich Zutritt verschafft. Der Blick schweift durch den Raum - die zerbrochene Scheibe, unweit davon ein schwarzer Fleck an der Wand. Hier dürfte der Brandsatz explodiert sein. Das Bett steht an der gegenüberliegenden Wand. Da müsste die Flasche nahezu aus Gummi gewesen sein, dass sie bis zum Bett abgeprallt wäre. Aber das Bett stand in Flammen. Ein schwarzer Fleck am Boden, genau in der Mitte des Zimmers. Hier brach das Opfer zusammen. Pöls mustert die spärliche Einrichtung: In Verlängerung zum Bett ein alter Holzschrank, der halbseitig das Feuer zu spüren bekommen hat. Weniger Glück hatte das Nachtkästchen. Es gleicht einer verkohlten Ruine. An der Wand, an der der Molotow-Cocktail explodiert sein muss, befindet sich ein metallenes Bücherregal. Viel zu hoch, als dass sich Baschar daran den Schädel stoßen hätte können.

Als sich Pöls so im verrußten Raum umsieht, blicken immer mehr neugierige Köpfe bei der Tür herein.

»Spricht einer von euch Deutsch?«

Alle nicken.

»Wer weiß, wo Mahmoud untergebracht ist?«

»Er schläft bei den Iranern«, sagt einer der Jungs in erstaunlich akzentfreiem Deutsch. Pöls nutzt die Gelegenheit, um ein bisschen mehr herauszubekommen.

»Wie verstanden sich Mahmoud und Baschar?«

»Mahmoud ist unser großer Bruder, passt auf uns Jungen auf. Auch auf Baschar.«

»Wer zeigt mir das Zimmer, in dem Mahmoud ist?«

»Es ist im Erdgeschoss. Zimmer Nummer 4, aber Mahmoud ist nicht da.«

»Wo ist er denn?«

»Weggegangen. Schon ganz in der Früh, vor Sonnenaufgang.«

»Zum Kuckuck!« Pöls zwängt sich an den neugierigen Hausbewohnern aus dem verkohlten Zimmer, wirft die Tür ins Schloss und eilt hinab in den Bürotrakt, klopft an die Tür des Heimleiters, der ihn hereinbittet.

»Es sollte doch darauf geachtet werden, dass Mahmoud nicht das Haus verlässt.«

»Guten Morgen, Herr Inspektor. Wir sind kein Gefängnis. Mahmoud ist sicher nicht weit und kommt bald wieder. Sie können inzwischen mit meinen anderen Schäfchen sprechen.«

»Der Junge steht ganz oben auf meiner Agenda.«

»Was ich nicht verstehe, denn er ist ohnehin kein direkter Zeuge. Er war gestern zur Tatzeit nicht anwesend.«

»Der Brand ereignete sich in seinem Zimmer, verdammt, und es ist davon auszugehen, dass es jemand auf Mahmoud abgesehen hat.«

»Er lehnt aber Polizeischutz ab. Ich habe mit ihm gesprochen. Er will das nicht - und, um ehrlich zu sein, uns ist es auch lieber, wenn möglichst schnell wieder Normalität einkehrt. Polizei rund um die Uhr im und um das Haus erzeugt einen falschen Eindruck von unserem Heim.«

»So schnell wird hier keine Ruhe einkehren.«

Pöls greift sich an die Jackentasche und tischt die Liste auf, die beim Opfer gefunden wurden.

»Sagen dir diese Namen etwas?«

Der Inspektor nimmt im gemütlichen Ledersessel Platz.

»Natürlich. Ich habe die Liste selbst geschrieben. Das sind ehemalige Bewohner des Heims.«

Sein Finger streicht über die ersten sechs Namen.

»Das sind die bisherigen Absolventen des Spezial-Trainingsprogramms. Mahmoud ist der siebte Kandidat.«

»Und die Kringel hinter den Namen?«

»Zeigt an, wer die Prüfung bestanden hat.«

»Wieso mit so einer Unendlichkeitsschleife?«

»Keine Ahnung wieso. Das macht der Trainer, nicht ich. Aber so sieht auch das Symbol für Integration aus. Wahrscheinlich deshalb.«

»Aha«, murrt Pöls und kramt den Silberanhänger hervor und lässt ihn vor Schneebergers Gesicht hin und her schwingen. »Bekommen die Absolventen dann so einen Anhänger?«

»Wo haben Sie das her?«

»Lag gestern Nacht vor dem Heim.«

»Vor unserem Haus?«

»So ist es. Unweit von Mahmouds Fenster. Weißt du, wem das gehört?«

»Nein, keine Ahnung. Ich sehe es das erste mal. Darf ich mal?« Die Hand des Heimleiters fasst das Silberkettchen nahezu zärtlich. »Ein edles Collier, so schrecklich behandelt.«

»Wie lange sind denn die Absolventen schon ausgeflogen?«

»Der Erste vor zwei Jahren. Der Letzte vor rund einem halben.«

»Allesamt Libanesen?«

»Nein, bis auf Mahmoud alles Syrer. Eindeutig die zahlenmäßig größte Gruppe in unserem Haus.«

»Erzähl mir von diesem Spezialprogramm.«

»Es hilft besonders talentierten Migranten, schneller integriert zu werden. Deutschkurse erhalten alle Schäfchen im Haus, unabhängig vom Talent. Aber Personen, bei denen wir spüren, dass sie sich besonders rasch integrieren lassen würden, erhalten einen gesonderten Intensivkurs als Einzeltraining.

Bisher war unser Riecher ganz gut. Alle Absolventen wurden umgehend vermittelt. Auf diese Weise sorgen wir dafür, dass Heimplätze für neue Flüchtlinge frei werden und das Haus nie überlaufen ist.«

»Verstehe schon, alles im Sinne der Vorbildwirkung.«

»Die Bevölkerung hat uns das Vertrauen entgegengebracht, uns hier ansiedeln zu dürfen. Diesen Respekt wollen wir gerne zurückgeben und dieses Spezialprogramm ist ein Teil davon. Wir fördern die Integrationsdynamik.«

»Welche Institution führt dieses Programm durch?«

»Nun, es ist keine richtige Institution. Das Programm läuft noch inoffiziell. Ein Testballon unsererseits, verstehen Sie?«

»Und wer bezahlt das?«

»Ein privater Sponsor.«

»Hat der einen Namen?«

»Stefan Sonnleitner.«

»Und wer übt das Programm aus?«

»Ein Quereinsteiger.«

»Der sich nennt?«

»Stefan Sonnleitner.«

»Sponsor und Trainer sind ein und dieselbe Person?«

»Richtig. Ist das verwerflich?«

»Nein, nur etwas seltsam.«

»Er war ursprünglich Lehrer. Deutsch, Englisch, Geschichte, Turnen. Erbte den Gasthof seiner Eltern. Der lief aber die letzten Jahre wirtschaftlich hundsmiserabel. Deshalb möchte er ihn in ein Integrationszentrum umwandeln. Von uns bekommt er die Kandidaten. Wir haben keine Kosten. Er kann experimentieren. Funktioniert bisher ausgezeichnet.«

Plötzlich ist durch die geschlossene Bürotür Lärm zu vernehmen. Auch an Schneebergers Reaktion kann Pöls ablesen, dass diese Aufregung ungewöhnlich ist.

»Entschuldigen Sie mich einen Augenblick, Herr Inspektor?«
Der Heimleiter tritt vor die Tür. Pöls hievt sich schwerfällig aus dem Ledersessel. Bis er aus dem Büro ist, taucht der Heimleiter schon in die Masse an Heimbewohnern ein.

»Was ist geschehen?«, ruft Pöls und wuselt hinterher.

»Meine beiden Schäfchen sind wieder hier - Sara und Bushra.« Der Heimleiter breitet seine Arme aus. Die Mädchen laufen ihm entgegen und sie drehen sich wie ein Ringelspiel im Kreis.

12. Heinz Pöls: Die erste Zeugin

Die beiden Mädchen werden von den Mitbewohnerinnen und Bewohnern stürmisch empfangen. Eine Begeisterung, als hätte man lang verschollene Freunde gefunden.

»Sprechen die Mädchen Deutsch?«

»Natürlich.«

»Dann möchte ich mit ihnen reden. Einzeln. Eine nach der anderen. Schicke mir die Fesche der beiden in mein Büro.«

Pöls deutet auf die Langhaarige.

»Kein Problem, aber wenn ich Sie bitten dürfte: Seien Sie behutsam und rücksichtsvoll. Meine kleinen Schäfchen stehen unter Schock.«

»Mach dir keine Sorgen, ich bin bekannt für meine Feinfühligkeit.« Pöls wandert ins Büro und überlässt den bequemen Ledersessel der Zeugin. Er selbst nimmt auf dem robusten Schreibtischstuhl Platz.

Das Mädchen ist wunderhübsch. Ihre Haut so fein und matt glänzend wie Seide. Nur die Bandagen an den Unterarmen, die zerzausten Haare, geschwollenen Tränensäcke und der angsterfüllte Blick fallen aus dem Rahmen der Makellosigkeit.

»Du bist Sara, richtig?« Sie blickt ihn stumm an. »Willst du mir erzählen, wie du gestern den Brand erlebt hast?«

Es dauert eine Weile, bis sich ihr Mund öffnet.

»Ich habe es verdrängt. Es ist wie ein schwarzes Loch. Ich glaube, ich weiß gar nichts mehr.«

»Das ist ganz normal. Erzähl mir einfach, was dir in den Kopf kommt. Je mehr, desto besser.«

»Ich weiß nicht, wo ich beginnen soll.«

»Fang einfach irgendwo an.«

Sie überlegt lange. Pöls spielt mit dem Flachmann unter seinem Hemd.

»Ich war in der Küche, der Gemeinschaftsküche.«

»Wie spät war es da?«

»20 Uhr, vielleicht auch etwas später.«

»Warst du alleine in der Küche?«

Sie überlegt, nickt, wendet den Blick ab.

»Ja, dann bin ich auf mein Zimmer gegangen.«

»Ist dir auf dem Weg dorthin etwas aufgefallen?«

»Ich habe gesehen, dass es im Flur raucht. Gleich neben unserem Zimmer, bei Mahmoud. Ich habe meine Mitbewohnerin geweckt und wir sind aus dem Gebäude gelaufen.«

»Und die ganze Zeit hindurch hast du niemanden gesehen? Nicht in der Küche, nicht im Flur, nicht in Mahmouds Zimmer?«

»Ich war nicht bei Mahmoud.«

»Erst, als du das Feuer bemerkt hast. Oder woher rührt dieser Verband?«

»Bevor ich aus dem Haus gelaufen bin, wollte ich mich überzeugen, dass niemand in Mahmouds Zimmer war. Ich bin rein, wollte das Feuer löschen, aber es war so heiß. Ich habe nur gesehen, dass da jemand gelegen ist. Das Feuer …« Sie hebt ihre Unterarme. »Ich bin dann einfach raus.« Sara hält ihre Tränen nicht mehr zurück. »Ich wusste nicht, dass es Baschar war.« Sie verbirgt ihr Gesicht hinter ihren Händen. »Es brannte zu stark. Ich war zu langsam.«

Sie weint stumm. Pöls gibt ihr die Zeit. Er lässt die Finger vom Hemd und spielt stattdessen an dem dicken Knopf der Schreibtischlade.

»Danach kann ich mich an nichts mehr erinnern«, sagt Sara leise. »Nur Fragmente. Sirenen, Blaulicht. Ich weiß nicht, wie ich ins Krankenhaus gekommen bin.«

Pöls entgeht nicht, wie sie immer wieder zögerlich zu ihm blickt. Als würde sie sich versichern wollen, dass er ihre Geschichte schluckt.

»Gehen wir noch einmal einen Schritt zurück. Wie lange warst du in der Küche, bevor du auf dein Zimmer gegangen bist?«

»Das weiß ich nicht mehr. Vielleicht eine halbe Stunde.«

»Was hast du dort gemacht?«

»Gegessen.«

»Was?«

»Was ich gegessen habe? Ich weiß es nicht mehr. Einen Salat glaube ich.«

»Und die ganze Zeit kam niemand in die Küche? Also in meiner Ausbildung, im Internat, da herrschte in der Küche ein ständiges Kommen und Gehen.«

»Es gibt mehrere Gemeinschaftsküchen. Unsere ist die kleinste.«

»Wie weit ist es von der Küche zu deinem Zimmer?«

»Die Küche ist am anderen Ende des Flurs?«

»Und du musst an Mahmouds Zimmer vorbei.«

»Ja, deshalb ist mir auch der Rauch aufgefallen.« Sie blickt zu Boden und betont wie eingetrichtert: »Ich kann mich nicht erinnern, dass mir irgendjemand begegnet wäre.«

»Wie gut kennst du Baschar?«

»Sehr gut. Wir waren befreundet.«

»Und Mahmoud?«

»Auch gut. Immerhin ist er mein unmittelbarer Zimmernachbar. Aber wirkliche Freundschaft kann man das nicht nennen.«

»Manche bezeichnen ihn als großen Bruder.«

»Das ist seine Lieblingsrolle. Er mag es, wenn die Leute zu ihm aufschauen und er kommandieren darf. In dieser Rolle geht er auf.«

»Was befiehlt er denn so?«

»Das ist unterschiedlich. Er achtet darauf, dass wir abends pünktlich zuhause sind.«

»Ist das nicht eher die Aufgabe des Heimleiters?«

»Dad? Der schreibt uns nichts vor.«

»Mahmoud dafür umso mehr.«

»Er möchte gerne wissen, wo wir uns herumtreiben. Er passt darauf auf, dass uns die Dorfjungs nicht anquatschen.«

»Wie eben große Brüder so sind.«

»Seit er dieses Spezialtraining hat, kann er nicht mehr regelmäßig kontrollieren, wo wir uns herumtreiben. Ihm entgleitet die Kontrolle. Das stört ihn.«

»Du wusstest, dass er gestern beim Sprachtraining war?«

Sie blickt Pöls mit großen Augen an. Ihr Zögern entgeht ihm nicht und er hat das Gefühl, sie möchte den Kopf schütteln, doch dann nickt sie unerwartet.

»Warum bist du trotzdem ins brennende Zimmer? Du musstest doch annehmen, dass es leer war.«

»Ich wollte mich mit meinen eigenen Augen davon überzeugen, dass niemand in Gefahr ist.« Ihre Augen tasten wieder den Fußboden ab.

»Du sprichst sehr gut Deutsch. Wie lange bist du schon in

diesem Heim?«

»Etwas mehr als ein Jahr.«

»Und der Heimleiter hat es nie in Erwägung gezogen, dich für das Spezial-Programm auszuwählen?«

»Das ist nur für Männer.«

»Warum?«

»Weil wir Frauen es angeblich nicht durchstehen würden, so viele Stunden intensiv zu trainieren.«

»Sagt wer? Schneeberger?«

»Nein, der Trainer.«

»Sonnleitner?«

»Er hat angeblich mit Schülerinnen schlechte Erfahrungen gemacht. Er hat das Geld. Er bestimmt.«

»Würdest du das Training gerne absolvieren?«

»Nein, danke, wenn ich mir anhöre, wie bescheuert Mahmoud spricht, dann kann ich darauf verzichten. Nichts gegen den steirischen Dialekt, aber aus seinem Mund klingt es lächerlich.«

»Vor ihm haben auch andere Heimbewohner dieses Programm durchgemacht. Sprachen die auch Stoasteirisch?«

»Mit denen hatte ich kaum Kontakt. Wenn ich sie sah, dann unterhielten sich die meist in ihrer Landessprache.«

»Darf ich dich etwas Persönliches fragen, Sara?«

»Tun Sie das nicht schon die ganze Zeit?«

»Lief da etwas zwischen dir und Baschar?«

Sie schüttelt umgehend den Kopf und ihre Augen starren den Inspektor an.

»Vielen Dank Sara, für das erste Gespräch. Wenn du mir bitte deine Zimmerkollegin hereinschickst?«

13. Bushra: Rückzug

Bushra sieht aus der Distanz, wie Sara im Büro des Heimleiters verschwindet.

»Du bist dann als Nächste dran«, sagt der Heimleiter und streicht ihr sanft über den Rücken. Ihr fehlt zum Nicken beinahe die Kraft. Sofort wird sie von einer Stocknachbarin in die Arme genommen.

»Das mit Baschar ist so schlimm.«

Gegenseitig weinen sie sich in die Schultern.

Dann erblickt Bushra Mahmoud. Er betritt gerade das Heim. Umgehend verspürt sie den Drang, auf ihr Zimmer zu flüchten. Sie löst sich von der Kollegin und läuft los. Er sieht aus wie ein Zombie.

»Bushra, bleib hier«, ruft die Kollegin ihr nach, aber sie möchte Mahmoud nicht unter die Augen geraten.

In ihrem Zimmer schließt sie hektisch die Vorhänge und verkriecht sich in ihrem Bett. Ihr Herz pocht zu stark, als dass sie einschlafen könnte.

Nach einer Weile betritt Sara den Raum.

»Da bist du, Bushra, der Polizist sucht dich.«

»Ich kann das nicht. Ich kann nichts sagen.«

»Aber er wartet auf dich.«

»Vermeide Kontakt mit der Polizei. Hat unser Erzieher stets gepredigt.«

»Ja, im Libanon, da wussten wir auch nicht, wie es in Europa läuft. Die Polizei ist hier hilfsbereit und nicht korrupt. Das kannst du nicht mit der Situation bei uns zu Hause vergleichen.«

»Ich rede trotzdem nicht mit der Polizei. Dein Deutsch ist besser, viel besser als meines.«

»Das stimmt doch nicht. Du redest auch prima, Bushra.«

»Hast du der Polizei von Mahmoud erzählt?«

Sara zögert, dann nickt sie, anfangs schüchtern, dann immer heftiger. »Klar.«

»Das war nicht klug, Sara, gar nicht klug. Wenn Mahmoud das herausfindet. Ich darf nicht daran denken. Mir wird schwarz vor Augen.«

»Aber wir müssen es der Polizei sagen.«

»Nein.«

»Der Polizist hat mir versprochen, es niemanden zu verraten, von wem er die Information hat.«

»Wenn du Mahmoud gesehen hast, dann hat er dich auch gesehen.«

»Nein, er hat mich nicht gesehen. Er stand mit dem Rücken zu mir. Und dich hat er schon gar nicht gesehen, also kann er nicht annehmen, dass du etwas damit zu tun hast.«

»Ich schaffe das nicht.«

»Bushra, du musst. Eine Stimme alleine reicht nicht. Du darfst mich nicht hängen lassen.«

Es klopft an der Tür. Der Heimleiter blickt herein. »Da steckt ihr. Bushra, der Inspektor möchte mit dir sprechen.«

»Sag ihm, ich schlafen.«

»Das heißt ICH SCHLAFE nicht ICH SCHLAFEN«, fällt der Heimleiter in seine Lehrerrolle.

»Bushra«, flüstert Sara. »Bitte, lass mich nicht im Stich.«

14. Heinz Pöls: Mahmoud im Verhör

»Wo ist die zweite Zeugin?«

Pöls ruft durch den Türspalt aus dem Büro. Er dreht eine Runde in dem kleinen Raum, betrachtet die vernachlässigten Blumen am Fensterbrett und setzt sich wieder an den Schreibtisch. Die Blumen sind ein Widerspruch zur fein organisierten Tischplatte, auf der Telefon, Locher, Stempel, Stempelkissen, Stifthalter, alles tip-top in Reih und Glied auf dem angestammten Platz stehen.

Mit dem Öffnen der Bürotür fällt ein Lichtstrahl auf Pöls. Der Heimleiter steckt seinen Kopf herein.

»Ich habe ihr gesagt, dass sie vor meinem Büro warten soll, wahrscheinlich hat sie mich nicht verstanden. Im Unterschied zu Sara ist Bushra etwas begriffsstutzig und von ihrer Flucht noch ein bisserl traumatisiert. Wir sind froh, dass sie sich überhaupt ein wenig mitteilt. Aber ich habe jemand dabei, der Sie mindestens genauso brennend interessieren wird.« Schneeberger schiebt Mahmoud ins Büro. Heute sieht der Libanese noch blasser aus. War der Ladykiller-Eindruck gestern Nacht dem Kunstlicht geschuldet?

»Sieh an, der Wandersmann. Was treibt dich so früh aus dem Haus?«

Pöls deutet zum Ledersessel.

»I woa im Wauld eintn und bin am Bichl aufikrallt. I brauch dais in da frua fias griwln.«(Ich war im Wald drüben und bin den Hügel hinaufgestiegen. Das brauche ich in der Früh zum Nachdenken.)

»Ist dir bei deiner Wanderung womöglich eingefallen, was Baschar in deinem Zimmer getan haben könnte?«

»Dais naid, owa mia is eingfouln, weas auf mia aubgsaign haum kinnt.« (Das nicht, aber mir ist eingefallen, wer es auf mich abgesehen haben könnte.)

»Da bin ich jetzt gespannt.«

»Da Pfuscher-Lois.«

»Wer?«

»Nau da Durf-Nazi, dea is auf mia grawutisch.« (Der Dorf-Nazi, der ist auf mich böse.)

»Ein Nazi«, sagt Pöls und stöhnt. »Ein Feuer im Asylantenheim und es sind die Nazis. So stellt ihr euch unsere Welt vor, richtig?«

Mahmoud knöpft sein Hemd auf und macht die rechte Schulter frei. Dadurch wird dem Inspektor ein Blick auf böse Striemen über das gesamte Schlüsselbein gewährt.

»Dai san nou gaunz frisch.« (Die sind noch ganz frisch.)

»Der Nazi hat Sie geschlagen?«

»Mitn Bandl von sain Flohbeitl.« (Mit der Leine seines Hundes.)

»Deutscher Schäferhund?«

»Rottweiler.«

»Gibt's Zeugen für die Auseinandersetzung mit dem Nazi?«

»Do frogns am bestn nochi baim Schülchakölla. Dreantn haum a niada mitkriagt, wia mi da Nazi ois Frembi ogsteplt haut. Olle, dai naid derrisch sand, haum zuagloust, wiara ma drauht haut, dassa mi aukragln wül.« (Erkundigen Sie sich beim Schilcherkeller. Dort hat ein jeder mitbekommen, wie mich der Nazi als Fremder abgestempelt hat. Jeder, der nicht taub ist, hat seine Drohungen vernommen, dass er mich abmurksen will.)

»Womit aber nicht geklärt ist, warum Baschar bei dir im Zimmer war.«

»Eppa hauta sai in da Tia taischt. Er is a Spezl von Sara und Bushra und de Weiberleit huckn nua a Tia weita von mia.« (Vielleicht hat er sich in der Tür geirrt. Er ist ein guter Freund von Sara und Bushra und die wohnen nur eine Tür weiter.)

»Ja, möglich, aber vielleicht wollte er dich auch fragen, wie er in diesen elitären Kreis kommt.« Pöls faltet die Liste auseinander und streicht sie am Schreibtisch glatt.

»Die habe ich bei ihm gefunden.«

Pöls lehnt sich zurück, studiert Mahmouds Reaktion und

spielt zufrieden mit dem Schubladenknauf. Er zieht die Lade hervor und starrt auf einen Notizblock. Die Musterung der abgerissenen Falz passt exakt zum Zettel, auf dem die syrischen Namen notiert sind. Mit diesem Fund hätte jetzt nicht einmal der Inspektor gerechnet. Mahmoud gegenüber versucht er unbeeindruckt zu wirken und lässt die Lade wieder verschwinden.

»Wo finde ich den Schilcherkeller?«

»Do foarns de Straussn schreams auffi bis zum Schlauss Seggau. Gwiss findens durtn den Pfuscher-Lois. Bstöns eam an lieban Gruass von mia und steckns eam am baistn glei in'dn Häifn.« (Sie fahren die Straße immer weiter Richtung Schloss Seggau. Ich bin mir sicher, dass Sie dort den Pfuscher-Lois finden. Bestellen Sie ihm einen lieben Gruß und sperren Sie ihn am besten gleich ein.)

15. Heinz Pöls: Suche nach dem Quotennazi

Der Schilcherhof hat einen großen Gastgarten, in dem gerade Mittagsmenü unter riesigen Bierwerbeschirmen serviert wird. Pöls parkt vis a vis des Gastgartens, bleibt im Wagen sitzen, weil er einen Grazer Kollegen am Ohr hat, der in der rechten Szene gut bewandert ist.

»Pfuscher-Lois sagt mir leider nichts. Melde dich, wenn du genauere Hinweise hast. An sich habe ich aus dem Leibnitzer Raum derzeit keine potenziellen Wiederbetätiger auf der Blacklist. Seit dem Tod von Franz Fuchs ist die Gegend relativ zahm.«

»Das ist schon mal beruhigend.«

Pöls macht sich auf zum Gastgarten. Das Wirt-Ehepaar eilt emsig hin und her. Pöls fängt den männlichen Part ab.

»Ich suche den Pfuscher-Lois?«

»Mittags ist der nie da.«

»Wann ist der gute Mann üblicherweise anzutreffen?«

»Derzeit gar nicht. Er hat Lokalverbot.«

»Wegen Wiederbetätigung?«

»Weil er meine Gäste belästigt. Ich habe ihn letzte Woche rausgeworfen, gemeinsam mit einem Ausländer, weil sich die beiden nicht zu benehmen wussten.«

Der Wirt eilt mit dem Tablett voller Geschirr in das Lokal, stellt es am Tresen ab und bekommt postwendend ein volles zugeschoben, mit dem er sich sogleich wieder im Sauseschritt in den Gastgarten bewegt und im Affentempo serviert. Pöls rückt ihm nicht von der Seite. Der Lichtwechsel von draußen nach drinnen und wieder drinnen nach draußen macht ihm gehörig zu schaffen und er muss sich an der Schürze des Wirts festklammern, um nicht die Orientierung zu verlieren.

»San Sie b'soffen?«

»Hat der Ausländer auch Lokalverbot?«

»Klar, alle beide. Mir ist es egal, ob Einheimischer oder Zugereister, links oder rechts, wer sich nicht benehmen kann, fliegt. So einfach ist das.«

»Wo finde ich den Pfuscher-Lois?«

Der Wirt schüttelt den Kopf und klemmt sich das leere Tablett unter den Arm - wie ein Schutzschild gegen den Inspektor.

»Aber dort drüber sitzt der Schorschi und der kennt alle Gfrasta in dieser Gegend. Fragen's den.« Das Tablett zeigt auf einen wohlbeleibten Glatzkopf mit Brille, der allein am äußersten Tisch neben den Mülleimern sitzt.

»Darf ich mich einen Moment zu dir gesellen? Ich bin Inspektor Heinz Pöls vom LKA Graz.«

»Wie ich Sie da reinkommen sah, wusste ich, das ist ein Bulle. Das meine ich nicht despektierlich. Ein guter Bulle. Dieser

Blick, diese zusammengekniffenen Augen. Zu winzigen Schlitzen. Da wird alles ganz, ganz genau unter die Lupe genommen. Womit kann ich dienen?«

»Ich suche einen gewissen Pfuscher-Lois.«

»Den Alois.«

»Alois, und wie weiter?«

»Alois Russegger. Der hat Lokalverbot.«

»Hab ich schon mitbekommen. Mich würd interessieren, wo ich den Russegger finde?«

»Der wohnt bei seiner Mutter, seit er den Job als Installateur verloren hat. Ganz in der Nähe vom Bahnhof in der Retzhoferstraße. Das Haus können's gar nicht verfehlen. Es stehen ein paar Hitler-Gartenzwerge im Vorgarten. Die hat aber nicht er so verunstaltet, das muss ich schon auch zu seiner Verteidigung sagen. Das haben ein paar Lausbuben aus der Nachbarschaft verbrochen, um ihn zu ärgern, aber ich glaube, ihn stört das gar nicht arg.«

»Er soll sich mit einem Bewohner des Flüchtlingsheims geschlagen haben. Hast du das zufällig auch beobachtet?«

»Das geschah in meiner Abwesenheit. Schlägerei war's sicher keine. Ein Wortgefecht - so habe ich es erzählt bekommen. Der Lois ist braun, durch und durch und hat ein loses Mundwerk, das kann man ihm nicht abstreiten, gewalttätig hätte ich ihn noch nicht erlebt. Was aus seinem Mund kommt grenzt zwar teilweise an Körperverletzung, aber dass er die Faust ausfährt, nein, das glaub ich nicht.«

Der Wirt kommt heran und stemmt sich mit beiden Händen am Tisch ab.

»Inspektor sind Sie, habe ich läuten hören?«

Pöls nickt.

»Wollen's was essen, Herr Inspektor?«

»Danke, aber voller Magen macht mich ermittlungsmüde.«

»Ein Tröpferl Schilcher vielleicht?«
»Mit Wein habe ich es nicht so.«
»Schnapserl?«
»Na, gib schon her.«
»Da habe ich das Richtige für Sie. Einen Kürbiskernschnaps. Hausgemacht.«

16. Heinz Pöls: In der Retzhoferstraße

Der freundliche Glatzkopf aus dem Schilcherhof konnte Pöls keine Hausnummer nennen. Darüber ist der Inspektor jetzt ganz froh, denn als er so die Retzhoferstraße entlangfährt, kann er die winzigen Türschilder kaum erkennen.

»Die sind aber auch wirklich extrem unleserlich geschrieben«, redet er beruhigend auf sich ein.

Immerhin war ein Tipp vom Glatzkopf Gold wert - das Haus, in dem Alois Russegger lebt, ist tatsächlich unübersehbar. Die drei Gartenzwerge im Vorgarten sind so groß wie Dobermänner. Zwerge kann man das kaum nennen. Selten hat Pöls so etwas Geschmackloses gesehen. Als er seinen Wagen an den Zaun vor dem sanierungsbedürftigen Haus mit den vergitterten Fenstern und abblätternden Holzbalken parkt, erblickt er im Seitenspiegel eine alte Dame mit Kopftuch, die gerade über den großen Mülleimer gebeugt ist. Pöls verschwimmt das Gesicht des Gartenzwergs durch die Seitenscheibe. Nicht, dass ihm das unangenehm wäre, aber er braucht einen Schluck aus dem Flachmann. Der Gartenzwerg-Riese nimmt wieder das Antlitz des Führers an - mehr brauchst nicht.

Pöls steigt aus und geht auf die alte Dame zu. Noch bevor er sie ansprechen kann, richtet sie sich auf und zeigt stolz ihren Fund: eine Handvoll Neujahrsglücksbringer. Pöls erhascht einen Blick auf blutig rotes Küchenrollenpapier, bevor der Deckel des Mülleimers zuklappt.

»Der Bub bringt Unglück über mein Haus. Man wirft das Glück nicht achtlos weg.«

»Stimmt absolut. Ist der Alois dein Bub?«

»Klar. Und wer bist du?«

»Ich bin Heinz und muss deinen Buben sprechen.«

Die alte Frau wackelt Pöls voraus. Sie schreit den Namen ihres Sohnes lauthals und ununterbrochen. Die ganze Nachbarschaft weiß jetzt, dass der Heinz den Alois besucht.

Der Pfuscher-Lois wirkt weniger furchteinflößend, als sich Pöls erwartet hätte. Der Mann ist eher klein und schmächtig. Entlang des Arms liest Pöls den weisen Spruch tätowiert: »Da Installatör hots schwör«. Pöls schüttelt den Kopf, aber auch beim zweiten, dritten Mal hingucken, liest er den Satz genau so. Am anderen Arm steht auch irgendwas, aber das kann der Inspektor nicht entziffern.

Alois hat Akne im Gesicht, schütteres Haar und in seinen nikotingelben Fingern, die aus einem blutbeflecktem Handverband hervorstehen, steckt eine kalte, geknickte Zigarette. Dass es nicht die erste des Tages ist, riecht man. Im ganzen Haus hängt der Tabak schwer in der Luft. Den Rottweiler scheint das nicht zu stören. Groß und träge wie ein Schlachtschiff liegt er vorm Couchtisch. Erst, als Pöls nähertritt, ist der Hund blitzschnell auf den Beinen und fletscht die Zähne. Alois hält ihn am Halsband fest und deutet seinem Gast, auf der Längsseite der Couch Platz zu nehmen. Jetzt offenbart sich der Spruch am anderen Arm: »Von Gralla bis nach Oberwart.« Das darauffolgende BBA ist nach wohl mehrmaligen Radierversuchen schwach, aber immerhin noch zu lesen.

Alois sitzt auf dem schmalen Teil der L-Form. In geschmackloser Regenbogenshort. Ein Oberschenkel dick einbandagiert.

»Keine Angst, der Wolf hat gerade gefrühstückt und wird deine Haxn in Ruhe lassen.«

»Sehr beruhigend.«

»Mein Wolf ist schon ein bisserl blind. Da kann's passieren, dass er daneben schnappt, wenn ich ihm einen Knochen geben will.« Die nikotingelben Finger tanzen auf und ab.

»Ist das heute passiert?«

»Klar, beim Frühstück.«

»Klingt aufregend.«

»Hast du einen Hund?«

»Ich? Theoretisch zumindest.«

»Theoretisch? Was soll denn das heißen?«

Pöls winkt ab und setzt sich zaghaft auf den durchgesessenen Polster.

»Hast du eine leise Vermutung, weswegen ich hier bin?«

»Sagen's nicht, wegen dem Feuerchen in der Schmarotzerburg?«

»So nennst du das Flüchtlingsheim?«

»Ist nichts anderes als eine Schmarotzerburg, daher nenne ich es auch so. Das ist mein gutes Recht. Aber es ist klar, wenn das ›Haisl‹ brennt, dann braucht's den Quotennazi.«

»Du bezeichnest dich also selbst als Nazi?«

»Eine linke Zecke bin ich jedenfalls nicht.«

»Was hast du gegen die Bewohner des Flüchtlingsheims? Angeblich haben sie sich bestens integriert.«

»Integriert nennt man das? Die Parasiten klauen unseren Boden, unsere Erde, leben auf unsere Kosten, fahren die teuersten Radeln umsonst. Denen wird der Zucker in den Hintern geblasen.«

»Du plapperst wohl alles nach, was dir rechte Politiker vorkauen.«

»Mir muss niemand etwas vorkauen. Ich habe selbst Augen

im Kopf. Früher war Leibnitz eine feine Gegend, aber seit diese Schmarotzer unser Land überschwemmen, haben wir nichts mehr zu melden und müssen uns alles gefallen lassen. Fehlt nur noch, dass die uns eine Moschee auf den Seggauberg hinpflanzen, damit das G'sindel beten kann.«

»Und deshalb möchtest du das Heim brennen sehen?«

»Würd mich nicht stören, wenn's abbrennt. Aber dann bitte g'scheit. Von dem Feuerchen gestern war ja nichts zu sehen.«

»Hast du es dir angesehen?«

»Ich hab für gestern ein Alibi«, sagt Alois und kräht: »Mama! Sag dem Inspektor, wo ich am Sonntagabend war.«

Die alte Frau wackelt ins Zimmer.

»Mein Bub ist am Abend immer daheim.«

»Immer?«

»Ja, also auch am Sonntag«, sagt Alois triumphierend, als hätte er eine Tombola gewonnen.

»Es ist so gefährlich am Abend, da lasse ich den Buben nicht mehr raus. Er hat's mir versprochen, dass er nach Sechs das Grundstück nicht mehr verlässt.«

»Und an die Regeln der Mama halte ich mich. Sonntag Abend, Mama, was hamma da gemacht? Wir haben Tatort im Fernsehen g'schaut.«

»Ja, so ist es, Herr Polizist. Wollen's vielleicht was essen? Ich habe gefüllte Krautrouladen aufgetaut.«

»Reizend, aber nein danke.« Pöls blickt nochmals zu Alois. »Wer hat denn gestern beim TV-Tatort ermittelt?«

»Das weiß ich ehrlich gesagt nicht mehr, weil ich so müde war und relativ bald eingeschlafen bin. Die schauen doch alle gleich aus.«

»Und der Hund muss abends nicht mehr raus?«

»Doch, aber höchstens in den Garten. Zum Seggauberg ist's doch ein Stückerl zu weit.«

»Woher weißt du dann, dass es ein müdes Feuer war?«

»Im Radio haben's heute früh angesagt, dass es auf der Schmarotzerburg b'rennt hat. Da bin ich hin. Von außen sieht man gar nichts. Kann also nur müde gewesen sein.«

»Augenzeugen zufolge hast du dich vor ein paar Tagen im Schilcherkeller mit einem Bewohner des Flüchtlingsheims in die Haare gekriegt.«

»Mit dem Humusfresser. Der provoziert mich, imitiert meinen Dialekt. Der hat keinen Respekt vor unserer Sprache. Dem muss einer ja mal die Meinung sagen. Außerdem macht er sich an unsere Weiber ran.«

»Er hat ziemliche Kratzer von dir abgekriegt.«

»Wer sagt, dass die von mir sind?«

»Zeugen aus dem Schilcherkeller.«

»Und wie soll ich ihm die zugefügt haben mit meinen abgenagten Fingernägeln?«

»Vielleicht hast du ihn die Hundeleine spüren lassen?«

»In das Gasthaus darf ich Wolf gar nicht mitnehmen.«

»Aber die Leine kannst du mitgenommen haben.«

»Wozu denn?«

»Um sie dem ›Humusfresser‹ ums Maul zu hauen. Du hast ihn vor Ohrenzeugen bedroht und das Feuer angekündigt.«

»Das bestreite ich nicht. Ich habe ihm gesagt, dass ich ihn an den Eiern im Wald aufhänge, wenn ich erfahre, dass er eine Unsrige schwängert. Er vergreift sich eh auch an den ausländischen Weibern. Dem ist nix heilig. Dafür müsste man ihm auch die Eier abschneiden. Wenn Sie mich dabei erwischen, dann bitte, her mit den Handschellen, das Feuerl dichten Sie mir nicht an.«

Genau mit dem Stichwort Feuer blendet Pöls ein rotes Licht im Augenwinkel. Das kommt vom Hund. Als würde der Köter was sagen wollen.

»Ein GPS-Hundehalsband?«

»Das funktioniert nicht.«

»Ich würde es mir trotzdem gerne genauer ansehen.«

Die Handbewegung von Pöls ist eindeutig.

»Ohne Durchsuchungsbefehl muss ich gar nix, ich kenne meine Rechte.«

»Stimmt, dann rufe ich meine Kollegen an und warte bis sie herkommen und dich mitnehmen.«

»Dann nimmst es eben mit, das Bandl, aber abnehmen musst es dem Wolf selbst und der ist heute etwas schlecht drauf.«

Alois lässt die Leine grinsend fallen und das Viech nimmt direkt Kurs auf Pöls. Der Riesenschädel des Rottweilers gräbt sich in den Schritt des Inspektors. Für einen Moment überlegt Pöls, ob er heute Morgen eine frische Unterhose angezogen hat. Wolf macht es sich richtig gemütlich. Sein Schädel wiegt so viel wie eine Bowlingkugel. Ganz langsam legt Pöls seine Hände ans Halsband. Der Hund schnüffelt und schnüffelt.

»Wieso nennt man dich eigentlich Pfuscher-Lois?«

»Den Deppen im Ort habe ich das zu verdanken. Weil ich g'lernter Installateur bin. Aber es gibt kaum noch was zu hackeln in der Gegend bis auf ein bisschen Pfusch. Willst mich deshalb verhaften?«

»Deshalb bestimmt nicht, aber vielleicht flüstert mir das Ding so allerhand zu.«

»Das Bandl ist defekt. Diesen Daten kann man nicht trauen.«

»Vielleicht erinnert sich irgendwer, dass er dich gestern Abend beim Flüchtlingsheim gesehen hat. Und dann bin ich schneller wieder hier, als dir lieb ist. Und jetzt pfeif deinen Hund zurück, sonst muss ich von meiner Waffe Gebrauch machen.«

17. Heinz Pöls: Flaschentest

Pöls hängt auf der Fahrt zum Seggauberg am Telefon. Sein Kollege von der Abteilung »Wiederbetätigung« ist dran.

»Alois Russegger finde ich keinen in der Kartei.«

»Der Typ ist braun bis über die Ohren. Er hat sich ein Bekenntnis zur BBA auf den Arm tätowiert.«

»Muss ja nicht zwingend Bajuwarische Befreiungsarmee bedeuten. Vielleicht träumt er von einem Bachelor of Business Administration.«

»Genau so schaut mir der aus. Wahrscheinlich ein Dampfplauderer, aber trotzdem sollten wir ihn auf dem Schirm behalten.«

Der Inspektor trennt die Verbindung und schraubt den Lautstärkeregler seines alten Autoradios hoch, um die französische Jazz-Legende Eddie Louiss aus den Boxen orgeln zu lassen. Es ist immer ein und dieselbe Nummer. Blues for Klook klingt ein bisschen, als würde eine alte Audiokassette leiern. Seit Jahrzehnten verlässt kein anderes Lied dieses Radio. Pöls möchte sich nicht ausmalen, wie zukünftige Ermittlungen mit Partner aussehen würden. Da hat er keine Frau an seiner Seite und muss trotzdem Kompromisse in seinem Musikgeschmack in Kauf nehmen. Nein! Dieses Lebensgefühl wird er nicht kampflos aufgeben.

Fast eine Spur grantig stoppt er vorm Flüchtlingsheim. Beim Eingang haben sich der dicke und der schlanke Kollege abgelöst. Statt Schwarzbacher steht jetzt Bobo vorm Eingang und als er Pöls erblickt, winkt und pfeift er hysterisch, als fahre ein Rockstar vor.

Rasch dreht Pöls das Radio ab.

»Ich habe herausgefunden, wer die Personen auf der ominösen Liste sind.«

»Schlaumeier, das weiß ich mittlerweile auch«, sagt Pöls und löst den Gurt.

»Und die Kollegen haben das hier im Altpapiercontainer gegenüber vom Flüchtlingsheim gefunden.«

Bobo hält ein abgegriffenes Buch in einem Beweissäckchen in der Hand mit dem langen Titel: »Eine kurze Geschichte über die primitivste Granate der Welt. Band 11 aus der Reihe: Survival-Enzyklopädie.«

»Oha, mit Bauanleitung für einen Molotow-Cocktail?«

»Nicht besonders schlau, so ein Buch unmittelbar am Tatort zu entsorgen.«

»Stimmt«, sagt Pöls und schält sich aus dem Auto.

»Pöls, wusste gar nicht, dass du rauchst?«

»Ich war 20 Minuten beim Pfuscher-Lois. Der Geruch klebt wohl für den Rest des Tages an mir. Kennst du den Pfuscher-Lois?«

»Den Alois Russegger? Klar!«

»Das hätte ich mir denken können. Wegen welchen Delikten habt's ihr ihn vernommen?«

»Er selbst hat nichts verbrochen, aber er beschäftigt uns fleißig mit Anzeigen. Neulich, weil Jugendliche seine Gartenzwerge massakriert haben sollen.«

»Traust du ihm eine Schlägerei mit Mahmoud zu?«

»Da würde ich aber wenig auf den Russegger setzen. Der ist zwei Köpfe kleiner als der Libanese.«

»Spräche dafür, dass er sich rächt. Und der wäre blöd genug, dass er so ein Buch unmittelbar am Tatort entsorgt.«

»Ich bezweifle, dass der mit seinen ständigen Promille das Fenster trifft. Da nützt ihm die Lektüre wenig.«

»Das würde ich mit dir ohnehin gerne nachstellen: Inwiefern sich von dem Trampelpfad so ein gezielter Wurf hinkriegen lässt.«

Pöls offenbart ein Plastiksackerl mit leeren Bierflaschen. Damit schlendert der Inspektor ums Gebäude, bis er am Trampelweg auf Höhe von Mahmouds Zimmer steht. Er wartet, bis Bobo beim Fenster auftaucht.

»Dann zeig mal, was du draufhast, Pöls.«

»Geh lieber in Deckung«, sagt Pöls, packt die erste Bierflasche am Hals und visiert das Fenster an. Dann schleudert er sie los - und verfehlt das Ziel klar. Die Bierflasche zerschlägt nicht gleich an der Mauer - erst, als sie am Boden auf die Kieselsteine prallt.

»Ich habe zum Glück noch ein paar.« Der Inspektor fasst nach dem nächsten Flaschenhals.

Erneut trifft er das Ziel nicht. Bobo nimmt eine entspanntere Haltung ein.

»Aufgepasst, Bobo, diesmal geht's ins Schwarze.«

Aber auch Nummer Drei zerschellt abseits des Fensterrahmens. Ungläubig blickt Pöls an die Fassade. Er hat doch eindeutig das Fenster angepeilt. Seine Würfe haben an der Mauer hässliche Schrammen hinterlassen.

»Wenn der Täter so ein Wurftalent ist wie ich, dann hätte der ein Problem. Noch dazu im Finstern.«

Zwei Wanderer, die aus dem Wald an das Gebäude herankommen, weichen vom Pfad ab und nehmen einen Umweg in Kauf. Skeptisch behalten sie den Inspektor im Blick.

»Das ist Polizei-Ermittlungsarbeit, alles legal«, beschwichtigt Pöls. Die Wanderer bleiben dennoch eng beisammen auf Umweg-Kurs und großen Bogen um das Haus.

»Pöls, darf ich es einmal versuchen?«, ruft Bobo nach unten.

Also Rollentausch!

Der Inspektor marschiert hoch ins Zimmer. Als er sich in dem verkohlten Raum zum Fenster beugt, steht Bobo schon beim Trampelweg und bedient sich im Plastiksackerl.

»Glaubst du wirklich, dass du es besser kannst?«

»Weiß ich nicht, aber viel schlechter kann's kaum werden.«

»Ich musste mich schließlich in die Rolle eines potentiellen Täters versetzen. Sonst hätte ich schon getroffen.«

»Und warum sollte ein potentieller Brandstifter nicht treffen?«

»Weils Sonntagabend war. Da hat man in der Gegend einen gewissen Pegel.«

»Ist das so?«

»Ich hab Hawara aus der Gegend, bei denen ist das so.«

»Ich bin auch aus der Gegend, aber...«

»Schieß endlich. Versetzt du dich eben in die Rolle des Nüchternen.«

Bobo wirft und trifft auf Anhieb. Pöls hat Probleme, die Bierflasche zu fangen. Als hätte er Seife an den Fingern, entgleitet ihm das Glasgebinde und segelt hoch in die Luft. Im zweiten Nachfassen kann er das Ding bändigen.

»Guter Wurf«, ruft er zu Bobo hinab, der die vorletzte Flasche aus dem Sack holt.

»Schauen wir mal, ob's Anfängerglück war.«

»Oder einfach nüchtern geschossen.«

Hektisch stellt Pöls die gefangene Bierflasche ab und breitet seine Arme aus, um das nächste Geschoss professioneller zu fangen.

»Achtung, ich werfe.«

Die Flasche rotiert kontinuierlich in der Luft und zirkelt auf Pöls zu. Wieder schafft sie es elegant durch das Fenster. Sie kollidiert mit dem Bauch des Inspektors und wird von da wieder aus dem Fenster katapultiert. Bobo startet los, um die Bierflasche vor dem Aufprall am Steinboden zu bewahren.

»Der Täter muss also so ein geschickter Werfer sein wie du.«

Pöls dreht sich dem Raum zu, lehnt sich ans Fenstersims und

betrachtet die verbrannten Stellen um das Bett. »Damit er aber aufs Bett trifft, braucht es nochmals eine Portion Zirkusartistik.«

Bobo kommt mit dem Plastiksack und den zwei heil gebliebenen Flaschen in Mahmouds Zimmer.

»Du zweifelst daran, dass der Brandsatz von dort unten durchs Fenster geworfen wurde, Pöls?«

»In jedem Fall zweifle ich daran, dass die Flasche das Bett getroffen hat.«

»Naja, sie ist da gegen die Wand geflogen und dann…«, Bobo zeigt auf den schwarzen Fleck an der Mauer und sein Zeigefinger beschreibt in der Luft eine Sichel Richtung Bett. Man kann ihm förmlich ansehen, wie er an seiner eigenen Theorie zweifelt. Kurz darauf präsentiert er die Alternative:

»Vielleicht lag das Opfer nicht im Bett. Womöglich stand er sogar hier vorm Fenster. Die unverfehlbare Zielscheibe. Er duckt sich. Die Flasche explodiert hinter ihm an der Wand.«

»Verfehlt? Und was ist dann mit den verbrannten Händen?«

»Er grapscht sich die Decke und will das Feuer damit löschen. Die Decke fängt aber Feuer. Er verbrennt sich die Pratzen und wirft sich ins Bett. Bald brennt auch das Bett.«

»Und was ist mit der Kopfwunde?«

»Während er versucht, das Feuer zu löschen, kriegt er eine drübergebraten.«

»Ein Täter oder mehrere?«, fragt Pöls.

»Beides wäre denkbar. Täter 1 wirft den Brandsatz durchs Fenster, Täter 2 schlägt Baschar nieder. Oder, der Täter wirft die Flasche durchs Fenster, kommt hoch, um sicherzugehen, dass Baschar verbrennt. Variante 3: Der Täter ist schon im Zimmer, wirft den Brandsatz auf Baschar und schlägt ihn dann nieder. Na, was sagst, Pöls? Habe ich das Zeug zum Kriminalisten?«

Pöls schielt zum Bücherregal.

»Vielleicht wurde Baschar gar nicht zusammengeschlagen, sondern hat sich den Schädel dort oben gestoßen.«

»Im Comic vielleicht, Pöls. Wieso sollte der einen Luftsprung machen?«

»Das finde ich schon noch raus. Klar ist zumindest, dass Baschar nicht unschuldig zum Handkuss kam, sondern das richtige Opfer war.«

»Dann sollten wir uns das Zimmer des Opfers einen Stock tiefer auch mal vornehmen.«

»Gute Idee, Bobo, übernimmst du das gleich?«

18. Bushra: Zurück zum Flüchtlingsheim

Von ihrem Zimmerfenster aus, gut geschützt vom dichten Store, beobachtet Bushra, wie der Inspektor Flaschen auf das benachbarte Zimmer feuert. Aus Angst, entdeckt zu werden, setzt sie sich auf ihr Bett und lauscht dem Lärm.

Knallen, Klirren, Fluchen, Lachen, Schreien. Unheimlich! Polizei in diesem Land ist ihr nicht geheuer.

Als es wenig später an ihrer Tür klopft, weiß sie, dass er es ist - der Inspektor, dieser Typ mit dem verkniffenen Blick. Noch bevor er richtig eingetreten ist, sagt sie: »Ich Mahmoud auch sehen.«

»Wie bitte?«

»An die Tatort. Kurz vor Feuer. Ich Mahmoud sehen.«

»Wo hast du ihn gesehen?«

Bushra blickt sich um. Ja, wo soll sie ihn eigentlich gesehen haben?

»Dort!«, sagt sie und deutet auf den Flur.

»Wo genau?«

Sie geht vors Zimmer, fuchtelt mit der Hand.
»Da. Vor Mahmouds Tür.«
»War die Tür geschlossen oder geöffnet?«
»Geschlossen, glaube ich.«
»Nicht sicher?«
»Ich war an andere Ende von Flur.«
»In der Küche?«
»War auf Weg zu meine Zimmer. Da habe sehen Mahmoud vor seine Zimmer.«
»Wann war das?«
»Kurz bevor Feuer.«
»Und zuvor warst du in der Küche?«
Sie nickt.
»Mit Sara?«
»Ja.«
»Ihr habt Mahmoud beide gesehen?«
Erneutes Nicken.
»Ich dachte, du hast geschlafen und Sara hat dich geweckt, als es brannte.«
»Das ich nie gesagt.«
»Du nicht. Aber Sara.«
Bushra steigt die Hitze in die Wangen.
»Dann hast du Mahmoud vielleicht doch nicht unmittelbar vorm Brand gesehen, sondern es kam dir im Schlaf so vor.«
»Nein, ich ihn sehen, kurz vor Feuer.«
»Wie willst du wissen, dass du geschlafen hast?«
»Weil ich geguckt auf Uhr. Es war 20 Uhr, als ich schlafen. Und Sara mich wecken zehn Minuten später.«
»Wie genau hast du Mahmoud erkannt?«
»Wie genau?«
»Von vorne? Von hinten? Hat er dich auch gesehen?«
»Habe sehen von hinten. Er mich nicht sehen.«

»Es hätte nicht etwa Baschar sein können?«

»Nein, Baschar nicht sehen.«

»Mahmoud und Baschar sind in etwa gleich groß. Beide dunkelhaarig. Von hinten aus der Distanz womöglich verwechselbar. Noch dazu warst du müde, unkonzentriert.«

Bushra schüttelt heftig den Kopf. »Nein. War Mahmoud.«

»Wie gut kennst du Baschar?«

»Gut kennen.«

»Erzähl mir von dieser Beziehung.«

»Beziehung? Nix Beziehung mit Baschar. Kollege.«

»Ich meine damit, erzähl mir von dieser Bekanntschaft. Was habt ihr miteinander unternommen.«

»Wir oft essen, trinken, spielen, reden zusammen.«

»Wer sind WIR?«

»Ich, Baschar, Sara.«

»Mahmoud auch?«

»Nein, Nix!« Sie sagt es beinahe eine Spur zu entsetzt und wendet sich ab, um dem Inspektor nicht ins Gesicht blicken zu müssen.

»Ist Mahmoud kein Freund von dir?«

»Habe kein Problem mit Mahmoud, aber er und Baschar…«, sie ballt ihre Fäuste und lässt sie vor ihrer Brust Knöchel an Knöchel zusammenkrachen.

»Rivalen?«

»Mahmoud ist wie große Bruder. Will nicht, dass wir mit Baschar zusammen.«

»Warum nicht?«

Sie zuckt mit den Schultern.

»Er will uns beschützen.«

»Glaubt er, dass Baschar euch etwas antun möchte?«

Wieder muss sie mit den Schultern zucken. Sie will es gar nicht. Es kommt automatisch.

»Mahmoud will nicht, dass wir küssen.«

»Eifersüchtig. Wollte Mahmoud euch selbst busserln?«

Erneutes Zucken, diesmal lässt sie es unkommentiert. Dieser Inspektor verwirrt sie. Sie möchte gerne wieder allein sein.

»Hat Mahmoud Baschar verboten, euch zu sehen?«

Sie nickt mit gesenktem Blick.

»Aber ihr habt euch dennoch getroffen?«

Nun muss sie nichts machen, Pöls kennt die Antwort.

»Wo habt ihr euch getroffen? Hier im Heim?«

Kopfschütteln.

»Wo, Bushra?«

»Bei wilde Wasser.«

»Wo gibt es hier wildes Wasser?«

»Heißen Sulm.«

Und dann bittet Pöls das Mädchen, ihm davon zu erzählen.

19. Bushra: Rückblende - Zur Steinernen Wehr

In Steiermarks ältestem Flussbad erstrahlt die Natur bereits in saftigem Grün. In frühsommerlichen warmen Sonnenstrahlen sitzen Bushra, Sara und Baschar auf bunten Handtüchern entlang einer kleinen Sandbank mitten im Fluss. Am Ufer lehnen drei Fahrräder.

Baschar bedient ein Tablet, das auf seinem Handtuch liegt.

»Guckt her, hier ist eine österreichische TV-Talkshow«, sagt er und winkt die Mädchen hektisch zu sich, aber Bushra und Sara sonnen sich lieber. Sara schon gewagt freizügig, Bushra setzt nur Unterschenkel und Unterarme den Sonnenstrahlen aus.

Aus den Lautsprechern des Tablets dringt Geklatsche und Gelächter.

»Ich verstehe kein Wort«, sagt Sara.

»Aber es gibt keine bessere Methode, um Deutsch zu lernen, wie es die Menschen hier sprechen. Vergesst die Unterlagen eurer Deutschkurse. So spricht hier kein Mensch.« Baschar dreht lauter.

Auf dem Display sieht man eine stark geschminkte Moderatorin, die ihren Gästen provokante Fragen stellt.

»Baschar, ich verstehe nichts. Mach das aus«, sagt Bushra, die genießen möchte, nicht ständig Deutsch reden zu müssen.

»An deinem Dialekt musst du noch arbeiten, Bushra.«

Bushra spritzt ihm eine Handvoll Wasser entgegen.

»Spinnst du! Das Tablet ist nicht wasserdicht.«

»Dreh ab, wir baden. Nicht lernen.«

»Nichts da, ich möchte, dass euch die Menschen hier akzeptieren.«

»Es kann nicht jeder so ein Talent sein, wie du, Baschar.«

Sara rollt sich auf sein Badetuch und betrachtet das Geschehen am Display.

»Das sind alles Dinosaurier. Alle 100 Jahre alt. Das ist völlig uninteressant, langweilig und bescheuert.«

»Die Österreicher haben keine anderen Talkshows. Die sind alle so langweilig. Alles andere kommt aus Deutschland. Aber die Deutschen sprechen komplett anders. Das müssen wir nicht lernen. Wichtig ist, zu sprechen wie die Leibnitzer.«

»Du meinst, wir sollen so reden wie Mahmoud?«, sagt Sara und muss gemeinsam mit Bushra lachen.

»Da bleibe ich lieber bei meinem miserablen Deutsch.«

»Es ist nicht miserabel, sondern ausbaufähig.« Sara übernimmt die Herrschaft über das Tablet.

»Sara, drück da nicht herum.«

»Ich will etwas anderes sehen, nicht diese hässlichen Figuren.«

»Ich möchte das hören, ganz egal, ob es langweilig ist.«
»Nein, ich möchte sehen, ob es etwas Besseres gibt.«
»Es gibt nichts Besseres.«
»Davon möchte ich mich selbst überzeugen.«
Baschar und Sara behindern sich gegenseitig am Tablet.
»Lass, ich weiß schon, wie das geht.«
»Das wirkt aber nicht so, Baschar.«
»Finger weg, Sara.«
Plötzlich ruft Baschar: »Da, das hier ist gut.«
Er startet einen Stream. Eine übertrieben fröhliche Signation schallt durch die Luft.

»Steirischer Funkenflug«, singt ein süßlicher Dreiklang. Die Musik verstummt und es meldet sich eine weibliche Stimme zu Wort, die so wirkt, als hätte sie kurz vor der Aufnahme eine Überdosis Stimmungsaufheller konsumiert.

»Ich begrüße alle Single-Ladies da draußen vor den Fernseh-Apparaten ganz, ganz herzlich zu unserer neuen Staffel von ›Steirischer Funkenflug‹. Es ist unser innigstes Bestreben, die einsamen Herzen nicht länger ihrem Schicksal zu überlassen und euch Buben und Mädels zusammenzubringen. Diesmal begibt sich Amor mit Pfeil und Bogen in die wunderschöne mediterrane Südsteiermark. Also, macht euch auf heiße steirisch-zünftige Kernöl-Liebesattacken gefasst. Mein Name ist Marlene Bodenbauer und ich heiße euch diesmal herzlich willkommen in Kitzeck, herzlich willkommen beim Steirischen Funkenflug.«

Danach setzt schmalzige, verträumte Musik ein. Bushra kann sich dem nicht länger entziehen und gibt ihrer Neugier nach. Sie verschafft sich zwischen Saras und Baschars Köpfen Platz, um vom Bildschirm einen Blick zu erhaschen. Von der Moderatorin ist nichts mehr zu sehen, obwohl sie gerne wissen würde, ob das Gesicht zur Stimme so aussieht, wie sie sich das in ihrem Kopf gerade ausmalt. Luftbildaufnahmen aus der Region sind am Display zu sehen. Bushra erkennt das Schloss Seggau und den Sulmsee. Zu den Drohnenaufnahmen gesellt sich die Off-Stimme der Moderatorin.

»Wir befinden uns hier auf der Sausaler Weinstraße. Sie erstreckt sich über die steilsten Weingärten der Steiermark. Hier produzieren die Winzer authentische Herkunftsweine, in denen sich die Besonderheiten der Region widerspiegeln. Das Sausal hat lange Tradition und ist die älteste Herkunftsbezeichnung für steirischen Wein innerhalb der Grenzen, die gegenwärtig existieren. Der Sausal-Stock ist wesentlich älter als die restliche Südsteiermark. Aber eines garantiere ich euch: Die Winzer sind hier alles andere als alt und gestrig, sondern jung, knackig und mindestens genauso zum Anbeißen wie die herrlichen steirischen Trauben.«

Die Drohne senkt sich auf ein mächtiges Bauernhaus am Fuße eines steilen Weinhangs.

»Einer dieser feschen Jungwinzer, die ich euch unmöglich vorenthalten möchte, ist Franz Schmollthaler, der am elterlichen Hof die Tradition des Sausaler Weinbaus in fünfter Generation weiterführt.«

Jetzt sieht man erstmals den Burschen. Er tritt mit nacktem Oberkörper aus dem Weinkeller hervor, einen antiken Gärspund lässig geschultert. Strahlend weiße Zähne grinsen in die Kamera.

»Griaß enk, Dirndln, ich bin der Franz Schmollthaler, aber Franz nennt mich hier keiner. Die meisten sagen Schmolli oder Fifi zu mir. Bei uns im Sausaltal gibt's narrisch fesche Dirndln, aber die Krux ist, die sind alle vergeben und ich will dem lieben Nachbarn schließlich keine Maid ausspannen. Also rufe ich in die weite Welt hinaus: Hallo, wo ist meine Goaß? Vielleicht suche ich genau dich.«

Die Kamera folgt dem feschen Bauern ins Wohnhaus. Er zeigt die Räumlichkeiten, denen anzusehen ist, dass durch diesen traditionellen Hof bereits die Moderne Einzug gefunden hat. Stilvolle Designermöbel in den bäuerlichen Stuben, das macht sich im Fernsehen gut.

»Wahnsinn, der muss in Kohle schwimmen«, sagt Baschar.

»Leise!«, fordert Sara, die den Beitrag unbedingt konzentriert und ungestört folgen möchte.

Aus der geräumigen Wohnküche tritt der Senior Winzer hervor und wendet sich mit strengem Blick der Kamera zu.

»Alles, was der Bua kann, hat er von mir gelernt.«

Endlich bekommt Bushra die Moderatorin zu sehen. Und sie wird nicht enttäuscht - was für eine Erscheinung! Als würde sie sich selbst am liebsten dem nächsten Bauern an den Hals werfen wollen. Mit Schmollmund lächelt Marlene Bodenbauer Junior und Senior entgegen. Es folgt eine dilettantisch gespielte Begrüßungsszene, als würde die Fernsehmoderatorin völlig zufällig in das Bauernhaus einfallen.

»Ich habe gehört, an diesem Hof wird die bessere weibliche Hälfte gesucht?«

»Dich schickt der Himmel«, sagt der Senior.

»Was wünscht sich der Senior denn für eine Schwiegertochter?«

»Sie sollte eine starke Persönlichkeit sein, denn mein Bua braucht Führung. Eine starke Hand, verstehst?«

»Und die Frau Mama?«

Die Kamera schwenkt und zeigt Frau Schmollthaler. Ihr ist anzusehen, dass sie nicht gerne gefilmt wird. Die Stirnfalten bleiben trotz künstlichem Lächeln. Die Moderatorin stellt die Frage ein zweites Mal, nachdem die Frau nicht antwortet, dreht die Kamera wieder ab und Marlene Bodenbauer grinst breit ins Bild.

»Ich hoffe, es sieht der richtige Engel zu. Aber welches weibliche Wesen lässt sich so eine Bärenkraft entgehen?« Sie fasst Fifi an den stählernen Oberarm. »Da es bekanntlich nicht nur auf Äußerlichkeiten ankommt, Fifi, beschreibe dich unserer Damenwelt.«

Ein harter Schnitt und der junge Weinbauer sitzt auf einmal mitten zwischen den Weinreben mit Gitarre in der Hand und Sonnenbrille auf der Nase unter einem großen Klapotetz. Er lehnt gegen eine steirische Harmonika.

»Ich bin ein gnadenloser Romantiker und trage die Dirndln auf Händen.«

Dann stimmt er ein selbstkomponiertes Lied an. Für Bushra ist nicht erkennbar, ob der inbrünstige Gesang Englisch oder tiefsten steirischen Dialekt verkörpert. Auch Sara und Baschar ist die Unsicherheit ins Gesicht geschrieben.

»Wenn wir das beherrschen, sind wir die Könige von Leibnitz«, meint Baschar und versucht den Bauern zu imitieren.

»Ich muss diesen Bauern kennenlernen.« Sara bringt ihre Augen nicht vom Display. »Wie komme ich in diese Sendung?«

Der Jungwinzer hat mittlerweile Gitarre gegen Knopforgel getauscht und die musikalische Unterhaltung wird ein sattes Stück volkstümlicher.

»Dieses schöne Land ist das Steierland, ist mein liebes, teures Heimatland«, krächzt er dazu.

Die Kontaktadresse wird eingeblendet und die Stimme der Moderatorin erklärt: »Interessierte Mädchen bewerben sich unter ›Steirischer Funkenflug‹, Kennwort Winzer.« Nun rückt sie neben dem Harmonikaspieler ins Bild und klatscht übertrieben künstlich.

»Das war wunderschön, lieber Fifi, das wird dir einen Ansturm an Bewerbungen bescheren, das kann ich dir versichern. Welche Maid sich dein Vater für dich wünscht, wissen wir, doch wie stellst du dir die Frau an deiner Seite vor?«

»Das Dirndl darf mich nicht einschränken. Stattdessen soll sie mich bereichern. Ich möchte einer der anerkanntesten Kellermeister im Sausal werden. Meine Eltern und Großeltern haben vorgesorgt, dass unser Name steiermarkweit und teilweise sogar national bekannt ist. Das möchte ich nicht nur fortsetzen, sondern auf internationale Ebene heben. Ich bin weitgereisten Dirndln nicht abgeneigt, die meinen Horizont erweitern. Je exotischer, desto besser.«

»Na bitte, das ist genau dein Profil, Sara.«

»Exotisch? Darunter stelle ich mir Nasenpiercing und Tattoo im Nacken vor.«

»Unsinn, der meint genau dich. Den Winzer schnappen wir uns. Wir bringen dich da rein, Sara und dann gehört uns bald der ganze Hof.«

»Blödmann!«, sagt sie und boxt ihm in die Schulter. Er stürzt vom Badetuch und reißt das Tablet mit sich.

»Bring mich zu diesem Bauern.« Sara setzt sich auf.

»Ich helfe dir! Wir drehen ein Bewerbungsvideo, dass ihm die Augen aus den Augenhöhlen kullern lässt.«

»Bushra, bist du dabei?«

Sara und Baschar blicken Bushra erwartungsvoll an.

»Er spricht eigenartig.«

»Das ist Dialekt. Das kriege ich schon hin. Also, bist du dabei? Hilfst du uns?«

Nach kurzem Zögern. »Natürlich!«

20. Bushra: Rückblende - Das Bewerbungsvideo

»Sulm, die Erste! Action!« Baschar hat eine Baseballkappe verkehrt am Kopf, klatscht in die Hände und nimmt sein Handy hoch. Video-Funktion. Er steht am Ufer, lehnt gegen einen Baumstamm und visiert den Fluss an. Konzentriert wartet er, bis das knallrote Kajak ins Bild rückt, dann drückt er die Record-Taste.

Sara und Bushra paddeln emsig. Bushra wendet sich von der Kamera ab. Sara dreht den Kopf zu Baschar und schickt ihm ihr verführerischstes Lächeln.

»Na, mein Lieber? Suchst du das exotische Abenteuer? Ich liebe meine libanesischen Wurzeln, aber jetzt ist meine Heimat Leibnitz und deshalb möchte ich mich auch hier verlieben.«

»Lauter! Du musst das lauter sagen, Sara«, ruft Baschar. Er läuft parallel zum Boot am Ufer entlang, weicht geschickt den Bäumen aus, ohne Sara und Bushra aus den Augen zu verlieren.

»Lauter geht nicht. Soll ich die Vögel vertreiben? Außerdem hast du gesagt, es soll sexy klingen. Das ist eher gehaucht als geschrien.«

»Wir machen es einfach noch einmal. Wiederhole deinen Text.«

»Er will nur deine Blicke«, flüstert Bushra. »Er kann nicht genug kriegen, wie du ihn betörst!«

»Glaubst du?«

»Ich fühle es.«

»Na gut, dann mach dich bereit«, brüllt Sara gen Ufer. »Das ist das letzte Mal, länger machen das meine Arme nicht mit.«

Nach dem Dreh in den Sulmer Auen strampeln die drei Freunde auf ihren Fahrrädern zur Buschenschank. Baschar kennt den Wirt und ist mit ihm per du.

»Den Schmollthaler-Buam wollts ihr beeindrucken? Ich war mir sicher, der Fifi ist vom anderen Ufer. Den hat man noch nie mit einem Dirndl an seiner Seite gesehen. Wahrscheinlich ist das eine Initiative vom Senior. Der würd den Buam erschlagen, wenn der ein Warmer wär.«

»Und Ruhe bitte, wir drehen!«, ruft Baschar. Sara wurde an einer Holzbank mit idyllischem Hintergrund-Panorama platziert. Bushra erhält die Rolle der Kellnerin.

»Ok, Bushra, bitte serviere den Wein.«

»Soll ich dabei auch lächeln?«

»Das ist egal, von dir sind nur die Hände im Bild.«

Bushra stellt Weißwein und Sprudel ab, fabriziert einen Sommerspritzer, dann tritt Sara in Aktion, nippt am Glas, versucht dabei möglichst genussvoll in die Kamera zu blicken.

»So ein herrliches Getränk. Ich liebe es. Und wenn ich verliebt bin, dann kannst DU alles von mir haben.«

»Bitte mit etwas mehr Leidenschaft«, fordert der Regisseur.

»So ein herrliches Getränk. Ich liiiiiebe es.«

Geduldig beobachtet der Wirt das Szenario von seinem Schattenplatz neben der Bar aus, dann unterbricht er mit schallendem Gelächter die Aufnahme.

»Das wäre so gut geworden.« Baschar straft den Wirt mit strengen Blick.

»Getränk sagt hier kein Mensch. Du musst den Fifi bei den Eiern packen.«

Der Wirt kommt an den Tisch heran, lässt sich neben Sara nieder, nimmt ihr das Glas aus der Hand und demonstriert, wie sie es schwenken und dann an die Nase und an den Mund führen muss. »Und dann sagst du: Ein Heckenklescha kommt mir nicht ins Haus. Deshalb will ich zum Fifi, der mir garantiert kein Gschloder andreht.«

Er drückt Bushra das leere Glas in die Hand. Der Gesichtsausdruck seiner Gäste lässt ihn noch grollender Lachen.

»›Heckenklescha‹ und ›Gschloder‹ steht beides für grauslichen Wein.«

»Ich schaffe keinen weiteren Schluck mehr«, sagt Sara und erhebt sich. Sehr zum Missfallen von Baschar.

»Wir bringen das jetzt zu Ende.«

»Nein, nimm eine der erste Versionen. Ich mag das Gschloder nicht mehr trinken.«

»Mein Wein ist aber kein Gschloder«, stellt der Wirt fest.

»Ich hasse Wein. Ich trinke maximal Rotwein.« Sie zwängt sich am Wirt und Bushra vorbei und verlässt den Gastgarten.

»Jetzt muss wohl das hässliche Entlein einspringen«, lacht der Wirt. Er sieht Bushra zwar nicht an, aber sie weiß, wer gemeint ist. Baschar fummelt an seinem Handy herum.

Bushra führt das Glas an ihre Nase und riecht an dem letzten Rest, der noch vorhanden ist. »Ich finde, Sara sollte nicht betteln. Der Bauer muss sie sich verdienen. Nicht er bestimmt, ob er Sara auswählt, sondern er muss sie sich verdienen.«

Langsam sinkt sie auf die Bank. Baschar drückt den Aufnahmeknopf.

»Dann mach es Sara mal vor, Bushra. Und vergiss nicht: Du musst Deutsch reden.«

»Salam aleikum, du sollst wissen, ich kann haben Mann auf ganze Welt. Du wollen mich haben? Dann zeigen mir Abenteuer. Bei Langeweile ich bin wieder wie Wind. So schnell du nicht kannst gucken.«

»Stopp, Bushra - niemand hier sagt gucken«, unterbricht Baschar und blickt hilfesuchend zum Wirt, der nickt und dann erklärt: »Goffen, bei uns goffen die Leut‘.«

»Ich glaube, Bushra, du lässt wieder besser Sara vor die Kamera.« Baschar lacht. Eine Spur zu schadenfroh.

21. Bushra: Rückblende - Fifis Zusage

Bushra sitzt in der Gemeinschaftsküche im Flüchtlingsheim und löffelt eine lauwarme Erdäpfelsuppe.

Sara kommt mit Baschar stürmisch herein und wedelt mit einem Brief. »Rate mal.«

Bushra zuckt mit den Schultern.

»Post vom Junior-Winzer.«

»Von Fifi?«

»Er hat mich unter seine Favoritinnen gewählt.«

Sara kann sich einen jauchzenden Aufschrei nicht unterdrücken und herzt ihre Freundin. Baschar kommt an die beiden Mädchen heran und legt jeweils einen Arm um Sara und Bushra.

»Das war unser gemeinsamer Verdienst. Wir sind ein Dream-Team. Darauf stoßen wir an.«

Eilig sucht er nach Gläsern, findet aber keine, weil das Geschirr schmutzig in der Spüle liegt.

»Becher tun's auch«, sagt Sara. Zu zweit füllen sie mehrere Kaffeehäferl mit Wasser. Jeder greift sich einen. Die Becher donnern gegeneinander.

»Auf uns«, ruft Baschar.

»Ich möchte mich bei euch bedanken.«

Sara strahlt ihre Freunde an.

»Ich habe nichts geleistet.«

»Klar, Bushra, ohne dich hätte es nicht geklappt. Ich frage mich bloß, wie ich mich gegen die anderen Frauen durchsetzen werde. Jetzt bin ich auf mich alleine gestellt. In der Hofwoche könnt ihr mich nicht unterstützen.«

»Machst du Scherze?« Baschar lacht auf. »Es gibt keine Bessere als dich. Die anderen Kandidatinnen können einpacken. Es ist so gut wie sicher, dass er dich zu seiner Auserwählten macht. Und dann gehört der Hof uns.«

»Es sind nicht mehr viele Wochen bis zu den Drehtagen. Bis dahin muss ich mein Steirisch aufbessern. Sonst bin ich chancenlos.«

»Ich hoffe nur, Sara, du vergisst uns nicht, wenn du dann zur Winzerkönigin gekürt wirst.«

Baschar trinkt aus, stellt den Becher ab und lehnt sich am Türrahmen des Kücheneingangs an.

»Spinnst du, natürlich nicht. Wir sind doch das Glücks-Trio, das Dream-Team.«

»Ich werde dich daran erinnern, wenn es soweit ist.« In Baschars Blick erkennt Bushra eine Ernsthaftigkeit, die sie bisher bei ihm noch nie gesehen hat. Nahezu sehnsüchtig fixiert er Sara. Bushra ist das so unangenehm, dass sie die Tasse hebt und trinkt, obwohl sie keinen Durst verspürt. Als sie den Kopf wieder hebt, segelt Baschar wie von einer Kanonenkugel getroffen durch die Küche. Im nächsten Moment tritt Mahmoud durch die Tür. Seine langen Arme baggern nach Baschar. So schnell, wie er den Jungen in die Küche befördert hat, schleudert er ihn in den Flur.

»Houb i da naid scho hundert moi praidigt, dass du daini Griffl voun libanaisische Weibsbüda loussn sulst?« (Habe ich nicht schon hundert Mal gepredigt, dass du deine Finger von libanesischen Frauen lassen sollst?)

Sara wischt den Brief umgehend vom Küchentisch.

»Mahmoud, kannst du nicht normal mit uns sprechen? In dieser Küche ist arabische Zone.«

»Verzieh dich, sonst kann ich für nichts garantieren«, wechselt Mahmoud auf seine Landessprache.

»Wer hat dir gesagt, dass du auf uns aufpassen sollst?«

»Ich werde nicht zulassen, dass euch der Gauner belästigt.«

»Er hat uns nicht belästigt. Lass du uns lieber in Frieden.«

»Sara, eines Tages wirst du mir dankbar sein, dass ich Baschar nicht ungeniert an euch rangelassen habe.

»Du hast mir nichts zu befehlen.«

22. Heinz Pöls: Aussage gegen Aussage

»Olda Voda, i hear wul naid raeicht. I sul in a aundares Haim?« (Ich höre wohl nicht recht. Ich soll in ein anderes Flüchtlingsheim verlegt werden?)

Mahmoud platzt ins Büro des Heimleiters, in dem es sich Pöls gerade erst wieder im Ledersessel bequem gemacht hat und von Schneeberger exotischen Vodka serviert bekommt.

»Mahmoud, du kommst gerade recht. Der Herr Inspektor hat noch ein paar Fragen an dich.«

»I haun olls gsogt!« (Ich habe alles gesagt.)

»Es gibt einen neuen Kenntnisstand, der deine Aussagen etwas ins schiefe Licht rückt.« Pöls leert das Stamperl und kämpft sich aus dem Sitz, um ihn Mahmoud zu überlassen.

»I stea liaba!« (Ich stehe lieber.)

»Ich habe dem Inspektor bereits mitgeteilt, dass ich bestätigen kann, dass du zum Tatzeitpunkt bei deinem Spezial-Training in Spielfeld warst. Der Herr Inspektor möchte aber erfahren haben, dass du kurz vor dem Brandausbruch im Heim gesehen wurdest, was völlig unrealistisch ist.«

Pöls drückt dem Heimleiter das leere Stamperl in die Hand und öffnet ihm die Bürotür. »Ich rufe dich, wenn ich dich brauche, aber ich wäre dir verbunden, wenn du mich mit deinem Schäfchen alleine reden lässt.«

Der Heimleiter geht ungern, aber Pöls bleibt hartnäckig - Schneeberger muss raus.

»Wölcha Pülcher saugt, dass a mia gseign haut? Da Nazi? Dea liagt wia droukt, wenn dea sei Broadloud aufmoucht.« (Wer hat behauptet, dass er mich gesehen hat? Der Nazi? Der lügt, wenn er den Mund öffnet.)

Pöls schließt die Tür, deutet auf den Ledersessel, wartet, bis Mahmoud sich aufraffen kann, Platz zu nehmen.

»Es ist völlig egal, von wem ich das zu Ohren bekommen habe. Tatsache ist, dass ich auch in Erwägung brachte, dass zwischen dir und Baschar nicht alles Eitel, Wonne, Eierkuchen war. Und das weiß ich nicht vom Pfuscher-Lois.«

»Dein Stiefl kaun nua de Sara dazöln.« (Dieser Blödsinn kann nur Sara erzählen.)

»Wie kommst du auf Sara? Hast du sie zum Tatzeitpunkt gesehen?«

»Wia sul des gai, wenn i naid dou woar? D' Sara wul ma den Schmafu ind' Schuach schiabn.« (Wie soll das gehen, wenn ich nicht da war? Sara will mir den Käse in die Schuhe schieben.)

»Warum sollte sie das tun? Wo du doch der fürsorglich große Bruder bist.«

»Weis a foischas Luada is.« (Weil sie eine falsche Schlange ist.)

»Was lief da zwischen dir, Baschar und dem Mädchen?«

»D' Weibaleit laussn si von dem Biaschal s' blaui voum Himmai dazöun. Dea tuat si bei de zwoa einweimperln.« (Die Mädels lassen sich von dem Burschen das Blaue vom Himmel erzählen. Der schleimt sich bei ihnen ein.)

»Das klingt nicht mehr nach dem lieben Jungen von nebenan, für den du mir Baschar gestern verkauft hast.«

»Deis is a Aufschneida.« (Er ist ein Aufschneider.)

»Höre ich da Eifersucht?«

»Geh weida, i schear mia nur umd' Weiberleit.« (Nein, ich kümmere mich nur um die Mädchen.)

»Warum ist dir das so wichtig?«

»Die Mearigen voun dena san unschuldi ausm Kriag kumman und gaunz alloan do aufgschlogn und vulla aungst und brauchn oan, der auf eana obocht gaibt. Desholb deaf i a naid valeigt wearn. Dei brauchend mia.« (Die meisten von ihnen sind allein geflüchtet, ohne Familien hier gestrandet, hilflos, voller Angst und brauchen jemanden, der über sie wacht. Deshalb darf ich auch nicht verlegt werden. Die brauchen mich.)

»Es ist zu deinem eigenen Schutz. Noch können wir nicht ausschließen, dass der Anschlag nicht etwa dir galt.«

»I pass auf mira sölba auf.« (Ich kann auf mich selbst aufpassen.)

»Kennst du dieses Buch?«

Pöls zieht die Bombenbauanleitung hervor.

»Gehört es vielleicht sogar dir?«

Mahmouds Augenaufschlag lässt keinen Zweifel daran, dass ihm das Cover geläufig ist. Aber er zieht es vor, zu schweigen und erhebt sich.

»Schauens liawa, dass aus da Sara d' Woarhait aussa treischn.« (Sehen Sie lieber zu, aus Sara die Wahrheit herauszuprügeln.)

»Es war nicht Sara.«

»Wern daun?« (Wer dann?)

Jetzt ist Pöls der Schweiger. Nasenspitze an Nasenspitze. Die beiden blicken sich in die Augen. Wer blinzelt zuerst? Pöls kann dieses Spiel ewig spielen - denn je weiter er die Augen aufreißt, desto unschärfer erscheint ihm sein Gegenüber.

Die Tür schwingt auf. Ein besorgter Heimleiter blickt herein.

»Alles in Ordnung? Es ist so still.«

23. Heinz Pöls: Kernöl & Handy

»Hat das Gespräch mit meinem Schäfchen Neuigkeiten gebracht, Inspektor?«

»Ich brauche die Adresse von Mahmouds Integrationstrainer aus Spielfeld.«

»Stefan wird morgen im Haus sein. Sie müssen nicht extra nach Spielfeld fahren.«

»Ich möchte mir dieses Integrationszentrum ohnehin persönlich ansehen.«

Pöls öffnet die Schreibtischlade, in der er den Notizblock weiß. »Schreib es mir hier drauf.«

Während Schneeberger den Füller bereit macht und in seiner feinen Handschrift zu notieren beginnt, fragt Pöls: »Kannst du dir erklären, wie Kernölflecken auf deinen Notizblock kamen?«

»Allerdings!«

»Wieso grinst du so?«

»Darf ich Ihnen meine Business-Visitenkarte überreichen? Die erklärt das.«

Die kleine Karte ist etwas zerknittert und vom Schweiß durchnässt.

Kürbishof Schneeberger, Genussmanufaktur, Oberlupitscheni

»Schließlich kann ich vom kargen Gehalt als Heimleiter nicht überleben. Die Landwirtschaft ist meine Haupteinnahmequelle.«

Pöls starrt noch immer auf die Visitenkarte.

»Sag mir, dass der Ortsname ein Scherz ist.«

»Oberlupitscheni?«

Allein beim Klang des Namens kann sich Pöls kaum ein Kichern verkneifen. Er ist dankbar, dass der Leibnitzer Kollege in dem Moment ins Büro trampelt.

»Wir sind fertig mit Baschars Zimmer.«

»Kennst du einen Ort namens Oberlupitscheni?«

»Klar, nur ein paar Kilometer von hier.«

Wie der Kollege das betont - als wäre es das Selbstverständlichste der Welt.

Im Gänsemarsch schreiten Bobo, Pöls und der Heimleiter die gut 40 Meter vom Büro bis zu Baschars Zimmer. Traurig steht ein Einzelbett in einem Eck. Ein kahler Nachttisch, ein offener

Kleiderschrank, dem sämtliche Regale entnommen wurden. Sie liegen als Bretterhaufen auf einem Fleckerlteppich.

An der Wand vis a vis des Bettes reihen sich unzählige Kernölflaschen Glied an Glied.

»Bevor du dich verzählst, Pöls, es sind exakt 24 Flaschen.«

»Donnerwetter! Stammen die aus deiner Manufaktur?«

Pöls schnappt sich eine beliebige Flasche und hält sie dem Heimleiter vor die Nase. Dem ist die Fassungslosigkeit anzusehen. Wie hypnotisiert nimmt er die Flasche an sich.

»Nein, das sind Automatenflaschen.«

»Kernöl aus dem Automat?«

»Ja, steht einfach so in der freien Wildbahn«, mischt sich Bobo ein. »Kernöl to go.«

»Da sitzt Baschar mit dir an der Kernöl-Quelle und dann hortet der Gauner die Produkte von der Konkurrenz. Das tut weh, nicht wahr, Schneeberger?«

Der Heimleiter wirkt noch immer angeschlagen.

»Baschars Zuneigung zum Kernöl ist mir völlig neu. Ich habe unsere Gemeinschaftsküchen anfangs mit meinem Kernöl ausgestattet. Keiner hat es angerührt. Das wäre hier ranzig geworden, also habe ich damit wieder aufgehört.«

»Umso bitterer, dass Baschar …«

»Benutzt hat er es offensichtlich nicht«, unterbricht Schneeberger, der allmählich seine Contenance verliert und vor den Flaschen in die Hocke geht. »Die sind alle voll.«

Er betrachtet die Haltbarkeitsdaten.

»Das Ablaufdatum ist nahezu überall ident. Er muss einmal einen Großeinkauf getätigt haben. Keine Ahnung, was er damit vor hatte. 24 Flaschen! So viel nehmen mir nicht einmal Großkunden in einem Mal ab.«

»Vielleicht roch unser Opfer ein lukratives Geschäft«, sagt Pöls.

»Ja, aber vielleicht hat er sich auch schon auf Weihnachten vorbereitet und einen originellen Adventskalender basteln wollen.«

»Einen Adventskalender? Ein Moslem?« Pöls blickt Bobo schief an. Der zuckt mit den Schultern und hält einen durchsichtigen Plastikbeutel in die Höhe, in dem sich ein Designer-Smartphone befindet.

»Vielleicht sind wir schlauer, wenn wir das hier auswerten. Mit ziemlicher Sicherheit das Handy des Opfers. Leider versperrt, aber das knacken wir schon.«

»Bis das im LKA durch alle Instanzen geht, warten wir übermorgen noch auf den Inhalt des Telefons. Kriegst du es schneller hin, Bobo?«

»Auf jeden Fall!«

»Dann mach dich an die Arbeit.«

»Danke, Pöls.«

Mittlerweile wundert sich der Inspektor nicht mehr, dass der Leibnitzer Kollege nahezu Freudensprünge veranstaltet, wenn er mit Zusatzaufgaben eingedeckt wird. Vielleicht doch nicht so ein schlechter zukünftiger Partner.

»Morgen will ich Resultate sehen.«

»Worauf du dich verlassen kannst.«

»Am besten noch gestern.«

»Ich gebe mein bestes.«

Zwecklos, der Kollege ist nicht aus der Fassung zu bringen. Im Gegensatz zum Heimleiter, der sich auf den Weg ins Büro macht und mit seinem Diensthandy hektisch seine Manufaktur informiert, dass man dringend doch ein Kernölkonzept für das Flüchtlingsheim andenken solle.

24. Heinz Pöls: Spurenauswertung im LKA Graz

Zwei Kollegen von der Spurensicherung sitzen lässig auf einem Schreibtisch, in dessen Mitte ein paar Muster der Spurenauswertung wie kleine Kunstwerke platziert sind.

»Als Wurfgeschoss konnten wir anhand der Splitter eine Weinflasche aus der Südsteiermark identifizieren. Am Flaschenboden ist der steirische Panther des Landeswappens eingraviert«, nasaliert der erste Spurensicherer. »Als Brandmittel wurde Terpentin verwendet. Verdammt viel Terpentin. In der Flasche konnten wir Überreste eines Wimpels sicherstellen.« Der Mann nimmt den winzigen Fetzen vom Schreibtisch hoch. Ein rotes Stück Stoff, an einer Seite mit dicken Kordeln in den Farben rot-schwarz-gold umfasst.

»Eine Deutschlandflagge?«

»Zumindest die Kordeln.«

»Also doch noch mal den Pfuscher-Lois aufsuchen«, murmelt Pöls und erntet einen verwirrten Blick vom zweiten Spurensicherer, der die Fortsetzung des Referats übernimmt: »Wir haben auch die Lage der Scherben analysiert. Winkelmessungen können nicht bestätigen, ob die Flasche tatsächlich durchs Fenster geschleudert wurde. Es gab zwar viele Scherben auf dem Fußboden und auf der Innenseite des Fenstersimses, jedoch wurden auch ungewöhnlich viele Scherben vor dem Gebäude gefunden, als hätte man die Fensterscheibe zerschlagen, um den Eindruck zu erwecken, dass die Flasche durchs Fenster geworfen wurde. Zudem ist das Loch im Fenster so dermaßen groß, als wäre ein ganzer Stuhl hindurchbefördert worden.«

»Das würde bedeuten, dass der Molotow-Cocktail auch unmittelbar im Zimmer gezündet werden hätte können und der Täter im Raum war. Der Täter schlägt sein Opfer nieder, wirft die Flasche gegen den Körper und flüchtet.«

»Gut kombiniert, Heinzi.«

Pöls legt das Hundehalsband auf den Tisch.

»Tut's mir den Gefallen und schauts euch an, ob das Ding da brauchbare GPS-Daten gesendet hat.« Pöls winkt den Spurensicherern zum Abschied.

25. Bushra: Überraschungsbesuch

Bushra hat keinen Hunger, obwohl sie den ganzen Tag noch nichts gegessen hat. Ein Schluck Kaffee im Krankenhaus war alles. Sie ist zu aufgeregt. Lustlos durchstöbert sie in der Küche die Regale. Jeder Stockbewohner hat ein zugeteiltes Fach. Baschars Platz wäre normalerweise in der großen Küche im Erdgeschoss, aber da er viel Zeit mit Sara und Bushra verbrachte, hat er sich keck auch hier eine kleine Fläche reserviert. Bushras Blick bleibt bei den Diabetiker-Lebensmitteln hängen. Als sie andere Personen in die Küche kommen hört, schnappt sie sich einen Müsliriegel und eilt in den Flur.

»He, Bushra, bleib doch«, ruft ihr eine Heimbewohnerin hinterher, aber sie lässt sich nicht stoppen. Ihr ist nicht nach Reden zumute. Einzig mit Sara würde sie sich gerne austauschen, doch die ist wie vom Erdboden verschwunden.

Bushra verbarrikadiert sich in ihrem Zimmer.

»Da ist die kleine Lügnerin ja endlich!« Sie wirbelt herum und erblickt Mahmoud, der an ihrem Bettrand sitzt. »Du erzählst der Polizei dumme Sachen?«

»Nein, wie kommst du darauf?«

»Der schrullige Polizist hat es mir erzählt.«

»Ich schwöre, ich habe nichts gesagt.«

»Lügnerin. Warum löchert er mich dann mit merkwürdigen Fragen, wonach ich zur Tatzeit hier gewesen sein soll?«

Er steht auf und kommt an sie heran.

»Ich habe immer meine schützende Hand über euch gelegt, Bushra, aber keinen Dank von euch empfangen. Im Gegenteil, ihr fallt mir in den Rücken, behandelt mich wie Abschaum. Aber eines garantiere ich dir, ohne meinen Schutz bist du hier aufgeschmissen.«

Bushra blickt betroffen zu Boden, kann ihm nicht in die Augen sehen, quetscht den Müsliriegel in ihrer Hand fest zusammen.

»Hat Sara dir den Blödsinn eingeredet und dich zu der Falschaussage gezwungen?«

»Nein.«

»Wer dann?«

»Niemand.«

»Wieso erzählst du der Polizei dann so ein Märchen?«

»Sara hat dich gesehen.«

»Hat sie dir das gesagt? Und du glaubst ihr? Sie lügt, Bushra! Sie hing dauernd mit Baschar zusammen, wusste immer, was er tat. Warum sollte sie ausgerechnet am Sonntag nicht in seiner Nähe gewesen sein?«

»Ich weiß nicht, was ich glauben soll.«

»Du musst der Polizei sagen, dass du mich nicht gesehen hast.«

»Sara hat es der Polizei auch gesagt.«

»Ja? Sie wird es bitter bereuen. Und du auch, wenn du nicht bald die Wahrheit sagst.«

26. Heinz Pöls: Einen Steinwurf von der Grenze entfernt

Pöls kneift die Augen zusammen, um in der Abenddämmerung die Schrift auf den Autobahnschildern zu erkennen.

»Diese verdammten Buchstaben werden immer kleiner«, flucht er und malträtiert sein Lenkrad.

»Kann das schon Spielfeld sein?«

Die Fahrt kam ihm wahrlich kurz vor. Aus dem Handy in der Freisprecheinrichtung dröhnt die Stimme von Hannes.

»Heinzelmann, hörst du noch zu?«

»Klar, muss mich nebenbei auf die Straße konzentrieren.«

»Also, brauchst du auch was?«

»Wein?«

»Du hörst also nicht zu. Kernöl, Heinzelmann, Kernöl!«

»Ich glaube, ich habe keinen Bedarf.«

Pöls muss an die unzähligen Flaschen in Baschars Zimmer denken. Vielleicht fällt da eine für ihn ab.

»Zuerst sagst du unseren heiligen Männer-Termin ab und dann willst du nicht einmal was abhaben? Bist du gesund? Ist alles in Ordnung? Überlege es dir halt. Heinzelmann?«

»Mist, das ist Spielberg!«

Harsch verreißt Pöls das Lenkrad, um es noch vor der Leitplanke über die Sperrlinie auf die Abbiegespur zu schaffen. Das Handy flutscht aus der Haltevorrichtung, der pralle Plastiksack am Beifahrersitz kippt um und erbricht Unmengen an Hundefutterdosen in den Fußraum.

»Hup nur blöd, du Dodel. Ich lass dich gleich rechts ranfahren und dann zahlst du Länge mal Breite«, bellt der Inspektor gegen den Rückspiegel. Während der Wagen langsamer wird, kramt er seine Brille aus dem Etui hervor, setzt sie sich auf und betrachtet im Rückspiegel, wie bescheuert er damit aussieht.

Von der Autobahnabfahrt zur Adresse des Integrationstrainers ist es noch ein beachtliches Stück.

»Da hätte ich gleich bis zum Grenzübergang fahren können.«

Das angesteuerte Haus befindet sich tatsächlich unmittelbar an der Staatsgrenze zu Slowenien. Pöls kann im Abendlicht den

Kirchturm von Sentilj sehen. Er schert auf den Parkplatz des ehemaligen »Zollwirten« ein. Sowohl der Bodenbelag als auch das Gebäude haben schon bessere Tage erlebt. Investiert wurde hier lange nicht mehr. Der Hof wirkt im 1970er-Jahre-Stil in einen Dornröschenschlaf versunken. Das soll also das neue Sprachzentrum für talentierte Migranten wachküssen - die Ansprüche sollten nicht zu hoch geschraubt sein.

Auf dem Parkplatz herrscht gähnende Leere. Nur ein alter, verbeulter Pickup steht protzig über zwei Parkflächen.

Pöls stapft auf die gusseiserne Eingangspforte zu. Hinter milchigem Glas brennt Licht. Er klopft.

»Der Herr Inspektor aus Graz!«

Ein Mann mit geflochtenem Bart begrüßt ihn.

»Stefan Sonnleitner?«

»Der Schneeberger hat Sie schon angekündigt. Habe mir erlaubt, Ihnen ein kleines Jauserl herzurichten. Der Schneeberger meinte, Sie seien ganz verhungert. Vor lauter Ermitteln bleibt keine Zeit zum Essen, gell? Treten's ein und kommen's näher, ich bitte Sie, bleiben's nicht im Finstern stehen.«

»In der Tat könnte ich eine Kleinigkeit vertragen.« Pöls schiebt sich die Brille in die Jackentasche.

»Ich hätte Sie schon viel eher erwartet. Der Anruf vom Schneeberger ist sicher schon zwei Stunden her und so weit ist es vom Heim hier her wirklich nicht. Zum Glück wird die Brettljause nicht kalt.«

Pöls wird an einen Ecktisch verfrachtet, auf dem eine kalte Platte parat steht - Speck, Hartkäse, Schinken, Oliven, Trauben, selbstgebackenes Brot und ein Gläschen Schilcher von der südsteirischen Weinstraße.

»Greifen Sie zu.«

»Du sprichst keinen stoasteirischen Dialekt.«

»Ist das hier Pflicht?«

»Um Himmels Willen, nein, fällt mir eben auf, weil dein Schüler so penetrantes Stoasteirisch von sich gibt.«

»Das ist das Besondere an unserem Integrationsprogramm. Wir integrieren wirklich. Mit Piefkinesisch wird sich Mahmoud schwertun, hier in der Region Fuß zu fassen.«

»Trotzdem beachtlich, wie authentisch ihm das Bellen über die Lippen gleitet.«

»Nein, nein, es ist ein bisserl holprig, aber er hat ein Talent dafür. Ich glaube, er spricht einen ähnlichen arabischen Dialekt. Ich hole jeden Schüler auf seinem Niveau ab. Ich nehme bei Ihnen auch eine Dyslalie wahr.«

»Eine was?«

»Ein leichtes Lispeln.«

»Ich lispel nicht!«

»Vielleicht ist das dem Hunger geschuldet. Essen's! Ich bin ein Zugereister, sehr korrekt. Daheim ist, wo man sich am wohlsten fühlt.«

»Und hier fühlst dich wohl? Einen Steinwurf von den Slowenen entfernt?«

»Klar, ist doch ein schönes Fleckerl.«

Vielleicht nicht unmittelbar hier bei diesem Gasthof, durch dessen verstaubte Fenster man nur die Lärmschutzwände der Grenze sieht, aber Pöls möchte kein Spielverderber sein und macht gute Miene.

»Das sieht g'schmackig aus!«

Pöls blickt auf die Jause, reibt sich den Bauch und macht sich vorm Teller breit.

»Bitter, was ich aus Leibnitz erfahren habe. Wissen Sie schon, ob es ein Unfall oder bewusste Brandstiftung war?«

»Momentan spricht alles für einen Brandanschlag.«

»Nazis?«

»Wir ermitteln in alle Richtungen.«

»Und es war Mahmouds Zimmer, wie ich erfahren habe. Was für ein Glück, dass er bei mir war.«

»Du bestätigst also sein Alibi? Er war den gesamten Sonntagabend bei dir?«

»Absolut! Aber wieso Alibi? Mahmoud würde doch kaum sein eigenes Zimmer in Brand stecken.«

»Kennst du Baschar Afrin?«

»Nein, der Name sagt mir nichts. Lebt der auch im Flüchtlingsheim?«

»Er ist das Todesopfer. Er befand sich zum Zeitpunkt des Brands in Mahmouds Zimmer.«

»Wie bedauerlich. Ich kenne nur die Personen, die mir Schneeberger vermittelt.«

»Warum zahlst du dafür, dass dir das Heim Schüler bringt?«

»Offiziell unterstütze ich mit meiner Spende das Flüchtlingsheim.«

»Und inoffiziell?«

»Der Schneeberger ist ein gewiefter Geschäftsmann. Er weiß, dass bei mir die Kassa klingeln wird, wenn das Projekt erst einmal durchstartet. Aber damit es abheben kann, brauche ich Best Practices. Er liefert mir geeignete Probanden, wenn ich dafür ein bisschen Geld springen lasse.«

»Nimmst du ihm das übel?«

»Ach wo, ich betrachte es als Investition in die Zukunft. Und fürs Image kann‘s nie schaden, wenn man soziale Projekte unterstützt. Er bestätigt mir den Trainingseffekt. Eine Hand wäscht die andere.«

»Die Entscheidung, welche Person fürs Programm taugt, trifft Schneeberger?«

»Er hat den unmittelbarsten Kontakt zu seinen Schäfchen, wie er sie nennt. Eines muss man ihm lassen. Er hatte bisher ein gutes Händchen. Wir konnten alle sechs Personen, die den

Kurs vollständig absolvierten, erfolgreich und rasch an Institutionen vermitteln. Die Polizei ist einer unserer Hauptabnehmer. Wir sind also beinahe so etwas wie Kollegen, nicht wahr?«

»Wenn du das so sehen willst.«

Pöls beäugt skeptisch den Schilcher.

»Könnte ich vielleicht stattdessen ein Bier haben?«

»Kein Wein? Und das in der Südsteiermark. Sie werden es schwer haben, Inspektor, den richtigen Draht zu den Einheimischen aufzubauen. Das ist das erste, was ich meinen Schülern beibringe: Identifiziert euch mit der Region, identifiziert euch mit den Menschen, die hier leben. Nur so gelingt Integration.«

»Zum Glück muss ich mich nicht integrieren.«

Pöls bedient sich an den Speisen. Schmatzend fragt er: »Du holst deine Schüler zu jeder Trainingseinheit vom Flüchtlingsheim ab und bringst sie auch wieder retour?«

»Klar.«

»Ist das nicht umständlich?«

»Ach wo, von Haustür zu Haustür ist man über die Sterzautobahn in einer Viertelstunde, maximal zwanzig Minuten, bei mir. Das ist kein großer Aufwand. Außerdem lockert es die Beziehung zwischen Schüler und Trainer auf und wir können uns hier vor Ort wirklich knallhart aufs Training konzentrieren und verlieren keine Zeit für Smalltalk, den wir auf die Zeit im Auto beschränken.«

»Mich wundert, dass keine einzige Frau auf dieser Liste steht. Zeigt das weibliche Geschlecht bei Sprachen nicht mehr Feingefühl?«

»Wir vermitteln derzeit an Polizei und Bundesheer. Das sind unsere ersten Kooperationspartner. Da werden Männer bevorzugt.«

»Na, hör mal! Wir legen großen Wert auf Diversität.«

»Ja? Wie hoch ist denn die Frauenquote bei Ihnen im LKA?«

»Ich kenne keine Zahlen, aber bei uns laufen einige Kolleginnen herum.«

»Die fallen Ihnen auf, weil sie nach wie vor Exotinnen sind. Beim Bundesheer ist es nochmal eine Spur gravierender. Da liegt die Frauenquote unter vier Prozent. Machen wir uns keine Illusionen: Unsere derzeitigen Vertragspartner bevorzugen waschechte Mannsbilder. Das wird sich so rasch nicht ändern. Gerade durch die Zunahme an syrischen Flüchtlingen in unserem Land, suchen Polizei und Bundesheer Dolmetscher. Unsere Ausgebildeten werden uns regelrecht aus der Hand gerissen. Deshalb bin ich auch überzeugt, dass mein Konzept bald aus der Testphase entlassen wird und die Genehmigung erhält, offiziell und österreichweit zu agieren.«

Pöls wischt sich mit einer Serviette über die Lippen, dann legt er den Zettel aus dem Notizblock auf den Tisch, den Baschar in seiner Hosentasche trug.

»Das sind alles deine Schüler.«

»Richtig.«

»Kannst du dir erklären, warum Baschar diese Liste in seiner Hosentasche hatte?«

»Wie gesagt, ich kenne diesen Mann nicht.«

»Er wurde nie vorstellig bei dir?«

»Nein!«

»Er wollte nie in den elitären Club aufgenommen werden?«

»Ich habe schon erwähnt, dass Schneeberger die Auswahl trifft, nicht ich. Wer da aller mitmachen will, dringt nicht bis zu mir durch. Ich kriege die Auserwählten. Mit den Abgelehnten habe ich nichts zu tun. Selbst diese Liste ist nicht von mir.«

»Aber der Kringel, der ist von dir.« Pöls tippt mit der Fingerspitze auf eine Möbiusschleife am Zettel.

»Schneeberger legt die Liste an. Ich bestätigte nur die Teilnahme. Wer die Prüfung besteht, kriegt mein Hakerl.«

»Die liegende Acht. Das Zeichen für Integration.«

»Sie kennen sich aus. Ja, das ist mein Logo.«

Pöls muss sich verrenken, um an den halben Silberanhänger in seiner hinteren Hosentasche zu gelangen.

»Dann nehme ich an, dass das auch dir gehört.«

Die Pupillen des Trainers verfolgen den hin und her schwingenden Schmuck.

»Wo haben Sie das her?«

»Vor dem Flüchtlingsheim gefunden.«

»Dann dürfe ich es dort verloren haben. Ja, das ist meines.«

Er will nach dem Anhänger schnappen, aber Pöls lässt ihn in seiner eigenen Faust verschwinden, sodass nur der abgebrochene Verschluss hervorsteht.

»Was bedeutet SOS?«

»Diese Frage von einem Kriminalpolizisten? Sie enttäuschen mich. Wofür soll SOS schon stehen: Sonnleitner Stefan.«

Jetzt lässt sich Pöls das Ketterl aus der Hand ziehen.

»Wenn es dir gehört, dann darfst es natürlich wieder haben.«

Pöls registriert, wie der Trainer den Schmuck in einer Lade hinter der Bar verschwinden lässt.

»Ich habe das einst selbst geschmiedet. Für meine Jugendliebe. Als Zeichen der unendlichen Liebe. Tja, nichts draus geworden.«

Jetzt wirkt der Mann tatsächlich etwas gerührt.

»Wieso hast du das Kettchen, wenn du es für deine Angebetete geschmiedet hast? Du hast es ihr doch nicht wieder weggenommen, oder?«

»Ach wo, wir trennten uns im Guten. Sie meinte, ich solle es für jene Frau aufheben, die es wirklich verdient habe.«

»Aber diese Person hast du bis heute nicht gefunden.«

»Ich habe schlichtweg keine Zeit für eine Beziehung. Ich muss den Laden hier alleine schupfen. Noch!«

»Weißt du, wo ich das fehlende Glied finde?«

»Nein, sonst wäre mir das Dings nicht runtergefallen.«

»Es lag etwas abseits vom Eingang. Eher auf der Trampelpfadseite des Flüchtlingsheims. Gehst du häufig ums Haus?«

»Gar nicht. Aber das Ketterl wiegt nichts, ist zart wie der Wind und der kann am Seggauberg ganz schön wehen.«

Mit einem Lächeln zapft Sonnleitner ein Bier vom Fass. Das Schild über dem Kopf des Trainers entgeht Pöls nicht.

»Zur Kegelbahn.«

Ein großer Pfeil zeigt schräg nach unten. Pöls folgt der Pfeilspitze und erblickt einen Treppenabgang, der im Dunkeln liegt.

»Du hast eine Kegelbahn?«

Sonnleitner stellt das Glas vor Pöls ab und dreht sich nach dem Schild um.

»Reif fürs Museum. Stammt aus Zeiten, in denen meine Stiefeltern den Betrieb führten. Sie ist defekt, aber ich brachte es noch nicht übers Herz, sie herauszureißen.«

»Ich bin leidenschaftlicher Kegler.«

»Ja? Wollen Sie sie sich ansehen?«

»Liebend gerne.«

»Aber ich warne Sie. Sie ist wirklich alt und rustikal und wurde jahrelang nicht mehr benutzt.«

Pöls schiebt sich bereits von der Sitzbank.

»Ich begnüge mich mit der Atmosphäre.«

»Der Raum wird schon lange nicht mehr als Kegelkeller verwendet.«

Das stört Pöls nicht und steuert die Kellertreppen an. Es knarzt bei jedem Schritt über die Holzstufen. Der Inspektor taucht in einen großen, dunklen Keller ein. Hier herunten türmt sich das Mobiliar aus der Gaststube. Eine regelrechte Beleidigung für die antike Kegelanlage. Da ist jedes Detail mit Liebe holzverarbeitet. Gedrechselte Säulen trennen Bahn Eins von Zwei. Wie gefräßige Monster lümmeln abgesessene Polstermöbel mitten auf der Lauffläche herum. Zwischen den alten Holzkugeln spinnen sich dichte Netze. Im Kegelkasten liegen vereinzelte Kegel am Boden.

»Ich sehe Ihrem Blick an, Sie sind enttäuscht.«

»Gar nicht. Mir ist nur unbegreiflich, wie man die Bahn derart vollräumen und blockieren kann.«

»Es dient als Lager. Hier spielt keiner mehr.«

»Ja, das sehe ich - und das schmerzt in meiner Brust.«

»Ach wo, selbst, wenn die Fläche frei wäre, hätten Sie keinen Spaß, Herr Inspektor. Die Pins hängen an ausgeleierten Seilen und fallen auch ohne Feindberührung um. Eine Reparatur zahlt sich nicht mehr aus.«

Der Finger des Trainers legt sich an den Lichtschalter.

»Ihr Bier wird warm.«

»Stopp!«, ruft Pöls, Millisekunden, nachdem es finster wird. »Dreh das Licht sofort wieder an.«

»Können Sie sich nicht trennen?«

Es ist nicht die Kegelbahn, sondern eine Kiste auf einer der Polsterbänke, die das Interesse von Pöls weckt. Zuerst sieht er einen Zipfel, aber als er näher an die Kiste herantritt, hat er Gewissheit: Das ist ein Wimpel. Was heißt! Die ganze Kiste ist voll mit bunten, eingeschweißten Fähnchen. Pöls fächert sich durch das Sortiment wie früher im Plattenladen durch Vinylschallplatten. Da sind die unterschiedlichsten Nationalitäten vertreten. Ungehindert der Nationalitäten sind alle Wimpel mit dicken rot-schwarz-goldenen Kordeln umfasst.

»Wie gesagt, ich lagere hier herunten altes Zeug.«

»Warum diese Wimpel?«

»Warum? Das sind Überbleibsel aus 2015, als der Flüchtlingsstrom über die Grenze schwappte. Sie wissen schon: Willkommens-Kultur! Eine Schnapsidee von meinem Stiefvater.

Soll uns keiner nachsagen, wir wären nicht gastfreundlich gewesen.«

»Die Flüchtlinge bekamen diese Wimpel?«

»Wir dachten uns, so ein kleiner Wimpel als Symbol der Zusammengehörigkeit würde den Menschen Freude machen.«

»Brot und Wasser und ein warmes Bett wären wahrscheinlich angesagter gewesen.«

»Mein Gott, das gab es doch sowieso. Diese Wimpel sollten als kleiner Stimmungsaufheller dienen. Uns sind ohnehin die meisten übrig geblieben, weil der Ansturm dramatischer war, als wir uns das erträumt hätten. Die Leute waren traumatisiert. Was sie da am wenigsten brauchten, waren die Wimpel. Also bin ich darauf sitzen geblieben.«

»Was machst du jetzt mit diesen Fahnen?«

»Keine Ahnung. Darüber habe ich mir keinen Kopf gemacht. Wegwerfen wahrscheinlich, wie den ganzen Krempel hier. Wollen Sie eine? Nur zu, bedienen Sie sich.«

Wahllos greift Sonnleitner in den Wimpelhaufen und drückt Pöls eine Flagge in die Hand. Lange studiert der Inspektor das Bild: Ein blauer und ein grüner Streifen mit einem weißen Keil, in dem mittig ein roter Stern prangt.

»Dschibuti!« Der Trainer grinst den Inspektor an.

»Habt ihr auch Flüchtlinge aus Afrika erwartet?«

»Wir haben Fahnen von allen Kontinenten der Welt. Glauben Sie, wir machen uns die Arbeit und geben jedem Asylanten seine eigene Nationalflagge? So viele syrische Wimpel könnten wir gar nicht auftreiben. Nein, die Fahnen werden wahllos verteilt.«

Mit der Dschibuti-Fahne in der Hand stapft Pöls hinter Sonnleitner wieder hoch in die Gaststube.

Kapitel III

Die Weinrebe ruft am Dienstag

27. Heinz Pöls: Neuigkeiten von Baschar

Das Vibrieren des Handys weckt den Inspektor. Es ist nicht die Wecker-Funktion, die würde erst in knapp 20 Minuten einen sanften Blues anstimmen - es ist die Erinnerung des digitalen Terminkalenders an seinen »Stretching«-Termin am Nachmittag.

Pöls müht sich wie ein alter Tattel aus dem Bett, watschelt Richtung Bad und schlägt sich die kleine Zehe am Türstock. Brüllend vor Schmerzen geht er zwischen den Hundefutterdosen zu Boden. Er ist zu ungelenkig, um sich an die Zehen zu greifen. Verzweifelt streckt sich Pöls nach dem Badezimmerschrank. Aus einer weißen Schachtel entnimmt er ein rotes Klebeband. Er zupft ein fingergroßes Stück ab und klebt es an die Kante am Türstock, bei der er mit der kleinen Zehe unfreiwillig einhakte. Sein Blick schweift durchs Vorzimmer. Bei Wohnzimmer-, Küchen- und Schlafzimmertür leuchten bereits rote Klebebänder an den Kanten als »Warnhinweise«.

»In meiner künftigen Wohnung wird es nur riesige Pforten geben.«

Zwei Anrufe in Abwesenheit scheinen am Display auf - vor knapp einer halben Stunde. Er muss wahrlich gut geschlafen haben, denn er kann sich nicht im Geringsten an ein Läuten erinnern. Die hinterlassene Nummer verrät: ein Anruf aus dem Büro - also der Chef.

»Der Rudi kann eine Nervensäge sein.« Er wird doch nicht ernsthaft mitten in der Nacht anrufen, um an den Augenkontrolltermin zu erinnern. Obwohl - zuzutrauen wäre es ihm.

Auf einen weiteren Anruf von Rudolf Steiner muss Pöls nicht lange warten. Er hat noch nicht einmal seine Mokkakanne gefüllt, spielt das Telefon verrückt.

»Was fällt dir ein, Heinzi! Wir haben vereinbart, dass du keine Wellen schlägst - und dann kommst du gleich am ersten Ermittlungstag mit der Nazi-Keule. Sag mal, geht's noch?«

»Ich habe nur einen Verdächtigen vernommen. Das war alles.«

»Ich krieg von den Pressefuzzis eine Anfrage nach der anderen über den Nazi-Skandal von Leibnitz. Das sind die Schlagzeilen, die ich wegen so einem kleinen Schas vermeiden wollte. Kannst du dich g'fälligst ein bisserl am Riemen reißen und den Fall als bedauerlichen Unfall in trockene Tücher bringen?«

»Dass es kein Unfall war, steht für mich außer Frage.«

»Dann hat eben ein Flüchtling dem anderen ein bisserl eingeheizt. Das lässt sich leichter verdauen. Tut nicht so weh. Fordert keine Konsequenzen.«

»Rudi, ich geb mein Bestes, um den wahren Täter zu finden.«

»Bitte bis Donnerstag Früh, denn du weißt ja...«

»Mord hat Vorrang.«

Pöls legt auf, bevor er sich um Kopf und Kragen redet.

Er schnappt sich die Tageszeitung von der Türmatte und zuckt für einen Moment zusammen - das Wort »Leibnitz« sticht ihm gleich ins Auge, doch dann Durchatmen. Es geht nicht um das Flüchtlingsheim und den Brand, sondern um den Start der Dreharbeiten zu einer erfolgreichen Verkupplungs-TV-Show. »Auftakt zur neuen Staffel von Steirischem Funkenflug.«

Pöls sucht weiter. Nichts von dem Brand auf den ersten Seiten. Das ist schon mal ein gutes Zeichen. Im Lokalteil findet er eine Kurzmeldung:

»Brand im Flüchtlingsheim Seggauberg. Zur Brandursache gibt es aktuell noch keine Informationen. Die Feuerwehr brachte das Feuer rasch unter Kontrolle. Nach ersten Auskünften kamen wenige Personen zu leichten bis mittelschweren Brandverletzungen.«

Damit kann sein Vorgesetzter sicher gut leben. Pöls legt die Zeitung zur Seite. Schlossbergblick. Nach dem ersten Schluck Kaffee nervt schon wieder das Handy.

»Hier ist Bobo! Ich habe es geschafft, Pöls.«

»Was denn?«

»Den Zugang zum Mobiltelefon des Opfers.«

»Was Spannendes darauf?«

»Jede Menge Fotos von zwei Bewohnerinnen aus dem Flüchtlingsheim. Samt Videos, in denen die beiden ziemlich geschwollene Liebesbotschaften an Baschar richten.«

»Sara und Bushra.«

»Ja, aber das Interessanteste kommt erst. Wir haben seine Telefonprotokolle ausgewertet. Willst du wissen, mit wem er zuletzt telefoniert hat?«

»Es ist zu früh für Rätselspiele.«

»Malek Suliman, Esat Nazari, Hakim Said, Jalil Daghar, Amar Homade und Sahir Aid.«

»Das sind die Typen von der Liste - die talentierten Spezialschüler.«

»Ein paar davon hat er nicht erreicht, weil die Nummern nicht mehr aktiv waren. Das sind Nazari und Aid. Bei den anderen hatte er zumindest die aktuellen Nummern, erreichte aber nur Suliman und Homade. Die Gesprächsdauer war allerdings bei beiden Anrufen äußerst kurz. Viel kann er mit denen nicht geplaudert haben.«

»Dann wird es am besten sein, wenn du diese Personen anrufst und dich erkundigst, was er von ihnen wollte.«

»Hab ich doch schon erledigt, Pöls!«

»Und?«

»Bei Said und Daghar habe ich nur die Vorgesetzten erwischt, die mir ausgerichtet haben, dass mich die beiden zurückrufen werden. Suliman und Homade erreichte ich persönlich. Sie konnten mit dem Namen Baschar Afrin nichts anfangen. Homade meinte, er erinnere sich an einen Anruf, bei dem sich der Anrufer verwählt haben wollte und sich für die Störung entschuldigte. Bei Suliman war die Verbindung so schlecht, dass wir uns nicht verständigen konnten. Der dürfte in einem schrecklichen Funkloch sein. Da probiere ich es später nochmals.«

»Bringt uns nicht wirklich weiter. Wir wissen nicht, warum Baschar die anrufen wollte. Anzunehmen, dass Baschar unbedingt auch in dieses Spezialprogramm aufgenommen werden wollte und sich bei den ehemaligen Teilnehmern erkundigen wollte, wie sie da reinkamen.«

»Warum sagt er dann, dass er sich verwählt hat?«

»Weil ihn vielleicht im letzten Moment der Mut verlassen hat.«

»Wieso sollte er plötzlich Skrupel haben?«

»Dafür kann es viele Gründe geben. Manche Menschen kriegen Panik, wenn sich jemand mit ›Polizeistation‹ meldet. Das schnürt manchen die Kehle zu.«

»Und Baschar soll einer dieser Hosenscheißer sein?«

»Es ist nur eine Vermutung, Bobo. Auf jeden Fall wäre ich dir verbunden, wenn du mir die Telefonnummern schickst, dann rufe ich dort selbst an.«

»Kein Problem. Übrigens, ich habe den Kernölautomaten ausfindig gemacht, bei dem Baschar Stammkunde gewesen sein dürfte. Beim Steckerl-Wirt in Heimschuh.«

Ein fleißiger Kollege, denkt sich Pöls, lässt sich die Begeisterung aber nicht anmerken.

»Schon eine Ahnung, warum Baschar die Regale in seinem Zimmer zerschnitten haben könnte?«

Erwischt! Bobo tappt im Dunkeln.

»Dann streng dich an, Junge, wenn du mir eine Hilfe sein willst.«

28. Heinz Pöls: Bushras geistige Umnachtung

Pöls hat vorm Flüchtlingsheim noch nicht einmal den Motor abgestellt, kommt auch schon Mahmoud dynamischen Schrittes auf seinen Wagen zu.

»Haut deis Diarndl ais earna schau gsaugt?« (Hat das Mädchen es Ihnen schon gesagt?)

»Wer denn, was denn?«

»Bushra haut earna ins Gfries glaugn. S‘ Dirndl hauts ma baicht. Sei haut mi am Sunntaug naid gsaign.« (Bushra hat Ihnen ins Gesicht gelogen. Sie hat mir gestanden, dass sie mich am Sonntag nicht gesehen hat.)

»Hast du das Mädchen etwa bedroht und unter Druck gesetzt? Das ist strafbar, das ist dir hoffentlich klar.«

»Sara liagt.« (Sara lügt.)

»Wieso denn Sara?«

»Sia haut Bushra einigraid, dass den Draick vazöht.« (Sie hat Bushra zur Falschaussage überredet.)

Pöls erinnert sich, dass nur Bushra behauptete, Mahmoud am Tatort gesehen zu haben. Das verschweigt er Mahmoud lieber und marschiert ins Haus. Er klopft an die Zimmertür der beiden Libanesinnen, öffnet, blickt durch den Türspalt, kann aber weder Sara noch Bushra erblicken. Er findet Bushra erst auf der Terrasse. Sie steht dort gedankenverloren beim Geländer, versteckt hinter den großen Pfosten eines Sonnenschirms. Allein.

»Mich würde interessieren, ob du heute bei derselben Version bleibst wie gestern.«

Sie blickt ihn an, als hätte sie ihn nicht verstanden.

»Behauptest du immer noch, Mahmoud gesehen zu haben?«

»Vielleicht habe verwechselt Traum mit Wirklichkeit. Sara mich wecken aus Schlaf. Nicht wissen, wie lange schlafen.«

»Gestern hast du mir gesagt, dass du auf die Uhr geschaut hast.«

»Habe, aber nur nach Wecken von Sara. Nicht wissen, wann gegangen schlafen. Vielleicht habe nur geträumt von Mahmoud. Habe oft Alpträume.«

»Von Mahmoud?«

»Alles vergessen.« Pöls spürt, wie sehr Bushra es belastet, an die Nächte zu denken. »Sara hat Mahmoud sehen.«

»Mir hat Sara nichts von Mahmoud erzählt. Wenn du Mahmoud nicht gesehen hast, hat ihn auch niemand anderer gesehen.«

Bushra wendet dem Inspektor den Rücken zu. Sie blickt in die Ferne. Pöls bohrt nicht nach. Das Mädchen ist labil. Ihr ist anzusehen, dass sie am liebsten losheulen möchte. Stattdessen lässt der Inspektor die Landschaft auf sich wirken. Unglaublich dieses Panorama. Der reinste Weinlandblick. Pöls würde kein anderes Flüchtlingsheim mit vergleichbarem Wellnessfaktor einfallen. Jedes Luxushotel würde sich für diesen Standort die Finger ablecken. Das ist das Paradies. Gemeinsam sehen Pöls und das Mädchen zu, wie sich auf einem steilen Weinhang ein Traktor empor quält.

»Hat Sara dich gezwungen, das zu sagen?«

»Nein!« Dieses Nein kommt scharf und für den Geschmack des Inspektors eine Spur zu schnell und forsch. Das Mädchen blickt ihn doch sonst nach jeder Frage erst einmal Sekunden lang an - und nun: Bamm!

»Nicht gezwungen«, schießt sie kleinlaut nach. »Aber bitten.«

»Wo ist deine Freundin? Ich würde sie gerne sprechen.«

»Sara weg für lange.«

»Warum?«

»Sara bei Steirischer Funkenflug.«

Pöls schweigt. Für einen Moment glaubt er, sich verhört zu haben.

»Die Schmuse-Sendung?«

Bushra blickt ihn verwirrt an und zuckt mit den Schultern.

»Sie macht bei dem Schwachsinn mit? Gestern wirkte sie geschockt vom Brand und heute flirtet sie vor TV-Publikum? So bitter kann sie der Tod von Baschar dann nicht hergenommen haben. Ich muss sie sehen. Wo ist diese Show?«

29. Heinz Pöls: Steirischer Funkenflug

Vor dem Schmollthaler-Hof parken zwei Busse des TV-Senders. Ein Arsenal an Scheinwerfern und Mikrofonangeln besetzt einen Doppelparkplatz. Nicht eine einzige Parklücke ist frei.

Vom Beifahrersitz jodeln die Oberkrainer aus dem Handy des Inspektors. Bobo ruft an.

»Pöls, wo sind‘s denn?«

»Nicht weit weg von dir. Was gibt‘s denn?«

Pöls parkt hinter einem LKW, von dessen Heck riesengroß das Konterfei der Moderatorin Marlene Bodenbauer dem Inspektor entgegen lacht.

»Ein Kollege von euch ist da und sucht dich. Wieso hat der deine Telefonnummer nicht?«

Das kann nur einer aus der IT-Abteilung des LKA sein.

»Kasig wie ein leeres Blattl Papier.«

»Das ist noch untertrieben.«

Die IT-ler kommen nie aus ihren verdunkelten Kämmerchen.

»Es warat wegen einer GPS-Auswertung, die du angefragt hast.«

»Ah, das Hundehalsband vom Pfuscher-Lois. Er soll's dir erzählen. Sag mal, kennst du den Steirischen Funkenflug?«

»Pöls, wir lesen dieselben Zeitungen. Die scharfe Bodenbauer treibt sich dieser Tage in unserer Gegend herum und kitzelt Liebesbotschaften aus verklemmten Bauern.«

»Du kennst die Frau?«

»Wer kennt die nicht? Die ist eine Legende. Bringt den verklemmtesten Dorfdeppen zum Schwärmen.«

Pöls starrt auf das Lastwagen-Heck und drückt den Anruf weg.

»Hier dürfen's nicht stehenbleiben.«

Ein schlaksiger Bursche in viel zu weiter Hose, schlampig sitzendem Hemd und schräger Stirnmütze steht neben dem Seitenfenster und wedelt aufgeregt mit seinen Handflächen.

»Und ob ich das darf. Wo finde ich die Schauspieler?«

»Schauspieler? ›Steirischer Funkenflug‹ ist nicht gescripted, das ist alles echt. Verpiss dich, du Freak!«

»Dann parke meinen Wagen, wo er stehen darf, aber wehe, du machst eine Delle rein.«

Pöls steigt aus und schmettert dem Burschen den Zündschlüssel entgegen.

»Also, wo finde ich die betörende Puppe?« Der Daumen des Inspektors deutet auf das Moderatorinnen-Konterfei.

»Sag ich doch. Freak!«

Kopfschüttelnd besteigt der Bursche den Wagen des Inspektors.

Pöls muss nicht lange suchen. Als er sich dem Wohnhaus annähert, erblickt er schon grelle Scheinwerfer. Im Weingarten wird gedreht. Das Filmteam steht um den Jungwinzer und seine vier Kandidatinnen. Eine davon muss Sara sein, aber aus der Distanz und bei dem ganzen Gewurl, kann Pöls sie nicht erkennen.

»Stopp!«

Der nächste Wächter, der den Inspektor abfängt.

»Da finden Dreharbeiten statt.«

»Ich weiß. Deshalb bin ich hier.«

Pöls sucht nach seinem Ausweis. Er hat ihn im Wagen liegen lassen. Als er zurückgeht, steht das Auto nicht mehr an der geparkten Stelle und der Schlaksige ist auch weg.

»Er sollte ihn doch nur umparken. Wo ist der mit meinem Fahrzeug hin?«

Erneut dreht Pöls um. Wieder heißt es: »Stopp«.

»Ich bin vom LKA Graz, Inspektor Heinz Pöls. Ich muss eine der Schauspielerinnen sprechen.«

»Hier gibt's keine Schauspieler.«

»Ich muss mit Sara sprechen.«

»Nicht jetzt, oder haben's einen Durchsuchungsbefehl?«

»Ich bin Inspektor, das muss genügen.«

»Kannst du lesen?«

Der menschliche Wachhund deutet auf ein Signalschild. Das Licht ist derart hell, dass Pöls nicht einen einzigen Buchstaben erkennt.

»On Air, steht da«, sagt der Typ. »Sie können der Papst sein, werden die Dreharbeiten nicht unterbrochen. Warten Sie gefälligst dort drüben, bis wir Pause machen.«

Immerhin bietet ihm der Typ einen Sitzplatz an der Hausmauer an. Wortlos lässt sich Pöls auf die Bank sinken und betrachtet die Kamera, die um Bauern und Kandidatinnen kreist.

»Und wann ist diese Szene im Kasten?«

»Das kann ein Weilchen dauern, kann aber auch blitzschnell vorbei sein. Das ist völlig unterschiedlich.«

Von dem Inhalt der Dreharbeiten bekommt Pöls aus der Distanz wenig mit. Offenbar werden gerade fleißig Geschenke ausgeteilt. Allmählich kann Pöls Sara aus dem Pulk herauskristallisieren. Sie trägt ein Kleid, das ihre einbandagierten Arme kaschiert. Vom Winzer hat sie ein geschnitztes Bild erhalten, das Weinrispen darstellt. Pöls hat nicht mitbekommen, was sie ihm als Geschenk überreicht hat. Wenn er an Schneebergers Bar denkt, dann würde er auf libanesischen Anisschnaps tippen. Er studiert ihren Gesichtsausdruck. Nein, da ist keine Schockstarre festzustellen. Sie flirtet auf Teufel komm raus. Deutlich mehr als die anderen drei Kandidatinnen, die daneben zu Statisten verkommen.

»Und nun«, hört Pöls den Regisseur sagen. »Rüber zu den Traktoren. Wir drehen gleich unmittelbar die Winzer-Fahrstunde.«

»Halt!« Pöls springt von seinem Hocker, als er registriert, dass der ganze Filmtross sich von ihm wegbewegt.

»Sie können da nicht mitgehen.« Der menschliche Wachhund streckt seinen Arm wie eine Schranke vor dem Inspektor aus.

»Ich muss nur kurz mit dem Mädchen reden.«

»Das geht jetzt nicht. Du reißt die Mädchen aus der Spannung. Die sind gerade voll verschossen in den Bauern. Diese Energie müssen wir einfangen. Das ist unwiederbringlich. Entspann dich doch und genieße ein Gläschen Wein. In der Drehpause kannst du dann deine Fragen stellen.«

Pöls bleibt wieder nichts anderes über, als das Geschehen aus der Distanz zu verfolgen.

Vor einer Landwirtschaftshalle parken mehrere Traktoren. Für die Ernte brauchts in den steilen Hängen zwar Seilwinden, aber mit den modernen Geräten wird zumindest die Arbeit beim Mähen und Mulchen erleichtert. Der Reihe nach dürfen die Mädchen zum feschen Bauern in die Fahrerkabine steigen und ihr Talent fürs Traktorfahren beweisen. Allmählich hat Pöls ein Gespür für Sara entwickelt und sie strahlt geradezu zwischen den anderen hervor.

Sara stellt sich nicht blöd an, soweit Pöls das aus der Weite beurteilen kann. Ihr Quietschen und Lachen dringt bis zu ihm herüber. Wie's scheint, will die Kleine gar nicht mehr aussteigen. Neben dem Traktor, der in einer Tour unvorhersehbare Wendemanöver durchführt, hat das Begleitfahrzeug der Kameracrew Schwierigkeiten, keinen Unfall zu fabrizieren.

Das ist besser als Kino. Pöls muss lachen. Zu gerne hätte er diesem Spektakel noch länger zugesehen, aber die Fahrzeuge entfernen sich zunehmend und Pöls hat keine Chance mehr, irgendetwas mitzubekommen.

Wie leer es plötzlich auf dem Hof geworden ist.

Vereinzelt stehen Mitarbeiter des Filmteams herum.

Pöls entschließt sich dazu, sich das Weingut näher anzusehen. In der Hoffnung, das Team würde mit seinen Aufnahmen fertig sein, wenn er wieder beim Haupthaus eintrifft.

Schon nach wenigen Metern hat der Inspektor das Gefühl, auf Erholungsurlaub zu sein. Wie rasch diese Idylle positiv auf die Psyche wirkt. Aber Pöls hat sich zu früh gefreut. Die Weinhänge sind hier wahrlich Berge. Wenige Höhenmeter reichen und der Inspektor hechelt wie ein Mops.

»Das ist das reinste Matterhorn!«

Der Ehrgeiz ist nicht besonders groß, bis an die obersten Weinreben durchzuhalten. Er will schon umdrehen, da vernimmt er ein Rascheln im Gebüsch. Pöls hält inne. Ein Feldhase?

Kaum wagt der Inspektor einen weiteren Schritt, raschelt es wieder.

»Mit mir hast du nicht gerechnet, nicht wahr?«

Er muss lachen und müht sich ein paar Schritte weiter. Das

flüchtende Tier arbeitet sich durch die hohe Wiese zwischen den Reben bergab.

Für ein paar Momente genießt Pöls dieses Katz und Maus Spiel, dann überwiegt das angestrengt pochende Herz und er bleibt stehen, lässt das Tier entkommen.

»Ich will dich nicht weiter stressen«, ruft er dem Rascheln hinterher und behält die Gräser im Blick.

Am Fuße des Hangs entpuppt sich das vermutete Tier als Mensch. Ein weibliches Wesen rennt so schnell es kann die wenigen Meter von den Weinstöcken bis zum Weinkeller und verschwindet in einem der Zutritte. In den wenigen Augenblicken macht es einen verwahrlosten Eindruck - vielleicht aber auch nur, weil es im Vergleich zu den herausgeputzten Kandidatinnen des Jungwinzers Arbeitskleidung trägt. Wie eine Vagabundin.

Hat Pöls das Mädchen bei der Feldarbeit gestört?

Vor seinen Füßen liegt eine scharfe Sichel und die hohe Blumenwiese zwischen den Reben ist bis wenige Meter vor ihm gemäht.

Pöls blickt an sich hinab. Sieht er so schrecklich aus? Sein Outfit passt wohl tatsächlich nicht auf einen Weinberg. Und wenn dann nur als Vogelscheuche. Vielleicht sollte er das junge Dirndl aufklären, dass sie vor ihm keine Angst haben muss.

So trappelt er den steilen Hang talwärts. Bergab ist kein bisschen einfacher als bergauf. Pöls muss diebisch aufpassen, nicht auszurutschen. Er marschiert auf den Weinkeller zu.

Sofort strömt dem Inspektor gärige Luft entgegen. Über unregelmäßige Steintreppen gelangt er in den Bauch des Weinkellers. Vor ihm erstrecken sich überdimensional große Eichenholzfässer. In den polierten Fassaden sind wunderschöne Bilder geschnitzt. Ein Talent, das in der Familie liegen dürfte: Wein & Schnitzen. Jahreszahlen verraten das stolze Alter des traditionellen Schmollthaler-Weins. Über den Weinfässern hängen riesengroße Ölporträts der bisherigen Betriebsführer. Auch wenn den Bildern die unterschiedlichen Epochen anzusehen sind, haben alle Schmollthaler diesen unverkennbaren strengen, durchdringenden Blick, buschige Augenbrauen und eine charakteristische Nase, die ihresgleichen sucht.

Von der Feldarbeiterin, wegen der Pöls hierherunter kam, ist aber nichts zu sehen. Versteckt sie sich zwischen den Fässern? Der Inspektor blickt in jeden Spalt. Hinter dem letzten Fass ist zwar nicht die gesuchte Person, dafür aber sind dort mehrere Dosen Terpentin übereinandergestapelt.

»Na, hoffentlich ist das nicht im Wein«, sagt Pöls zu sich und muss unweigerlich an den Glykol-Weinskandal in den 1980er Jahren denken. Er spaziert wieder ans andere Ende des Kellers. Durch eine Plexiglastür kommt man in eine noch größere Halle - schlagartig betritt man eine moderne Welt. Statt alten Holzfässern stehen dort gigantische Aluminiumbehälter, in denen der Wein gärt. Am Ende der Halle erblickt Pöls die Vagabundin. Ein Mann hält sie schroff an den Unterarmen fest. Pöls hat ein Déjà-vu, als wäre eines der Porträtbilder zum Leben erwacht. Das muss der Senior-Winzer sein. Ganz eindeutig ein Schmollthaler. Forsch redet, was heißt, brüllt er auf das Mädchen ein. Hier unten wirkt ihre Haut deutlich dunkler als im Tageslicht. Ein krasser Gegensatz zum Senior, dessen Hautteint einer Kalkmauer gleicht. Der alte Mann schickt sie fort und sie verschwindet am Ende der Halle aus dem Blickfeld des Inspektors. Der Senior hat Pöls entdeckt und kommt umgehend auf ihn zu.

»Hier herinnen habt's ihr nix verloren.«

Wild fuchtelt seine Hand. Wie ein Gaul galoppiert er auf Pöls zu.

»Vereinbart ist, dass sich die Dreharbeiten heute ausschließlich auf draußen beschränken. Wir haben noch nicht alles fertig zsam'gräumt. Morgen könnt's dann hier rein, aber nicht heute. Ist das so schwer zu verstehen?«

Er will Pöls schon packen, genauso grob am Arm wie zuvor das Mädchen, und Richtung Ausgang befördern.

»Ich gehöre nicht zu der Film-Crew. Ich bin von der Polizei.«

Sofort nimmt der alte Mann seine Hand zurück.

»Polizei?«

»Ja, Inspektor Pöls, Heinz Pöls.«

Schmollthaler blickt sich um, als wolle er kontrollieren, ob das Mädchen auch wirklich nicht mehr im Raum ist.

»War das deine Mitarbeiterin?«, fragt Pöls.

»Was?«

»Dieses Mädchen - die Feldarbeiterin?«

»Nein.«

Nun packt er den Inspektor doch wieder am Oberarm, diesmal jedoch mit etwas mehr Gefühl.

»Lassen's uns rausgehen. Hier unten holen wir uns einen Schnupfen.«

Pöls kann gar nicht anders, als den Retourweg anzutreten - der Winzer steigt ihm beinahe auf die Zehen.

»Wer ist das Mädchen dann? Eine Bewerberin Ihres Sohnes, die sich verlaufen hat?«

»Das wäre ja noch schöner.«

Der Senior treibt Pöls vor sich her, bis man wieder vor dem Weinkeller steht.

»Das ist meine Nichte. Ja, da schauen's, gell?«

Zum ersten Mal sieht Pöls den Mann annähernd schmunzeln. Ein Meer an Lachfältchen kreist um die Augenpartie.

»Meine Nichte kommt aus Ägypten. Die Fernsehkasperln sind ganz verrückt nach ihr. Ich will nicht, dass die sie vor die Kamera zerren. Kommen's mit.«

Der Senior-Chef führt den Inspektor in eine rustikale Stube.

»Kleine Verkostung gefällig?«

»Lieb gemeint, aber nein danke!«

»Ihre Nase verrät mir was anderes. Sind Sie auf Entzug?«

»Nein, schlichtweg kein Weintrinker. Schon gar nicht weißen.«

»Sowas ist mir unbegreiflich.«

»Für mich schmeckt Weißwein schlichtweg wie Erbrochenes.«

»Na, da haben's aber ein Gschloder trunken. Das werd' ma ändern, Inspektor.« Im Handumdrehen hat Pöls ein Degustationsglas vor sich stehen. Der Senior pflückt eine Weißweinflasche aus dem Sortiment und schenkt ein.

Pöls blickt lange auf das Glas, unfähig, es an sich zu nehmen.

»Keine Angst. Das ist kein Gschloder, das garantiere ich Ihnen, so wahr wir hier sitzen, Inspektor.«

»Was macht dich so sicher?«

»Was wir hier nicht können, ist günstige Weine produzieren. Das geben unsere Lagen nicht her.«

»Ein Gschloder muss nicht zwingend billig sein.«

»Sie g'fallen mir, Inspektor. Im Ebenen investierst du für so einen Wein 400 Arbeitsstunden, wir liegen beim Doppelten. Gott behüte, wenn dabei ein Gschloder das Resultat ist. Also: Trinken's!«

Pöls nippt vorsichtig, setzt ab.

»Nicht gleich schlucken. Sie müssen den Wein im Mund behalten und sich bemühen, die Nuancen herauszuschmecken. Dann sagen's nie wieder, dass das wie Erbrochenes schmeckt.«

Pöls unternimmt einen neuen Versuch, spült die linke Wange, die rechte Wange. Hin und her.

»Und?«

Pöls schluckt.

»Ja, schmeckt nicht nach Erbrochenem.«

»Da bin ich beruhigt. Beschreiben Sie, was Sie schmecken.«

»Da bin ich völlig untalentiert.« Pöls legt nach, schmatzt, so gut er kann, um etwas zu erschmecken, das er auch beschreiben kann - aber: »Mir fehlen die Worte.«

»Staubtrocken! Wir haben staubtrockene Weine.«

»Ist das gut?«

»Das ist das Beste! Am Schiefer kannst du keine vordergründigen Weine machen, sondern die sind immer mit einer Würze getragen und immer mit straffen, harten Kern, der tonangebend ist.«

»Ich vertrau dir.« Pöls hebt das Glas erneut, wagt einen zweiten Schluck.

»Schmecken Sie das Wetter?«

»Das Wetter?«

»In jedem Jahrgang spiegelt sich das Wetter. Letztes Jahr sind wir beim späten Wintereinbruch nochmals mit einem blauen Augerl davongekommen. Es war eine gute Ernte. Endlich wieder einmal. Man schmeckt die Sonne.«

»Euer Wein schmeckt jedes Jahr anders?«

»Mein geschulter Gaumen erkennt sogar, ob es ein heißes oder kühles Jahr war. Den Wein vom Jahr zuvor können's vergessen. Da hat uns der Frost erwischt. Das schmeckt man auch. Sie sehen - unsere Jobs sind nicht unähnlich. Alles lässt sich erschnüffeln. Welchen Banditen sind Sie denn auf der Spur, Inspektor?«

»Hast du von dem Brand im Flüchtlingsheim gehört?«

»Am Seggauberg? Klar habe ich das mitbekommen. Mit unserer Nichte sind wir den Flüchtlingen sehr verbunden. Meine Schwester hat einen Araber geheiratet. Da sind's gleich nach Kairo gezogen und haben die Leyla auf die Welt gebracht. Waren Sie schon einmal in Ägypten?«

»Nein, ist aber sicher ein aufregendes Land.«

»Absolut faszinierend. Warten's einen Moment.«

Der Senior fischt nach einer Flasche abseits der Weinfächer.

»Das ist unsere neueste Kreation - ein sensationeller Sommerspritzer in einer Ladies-Edition. Habe ich ›Leyla's Secret‹ getauft. Das kosten's jetzt einmal und ich bin in zehn Sekunden wieder bei Ihnen. Laufen's mir nicht weg, Inspektor.«

Vor Pöls sprudelt es aus dem hohen Glas.

Er setzt es an der Unterlippe an. Trinkt, verschluckt sich und speit das Gesöff in einer Riesenfontäne aus.

»Es sind die Sommerspritzer, die nach Erbrochenem schmecken«, sagt Pöls geschockt. Er kann das nicht trinken. Unmöglich. Spritzer sind das Letzte auf der Welt. Was für eine Erkenntnis: Pur oder gar nicht lautet von nun an die Devise vom Pöls.

Es dauert tatsächlich nicht lange, bis der Senior-Winzer wiederkehrt. Zwei dicke Fotoalben unter den Armen.

»Unsere Kairo-Urlaube«, sagt er stolz und lässt die schweren Bücher neben dem Sommerspritzer landen.

»Sie haben noch nicht ausgetrunken.«

»Kehren wir lieber zu ungespritzten Varianten zurück. Das Soda tut mir nicht gut.«

»Gerne!«

Pöls hat wohl das Zauberwort gesagt.

»Die Zielgruppe von Leyla's Secret wird eher die Damenwelt.«

Umgehend tischt der Winzer mehrere Flaschen nebeneinander auf. Sauvignon Blanc, Gelben Muskateller, Grauburgunder, Chardonnay, Weißburgunder - und Riesling. Zu der Flasche greift der Bauer zuallererst und wechselt zum Du.

»Koste meinen Riesling. Das ist unsere Spezialität. Du wirst keinen Besseren in Österreich finden. Und schon gar nicht in der Steiermark, weil, außer bei uns findest den Riesling in der restlicher Steiermark kaum.«

»Aha, und warum?«

Pöls hat das Gefühl, der alte Weinkenner wird gefügig, wenn er ihm Gehör schenkt, auch wenn Pöls befürchtet, dass er mit den Informationen haushoch überfordert ist.

»Unsere Böden bestehen aus Schiefergestein. Das verleiht unserem Riesling eine natürliche Straffheit.«

»Was immer auch das heißt. Klingt auf jeden Fall beeindruckend. Ich glaube dir.« Um nicht ganz blöd rüberzukommen, greift Pöls zur erstbesten Flasche und liest das Etikett.

»Sieh an, eine Gutsabfüllung.«

»Ich hoffe, dir ist die Bedeutung bewusst.«

»So schwer ist das nicht - dass es hier am Hof abgefüllt wurde, nehme ich mal an.«

Fast angewidert entreißt der Winzer dem Inspektor die Flasche.

»Da steckt viel mehr dahinter. Die Trauben kommen aus den eigenen bewirtschafteten Weingärten, werden über das Jahr sorgfältig gepflegt. Hundert Prozent der Qualität entsteht am Rebberg und im Keller können wir nur noch verlieren. Verstehst du? Das ist das Geheimnis der alten Welt.«

»Dann vertreten die Wedeln von der südsteirischen Weinstraße sicher die neue Welt.«

»Beim Wein bist du ungebildet wie eine Schuhschachtel! Die neue Welt ist Kalifornien, Australien, Südafrika. Dort haben's die strikte Trennung zwischen Vinyardmanagement und Winemaker. Der Kellermeister ist einfach nicht stark verbunden mit draußen.«

»Und bei euch spielt der Weingarten die zentrale Rolle?«

»Die Herkunft vor allem, wo der Wein her ist. Da wird vom Rebschnitt bis zur Ernte sehr viel per Handarbeit gemacht.

Und das Ganze noch dazu bei unseren Steillagen. Wir bewirtschaften ausschließlich Steillagen. In flachen Lagen ist die Handarbeit keine Kunst, aber wir sind die Champions League der Bewirtschaftung. Mach dir das bewusst, wenn du dir so ein Weinderl über die Zunge rinnen lässt.«

Der Winzer schenkt nach. Beim Abstellen fällt die Flasche beinahe um und Pöls erhascht für einen Moment den Flaschenboden: der eingravierte steirische Panther. Das erinnert ihn augenblicklich daran, dass er nicht zum »Saufen« hierhergekommen ist.

»Ich muss mit Sara sprechen.«

»Die gehört meinem Buam?«

»Ich will sie ihm nicht ausspannen, lediglich befragen.«

»Das Dirndl hat eine magische Anziehungskraft. Bei meiner Schwester hat's ähnlich angefangen. Kommt so ein junger Araber nach Graz zum Studieren. Dann hat er sich meine Schwester unter den Nagel gerissen und jetzt sitzen's beide in Afrika.«

Verträumt greift der Kellermeister zu den Fotobüchern. Pöls lässt gefühlte tausend Schnappschüsse einer Traumhochzeit aus Tausend und einer Nacht vor der magisch beleuchteten Sphinx über sich ergehen. Die Schwester des Winzers hat denselben Riesenkobel im Gesicht wie ihr Bruder.

»Leyla ist nirgendwo zu sehen.«

»Die war da auch noch ein Baby.«

»Weinbau kam für deine Schwester nie in Frage?«

»Nein, die lebt jetzt in Alexandria.«

»Und dein Sohn? Hat der Junior überhaupt eine freie Wahl oder muss er den Hof übernehmen?«

»Du wirst lachen, die junge Generation ist begeistert vom Weinbau. Mein Bub hat erkannt, auf welchem Schatz er sitzt. Wir haben hier viele Rieden, die schon lange Tradition haben. Zum Beispiel den Edelschuh. Den gibts seit über 700 Jahren.

So eine Tradition gibst du nicht einfach auf. Wir sind ein Familienbetrieb. Mein Bub wird die fünfte Generation sein. Aber der Depp findet sich keine Frau. Ich muss mich ernsthaft sorgen, dass der Betrieb auch in sechste Generation übergeht.«

»Warum überlässt du den Hof nicht dem Junior? Zu wenig Vertrauen in seine Qualitäten?«

»So alt bin ich noch nicht, dass ich mich auf die faule Haut lege. Außerdem ergänzen wir uns ideal. Wir teilen uns die Arbeit. Ich bin der Kellermeister und sorge dafür, dass der Wein was taugt, Fifi kümmert sich um die Weingärten. Unsere Weiber machen die Administration. Den Verkauf teilen wir uns alle auf. Fifi und ich kennen uns im Weingarten und im Weinkeller aus. Wenn einer von uns gerade nicht da ist, übernimmt der andere die Aufgaben des anderen. Wir sind das perfekte Team.«

»Müsste das Fernsehteam allmählich nicht längst zurück sein von der Traktorausfahrt?«

»Keine Ahnung, die drehen eine ganze Woche lang durch.«

»Irgendwann muss doch Drehschluss sein.«

»Ja, wenn die Kandidaten schlafen. Und nicht einmal dann - die Fernsehkasperl sind ganz wild darauf, meinen Buam in flagranti mit einer der Bewerberinnen zu erwischen. Ich hab ihm eingebläut: Pempa keine vor der Kamera! Das bringt üble Sympathieabzüge für unseren Hof.«

»Kein Drehschluss? Worauf warte ich hier dann eigentlich?«

30. Heinz Pöls: Beschwipst zum Stretching

Als Pöls aus dem Verkostungsraum schwankt, ist das Kamerateam längst auf den Weinberg hochgewandert. In der Ferne sieht der Inspektor die Scheinwerfer und die Darsteller wie winzige Spielfiguren.

»Ah, jetzt macht Fifi mit seinen Dirndln den Wettstreit. Den habe ich ihm ans Herz gelegt.« Der Senior wirkt neben Pöls völlig nüchtern.

»Was für ein Wettstreit?«

»Die Dirndln müssen die überflüssigen Triebe wegschneiden, die zu lang sind und Schatten machen, und dann müssen sie die Reben so im Gitter einfädeln, dass sie ins Licht schauen und herrlich wachsen können.«

»Er lässt sich von seinen Damen die Arbeit machen?«

»Ein wengal profitieren müssen wir von dem Spompanadel schon. Die sollen froh sein, dass wir die alle auf unseren Hof einladen.«

Das Handy erinnert vibrierend an den Stretching-Termin in Graz.

»Dann bin ich heute völlig umsonst hierhergekommen. Bitte sorge dafür, dass ich morgen mit Sara sprechen kann.«

»Umsonst war es nicht - jetzt weißt du zumindest, wenn du wieder einmal ein Gschloder trinkst, dass es nicht aus dem Sausal kommen kann.«

Der Wagen des Inspektors steht nicht auf dem Parkplatz. Er muss eine steile Asphaltstraße knapp einen halben Kilometer hinab marschieren, bis er seinen kleinen Flitzer am Straßenrand parken sieht. Der Schlüssel steckt im Türschloss.

Zu seinem Stretching-Termin in Graz wird er auf jeden Fall zu spät kommen. Selbst mit Vollgas wird er kaum unter einer Viertelstunde Verspätung in der Landeshauptstadt eintreffen. Er hat das Gefühl, in seiner Fahrerkabine die Weinausdünstungen aus seinen Poren selbst zu riechen.

Brutal parkt er in der Kopernikusgasse in die einzig freie Parklücke. Zehn Sekunden später klingelt er bei Azras Fitnessstudio. Selbst mit leicht säuerlichen Gesichtsausdruck sieht sie einfach herzig aus.

»Eines sage ich dir. Überziehen kann ich nicht. Der nächste Kunde wird nicht für dein Zuspätkommen büßen müssen.«

»Schon klar, vielleicht können wir heute ohnehin mehr auf Meditation machen und weniger auf körperliche Anstrengung. Ich habe heute sportlich schon einen Weinberg erklommen.«

»Es riecht eher so, als wärst du im Weinkeller gelandet. Wer zu spät kommt, hat kein Recht auf Extrawürstel.«

Kurz darauf verspürt Pöls am eigenen Leib, dass ihn die Trainerin seine Unpünktlichkeit bitter bezahlen lässt und ihn so stark rannimmt wie noch nie zuvor. Und sie hat ihn bisher immer hart rangenommen. Als er eine halbe Stunde später einfach schlapp auf der nassen Matte liegen bleibt, hat sie Erbarmen mit ihm.

»Du musst mehr machen, Heinz, sonst sehe ich schwarz für dich.«

»Sag mal, hast du das Gefühl, dass ich einem TV-Kommissar ähnlich sehe?«

Sie blickt nicht auf ihn herab und wirft das durchnässte Handtuch in einen Wäschekorb.

»Für mich siehst du aus wie die Fliege Puck aus Biene Maja.«

Er ist sich nicht sicher, ob es das ist, was er hören will.

31. Heinz Pöls: Pizza, Pizza

Jetzt hat sich Pöls einen Feierabend redlich verdient. Er fühlt sich vom Wein anständig bedient. Zudem kribbeln seine Knochen nach Azras Spezialbehandlung.

Der Abend bricht über die steirische Landeshauptstadt herein und der Inspektor fühlt sich nicht mehr in der Lage, nochmals in den Bezirk Leibnitz zu fahren. Den ganzen Tag getrunken, nichts gegessen.

Sein Wagen bleibt vor einer Fast-Food-Pizzeria stehen.

»Eine Pizza Hawaii zum Mitnehmen.«

»Wir sind in Steiermark«, sagt der Pizzabäcker mit türkischem Akzent.

»Das ist korrekt.«

»In Steiermark wächst keine Ananas. Ich gebe dir Steirerkraft Pizza.«

»Was ist das?«

»Mit Kürbiskernen, Kernöl, Speck und Steirerkäs.«

»Ich hätte doch lieber eine Hawaii.«

»Hab nix Ananas.«

Genervt kreist der Blick von Pöls über die Pizzakarte.

»Dann nehme ich die Napoletana extra scharf.«

Endlich geht der Pizzabäcker an die Arbeit. Während Pöls auf seine Bestellung wartet, blickt er auf sein Handy. Bobo hat ihm die Telefonnummern der ehemaligen Bewohner des Flüchtlingsheimes geschickt, die über das Spezial-Integrationsprogramm rasch eine Jobvermittlung erhielten.

Ohne lange zu zögern, wählt Pöls die erste Nummer und gelangt ins Sekretariat einer Bundesheer-Zentrale in Linz.

»Jalil Daghar, ja, der Kollege wurde uns aus Leibnitz ans Herz gelegt. Wir haben es nicht bereut, ein sehr verlässlicher Kollege.«

Inzwischen wird die Napoletana extra scharf des Inspektors in einen Pizzakarton verfrachtet. Pöls klemmt das Handy zwischen Schulter und Ohr ein, fummelt seine Geldbörse hervor, ist aber unfähig, sie ganz aus der Hosentasche zu ziehen, dreht den Allerwertesten dem Pizzabäcker zu und wackelt mit dem Po hin und her, bis der Mann hinterm Tresen kapiert, dass er sich selbst bedienen soll.

»Als Dolmetscher ist er bei euch engagiert, soviel ich weiß.«

»Ja, erstklassige Arbeit, da gibt es nichts zu meckern und extrem nachgefragt. Jalil ist Syrer und 70 Prozent der Asylanten, mit denen wir zu tun haben, kommen ebenfalls aus Syrien.«

Der Pizzabäcker hat sich inzwischen einen Schein aus der Geldbörse genommen und steckt sie wieder zurück in die Hosentasche. Pöls nickt ihm zu und balanciert mit dem Pizzakarton in der Hand aus dem Geschäft.

»Kaufst du Ananas in Supermarkt«, ruft ihm der Pizzabäcker hinterher.

Pöls nickt und spricht ins Telefon: »Kannst du das Letzte nochmals wiederholen? Das habe ich nicht verstanden.«

»Ich sagte: Einziger Nachteil ist, dass mein Englisch nicht so gut ist und ich Jalils Übersetzungen qualitativ nicht beurteilen kann. Aber die anderen sagen, seine Leistung ist 1A. Das nehme ich mal so an.«

»Er übersetzt Arabisch auf Englisch?«

»So ist es.«

»Warum nicht auf Deutsch?«

»Dazu sind Jalils Deutschkenntnisse zu schwach. Wir sind froh, wenn er in unserer Sprache Grüßen kann.« Der Soldat am anderen Ende der Leitung lacht.

Pöls schleudert den Pizzakarton auf den Beifahrersitz. Mit Füße zuhause gemütlich hochlagern wird wohl nichts. Der Inspektor startet seinen Wagen und manövriert ihn Richtung Graz Süd - er muss nach Spielfeld. Stefan Sonnleitner, der Integrationstrainer hat einigen Erklärungsbedarf!

Auf der Fahrt in den Süden fummelt Pöls am Pizzakarton. Blind beißt er in eine Pizzaschnitte und verreißt vor Schreck beinahe das Lenkrad - dieser windige Pizzabäcker hat ihm eine Steirerkraft Pizza in den Karton gesteckt!

32. Heinz Pöls: Ein echtes Multitalent

Pöls hätte mit einem überraschten Gesichtsausdruck gerechnet, nicht mit einem herzhaft lachenden Trainer. So stark, dass der geflochtene Bart wackelt.

»Hat jemand behauptet, dass ich explizit Deutschkenntnisse vermittle? Prinzipiell hole ich den Klienten dort ab, wo seine Stärke liegt. Bei dem einen ist das Deutsch, beim anderen Englisch.«

»Und das machst du alles ganz alleine?«

»In Zukunft soll das ein Team aus Experten übernehmen. Dann kümmere ich mich selbst nur noch um die Organisation. Vielleicht rollt dann endlich auch mal der Rubel. Hätte ich mir schwer verdient. Meine bisherige Erfolgsbilanz kann sich absolut sehen lassen.«

»Ein Gastwirt, der Deutsch und Englisch unterrichten kann?«

»Ich wurde nicht als Gastwirt geboren. Hätte mir von Ihnen schon erwartet, dass Sie meinen Lebenslauf kennen. Ich bin ausgebildeter Lehrer. Mir wurde das Gasthaus vererbt. Aber Bedienen und für die Leut' den Deppen vom Dienst zu spielen, ist nicht meins. Wegen der Frage sind Sie extra aus Graz angereist?«

»Ich blicke den Menschen gerne in die Augen, wenn sie mir Erklärungen liefern.«

»Ich hoffe, die Fahrt hat sich für Sie ausgezahlt. Diese Information hätten Sie von mir auch per Telefon haben können.«

»Keine Sorge, ich fahre gerne in der Gegend herum.« Pöls schreitet zu seinem Wagen zurück.

»Es soll auch nicht umsonst gewesen sein, Inspektor, ich habe mir extra die Mühe angetan und die Kegelbahn frei gemacht. Wollen Sie einen Probeschuss machen?«

»Ein anderes Mal gerne.«

Heute ist ihm wirklich nicht nach kegeln.

»Sie enttäuschen mich.«

»Tja, das kommt in meinem Beruf leider häufig vor.«

Pöls hebt die Hand zum Gruß.

»Inspektor!« Pöls blickt zurück. »Falls Sie heute noch einen Termin haben sollten, empfehle ich…«

Sonnleitner wischt sich mit dem Unterarm über den Mund.

Mit Fragezeichen in den Augen schwingt sich Pöls wieder auf seinen Fahrersitz. Der Rückspiegel verrät die grünen Kernöl-Mundwinkel. Diese verdammte Pizza! Sie liegt wie ein kalter Fetzen in der Schachtel. Auf der Herfahrt hat Pöls lediglich eine Dreiecksschnitte hinuntergebracht. Jetzt, auf der Rückfahrt vertilgt er den kalten, schlabbrigen Rest.

»Steirerkäs! Dass ich nicht lache.«

Der Industriekäse schmeckt in erstarrtem Zustand noch chemischer als heiß. Immerhin das Kernöl dürfte echt sein. Und davon gibt es ja bekanntlich kein schlechtes. So viel Qualitätsware aus der heimischen Region hat der Inspektor schon lange nicht mehr konsumiert. Bis auf die Pizza! Selten hat Pöls etwas Grauslicheres verspeist. Aber vielleicht liegt das auch an dem Besuch in diesem selbsternannten Integrationszentrum. Der Trainer hat auf alle Fragen eine vernünftige Antwort. Und das gefällt dem Inspektor nicht. Wenn jemand auf alles eine logische Erklärung hat, da läuten bei Pöls die Alarmglocken, da ist etwas im Busch.

Das Telefon in einer Hand, das Steuer eben so nebenbei.

»Bobo, finde mir raus, was Stefan Sonnleitner so am Kerbholz hat«, diktiert er ins Handy.

»Klar, mache ich. Kein Problem. Schönen Feierabend, Pöls.«

Feierabend! Wenn der Kerl wüsste - auf die Stunde kommt es auch nicht mehr an: Pöls macht einen Umweg übers LKA, um die GPS-Halsband-Auswertung zu studieren.

Kapitel IV

Offenbarte Sehnsüchte am Mittwoch

33. Heinz Pöls: Fingerabdrücke

Wenn Kopfweh ein Kriterium für guten und schlechten Wein ist, dann hat Pöls gestern tatsächlich ein hochwertiges Tröpfchen zu sich genommen. Schädelweh gleich Null. Das könnte sich schnell ändern, denn der Chef ruft an.

»Ist das der obligatorische Kontrollanruf, Rudi?« Pöls lehnt sich mit der Tasse Kaffee zurück.

»Heinzi, heute ist Mittwoch.«

»Danke für die Information, aber dafür hättest du mich nicht anrufen müssen.«

»Ich sage das, weil ich heute deinen Endbericht für den Vorfall im Flüchtlingsheim benötige.«

»So weit bin ich noch nicht.«

»Es liegt hier was auf deinem Schreibtisch, was das beschleunigen sollte.«

»Aha, und was liegt da?«

»Das Resultat aus dem Labor zu den Spuren im abgefackelten Zimmer. Punkt 1: Die Spuren an der Wand stammen nicht von der Explosion der Flasche. Da haben lediglich ein paar Flammen gezüngelt. Damit kannst du die Nazi-Nummer gleich vergessen. Es muss jemand aus dem Heim gewesen sein. Und da sind wir bei Punkt 2: Im Bericht sind alle Fingerabdrücke der Türklinken des Opfer-Zimmers aufgelistet. Wenn der Brandsatz unmittelbar im Zimmer aktiviert wurde, muss der Täter den Raum auch verlassen haben. Ergo, mit den Fingerabdrücken sollte es dir möglich sein, den Täterkreis einzugrenzen.«

»Bis ich alle Fingerabdrücke abgeglichen habe, das kann dauern. Niemals schaffe ich das vor Donnerstag.«

»Mach dir darüber keine Gedanken. Ich habe die Polizei vor Ort schon gebeten, dir unter die Arme zu greifen. Das läuft also. Bis heute Abend solltest du einen Volltreffer erzielen. Die Medien drängen auf unsere Stellungnahme.«

»Dann sag ihnen, sie sollen schreiben, was sie wollen. Machen die doch sowieso.«

»Ich muss nicht wiederholen, dass wir dann den Scherben auf haben. In doppelter Hinsicht. Weil du deinen Augencheck nicht versäumen darfst. Die da oben wollen die Ergebnisse unserer Abteilung sehen.«

»Seit wann bist du der Obrigkeit so hörig und lässt dich von Nebensächlichkeiten quälen?«

»Die Gesundheit meines Teams ist keine Nebensächlichkeit, sondern Erfolgsgarant.«

Grantig legt Pöls auf.

34. Heinz Pöls: Kernöl to go

Im Auto spielen die Oberkrainer aus dem Handy des Inspektors. Bobo ruft an. Fast unangenehm, wie früh der Kollege schon eifrig ist.

»Pöls, der Lebenslauf von Stefan Sonnleitner ist beeindruckend. Aufgewachsen im Ennstal, beste Noten, Studium im Eiltempo. Interessant ist seine Lehrerkarriere. Bei einem Arbeitgeber hielt es ihn selten länger als zwei Jahre. Der hat so ziemlich alle Schulen in der Obersteiermark abgegrast. Als Pädagoge ist er umstritten. Die Rezensionen reichen von grandios bis hin zu kriminell. Es kursieren Gerüchte über sehr eigenwillige Lernmethoden. Vor allem Frauen fühlen sich in seinem

Unterricht benachteiligt. Die Mutter von einer seiner Schülerinnen hat ihn verklagt und behauptet, er habe der Tochter absichtlich Sprachfehler einstudiert. Bevor er in den Betrieb seiner Stiefeltern einstieg, wurde er in einer Schule in Kapfenberg gefeuert, weil er angeblich eine Schülerin geohrfeigt hat. Jetzt verstehe ich, warum der in seiner Selbständigkeit nur Männer unterrichtet. Jagern dominierte über Jahre seine Freizeit. Wegen Wilderei hat man ihm mehrmals die Jagdlizenz entzogen. Bevor er die Idee mit dem Ausbildungszentrum hatte, wollte er aus dem Gasthof einen Schützenverein machen. Wurde ihm aber nicht genehmigt. So ist er wieder auf seine zweite Leidenschaft umgestiegen - dem Unterrichten. Vor drei Jahren wurde ihm ein Antrag für sein Integrationszentrum abgelehnt. Seither wird er als arbeitslos geführt.«

»Höre ich da im Hintergrund schon die Heimbewohner?«

Die arabischen Artikulationen lassen sich nicht verbergen.

»Klar, ich nehme eifrig Fingerabdrücke.«

Was für ein Streber, denkt sich Pöls und verzichtet darauf, zum Flüchtlingsheim zu fahren, wo offenbar auch ohne ihn alles wie am Schnürchen läuft. Da kann er sich auch um Sara kümmern. Er steuert den Wagen Richtung Kitzeck. Diesmal will er sich nicht wieder abfüllen lassen - und er schwört sich, nicht ohne Gespräch mit Sara den Winzerhof wieder zu verlassen.

Als er am Ortsschild »Heimschuh« vorbeirauscht, erinnert er sich an Bobos Worte - hier muss der Kernölautomat stehen.

Lange sucht der Inspektor nicht. Der grell orange Automat sticht wie ein Fremdkörper aus der grünen Landschaft hervor. Pöls kann sich ein Lachen nicht verkneifen. Das ist ja wie am Bahnhof, wo man sich Softdrinks, Snacks, Süßigkeiten usw. aus dem Automaten drücken kann. Pöls parkt unmittelbar vor dem »Alien«. Randvoll mit Kernölflaschen.

»100 Prozent steirisches Kernöl rund um die Uhr« - steht

prominent auf dem Blechgehäuse. Seitlich leuchten Geldschein- und Bankomatkartenschlitz wie bei einem Glücksspielautomaten.

Pöls entgeht allerdings auch nicht die Kamera auf der gegenüberliegenden Straßenseite. Sie ist hoch oben auf einem Lichtmast montiert und hat den Automaten genau im Visier.

Der Inspektor marschiert auf das Wohnhaus zu, das wenige Meter dahinter aus dem Boden wächst.

»Kernölbauer Steckerl-Wirt« steht in einem Regenbogen über der Zufahrt. Da klingelt Pöls gleich einmal an.

Ein Mann mit Lodenhut öffnet.

»Bist du der Besitzer dieses Kernöl-Automaten?«

»Das bin ich. Ist das Graffel schon wieder hin? Dann hau ich es bald endgültig aufn Mist.«

Der Mann stapft aggressiv auf seinen Automaten zu.

»Keine Ahnung. Ich bin wegen etwas anderem da.«

»Was funktioniert denn nicht?«

Der Besitzer steht breitbeinig vorm Kernöl-Automaten, die Fäuste in der Hüfte und der ernste Blick mustert den Kasten von oben bis unten, dann legt der Mann seine Hände an die Seiten des Automaten und versucht ihn zu rütteln, aber bis auf ein leichtes Vibrieren der Flaschen tut sich nicht viel.

»Ich bin Inspektor Heinz Pöls aus Graz und ich habe gesehen, dass du den Automaten mit Videokamera bewachst.«

Der Besitzer lässt von seinem eigenen Gerät ab und dreht den Kopf in Richtung Kamera. »Das da oben? Achso! Sie können sich nicht vorstellen, wie oft mir die Scheiben des Automaten schon eingeschlagen wurden. Die Banditen fladern mir mein Kernöl wie nur was. Da musste ich aktiv werden und habe diese Attrappe aufgestellt.«

»Es ist nur eine Attrappe?«

»Ja, mir wurde untersagt, dass ich eine echte Kamera aufbaue. Irgendwie muss ich mich gegen das Gsindl zur Wehr setzen.«

»Schade. Ich habe gehofft, dass ich von dir erfahre, wer aus dem Flüchtlingsheim zu deinen Stammgästen zählt.«

»Ein Stammgast aus dem Asylantenheim?«

»Ja, wir haben dort jede Menge Flaschen aus dem Automaten gefunden. Hätte mich interessiert, wer dein Fan ist.«

»Das kann ich Ihnen auch so sagen. Da kommt tatsächlich immer eine und drückt sich ein paar Flaschen heraus.«

»Eine?«

»Ja, ein Dirndl. Lange, schwarze Haare. Die kommt immer zur Dämmerung.«

»Und die ist aus dem Flüchtlingsheim?«

Der Mann lacht laut auf. »Freilich.«

»Nicht jeder Ausländer wohnt in einem Flüchtlingsheim.«

»Die schon.«

»Was macht dich da so sicher?«

»Sie bezahlt mit Plastikjetons. Die haben wir für soziale Projekte in Zusammenarbeit mit der Gemeinde entworfen. Im Zuge des steirischen Herbstes vor ein paar Jahren. Rund fünfzig sind übriggeblieben und die haben wir ans Asylantenheim verschenkt. Dadurch kostet die Ware das Flüchtlingsheim nichts und ich kriege eine Pauschale von der Gemeinde. Bares wäre mir zwar lieber, aber was solls. Seit ich die Kamera-Attrappe habe, wird immerhin nix mehr g'fladert.«

»Und du bist dir sicher, dass es kein Bursch war?«

»Schau ich so aus, als könnte ich Manderl nicht von Weiberl unterscheiden?«

»Ich frage so bescheuert, weil wir deine Flaschen bei einem jungen Mann gefunden haben.«

»Kernöl fördert die Potenz. Das ist nachgewiesen. Meines erst recht, weil ich die Kerne der besten Kürbisse verwende.

Da wird sich das Dirndl nicht lumpen lassen. Die ist regelmäßig mit einem Sackerl voller Flaschen weggegangen.«

Vielleicht wollte Baschar mit dem Kernöl tatsächlich ein Geschäft machen. Billig aus dem Automaten mit den Jetons besorgen und dann teuer verkaufen und den Gewinn in die eigene Tasche stecken. Kernöl gehört in der Steiermark in nahezu jeden Haushalt und ist Grundnahrungsmittel. Das Produkt bringt man immer an. Und dazu schickt er Bushra zum Automaten los, weil er weiß, dass sie auf ihn abfährt.

35. Heinz Pöls: Guten Tag, schöne Frau

Heute parkt Pöls beim Schmollthaler in erster Reihe vor dem Haupthaus. Er steckt sich seinen Kripo-Ausweis in die Jackentasche, legt die Brille zur Seite und steigt aus seinem Wagen.

Die Zahl der Scheinwerfer hat sich drastisch reduziert. Von den TV-Bussen ist nur noch einer da. Diesmal fängt ihn kein Wächter ab - typisch, weil er seinen Ausweis bei sich hat! Die Vormittagssonne bestrahlt die Reben auf dem steilen Hang. Vom Kamerateam ist nichts zu sehen. Alles ruhig. Pöls erinnert sich an die Worte des Seniors vom Vortag, dass die Leute vom Fernsehen erst heute ins Presshaus vorrücken dürfen. Daher macht sich der Inspektor unmittelbar auf den Weg in den Keller.

Prompt trifft er auf Menschen. Mittig im Raum sitzt eine Amazone auf einem Stuhl, einem Thron ähnlich und wird geschminkt. Von zwei Visagistinnen gleichzeitig. Rund um die Frau hat sich ein Menschenkreis gebildet. Wie Lakaien sind die Leute bemüht, die Amazone zufrieden zu stimmen.

»Mein Text? Wer hat meinen Text für den nächsten Einstieg?«

Sie streckt blind die Hand aus. Ihr werden gerade riesige

Wimpern ums Augenlid gekleistert. Einer aus dem Umfeld reicht ihr einen Block. Sie muss einen Moment Geduld aufbringen, ehe die Visagistin ihren Kopf aufrichtet und sie lesen kann.

»Was? Schon wieder so ein ganzes Referat? Seid's ihr wahnsinnig? Wer hat diesen Text verbrochen? Da schlafen uns die Zuseher doch ein. Ich möchte den Autor sprechen - sofort.«

»Der Dichter ist nicht mit nach Kitzeck gekommen«, erklärt einer der Lakaien völlig ruhig - wohl, weil er die Eigenheiten der Dame kennt.

Eine Kamera wird vor der Amazone in Position gebracht.

»Marlene, bist du bereit für die Sprechprobe?«

»Ich brauch dringend was zu trinken.«

Man reicht ihr Wasser.

»Was G'scheites, ihr Hornochsen.«

Man reicht ihr Wein. Sie trinkt das Glas auf einen Schluck und stellt sich vor den wunderschönen Holzfässern in Pose.

»Lenken diese Fassln eh nicht von mir ab?«

»Keine Sorge, Marlene, alle werden auf dein Dirndl schauen.« In der Tat ist ihr schrilles Outfit aufgrund der Farben und des weiten Ausschnitts ein Eyecatcher.

Eine Assistentin fummelt an den Haaren der Frau herum.

»Wir sollten endlich ins Tun kommen«, fordert der Regisseur, den Pöls noch nicht erblickt hat.

»Wir legen los. Ruhe bitte«, sagt die Stimme aus dem Off.

»Sitzen meine Haare?«

»Alles perfekt! Marlene, Konzentration. Wir machen ernst, in drei, zwei, eins - und bitte!«

In Sekundenbruchteilen setzt die Moderatorin ein strahlendes Lächeln auf, das jeden TV-Gast verzücken wird.

»Wir sind wieder zurück beim Steirischen Funkenflug. Ja, zugegeben, ihr habt recht, bei Weißwein aus der Südsteiermark denken Nicht-Steirer in erster Linie an die südsteirische Weinstraße - Gamlitz, Glanz und Leutschach. Da geht beim Buschenschank richtig die Post ab. Aber, liebe Freunde, lasst's euch gesagt sein: In puncto Einzigartigkeit bin ich fast in die Sausaler Weinstraße noch ein Eizerl mehr verliebt. Sie hat ihren Ausgangspunkt in Leibnitz und wird von den Flüssen Sulm und Laßnitz begrenzt. Im Herzen dieser Weinstraße liegt Kitzeck, Österreichs höchstgelegener Weinberg. Und exakt da befinden wir uns jetzt. Genauer gesagt: beim Winzer Schmollthaller. Wie ihr hinter mir sehen könnt, hat dieses Weingut eine lange Tradition. Aber das fragen wir am besten den Hausherrn persönlich.«

Marlene Bodenbauer streckt ihre langen Arme gen Kamera, als wolle sie den Senior in der nächsten Sekunde vors Bild zerren.

Stattdessen: Cut! Die Aufnahme wird beendet. Das Lächeln der Moderatorin rutscht vom Gesicht, als hätte jemand den Lichtschalter betätigt.

»Wo steckt der alte Sack?«, fragt sie in die Runde.

»Er sollte längst hier sein.«

Alle drehen sich Richtung Tür - aber da steht nur Inspektor Pöls.

»Schönen Guten Tag! Ich hätte gerne die Sara gesprochen.«

»Die ist nicht da. Die dreht gerade mit Kamerateam 1«, erklärt einer der Assistenten.

»Wo kann ich sie finden?«

»Team 1 kommt erst gegen Mittag wieder. Die drehen beim größten Klapotetz am Demmerkogel.«

»Wer kann mir den Weg dorthin lotsen?«

»Die drehen im Wald. Mit dem Auto kommt man dort nicht hin«, sagt die Moderatorin. »Aber ich wüsste schon, wie sich die Zeit sinnvoll überbrücken ließe, bis Team 1 wieder da ist.«

Marlene Bodenbauer hat den Weg zu Pöls herüber angetreten und ihre Wimpern flunkern.

»Gehören Sie zum Hof?«, fragt sie und packt Pöls am Unterarm.

»Nein, ich bin Inspektor Pöls, Heinz Pöls.«

»Ein echter Inspektor. Wie aufregend.«

»Oh, ich möchte die Drehaufnahmen nicht lange stören. Mir geht es nur um ein kurzes Gespräch mit Sara.«

»Ermitteln Sie in einem Mordfall?«

»Es geht um den Brandanschlag im Flüchtlingsheim, falls Sie davon gehört haben.«

»Sara wird doch hoffentlich nicht verdächtigt. Sie ist unsere beste Kandidatin.«

»Keine Sorge, nur ein paar Routinefragen.«

»Ob wir das in die Sendung einbauen könnten?«

»Nein, das Gespräch findet ohne Kamera statt.«

»Wie schade. Ihr Gesicht würde sich im Fernsehen gut machen. Diese Furchen, dieser Ausdruck - einzigartig!«

Sie schnippt in die Luft und wie auf Kommando stehen zwei Assistenten Habt-Acht.

»Welche Rolle hätten wir für so ein Gesicht?«

Die Assistenten mustern Pöls.

»Säufer?«, sagt der eine.

»Knecht?«, der andere.

»Knecht ist gut.« Marlene Bodenbauers Augen strahlen. »Lieber Herr Inspektor, darf ich Ihre schauspielerischen Qualitäten testen?«

»Nein, ich kann dir jetzt schon sagen, dass das nichts wird.«

»Lassen Sie es uns probieren. Wir drehen mit Ihnen eine kleine, improvisierte Szene. Wissen Sie, wir benötigen dringend etwas Auflockerung für unsere aktuelle Folge. Der Bauer und seine Kandidatinnen sind noch sehr zurückhaltend und ich befürchte, beim bisherigen Material schlafen uns die Zuschauer ein. Bei Ihrem Gesicht hätten wir umgehend wieder die Aufmerksamkeit des Publikums.«

»Warum denn das? Sehe ich aus wie eine Witzfigur?«

»Ganz im Gegenteil. Mit Ihrer Ausstrahlung sollten Sie über eine Filmkarriere nachdenken.«

Mit einem Mal hat Pöls wieder den Augenarzttermin vor sich und ihm stockt der Atem, wenn er daran denkt, dass seine Tage als Ermittler womöglich schon bald gezählt sind.

»Ich verspreche Ihnen auch, mein lieber Inspektor, dass ich mich persönlich dafür einsetze, dass Sie so rasch wie möglich zu Ihrem Gespräch mit Sara kommen, wenn Sie mir diesen kleinen Gefallen machen und wir ein spontanes Knecht-Interview drehen.«

»Aber wirklich nur eine klitzekleine Szene.«

Für die Moderatorin genügt das als Zusage. Sie klatscht in die Hände und sofort fliegt eine Visagistin heran, die Pöls das Gesicht pudert. Eine andere Person setzt ihm eine lächerliche Perücke auf den Kopf. Umgehend bereut der Inspektor seine Entscheidung.

»Vielleicht lassen wir das Ganze doch sein.« Er will sich das kratzende Ding vom Kopf ziehen, aber fremde Hände hindern ihn daran. Jetzt wird an seiner Jacke rumgefummelt. Mit einem Mal steckt er in einem viel zu engen Trachtenanzug.

»Seien Sie einfach Sie selbst, mein lieber Inspektor, dann kann nichts schief gehen.«

Und schon wird er platziert - neben einer antiken Holzpresse. Der Regisseur zählt einen Countdown von zehn Sekunden herunter. Sofort ist Marlenes Strahlen wieder zur Stelle und sie säuselt in die Kamera.

»Ihr werdet es nicht glauben, wer mir auf dem Schmollthaler-Hof über den Weg gelaufen ist - der alte Knecht. Was für ein

Original. Er kennt noch die Reblaus von Fifis Urgroßvater.« Sie verstellt ihre Stimme, als würde sie mit einem Kleinkind sprechen: »Lieber Knecht, wie heißt denn du?«

Erwartungsvolle Augen auf Pöls. Er weiß nicht, was er sagen soll.

»Versteht mich der Knecht?«

Pöls spürt einen sanften Stoß.

»Oder ist der alte Mann schwer von Begriff?«

In der Spiegelung des Kellerfensters kann sich Pöls selbst sehen und mit dieser Perücke macht er tatsächlich einen belämmerten Eindruck.

»Dann nenne ich dich einfachheitshalber Knecht Ruprecht! Möchte er uns berichten, wie es hier am Hof so zugeht, wenn die Kamera nicht dabei ist?«

Wieder die erwartungsvollen Blicke. Pöls packt sein tiefstes Steirisch aus und er erzählt, was ihm gerade in den Sinn kommt. Er blendet die Kamera, die Scheinwerfer und das penetrante Lächeln der Moderatorin aus. Bis Marlene zu persönlich wird: »Genug geredet von den Schmollthalern. Wie sieht es im Liebesleben von Knecht Ruprecht aus?«

»Mein Liebesleben?«

»Ja, lass uns teilhaben an deinen Schmetterlingen im Bauch.«

Ihm wird schlagartig warm ums Herz und er muss unweigerlich an den letzten Herbst denken, als dieses Gefühl ihn das letzte Mal packte.

36. Heinz Pöls: Rückblende - Ein Herbsttag am Thalersee

Ein trüber Tag. Dunst hängt über dem See. Am Ufer bedecken Unmengen an Laub das Wasser. Vom bereits eingewinterten

Bootsverleih stecken noch ein paar ramponierte Holzruderboote traurig wie gestrandete Walgerippe im Schlamm. Selbst manövrierfähige Boote würden nicht zu einer Fahrt auf das trübe Wasser einladen. Es ist die Lieblings-Nordic-Walking-Runde von Heinz Pöls. Er fährt von Lend mit der Straßenbahn bis Eggenberg - von dort stochert er mit seinen Stecken los, über den Plabutsch. Am Thalersee belohnt er sich mit einem Speckbrot. An diesem Tag ist ihm zu kalt, um sich an einen der verwahrlosten Bänke niederzulassen und über den See zu gaffen. Er isst sein Brot im Gehen, die Stöcke unterm Arm eingeklemmt. Wind kommt auf. An der anderen Uferseite wirft eine Frau für ihren Hund einen orangen Gummiball. Er beobachtet sie. Je näher sie kommt, desto besser erkennt er, dass sich unter der Kapuze ein hübsches Gesicht verbirgt. Für Pöls geht sofort die Sonne auf. Er vergisst den Wind, den Nebel und die Kälte. Um sein Herz wird es warm. Verträumt lehnt er sich gegen das Schwarzenegger-Denkmal - das »Boot des Versprechens«. Die Frau und ihr Hund sind völlig in ihrem Element, nehmen von ihrem Beobachter keine Notiz. Immer wieder schleudert sie den Ball und der kleine Hund startet vergnügt kläffend los. Sein Stummelschwänzchen schnellt aufgeregt hin und her.

Plötzlich landet der orange Ball quietschend vor den Füßen des Inspektors. Der Hund kommt auf ihn zugeschossen, bremst vor Pöls ab und wagt sich zwei Meter vor dem Mann nicht an sein Ziel.

»Na los, schnapp dir dein Balli!«

Die Zunge des Hundes hängt bis zum Boden. Das ganze Tier zappelt aufgeregt.

Im Augenwinkel registriert er, wie die junge Dame ebenfalls in seine Nähe kommt. Sie bleibt weiter als ihr Hund von Pöls entfernt stehen.

Lächelnd bückt er sich. Seine gute Laune ist augenblicklich verschwunden, als er seinen Oberkörper kaum nach unten bringt. Als hätte er einen Stock verschluckt. Die Nordic Walking Stöcke dagegen entgleiten ihm. So halb gebückt kann er kaum in die Ausgangsposition zurück und so tun, als wäre nichts gewesen. Er spürt die Blicke der Frau. Diese Schmach will er nicht über sich ergehen lassen und zwingt sich in die Hocke. Am liebsten würde er schreien vor Schmerzen - vor seinen Hawara wäre das kein Problem, aber das hier ist etwas ganz anderes. Ihm schießen die Tränen in die Augen. Noch immer nicht ganz gebückt kickt er den Gummiball ein Stück von sich weg. Der Hund nimmt die Jagd auf. Pöls bringt sich langsam wieder in Ausgangsposition. Beglückt bellend fängt der Hund das Geschoss mit einem spektakulären Sprung aus der Luft.

»Ich hoffe, Sie haben sich körperlich nicht überanstrengen müssen«, sagt die Frau. Sie lächelt Pöls an und ihre Engelsstimme sorgt dafür, dass er nochmals eine Spur verliebter ist.

»Bin ein wenig eingerostet. Normalerweise ist das kein Auftrag für mich. Aber diese Schuhe sind viel zu eng. Lassen mich ganz alt aussehen.«

»Sie sollten wirklich dringend an Ihrer Beweglichkeit arbeiten.«

Pöls lächelt verkrampft. »Meinen Sie?«

»Ja, wäre schade um Sie.«

Der Kauf seines schnittigen Nordic Walking Outfits hat sich ausgezahlt. Ein dreifach Hoch auf den Verkäufer, der ihm einredete, dass ihn das Laufdress um zehn Jahre jünger erscheinen lässt. Ulkige Neonfarben hin oder her.

Der Hund wackelt an Pöls heran, legt den orangen Ball vor dessen Füße ab und hechelt erwartungsvoll.

Nochmals darf sich Pöls gegenüber der Lady nicht so eine Blamage leisten. Er geht so gut es geht in die Knie, als würde er sich auf einen Stuhl setzen. Schon bald verlässt ihn die Kraft in seinen Oberschenkeln und er sinkt ächzend wie ein außer Kontrolle geratener Aufzug in die Tiefe. Bis er im Laub sitzt. Sein Rücken knallt gegen Arnies Ruderboot. Der Hund ist erschrocken zurückgewichen. Die Frau pflückt den Ball vom Boden und schleudert ihn in die entgegengesetzte Richtung. Dann streckt sie dem Inspektor die Hand entgegen.

»Ich helfe Ihnen auf.«

»Weißt du, ich habe schon den ganzen Weg von Eggenberg bis hierher im Affenzahn in meinen Knochen, da lässt allmählich die Kraft nach.«

Er ergreift ihre Hand und sie zieht ihn schwungvoll hoch.

»Danke! Das ist nett von dir. Ich heiße Heinz.«

»Angenehm, Azra.«

Sie schütteln sich die Hände. Die Finger der Frau sind eiskalt.

»Sie würden Ihre Lebensqualität deutlich fördern, wenn Sie ein bisschen mehr auf Ihren Körper achtgeben.«

»Ja, ich bin schon in guten Händen. Mein Coach formt mich zum Superbody.«

Das ist zwar gelogen, aber Pöls meint, es würde bei Azra Eindruck machen, wenn sie feststellt, dass er eisern an seiner Fitness arbeitet. Das LKA bietet tatsächlich Gutscheine für Personal Training an. Nicht im Geringsten hätte Pöls bisher daran gedacht, davon Gebrauch zu machen. Vielleicht sollte er seine Anti-Sport-Einstellung überdenken. Könnte ja sein, dass er von nun an Azra öfters über den Weg läuft.

»Wohnst du in der Nähe?«, erkundigt er sich.

»Gute zehn Kilometer. Je nachdem, ob das für Sie Nähe ist oder nicht.«

»Bist du öfters hier?«

»Gelegentlich. Ich variiere sehr stark. Eher um die Jakomini Region. Falls Sie das kennen.«

»Machst du Witze? Graz ist meine Westentasche. Aber willst

du nicht endlich DU zu mir sagen und das blöde SIE beiseitelassen? Da komme ich mir so alt vor.«

»Gerne, Heinz.«

Gerade jetzt, wo es gemütlich wird, muss dieser Hund Faxen machen und haut einfach ab, biegt in den Wald ein und das Bellen wird immer leiser. Frauchen muss nach. Sie entschuldigt sich und eilt davon. Die Hoffnung von Pöls, dass sie bald wiederkehrt, bleibt unerfüllt. Sie ist weg. Und mit einem Mal ist es wieder kalt, nebelig und grässlich.

Pöls bückt sich jaulend vor Schmerzen nach seinen Nordic Walking Stöcken und stampft tapfer zurück nach Eggenberg.

37. Heinz Pöls: Rückblende - Body&Soul-Oase

Wenige Tage später in der Arbeit.

»Rudi, wo sind diese verdammten Fitness-Gutscheine?«

Pöls deutet genervt zu den leeren Holzfächern an der Wand, die normalerweise stapelweise gefüllt sind mit Werbeflyern und Broschüren. Ausgerechnet heute, wo er sie benötigen würde, herrscht gähnende Leere. Es ist zum Aus der Haut fahren.

»Willst du ernsthaft Sport betreiben?«

»Ist das so sonderbar? Ja, möchte ich. Also: Wo zum Kuckuck sind diese Gutscheine?«

»Ich glaube, die sind alle vergriffen.«

»Mist! Und wie soll ich zu meinem Fitnessprogramm kommen?«

»Naja, die Studios gibt es deshalb trotzdem. Nur eben keine Gutscheine mehr.« Rudolf Steiner wühlt in einer Schreibtischlade und fischt kurz darauf ein zerknittertes Heft hervor.

»Da sind die Partnerbetriebe aufgelistet. Sortiert nach Sportarten und Bezirken.«

Das Cover strotzt vor Schönheitsideal und Jungbrunnen-Wahn. Normalerweise ein Grund, das Heft sofort wieder zur Seite zu legen, aber Pöls ruft sich ins Gedächtnis, welche Figur er vor Azra abgegeben haben muss.

Seufzend blättert er sich durch den Katalog.

Jeder Betrieb ist mit Kurzbeschreibung und Trainer-Porträtfoto vertreten. Die vor Testosteron Strotzenden überblättert Pöls ganz schnell. Krafttraining unter diesen Berserkern kommt für ihn nicht in Frage. Selbst die Trainerinnen sehen so aus, als würden sie ihn durch den Fleischwolf jagen. Er blättert weiter, bis er zu den »softeren« Disziplinen vorstößt. Yoga, Pilates, Stretching.

Mit einem Mal hält er inne - auf einer Seite, ganz oben im linken Eck, lächelt ihm Azra entgegen. Daran gibt es gar keinen Zweifel. Sie ist es.

Azra Moosbrüller, Betreiberin der »Body&Soul-Oase«, Expertin für Yoga, Meditation und Präventionsgymnastik. Sein Blick fällt auf die Adresse: Kopernikusgasse in Graz Jakomini.

»Warum hat sie mir davon nichts gesagt?«

Mit einer flinken Handbewegung reißt er die Seite aus dem Katalog.

»Sag mal, geht's noch? Musst du das Heft zerstören?«

»Rudi, da wirfst du doch nie im Leben jemals einen Blick rein.«

Pöls schießt ihm den restlichen Katalog entgegen und steckt die herausgerissene Seite in die Hosentasche.

38. Heinz Pöls: Zehn-Minuten-Verhör

Pöls steht noch immer als Knecht Ruprecht vor der Kamera. Mittlerweile dreht er seine Runden im Zimmer, während er erzählt. Sein Redeschwall endet abrupt, als ihm das einsame Bücherregal ins Auge sticht. Darauf sind neben einer zerfledderten Bibel ein paar Liebesromane, aber auch eine imposante Heftserie zu entdecken: »Eine kurze Geschichte über das günstigste Nahrungsmittel der Welt. Band 9 aus der Reihe: Survival-Enzyklopädie.«

»Sieh an, die Survival-Enzyklopädie«, schlüpft Pöls wieder in seine Rolle als Inspektor und visiert den Senior an, der gedankenverloren im Eck sitzt und die Szene mitverfolgt.

»Hat mein Bua günstig im Second Hand Laden erworben.«

»Geht euch Band 11 ab?«

»Band 11?«

»Eine kurze Geschichte über die primitivste Granate der Welt.«

Schulterzucken.

Die Gehirnwindungen im Kopf des Inspektors halten umgehend Ausschau nach Motiven, weswegen Fifi den lieben Baschar in Brand stecken sollte.

»Knecht Ruprecht, erzählen Sie weiter. Wir wollen zumindest bis zum ersten Bussi kommen«, flötet die Moderatorin und schielt zum Regisseur, der cholerisch deutet, der Inspektor solle sich wieder setzen und fortfahren.

»Nein, jetzt reicht's. Ich habe nichts mehr zu sagen.«

»Knecht Ruprecht…«

»Aus! Ich bin nicht mehr euer Pausenclown. Aufhören! Schluss. Ich will mit Sara sprechen. Euer anderes Team muss ja allmählich eintrudeln.«

Durch die Fensterscheiben kann man sehen, dass immer mehr Leute in den Weingarten strömen.

»Kamerateam 1 ist da«, hört Pöls einen aus der Crew rufen.

»Dann bist jetzt du an der Reihe, dein Versprechen einzuhalten«, sagt Pöls zur Moderatorin und reißt sich die lächerliche

Perücke vom Kopf. Dem engen Steireranzug zu entkommen ist keine leichte Übung.

»Er hat die Szene mittendrin abgebrochen, also gibt's auch keine Belohnung«, urteilt der Regisseur.

»Mit dir habe ich auch keinen Deal«, schreit Pöls und sucht Marlenes Blick. »Aber mit dir. Du hast es mir versprochen.«

»Er hat uns so rührig von der Anbahnung seiner Liebe erzählt. Der patscherte Knecht und seine Fitnesstrainerin. Das reicht für einen zweiminütigen Zusammenschnitt. Dafür darf er mit Sara reden. Holt sie herein. Mein lieber Inspektor, wir opfern zehn Minuten unserer kostbaren Zeit. Im Gegenzug eine große Bitte: Schüchtern Sie uns das Mädchen nicht ein. Wenn wir nach dem Verhör eine verschreckte Kandidatin haben, die völlig neben der Spur ist und keinen Pieps mehr über die Lippen kriegt, nehme ich Ihnen das äußerst übel. Sara ist unsere beste Kandidatin, das habe ich schon in der allerersten Szene festgestellt. Da sprühen die Funken zwischen Fifi und ihr.«

Wenig später betritt Sara den Weinkeller. Als sie Pöls erblickt, trägt sie wieder ein Gesicht, als würde sie frisch den Flammen entsteigen.

»Wie geht's den Wunden?«

»Die Ablenkung tut gut.«

»Ich bin erstaunt, dass du dir diesen Aufwand antust, anstatt dich auszuruhen. Vorgestern dachte ich noch, der Schock würde dir tagelange Bettruhe bescheren.«

»Diese TV-Sendung ist meine Rettung. Ohne die Dreharbeiten würde ich pausenlos an das Feuer und an Baschar denken. Die Arbeit lenkt mich ab.«

»Du bist eine gute Schauspielerin. Das habe ich schon mitbekommen. Wer sagt mir, dass du mir nicht gerade eine Szene vorspielst?«

»Ich bin keine gute Schauspielerin. Ich bin, wie ich bin. Baschar hätte gewollt, dass ich weitermache. Er hat mir geholfen, dass ich von Fifi überhaupt auserwählt wurde. In meinem Herzen ist Baschar bei mir. Ich mache das auch für ihn. Er hätte es so gewollt!«

»Ich vergönne dir dein Glück. Es sieht ganz danach aus, dass dich der Winzer zu seiner steirischen Königin küren wird.«

»Das glaube ich kaum. Durch den Brand sind meine Chancen klar gesunken.« Sie zieht die Ärmel des Dirndls zurück, um ihre Bandagen zu zeigen. »Die anderen Kandidatinnen sind makellos. Ich bin vom Feuer gezeichnet.«

»Deine Konkurrentinnen haben gegen dich nicht den Hauch einer Chance.«

»Mit meinen Brandwunden bin ich entstellt. Und jetzt stehlen Sie mir Zeit, in der die anderen sich näher an Fifi ranmachen können, während ich mir von Ihnen anhören muss, wie gewissenlos ich bin.«

»Das habe ich nicht behauptet. Mich wundert nur, wie schnell du in der Lage bist, deine Gefühle in den Griff zu bekommen und der Welt Sonnenschein vorzugaukeln, obwohl es regnet und stürmt. Warum hast du mir verschwiegen, dass du Mahmoud kurz vor der Tatzeit am Tatort gesehen hast?«

»Wer hat Ihnen das verraten?«

»Bushra meinte, sie hätte ihn gemeinsam mit dir gesehen.«

Sara blickt ertappt um sich.

»Ich hatte Angst, es Ihnen zu sagen.«

»Also behauptest du nun, dass du Mahmoud gesehen hast?«

»Ja.«

»Woher kommt der Sinneswandel?«

»Ich hatte Angst, Sie würden mir nicht glauben. Ich hätte mir niemals gedacht, dass Bushra Ihnen von Mahmoud erzählen wird.«

»Deine Freundin hat mittlerweile ihre Aussage revidiert und

zugegeben, dass sie gelogen hat.«

»Was? Haben Sie sie unter Druck gesetzt?«

»Nein, aber ihr ist eingefallen, dass sie zum Tatzeitpunkt geschlafen hat und erst durch deine Erzählung erfuhr, dass du angeblich Mahmoud begegnet bist. Sie habe nur aus Solidarität falsch ausgesagt. Hast du Bushra dazu überredet, die Falschaussage zu tätigen?«

»Nein. Wir haben Mahmoud beide gesehen. Ich habe bei meiner ersten Vernehmung gelogen, das gebe ich zu. Nun sage ich die Wahrheit. Mahmoud war am Tatort.«

»Warum soll dann plötzlich deine Freundin von der Wahrheit abkehren?«

»Bushras erste Aussage ist richtig und aus irgendeinem Grund hat sie nun Angst. Wahrscheinlich setzt Mahmoud sie unter Druck.«

»Du bleibst bei der Behauptung, Mahmoud gesehen zu haben?«

»Ja!«

»Dir ist bewusst, dass du damit deine Zimmernachbarn stark in Bedrängnis bringst? Denn das würde bedeuten, dass Bushra bewusst die Unwahrheit spricht.«

Sie nickt. »Das kann ich nicht ändern. Wir haben Mahmoud gesehen. Das müssen Sie mir glauben. Ich weiß nicht, warum Bushra lügt.«

Pöls blickt sie lange an. Sie windet sich aus seinem Blickfeld.

Die Tür schwenkt auf und der Senior kommt samt gut bestückten Tablett herein.

»Ich dachte mir, damit die Zunge etwas lockerer wird - ein gutes Steirer-Weinderl.«

Hinter dem alten Winzer drängt der Junior in den Weinkeller.

»Sara, was ist los? Was wird hier gespielt?«

Zum ersten Mal kriegt Pöls den Jungbauern aus der Nähe zu Gesicht. Die Nase - unverkennbar Schmollthaler. Sonst hat er wenig von seinem Papa. Statt dem drahtigen Körper ein muskulöser Body. Braungebrannt. Designermode.

»Hat sich schon erledigt«, sagt Sara, schnappt sich ein Glas vom Tablett, trinkt einen großen Schluck und erhebt sich. Für einen kurzen Moment blickt sie zum Inspektor.

»Tun Sie Ihre Pflicht und sperren Sie Mahmoud ein. Ich bleibe bei meiner Aussage.«

Sara hakt sich in Fifis Ellbogen und zieht den Jungwinzer mit sich aus dem Raum.

»Fifi, weißt du, wie man einen Molotow-Cocktail bastelt?«, ruft Pöls ihm hinterher. Der Junge hält an, blickt über die Schulter zurück.

»Ob ich was?«

»Kannst du mir aus deiner Survival-Serie Band 11 leihen?«

Fifi lässt Sara stehen, tritt ans Bücherregal und bestätigt:

»Band 11 fehlt.«

»Ich weiß, er wurde vor dem Flüchtlingsheim gefunden.«

Dem Jungen fehlen die Worte. Sara schnappt sich Fifi und zieht ihn mit sich.

»Hier gehen tausend Menschen ein und aus«, faucht sie. »Kann sich doch jeder schnappen, so ein blödes Heft.«

39. Heinz Pöls: Das Winzerhäuschen

Pöls marschiert zu seinem Auto am Parkplatz vor dem Winzerhof. Einen Karton Sommerspritzer im Arm - der Senior-Winzer besteht darauf, dass Pöls seiner Angebeteten »Leyla's Secret« vorstellt.

»War doch nur für die Kamera erfunden.«

»Du hast es aber so realistisch erzählt, dass ich hoffe, es war kein Märchen.«

Der Senior druckst herum. »Mein Bua hat mit dem Feuer in dem Flüchtlingsheim nichts zu tun.«

»Ist das also ein Bestechungsversuch?«

»Nein, nein, der Wein ist ganz umsonst. Für die Liebe sozusagen.«

Eilig stapft der Kellermeister davon.

Der Inspektor verfrachtet den Karton in seinem Wagen und trällert dazu »Fröhliche Weihnacht, überall«. Mit einem Taschentuch holt er Saras Trinkglas aus der Innen-Jackentasche hervor und versenkt es in einem durchsichtigen Beutel.

Nachdenklich lässt sich Pöls auf den Fahrersitz fallen und startet das Auto. Seine Gedanken weiterhin beim Fall. Was hat Fifi mit Baschar am Hut? Und inwieweit steckt Sara da mit drinnen?

Pöls schert auf die Straße, die sich wie eine graue Schlange durch malerisches Grün schlängelt. Weit kommt er nicht. Sein Fuß springt auf die Bremse. Zwischen den Reben erblickt er Leyla, die Nichte des Winzers. Zu gerne würde er diesem Mädchen ein paar Fragen stellen. Sie erklimmt den steilen Weinberg wie ein junges Gamserl. Das lässt Pöls einen Moment zögern. Leyla zu folgen wird eine sportliche Herausforderung. Der Inspektor nimmt sie an. Azra wäre stolz auf ihn. Er wirft die Autotür ins Schloss, quert die Asphaltstraße und zwei Meter weiter wölbt sich der Weingarten steil zum wolkenlosen Himmel. Rasch setzt keuchendes Atmen ein. Das verrät ihn auch. Leyla blickt zurück und legt umgehend an Tempo zu. Das wollte er schon gar nicht.

»Leyla!«, ruft er. »Ich muss mit dir sprechen.«

Aber seine Worte bewirken nur, dass sie noch schneller wird.

»Verflucht!«

Auf der Mitte des Hügels muss er sich an einer Holzlatte zwischen den Reben festklammern. Normalerweise ist er so eine Steigung nur mit Nordic Walking Stöcken gewohnt. Freihändig geht ihm die Puste aus.

»Wo ist sie hin?« - Das Mädchen, nicht seine Kondition, denn die hat er schon seit der Polizeiakademie nicht mehr.

Pöls hat Leyla aus den Augen verloren. Er quält sich weiter bis zum Bergkamm. Ja, was für ein Panorama. Während Pöls pausiert, um den Puls wieder aus dem gesundheitsgefährdenden Bereich zu bringen, überblickt er das Sausal. Vom Schmollthaler-Winzerhaus sieht er gerade noch das Ziegeldach. Dahinter die große Halle, vor der mehrere Landwirtschaftsfahrzeuge parken. Wenn er sich umdreht, erhebt sich ein paar Meter weiter ein kleines, idyllisches Winzerhäuschen. Es erinnert Pöls in seinem originellen Design an ein gläsernes Kartenhaus. Leyla kann sich nur dort oder geschickt hinter einer der buschigen Reben versteckt haben. Jeden Weinstock einzeln zu untersuchen, gleicht einer Sisyphusarbeit, also wählt Pöls das Kartenhaus.

Die wenigen Schritte zum Häuschen lässt er sich Zeit. Beim Annähern pflückt er sich pralle Trauben von den Rieden und stopft sie sich in den Mund.

Durch die breite Glasfront erkennt er moderne Tische und Stühle. Eine High Society Buschenschank. Als Pöls noch weiter herankommt, fallen ihm die Tischwimpel auf. Es sind exakt jene Teile, die er bei Stefan Sonnleitner im Kegelkeller in Spielfeld gesehen hat. Auf jedem Tisch eine andere Nationalflagge. Eine polnische, eine türkische, eine ungarische. Dazwischen jede Menge Fahnen, die er nicht zuordnen kann und ihm einmal mehr vor Augen führen, dass ein bisschen Vexillologie nicht schaden könnte. Aber Fahnenkunde muss warten. Erst einmal hätte der Inspektor gerne Zutritt zu der lauschigen Designerhütte, nur - er kann keine Tür erkennen. Er wünscht sich die Brille herbei, die irgendwo in seinem Auto herumpurzelt.

Auf der Dachschräge erkennt er mehrere Metallstifte. Aus nächster Nähe entpuppen sie sich aber lediglich als Halterung für eine Leiter.

Sein Gesicht nähert sich der Glasfassade bis auf wenige Zentimeter. Irgendwo muss sich doch ein Spalt, ein Griff, oder irgendetwas ähnliches erkennen lassen. Sein heißer Atem beschlägt das Glas. In der matten Stelle werden Fettfingerabdrücke sichtbar - viele, wirklich viele Abdrücke. Der Alptraum jeder Putzfrau. Pöls legt selbst Hand am Glas an und mit etwas Druck lässt es sich tatsächlich zur Seite schieben. Wie aus dem Nichts entsteht ein Spalt im Glas.

»Leyla?«, ruft Pöls und dringt in das Kartenhaus ein. Er kann das Mädchen nicht sehen, aber er kann sie atmen hören.

»Du musst vor mir keine Angst haben. Ich bin Inspektor Heinz Pöls von der Kriminalpolizei.«

Wer hat sich ihm schon jemals freiwillig gezeigt, wenn er diesen Spruch brachte? Er muss über seine eigene Blödheit den Kopf schütteln. Auf einer Seite ist die Bar. Pöls geht darauf zu. Er blickt vorsichtig über die Theke und erwartet, Leyla zu sehen, stattdessen steht dort eine Motocross-Maschine und verstellt den Durchgang zur Küche. Pöls geht um die Theke und sieht sich die Maschine genauer an. Der Dreck im Reifenprofil und der Karosserie zeugt von einer wilden letzten Fahrt, die nach dem getrockneten Matsch zu urteilen, auch schon wieder eine Weile her sein dürfte. Der Seitenspiegel verrät Leylas Versteck. Sie steht in einem schmalen Schacht - dem Übergang zwischen Glasfront und Holzverbau. Normalerweise dürften hier die großen Vorhänge untergebracht sein, wenn sie hängen würden, wahrscheinlich sind die in der Waschmaschine der Winzerhausbesitzer, mutmaßt der Inspektor. Möglichst sanft dreht er sich zu ihr um. Die Blicke treffen sich. Sofort ist sie wieder auf der Flucht. Aber Pöls ist schneller, packt sie an einem Handgelenk. Sie wirbelt herum. Beide kommen zu Fall. Das Mädchen tritt sofort nach ihm aus, trifft den Inspektor mit voller Härte. Mit so schmerzhafter Gegenwehr hat er nicht gerechnet. Bis er auf den Beinen ist, haut das Mädchen schon wieder durch den Fensterspalt ins Freie ab.

»Ich will nur reden!«, brüllt er ihr hinterher.

Draußen verschwindet sie sofort in den Rieden. Zwecklos, ihr hinterher zu laufen. Stattdessen schnappt er sich einen der Tischwimpel.

40. Heinz Pöls: Lügen haben kurze Beine

Als Pöls den Abstieg zum Schmollthaler-Hof in Angriff nimmt, ist das Filmteam wieder fleißig in Aktion. Fifi und seine weiblichen Kandidatinnen absolvieren am gegenüberliegenden Berghang auf einer Terrasse einen Scheibtruhen-Wettkampf. Das im Hof zurückgebliebene Kamerateam 2 versucht vorm Hauptgebäude eine Überleitungsszene zu inszenieren. Diesmal hat Marlene Bodenbauer den Senior als Opfer gefunden. Schon aus der Ferne hört Pöls den Unmut des Hausherren.

»Schleicht's euch! Ständig kreist's ihr wie Schmeißfliegen um mich herum. Es geht um meinen Buam und nicht um mich.«

»Das ist falsch!«, widerspricht die Moderatorin. »Diese Sendung ist eine unbezahlbare Werbung für euren Hof, also darf ich wohl etwas Kooperation einfordern. Immerhin versuchen wir das Theater so unterhaltsam wie möglich unters Volk zu bringen.«

»Ich mach mich nicht zum Narren.«

»Sie sollen doch nur ein bisserl Jodeln. Jeder Steirer jodelt.«

»Ich nicht.«

»Nur für die Kamera.«

»Für die schon gar nicht.«

»Wenn das Ergebnis so fürchterlich ist, dann synchronisieren wir das mit dem schönsten Jodeln, das es gibt.«

»So einen Schmarr'n mach ich nicht.«

»Sollen die Leute stattdessen sehen, wie grantig Sie immer herumlaufen?«

»Ihr sollt's das Ganze authentisch bringen. Und dazu gehört auch, dass ich grantig bin, wenn mir danach ist. So kennen mich die Leut'. Jodelnd hat mich nie einer gesehen. Nicht einmal besoffen.«

Wie in einem schlechten Laientheater geht der Senior ab - ins Presshaus. Pöls muss aufpassen, dass er nicht wieder in Marlene Bodenbauers Fänge gerät. Aus dem Schutz der dichten Rieden heraus beobachtet er, wie der Kameratross vom Eingang des Presshauses ein paar Meter weiter zu einem Zierde-Klapotetz zieht - wohl ein Kunstwerk aus der Hand des talentierten Juniors.

Die Moderatorin macht sich bereit, den einstudierten Text in die Kamera zu flöten. Sie steckt sich eine dicke Traube in den Mund und spielt übertrieben eine Geschmacksexplosion.

»Hallo, Freunde. Schön, dass ihr wieder dabei seid und wissen wollt, wie es mit Fifi und seinen Dirndln weitergeht. Wir befinden uns hier im Einflussbereich des warmen illyrischen Klimas. Gleichzeitig kriegen die Reben hier auch schon die kälteren Winde der Alpen zu spüren. Diese Kombination lässt charakteristische Trauben reifen, die ihr im Wein schmecken könnt's. Apropos schmecken: Wie schmeckt dem Fifi wohl, dass er eine der lieben Damen verabschieden muss? Zeit, für die erste Abwahl.«

Pöls bleibt in Deckung, bis das Kamerateam immer weiter

wegrückt und der Inspektor ungesehen zum Presshaus weitergehen kann.

»Raus!«, brüllt ihm der Senior entgegen, der sofort sanfter wird, als er Pöls erblickt.

»Inspektor! Ich dachte, du hättest uns schon verlassen.«

»Dachte ich auch, aber dann ist mir noch etwas eingefallen.«

»Nimm Platz. Wie wäre es heute mit einem Morillon?«

»Nein, danke. Wieso ist Leyla so schreckhaft?«

»Leyla? Ich will nicht, dass die vor der Kamera herumtanzt.«

»Sie lief mir zufällig über den Weg. Ich wollte ihr eine Frage stellen, aber sie flüchtete.«

Der Senior lacht.

»So, so, eine Frage stellen. Was willst denn wissen von ihr? Kann ich dir auch beantworten.«

»Ich würde sie das gerne selbst fragen.«

»Du kannst gerne mit ihr reden, aber sie spricht nur arabisch.«

»Kein Wort Deutsch?«

»So gut wie nix.«

»Deine Schwester bringt der eigenen Tochter die Muttersprache nicht bei?«

»Meine Schwester ist da sehr nachlässig. Das ist auch der Grund, warum sie Leyla für eine Saison zu mir geschickt hat. Damit das Dirndl ein bisserl die Wurzeln ihrer Mutter kennenlernt.«

»Wie lange wohnt Leyla schon bei dir am Hof?«

»Noch keine drei Wochen.«

»In drei Wochen könnte sie zumindest ein paar Worte sprechen.«

»Wie soll denn was weitergehen, wenn dieser Steirische Funkenflug dazwischenfunkt.«

»Die Kameraleute sind erst ein paar Tage hier.«

»Ja, aber seit Wochen müssen wir uns ständig um Gschisti Gschasti kümmern. Pressetermin hier, Pressetermin da. Der reinste Horror. Wenn ich das im Vorfeld gewusst hätte, ...«.

Er macht eine abwinkende Handbewegung.

»Eine stolze Steirerin, die ihrer Tochter nicht ein Wort Steirisch beibringt?«

»Meine Schwester ist nicht ganz normal, Inspektor. Die hat schon immer anders getickt. Unsere feschen Mannsbilder haben die nie interessiert. Immer irgendwelche Murln. Aber das ist eben meine Schwester. Die ist schon immer aus der Reihe getanzt. Mich verwundert es nicht, dass Leyla keine Silbe Deutsch spricht.«

Jetzt bringt der Senior dennoch zwei Gläser und eine Flasche Wein.

»Den gönnen wir uns, ohne Widerrede, Inspektor!«

Noch bevor er den Drehverschluss betätigt, nimmt ihm Pöls die Flasche ab und wirft einen Blick auf den Flaschenboden.

»Dieser steirische Panther. Ist der bei allen Flaschen aus der Südsteiermark?«

»Natürlich nicht, willst mich beleidigen?«

»Nur auf deinen Flaschen?«

»Manche tragen einen Panther am Flaschenhals, manche am Bauch, aber so einen schönen und dann auch noch am Flaschenboden - da sind wir die einzigen.«

»Dann wurde der Brandanschlag im Flüchtlingsheim am Seggauberg mit einer Flasche aus deinem Sortiment verübt.«

»Das ist allerhand.«

»Scheint dich nicht sonderlich zu jucken.«

»Ich bitte dich, unser Wein wird weltweit getrunken, selbstverständlich ganz besonders gerne in der eigenen Region. Ich wette, du findest unsere Produkte in jedem dritten Haushalt im Bezirk Leibnitz. Dass sich darunter auch ein krankes Hirn befinden kann, ist zwar bedauerlich, aber durchaus möglich. Unser Glas ist extra hart.«

»Warum macht's ihr das?«

»Ursprünglich, damit sie beim Übereinanderstapeln robust sind. Diese Eigenschaft macht unser Leergut auch alternativ sehr begehrt. Ich kenne Hausfrauen, die unsere Weinflaschen als Vasen verwenden. Im Kindergarten im Nachbarort nutzen's unsere Flaschen, um darin verschiedenste Sandarten zu sammeln.«

Er schenkt ein und lacht.

»Wenn man immer bedenken würde, dass eine gute Qualität auch bei Kriminellen gefragt ist, dann dürfte man nur Schund erfinden. Aber ich sage dir etwas, Inspektor, wir setzen weiterhin auf Innovation. Unsere neueste Erfindung ist eine PET-Weinflasche. Poly-Weiß-der-Geier, recyceltes Plastik. Das Gegenteil zu unseren soliden Flaschen. Aber verurteile mich nicht, wenn auch damit irgendjemand einen Unsinn anstellt.«

Der Senior lacht auf.

»Und jetzt trink, Inspektor.«

»Ich habe noch lange nicht Feierabend.«

»Eben! Wie sollst du das durchhalten, wenn du nicht zwischendurch unser Tröpferl kostest?«

»Da muss ich dir recht geben«, sagt Pöls und prostet dem Winzer zu.

41. Heinz Pöls: Kratzer in der Mauer

Der Inspektor parkt vor dem Flüchtlingsheim. Abgeschnallt und dennoch unwillig, auszusteigen. Lange betrachtet er das Gebäude. Von außen deutet nichts auf ein Flüchtlingsheim hin. Man hat auf eine Beschilderung verzichtet. Nur beim Eingang ist ein ständiges Kommen und Gehen exotischer Bewohner. In einem Fenster klebt die »Hamsa Hand«, ein kulturelles Zeichen im islamischen Volksglauben, als Abwehr gegen »böse Blicke«.

Aber sonst? Steiermark-Idylle pur. Wie aus dem Heimatmärchenbuch.

Pöls steigt aus, spaziert gemütlich auf den Trampelpfad zu.

»Eine Muh, eine Mäh, eine Täterätätä, eine Tute, eine Rute«, summt er vor sich hin und stoppt erst vor Baschars vergitterten Fenster im Erdgeschoss. Mit einem gezielten Wurf könnte man eine Weinflasche zwischen den Sprossen hindurch werfen. Klar, Pöls könnte es definitiv nicht, aber Bobo würde das Glas auf Anhieb treffen.

Warum hat der Täter also nicht abgewartet, bis Baschar in seinem eigenen Zimmer war und den Anschlag hier ausgeübt?

Aber vielleicht hat der Täter genau das versucht und ist daran gescheitert.

Pöls legt seine Hand an die kalte Steinfassade. Zweifellos sind da an einer Seite des Fensters ähnliche Kratzspuren im Verputz wie sie Pöls neben Mahmouds Fenster verursacht hat.

Als wäre der miserable Schütze nicht nur bei Mahmouds Fenster am Werk gewesen.

Gedankenverloren fährt Pöls die rauen Kratzspuren mit seinen Fingern ab. Der Inspektor nimmt auch alle anderen Fenster des Gebäudes ins Visier, aber diese seltsamen Spuren sind ausschließlich neben den Zweien zu entdecken. Nun wischt Pöls unter Baschars Fenster mit dem Fuß über die Grashalme. Spröde Erde, Kies, einzelne Grashalme. Aber nachdem der Fuß geduldig länger hin und her fegt, geraten plötzlich winzige Glassplitter unter die Schuhsohlen.

Pöls ist so erstaunt, dass er seine Ungelenkigkeit völlig vergisst und sich zu den Scherben beugen will. Ein kurzer Aufschrei, der Inspektor denkt nicht an Aufgabe, quält sich die letzten Zentimeter tiefer und schnappt sich einen Glassplitter. Ohne Zweifel: Irgendjemand hatte auch schon Baschars Fenster im Visier. Er muss diese Splitter einsammeln und dem Labor geben.

Mit der Mauer als Stützhilfe bringt sich Pöls jammernd wieder in den Stand. Er fühlt sich gerädert wie nach einer Stunde Extrem-Yoga und erklärt sich die sauren Muskeln mit dem gestrigen harten Training bei Azra. So gnadenlos darf sie ihn einfach nicht mehr rannehmen. Das hält ja keiner aus.

Vom Trampelweg wendet er sich noch einmal dem Gebäude zu, blickt hoch zu Mahmouds Fenster. Im Augenwinkel sieht er beim benachbarten Fenster die Silhouette einer Gestalt. Als er scharf stellt, wackelt nur noch der Vorhang.

42. Bushra: Drehpausen-Besuch

Bushra schreckt zurück.

»Mist, ich glaube, er hat mich gesehen.«

Sie presst sich gegen die Wand neben dem Fenster. Eine Hand noch am Vorhang-Zipfel. Bloß ein Hauch von Tageslicht dringt in den kleinen Raum.

Sara sitzt am Bettrand. Bleibt ernst und gelassen.

»Dann wird es nicht lange dauern, bis der Polizist zu dir kommt. Ich muss wieder los.«

»Soll ich mitkommen?«

»Damit der Polizist noch misstrauischer wird? Es hat gereicht, dass du mich in die Pfanne gehauen hast.«

»Das habe ich nicht, Sara.«

»Wie würdest du es dann nennen?«

»Ich habe gesagt, dass ich nicht lügen kann. Die Polizei macht mich nervös.«

»Schon gut, ich hätte das niemals von dir verlangen dürfen. Es ist meine Schuld.«

»Ich kann mit einer Lüge nicht leben.«

»Aber Mahmoud darf nicht ungestraft davonkommen, verstehst du? Mahmoud hat Baschar zerstört. Er muss dafür ins Gefängnis.«

»Die Polizei hat etwas gefunden. Ich weiß nicht, was es ist, aber heute mussten wir alle Fingerabdrücke abgeben.«

»Meine werden sie niemals kriegen. Ich bin keine Verbrecherin. Sie haben kein Recht auf unsere Fingerabdrücke.«

Sara stemmt sich hoch, kommt an Bushra heran, umarmt und küsst sie. »Ich muss wieder los. Am Hof dürfen sie mein Fehlen nicht bemerken.«

In dem Moment klopft es an der Tür. Saras Augäpfel treten hervor.

»Mist!«, zischt sie.

»Eine Moment!«, schreit Bushra. »Ich nackt.«

Sie schnappt Sara und will sie zu Boden drücken.

»Da rein!«

»Da passe ich nicht drunter«, flüstert Sara. Aber Bushra presst sie bereits beidhändig unters Bett.

»Da kriege ich Platzangst.«

»Still. Kein Wort.«

Es klopft erneut. »Ich fast fertig«, ruft Bushra, aber da geht die Tür bereits auf. Der Inspektor tritt herein.

»Wie war bei Schmuse-Sendung?«, fragt sie und stellt sich ans Fenster, reißt die Vorhänge zur Seite, damit der Raum mit Licht geflutet wird. Sie schraubt am Hebel, um einen Fensterbalken zu öffnen und das Gezirpe der Vögel ins Zimmer zu lassen.

»Sara schlägt sich gut«, sagt er. »Wäre Fifi für dich nichts gewesen?«

Bushra schüttelt energisch den Kopf. »Zu viele Muskeln.«

»Du stehst eher auf Typen wie Baschar.«

Sie spürt die Hitze in ihrem Gesicht. Bitte, nicht rot werden. Sie wendet sich ab und hört das Kichern des Polizisten.

»Hast du deshalb für Baschar Liebesdienste erledigt?«

»Liebesdienste? Ich und Baschar, da war nix.«

»Musstest du für ihn Kernöl aus dem Automaten holen?«

Heftig wedeln ihre Haare hin und her.

»Nein, aber es gibt etwas, das ich sagen muss«,

»Oh, bitte nicht, dass du deine Aussage wieder revidieren willst und Mahmoud doch gesehen hast.«

»Nein, etwas anderes.«

Und dann beginnt sie zu erzählen…

43. Bushra: Rückblick - Erkundungstour mit Baschar

Sara und Bushra sitzen im Schatten mächtiger Bäume auf dem Schotter der Steinernen Wehr. Es sind bereits deutlich mehr Badegäste hier als bei ihrem letzten Besuch Anfang der Saison. Das Wetter ist wärmer und Sara so freizügig wie noch nie. Ihr Bikini ist lediglich ein Hauch von Stoff. Bushras Hose reicht bis zu den Knien und der Oberkörper ist bis zum Hals bedeckt.

»Ich habe das Weingut entdeckt!«

Sara und Bushra haben Baschar nicht anschleichen gehört. Er taucht wie aus dem Nichts hinter dem massiven Baum auf.

»Idiot, du hast uns erschreckt.«

»Wenn ihr wollt, können wir heute eine Spritztour dorthin unternehmen.«

»Ist es weit?«, fragt Sara.

»Maximal zwanzig Minuten mit dem Rad. Wenn wir uns an Bushras Schleichtempo anpassen.«

»Ich möchte trotzdem mit.«

»Ich sag ja, wir passen uns dem schwächsten Glied an.«

»Ich werde euch zeigen, wie schnell ich Radfahren kann.«

Mit dem zusätzlichen Elektromotor ist das nicht so schwer. Gleich in der Nähe des Flüchtlingsheimes befindet sich ein Hotel, das hochwertige E-Bikes in einem schicken Holzcontainer zum unkomplizierten Verleih anbietet. Für die Heimbewohner gibt es einen Extra-Tarif. Davon machen Baschar, Sara und Bushra regelmäßig Gebrauch. Die Räder sind gut gewartet und die E-Motoren immer bestens aufgeladen.

Über die Bundesstraße geht es Richtung Kitzeck. Die meiste Zeit flach, aber die letzten drei Kilometer haben es selbst trotz E-Motor-Unterstützung in sich. Mit glühendem Gesicht schließt Bushra auf ihre Freunde auf, die in einer Straßenkehre auf sie warten. Lohn der Arbeit ist ein prachtvolles Ambiente.

»Das dort vorne ist es«, sagt Baschar und deutet auf ein Weingut wie aus dem Bilderbuch.

»Das wird mein neues Zuhause.« Sara freut sich, als hätte man ihr soeben ein Schloss geschenkt und ist nicht mehr zu halten. Sie steigt vom Rad und lässt es einfach umkippen. Baschar fängt es rechtzeitig ab.

»Sara, nicht!«

Bushra und Baschar rufen wie aus einer Kehle.

»Wir müssen ihr nach!«

Jetzt steigt auch Baschar von seinem Rad und legt es gemeinsam mit Saras in die Wiese.

»Nun komm«, fordert er Bushra auf.

»Wir dürfen nicht näher ran. Was, wenn die uns sehen?«

»Was soll schon passieren.«

»Es ist privat!«

»Unsinn! Siehst du wo einen Zaun? Das ist nicht verboten. Wir schauen uns doch nur Saras Lover an.«

Dann eilt er Sara hinterher, die schon quer über den großen Parkplatz saust.

»Aufs steirischste willkommen«, steht in großen Holz-Lettern im Halbkreis gewölbt über der Gartenpforte. Natürlich ist nichts dabei, wenn sich Sara diesem Haus nähert, trotzdem hat Bushra ein mulmiges Gewissen. Vor allem, weil es garantiert nicht gestattet ist, sich über den Hintereingang Zutritt zum Weingarten zu verschaffen. Einem Einheimischen würde man das verzeihen, aber Migranten gegenüber sind die Leute skeptisch. Nicht auffallen ist Bushras Devise. Deshalb radelt sie von der exponierten Stelle immer weiter bergab, bis sie eine Baumallee erreicht, hinter der sie sich geschützter fühlt.

»Kernöl - in 2 Kilometern - 24 Stunden aus dem Automaten«, liest sie auf einem Schild am Wegrand, von wo aus ein Wanderweg mitten in den Wald führt. Bushra setzt sich auf eine hervorstehende Baumwurzel, die so dick ist wie eine Anakonda. Zwischen den Bäumen sieht sie zum Weingut. Auf dem Hügel ist ein Bauer zu erkennen, der sich gerade mit einer Seilwinde abmüht. Wahrscheinlich das Objekt der Begierde, denn Sara und Baschar beobachten ihn ein paar Rieden weiter. Bushra entgeht aber auch nicht, dass ihre Freunde wiederum selbst beobachtet werden - weitere zwei Reben von ihnen entfernt hockt eine Gestalt mit Sichel in der Hand im hohen Gras.

Bushra schießt in die Höhe. Sie ist zu weit weg, um ihre Freunde zu warnen. Außerdem würde sie mit ihrem Geschrei alle Anwesenden auf sich aufmerksam machen.

Sofort besteigt sie wieder das E-Bike und strampelt hoch zu den verwaisten Rädern in der Wiese.

Sara und Baschar kommen bereits gut gelaunt über die Straße, ihre Arme eingehängt, wie fröhliche, verliebte Teenager.

»Das hättest du sehen sollen - Saras neuer Lover ist eine Sexmachine.«

Baschar hebt die Räder hoch, hilft Sara auf den Sattel. Dann kneift er Bushra in den Bauch.

»Warum schaust du so ernst? Bist du etwa eifersüchtig? Willst du nicht auch einen Blick auf den Winzer werfen?«, fragt Sara.

Aber Bushra interessiert im Moment ein halbnackter Männerkörper herzlich wenig. Sie scannt die Umgebung. Hinter jedem möglichen Versteck vermutet sie die unheimliche Gestalt.

»Gefährlich, Sara, dann entscheidet er sich womöglich noch für Bushra.«

Baschar kichert schäbig und rollt die Straße hinab.

Als Bushra fahren will, stockt ihr beinahe der Atem. Sie erblickt die Gestalt, im Schatten der Gartenpforte. Nein, das ist keine Einbildung, die Gestalt hält die Sichel noch immer in der Hand. Es ist eine junge Frau.

Bushra strampelt los, so schnell sie kann. Vorbei an ihren beiden Freunden.

»Die Kleine sagt uns den Kampf an«, nimmt Baschar die Herausforderung an.

»Warum habt ihr es so eilig? Ich will noch nicht nach Hause«, ruft Sara.

Als Bushra zurückblickt, ist Sara bereits weit abgehängt und wieder vom Rad abgestiegen. Bushras Hände würgen die Bremshebel. Das Bike bleibt stehen.

»Sara, komm«, brüllt sie. »Ich will hier weg.«

Aber ihre Freundin denkt nicht daran. Stattdessen legt Sara ihr Rad an den Straßenrand und verschwindet in den Weinreben. Auch Baschar hat neben Bushra angehalten und blickt zurück.

»Komm, wir fahren wieder zu Sara zurück«, sagt er und wendet das Rad.

»Nein, wir sollten schleunigst zurückfahren.«

»Warum hast du es so eilig?«

»Wir werden verfolgt.«

»Von wem?«

»Keine Ahnung, aber ich habe sie gesehen.«

»Sie?«

»Ja, ein Mädchen mit Sichel.«

Er wirkt von ihren Worten nicht sonderlich beeindruckt.

»Ja, wahrscheinlich wollen auch Saras Konkurrentinnen einen vorzeitigen Blick auf den Loverboy werfen.«

Er grinst und treibt das E-Bike die Straße wieder hoch.

»Baschar, bleib hier.«

44. Bushra: Rückblick - Beobachtung in der Mondschein-Nacht

Etwa eine Woche ist verstrichen, seit Bushra mit ihren Freunden bei dem Weingut war und sie diese ominöse Verfolgerin sah. Es ist mitten in der Nacht. Ein Knacken lässt Bushra im Bett aufschrecken.

»Hast du das auch gehört?«, flüstert sie hinüber zu Sara, die Bettdecke bis zur Nase hochgezogen. Aber ihre Freundin bewegt sich keinen Millimeter.

»Sara!«

Nichts.

Dafür erneut ein Klacken. Wie, wenn kleine Steine gegen die Wand geworfen werden. Lautlos gleiten Bushras Zehen unter der Bettdecke hervor. Bloßfüßig schleicht sie ans Fenster. Der Mond ist hell. Sie muss achtgeben, dass sie nicht zu sehr ins Licht rückt und man sie von draußen sehen kann. Ihr treibt es einen kalten Schauer über den Rücken, als sie am Trampelweg eine Gestalt erblickt. Nicht irgendeine - das ist die Verfolgerin vom Weingut. Da ist sie sich ganz sicher. Die Frau mit der Sichel. Sie feuert kleine Kieselsteine gegen das Nachbarfenster. Bushra kann hören, dass ein Eisenbalken von Baschars Gitterfenster aufschwingt. Ganz geschwind legt Bushra ihre Hand um den Fensterriegel und öffnet das Fenster ein Stück. Sie hört Stimmen - die des Mädchens und auch Baschars unwiderstehliches Timbre. Arabische Wortfetzen. Zusammenhänge bleiben ihr verborgen.

Die weißen Zähne des fremden Mädchen strahlen geradezu im Mondschein. Die dunkle Kleidung dagegen macht sie in der Finsternis beinahe unsichtbar.

»Bushra?« Sara hat ihren Kopf im Bett gehoben.

»Nichts! Schlaf weiter. Mir ist schrecklich heiß. Ich brauche etwas Frischluft.«

Saras Kopf sinkt wieder ins Kissen. Bushra wagt es ein paar Augenblicke nicht einmal zu atmen. Aber Sara dürfte wieder problemlos eingeschlafen sein. Die Decke hebt und senkt sich ruhig und gleichmäßig.

Bushra wendet sich wieder dem Fenster zu. Das fremde Mädchen ist verschwunden. Leise und auch eine Spur enttäuscht schließt Bushra den Fensterbalken. Da erblickt sie zwei Gestalten ganz am Ende des Trampelweges. Sie sieht gerade noch, wie sie hinter den Bäumen verschwinden - das Mädchen und Baschar - da ist sich Bushra ganz sicher.

45. Bushra: Rückblick - Nicht mehr der Gleiche

Sara und Bushra sitzen beim Mittagessen in der Gemeinschaftsküche. Pürierte Auberginen mit orientalischer Sesampaste - Mutabbal.

Bushra fällt beinahe die Gabel aus der Hand, als Sara brüllt: »Stopp!«

Sie schießt in die Höhe, sprintet zur Tür und zieht Baschar am Shirt in die Küche.

»Sag mal, wieso gehst du uns neuerdings aus dem Weg?«

»Tu ich nicht.«

»Ach nein? Kaum hast du uns erblickt, machst du kehrt und haust ab.«

Sie schleppt ihn zum Tisch heran.

»Setz dich und iss mit uns.«

»Ich habe keinen Hunger.«

»Wo treibst du dich die ganze Zeit herum? Ich habe dich tagelang nicht mehr gesehen.«

»Viel zu tun.«

»Seit wann stehst du auf sowas?« Sara bohrt ihm mit den Zeigefinger in Brusthöhe ins Shirt. Er hat mehrere dunkelgrüne Flecken auf dem hellen Stoff.

»Das hast du doch bisher immer gemieden.«

»Neuerdings mag ich Kernöl.«

»Du verarschst uns doch. Wieso bist du so komisch?«

»Mahmoud hat uns den Kontakt verboten.«

»Das war dir bisher egal. Lass uns doch wieder einmal etwas gemeinsam unternehmen. Bushra und ich waren die letzte Woche jeden Tag bei der Steinernen Wehr. Wo warst du?«

»Ich lese im Moment viel. Mir ist zurzeit nicht nach anderen Menschen.«

»Lesen? Das sind völlig neue Seiten. Was liest du denn?«

»Kennst du nicht. Außerdem sind in letzter Zeit immer weniger Räder im Container. In der Hochsaison sind die Hotels voll und die Räder verliehen.«

»Wir sind keine Idiotinnen, Baschar!«

»Sara, es wird sich schon wieder ergeben, dass wir etwas gemeinsam unternehmen. Momentan muss ich Mahmoud aus dem Weg gehen.«

»Warum auf einmal?«

»Er wird aggressiver. Ich will nicht in seine Faust laufen.«

»Wenn er dich ein einziges Mal schlägt, kriegt er es mit mir zu tun. Der fliegt aus diesem Heim.«

»Ich muss wieder los.«

»Was? Spinnst du? Du bleibst gefälligst hier.«

»Ich habe Angst, dass Mahmoud Spitzel beauftragt hat, die mich verraten.«

»Aber es ist außer uns keiner in der Küche.«

»Weiß man, wer seine Spitzel sind?«

Sein Blick trifft Bushra. Die fühlt sich wie von einem Blitz getroffen.

»Du glaubst doch nicht…«

»Ich bin lieber vorsichtig.«

Baschar dreht ab und schreitet flott davon.

»So ein Idiot!«

Saras Augen werden feucht, als spiegelten sich in ihnen die Steinerne Wehr. »Baschar hat sich verändert. Er ist so ernst und kühl geworden. Ist dir das nicht aufgefallen? Bushra, ich rede mit dir.«

»Ich weiß nicht, was mit ihm los ist.«

46. Bushra: Rückblick - Konfrontation mit Baschar

Bushra und Sara liegen in ihren Betten. Bushra hat die Hände hinterm Kopf verschränkt und stiert an den Plafond. Saras Laune ist wieder deutlich besser. Unverblümt teilt sie ihre Vorfreude auf die Filmaufnahmen auf dem Winzerhof. Bushra kann ihre Aufregung verstehen und möchte ihr die Freude auch nicht nehmen, gleichzeitig gehen ihr die Bilder von Baschar und dieser Fremden nicht aus dem Kopf.

»Hast du schon einmal überlegt, den Steirischen Funkenflug abzusagen?«

»Was? Nein! Warum sollte ich so etwas tun?«

»Als Ausländerin hast du dort ohnehin keine Chance.«

»Du hast doch gehört, was Fifi im Vorstellungsvideo gesagt hat. Er ist weltoffen, sucht das Exotische.«

»Das sagen die hier doch alle - aber letztlich sind sie viel lieber unter sich.«

»Fifi ist anders.«

»Vielleicht ist Baschar deshalb so komisch?«

»Weil ich bei der TV-Sendung teilnehme?«

»Eifersucht.«

»Du fantasierst, Bushra. Dann hätte er wohl kaum das Bewerbungsvideo mit mir gedreht und sich dafür eingesetzt, dass ich ausgewählt werde.«

»Vielleicht hat er das getan, um dir zu imponieren.«

»Ach Bushra, ich und Baschar, das würde doch niemals funktionieren.« Sara dreht sich zur Seite, schläft gleich wieder ein.

Bushra entsteigt stumm wie ein Fisch ihren Laken. Sie schlüpft in ihre Sandalen und verlässt auf Zehenspitzen das Zimmer. Im Flur brennt immer Licht, auch nachts. Damit man im Notfall den Fluchtweg erkennt. Bushra schleicht leise an Mahmouds Tür vorbei. Sie stapft über die Treppen ins Erdgeschoss. Entschlossen klopft sie an Baschars Tür, wartet zwei, drei Sekunden, dann tritt sie ein. Im Zimmer ist es finster. Zuerst glaubt Bushra, es wäre kein Mensch hier, aber dann wölbt sich die Bettdecke auf. Da liegt Baschar - jedoch nicht allein. Das fremde Mädchen ist bei ihm. Sofort macht Bushra einen Rückzieher. Tür zu und wieder eilig zu den Treppen.

»Bushra!«

Sie wirbelt herum und erblickt Baschar, der lediglich mit Unterhose bekleidet vor seiner Zimmertür steht und zu ihr blickt.

Er kommt zügig an sie heran, zieht sie von den Treppen aus dem Licht, in den Schatten einer Säule.

»Kannst du nicht klopfen?«

»Ich habe geklopft.«

»Aber ich habe dich nicht hereingebeten.«

»Wer ist diese Frau?«

Baschar vergewissert sich mit hektischen Blicken, dass es keine Ohren- und Augenzeugen gibt. Sein Mund kommt ganz nah an Bushras.

»Das ist meine Ex-Freundin aus Idlib.«

»Deine Ex-Freundin?«

»Ja, Leyla.«

Bushra weiß nicht, was sie darauf sagen soll.

Baschar packt sie an ihren Schultern.

»Aber das bleibt ein Geheimnis zwischen dir und mir, verstehst du?«

Sie nickt.

»Und jetzt verschwinde auf dein Zimmer. Leg dich ins Bett. Schlafe. Du hast das hier alles nur geträumt.«

»Was macht sie hier?«

»Sie braucht meine Hilfe.«

»Liebst du sie noch?«

»Bushra, ich helfe ihr. Das ist alles.«

»Ihr liegt gemeinsam im Bett.«

»Weil ich nur ein läppisches Bett in meinem Zimmer habe. Geh endlich und vergiss, was du gesehen hast.«

»Leyla. Ich habe sie gesehen. Auf diesem Bauernhof.«

»Ich weiß. Sie ist uns gefolgt. So fand sie heraus, wo ich wohne.«

»Was will sie von dir?«

»Bushra, geh schlafen. Das ist nicht dein Problem.«

»Sag es mir.«

»Bei dem Bauern geht es ihr nicht gut. Sie möchte lieber hier wohnen. Geh jetzt und kein Wort zu niemanden. Verstehst du? Niemanden!«

47. Bushra: Rückblick - Leyla im Heim

Bushra wartet jede Nacht, bis Sara schläft. Dann steht sie auf und legt sich auf die Lauer. Wenn alle Heimbewohner in ihre Zimmer verschwunden sind und es ruhig wird am Flur, dann taucht Baschar auf - und meist hat er Leyla im Schlepptau.

Er kommt über den Hintereingang ins Gebäude. Bushra hat das längst durchschaut, deshalb entgeht ihr auch nicht, wie er an diesem Abend als Schattengestalt das Heim betritt.

»Die Luft ist rein«, sagt er und winkt Leyla über die Türschwelle.

Ihr ist die Nervosität anzusehen. Ihre Kleidung sieht im bläulichen Licht des Flurs elendig aus. Sie trägt eine Plastiktasche bei sich. Das Klinkern von aneinander stoßender Glasflaschen ist deutlich zu hören. Baschar lotst sie zügig in sein Zimmer. Bushra huscht auf leisen Sohlen die Treppe hinab zu Baschars Tür und lauscht. Sie hört zwar, dass die beiden miteinander reden, den inhalt kriegt sie jedoch nicht mit. Vielleicht liegt es auch am arabischen Dialekt, der in Syrien doch ein Stück anders ist als im Libanon.

»Bushra?«

Sie dreht sich um und erblickt Schneeberger. Er muss gerade bei der Haustür hereingekommen sein. Normalerweise ist er so spät nie im Heim. Nur zu ganz speziellen Anlässen bleibt er auch nachts. Heute scheint so ein spezieller Tag zu sein, denn »Dad« hat seinen Rucksack bei sich, den er immer trägt, wenn er vorhat, im Heim bei seinen »Schäfchen« zu übernachten.

Darin ist seine dünne Isomatte, die sein Bett für die Nacht wird.

»Was machst du vor Baschars Zimmer?« Sie ist völlig überfordert und grübelt, was sie dem Heimleiter entgegnen soll.

»Ich nicht kann schlafen. Habe Alpträume. Brauche Person, die mir macht andere Gedanke.«

»Das heißt: Auf andere Gedanken bringen! Und da baust du ausgerechnet auf Baschar? Dumme Idee, der hat um einen Termin bei mir angefragt und wird keine Zeit für dich haben.«

»Eine Termin? Warum?«

»Darauf bin ich auch schon gespannt, denn ich habe keine Ahnung. Sag mal, stimmt, was mir zu Ohren gekommen ist? Sara wird im Sommer für eine Woche bei einem Winzer wohnen und bei dieser TV-Kuppelshow mitmachen?«

Der Heimleiter setzt den Weg Richtung Bürotrakt fort. Bushra folgt ihm und versucht den Redefluss aufrecht zu halten, auch wenn sie eine miserable Smalltalkerin ist - erst recht auf Deutsch.

»Steirischer Funkenflug. Ja, ist gute Sache. Sara hübsch. Gute Gesicht für Fernsehen.«

»Na, ob das klug ist.«

»Wieso nicht?«

»Weil in dieser Show doch alle veralbert werden: die Bauern, die Kandidatinnen und die Zuseher. Das ist alles inszeniert. Die Bauern werden als Deppen hingestellt, die Teilnehmerinnen als hirnlose Einzeller und die Zuseher werden von vorne bis hinten belogen. Sara wird da niemals ihre Natürlichkeit präsentieren können. Ich kann mir schon vorstellen, welche Rolle diese Dodeln ihr auf den Leib schreiben werden. Das ist sicher kein gutes Image - weder für Sara noch für unser Flüchtlingsheim. Die Einzigen, die von diesem Schwachsinn profitieren, sind die Leute vom Fernsehen. Die machen alles für gute Quoten. Die gehen sogar über Leichen.«

Obwohl sie nur knapp die Hälfte vom Gesagten verstanden hat, schreckt sie bei dem Wort »Leichen« auf.

»Das sagt man so, im übertragenen Sinne.«

Das Büro ist erreicht. Bushra sieht zu, wie der Heimleiter seinen Rucksack ins Eck stellt.

»Weißt du, bei welchem Winzer sie sich beworben hat?«

Bushra nickt, kommt aber nicht mehr dazu, den Namen zu nennen, weil es an der Tür klopft. Baschar steckt seinen Kopf herein - sichtlich irritiert, Bushra hier anzutreffen.

»Da ist er ja, mein Sondertermin.«

Der Heimleiter lächelt, reibt sich die Hände und blickt in einer Art zu Bushra, dass sie kapiert, dass ihre Zeit gekommen ist, zu gehen.

»Also, vielleicht sprichst du Sara ins Gewissen«, schickt Schneeberger ihr hinterher, als sie den Raum verlässt.

»Sara ins Gewissen reden?«, schnappt Baschar auf. »Warum sollst du ihr denn ins Gewissen reden?«

»Warum interessiert dich das plötzlich?«, fährt Bushra ihn giftig auf Arabisch an. Zügig schreitet sie davon. Nach einigen Metern läuft sie, als fühle sie Leyla mit der Sichel in ihrem Rücken. Mitten auf den Treppen hält sie an, blickt sich um. Sie ist ganz allein im Flur.

Leise schwebt sie die Stufen hinab und nähert sich lautlos Baschars Zimmer. Sie tritt ein. Im Raum hängt der Duft von Räucherstäbchen. Auf dem Nachtisch flackern Kerzen. Im Lichtschein tanzt das Wappen eines syrischen Wimpels.

Bushra tritt näher an den Nachttisch heran. Ihr Luftzug lässt die Flamme einer Kerze dem Wimpel-Zipfel gefährlich nahekommen. Hektisch schiebt Bushra den Wimpel ein Stück zur Seite. Ihre Hand stößt gegen eine Flasche. Die kippt um. Obwohl Bushra sie sofort auffängt und wieder in aufrechte Position bringt, ist das Missgeschick bereits vollbracht. Kernöl hat sich über den Nachttisch ergossen und fließt über einen Notizblock.

Bushra flucht und zupft das oberste Blatt vom Block. Sie hört Schritte am Gang. Panik erfasst sie. Ohne zu überlegen, faltet sie den Zettel zusammen, steckt ihn ein und verlässt Baschars Zimmer. Kaum vor der Tür, treffen sich die Blicke von ihr und Mahmoud, der gerade dabei ist, in den ersten Stock hochzugehen.

»Ich glaube, ich spinne. Bushra! Du hast etwas mit Baschar laufen?«

Er donnert auf sie zu wie ein Güterzug.

»Dea kriagt vau mia a Tschinölln!« (Dem verpasse ich eine Ohrfeige.), verfällt er vor lauter Schreck in sein eigenwilliges Stoasteirisch.

Was immer das ist, das klingt in Bushras Ohren alles andere als angenehm.

»Nein, Mahmoud. Es ist nicht so, wie du denkst.«

Natürlich lässt er sich von ihr nicht stoppen. Ihre ausgebreiteten Arme sind so sinnlos, als würde man einen Bahnübergang mit Zahnstochern sichern.

»Wo ist der Vogel?«

Mahmoud steht in Baschars Zimmer, blickt in den Kasten, unters Bett, hinterm Vorhang - dann kommt er wieder auf den Flur und sieht Bushra fragend an.

»Was wollte er von dir?«

Dieser Blick - Bushra benötigt dringend eine vernünftige Ausrede. Sie fasst in ihre Hosentasche und fühlt den zusammengefalteten Zettel. Was sollte schon schlimm daran sein, ihm den zu geben. Vielleicht gibt sich Mahmoud damit zufrieden und so streckt sie ihm das Papier entgegen.

»Ich soll dir das geben.«

»Was ist das?«

Er nimmt ihr den Zettel ab, faltet ihn auseinander, blickt mit großen Augen über den Papierrand zu Bushra. Sie überlegt fieberhaft, was sie ihm entgegnen soll, aber er verlangt gar keine Antworten und zieht davon.

48. Heinz Pöls: Von Ägyptern und Syrern

Es ist später Nachmittag, als Heinz Pöls mit seinem Wagen vor dem Schmollthaler-Weingut vorfährt. In seinem Kopf zirkulieren die Erzählungen von Bushra. Sie rücken den Fall in ein anderes Licht. Plötzlich macht es auch Sinn, warum die Bauanleitung zum Bombenbauen aus Winzer-Händen kommen könnte. Fürchtet Fifi, dass Baschar für ihn Konkurrenz um Saras Herz sein könnte? Oder fürchtet der Senior, dass ihm der freche Baschar seine fleißige Arbeitskraft entführt?

All das gilt es zu klären. Pöls nimmt sich nicht die Zeit, gepflegt einzuparken und bleibt schräg hinterm Heck eines Fernseh-LKWs stehen. Handbremse angezogen und erst einmal ein satter Schluck aus dem Flachmann.

»Das hamma aber nicht gern!«

Der altbekannte Wächter ist wieder zur Stelle. Seine Handfläche ausgestreckt.

»Meinen Autoschlüssel kriegst du Wicht kein zweites Mal.«

»Sie dürfen hier nicht stehen.«

»Ich bin inzwischen der beste Freund des alten Schmollthalers. Beschwere dich bei ihm und ich schwöre dir, du wirst hochkant nach Wien zurückgepfeffert«, bellt Pöls und schreitet an dem verdutzten Gesicht des Wächters vorbei.

»Vorsicht, es wird dort vorne gedreht.«

»Ich bin der Star in diesem Zirkus«, sagt der Inspektor und biegt schneidig um die Ecke. Ein Tisch im Garten ist liebevoll dekoriert mit Trauben und diversen Weinflaschen. Der Jungwinzer steht vor dem Tisch. Dahinter sitzen seine ausgewählten Ladys auf einer Bank. An sich ein romantisches Setting, doch die Gesichter - alle blicken drein, als hätte wochenlang keine Sonne mehr geschienen.

Fifi stottert vor sich hin: »Es ist der Moment gekommen, wo ich leider die erste Dame von meinem Hof schicken muss. Es fällt mir wirklich nicht leicht, denn ihr seid's alle vier so irrsinnig liabe Dirndln, aber wir wissen wie die Spielregeln beim Steirischen Funkenflug sind und daran müssen wir uns halten und deshalb muss ich nun eine Entscheidung treffen. Ich habe es mir alles andere als einfach gemacht und ich weiß nicht, ob ich meine Wahl vielleicht schon morgen bereuen werde, aber ich habe mich dazu entschlossen…«

»Stopp!«, schreit eine wütende Stimme aus dem Off. »Da steht ein komischer Kauz im Bild. Tut's den weg.«

»Ich bin Inspektor Heinz Pöls!«

»Das ist mir wurscht, schleich dich aus dem Bild. Wir drehen!«

»… Sabine, ich muss dich bitten, deine Koffer zu packen und meinen Hof zu verlassen.«

»Halt! Stopp! Das haben wir nicht mehr drauf. Das muss wiederholt werden.« Die Off-Stimme überschlägt sich. Eine der feschen Mädchen, wohl Sabine, erleidet einen Heulkrampf.

»Wir müssen das wiederholen«, brüllt der Regisseur durch ein Megafon. Aber mittlerweile jagen schon mehrere Personen durchs Bild. Die einen, um die Deko zu retten, die im Dominoeffekt den Tisch hinab kullert, weil Sabine es auf der Bank nicht mehr länger aushält und beim Vorbeizwängen an den anderen Mädchen mit der Hüfte gegen die Tischplatte knallt. Fifi will sie aufhalten, kassiert aber bloß eine saftige Watschen, die wohl aus tiefstem Herzen kommt.

»Gebt's dem Dirndl ein Schneiztiachl«, hört Pöls die Stimme des Seniors, der soeben ein Taschentuch aus seiner Weste zieht und an dem Inspektor vorbeischreitet.

»Dich wollte ich sprechen!« Pöls fängt das Taschentuch ab.

»Inspektor, startklar für den nächsten Kostproben-Durchgang? Heute stünde Welschriesling, Sauvignon Blanc und Weißburgunder auf dem Programm.«

»Holst am besten deine ägyptische Nichte dazu - oder soll ich eher sagen: die syrische Migrantin aus Idlib.«

Der Senior presst dem Inspektor das Taschentuch gegen den Mund und schiebt ihn zur Seite.

»Nicht so laut, Inspektor.«

Mit dem Kinn deutet er zum Weinkeller. Pöls wedelt das Taschentuch aus seinem Gesicht und geht voran. Er kennt den Weg. Drinnen lehnt er sich gegen ein schönes Eichenfass und verschränkt die Arme vor der Brust.

»Bin auf deine Erklärung wirklich gespannt. Und bitte mit derselben Begeisterung wie deine Wein-Ausführungen.«

»Es ist nicht so kompliziert. Genau da, wo du jetzt stehst. Da habe ich sie gefunden.«

Der alte Schmollthaler deutet auf das Holzfass.

»Da hat sie sich verkrochen. Glaub mir, ich habe mir gedacht, ich habe Halluzinationen oder sehe Gespenster.« Er kommt an Pöls heran, duckt sich, macht sich so klein wie möglich und schlägt sich die Arme über den Kopf.

»So ist sie dagesessen. Ich hab sie hervorgeholt und gefragt, wer sie ist und was sie da tut, aber keine Antwort. Sie versteht kein Deutsch. Und ich kein Arabisch, oder was immer das ist. Es hat ewig gedauert, bis ich sie beruhigt habe.«

»Wann war das?«

»Vor ein paar Wochen. Ich wusste nicht, was ich tun soll. Ich habe den Fifi hergeholt, dem sein Englisch ist nicht schlecht.

Er schreibt auch die ganzen Texte für unsere Werbe-Flyer. Sind fein geworden. Soll ich ein paar holen? Irgendwo im Haus müssen noch ein paar herumflattern.«

»Ich weiß schon, dass du lieber vom Wein erzählst, aber bitte bleib bei der Sache.«

»Was hätte ich tun sollen, Inspektor? Das heulende Dirndl der Polizei ausliefern? Ich hab ein gutes Herz. Ich habe ihr ein neues Zuhause gegeben.«

»Warum hast du nicht deine Schwester in Alexandria angerufen? Die könnte übersetzen.«

»Meine Schwester! Ja, die lebt in Ägypten, redet aber kein Wort arabisch.«

»Leylas Papa?«

»Meine Schwester ist geschieden. Sie lebt in Ägypten, aber mit einem Piefke. Der spricht auch nur Deutsch und Englisch.«

»Aber die werden wohl in ihrem Umfeld Leute kennen, die ein bisserl arabisch verstehen.«

»Horch zu, Inspektor, der Kontakt zwischen mir und meiner Schwester ist nicht gerade der beste. Wenn's zu Weihnachten eine Glückswunsch-SMS gibt, ist das schon das höchste der Gefühle. Außerdem wollte ich die ganze Geschichte nicht an die große Glocke hängen. Was hätte ich tun sollen? Police! Killing! Wirft nicht gerade ein gutes Licht auf eure Organisation. Ich brachte es nicht übers Herz, das arme Dirndl wegzuschicken. Diese Augen. Die kann so herzerweichend dreinschauen. Die ist mit allen Wassern gewaschen. Ich habe mit meinem Buam und meiner Alten geredet und mich entschieden, Leyla bei uns Unterschlupf zu geben. Die hat mit uns einen Lottosechser gemacht. Nur das Kamerateam darf sie nicht vor die Linse kriegen. Ich muss vermeiden, dass sie im Fernsehen erscheint, weil dann haben wir den Salat. Einer aus dem Team hat sie entdeckt und will sie ständig mit der Kamera einfangen. Ein richtiger

Paparazzi. Den Kerl habe ich mir schon vorgeknöpft und ihm gesagt, dass er hochkant vom Hof fliegt, wenn ich ihn dabei erwische. Aber der wird trotzdem keine Gelegenheit auslassen. Der Sender hat mir versichert, sie würdigen unsere Privatsphäre und sie lassen das Dirndl in Ruhe - aber diesen Kasperln vom Fernsehen vertrauen, da kann ich auch daraufsetzen, dass es die nächsten zehn Jahre im Frühling zu keinem Frosteinbruch kommt.«

Er macht eine abweisende Geste mit der Hand und serviert dem Inspektor eine neue Kostprobe.

»Wo wir schon beim Wein sind. Heuer hätte ich mit dieser Wette sogar gewonnen. Wir sind bei Wintereinbruch im Frühling mit einem hellblauen Auge davongekommen. Die Zeichen stehen auf eine nicht zu späte Ernte. Aber zuvor müssen wir die Hagelsaison abwarten und die beginnt jetzt. Ich klopfe auf Holz: Der Frost ist überstanden. Vergangene Saison sind wir geschüttelt worden vom Frost und haben fast 70 Prozent unserer Ernte verloren. Eine Tragödie.«

Er trinkt und gurgelt, genießt mit allen Sinnen seinen eigenen Wein.

»Mengenmäßig wird's heuer keine große Ernte mehr, mit Gottes Hilfe aber eine qualitative.«

»Gottes Willen brauchst auch, dass dir deine Gütigkeit nicht zum Verhängnis wird. Los, bring mir Leyla.«

»Keine Ahnung, wo die jetzt steckt.«

»Dann such sie.«

49. Heinz Pöls: Bitte keine Polizei

Im Garten wurde die Szenerie für die nächste Filmaufnahme verändert. Sabine ließ sich offenbar nicht mehr dazu überreden, ihre Abwahl erneut zu drehen und ist umgehend abgereist.

Die drei übriggebliebenen Mädchen sind dafür umso glücklicher, weil sie die erste Runde überstanden haben und noch auf dem Hof bleiben dürfen - bis zum nächsten Rauswurf in 24 Stunden. Sara würdigt den Inspektor keines Blickes. Gleich zwei Männer des TV-Senders wurden auf Pöls angesetzt, damit der Polizist nicht ein weiteres Mal eine Szene bombt.

Eine Hand berührt ihn. Er will sie schon abschütteln, blickt zur Seite und sieht die Ehefrau des alten Schmollthalers. Sie nickt ihm zu.

»Mein Mann hat mir mitgeteilt, dass Sie Hunger haben. Ich habe ganz wunderbare Palatschinken vorbereitet, südsteirischer Art.«

»Da hat dein Göttergatte etwas missverstanden. Ich möchte Leyla sehen.«

»Sepp ist gerade losgefahren, um sie zu suchen.«

»Um sie zu suchen? Ist sie abgehauen?«

»Es gibt nur wenige Platzerl, wo sie sich gerne herumtreibt. Aber durch diesen Fernseh-Trubel ist sie sehr verwirrt. Wir können das kleine Biest schlecht einsperren wie einen Hund.«

»Also ist sie abgehauen?«

»Sie kommt sicher zurück. Machen Sie sich keine Sorgen. Spätestens, wenn sie Hunger hat. Sie isst wie ein Scheunendrescher.«

»Dann muss ich die Kollegen von der Fremdenpolizei einschalten.«

»Nein, bitte, keine Schanti.«

»Ich bin auch Polizist.«

»Aber keiner von der Fremdenpolizei. Dann machen wir uns strafbar, weil wir dem Mädel Unterschlupf gewährt haben. Wir sind keine schlechten Menschen, wir wollten ihr nur helfen.«

»Ruhe, bitte!«, ruft einer vom Filmset.

»Zwei Stunden!«, flüstert Pöls zu Sepps Frau. »Wenn ich bis dahin nichts von Leyla höre, herrscht hier Ausnahmezustand, das verspreche ich euch.« Pöls stolziert davon.

»Was wird jetzt aus den Palatschinken?«

»Steirische Art klingt mir zu sehr nach Kernöl-Füllung.«

»Mit Kürbiskernöl und Vanilleeis.«

Kommentarlos dreht Pöls ab. Raus auf den Parkplatz. Dort wird er bereits erwartet.

»Kannst du mit deiner Kiste wegfahren? Unser LKW muss raus.« Die Augen des Wächters glühen.

»Kann ich, allerdings erst, nachdem du Wicht mir verraten hast, wer von euch Leyla mit der Kamera aufgelauert hat.«

»Der kleinen Ägypterin?«

»Genau der.«

»Fährst du dann die Kiste weg?«

»Das ist der Deal.«

Der Wächter dreht sich herum, blickt zu einer Gruppe Raucher, die abseits des Parkplatzes zusammenstehen und gibt einen grellen Pfiff von sich.

»Tobi, der Kapplständer ist interessiert an deinem Integrationsporno.«

Sogleich dreht sich der Wächter wieder dem Inspektor zu.

»Kleiner Scherz, unser Tobi hat die Kleine niemals nackt gefilmt.«

»Ich möchte die Aufnahmen sehen«, sagt Pöls, als ein schlaksiger Typ mit 70er-Jahre Lockenfrisur auf ihn zu trottet.

»Welcher Hornochse hat mich verpfiffen?«

Pöls lässt seinen Zündschlüssel durch die Luft tanzen. Der Wächter fängt ihn und erntet von Tobi wütende Blicke.

»Auf geht's. Zeig mir, was du gefilmt hast.«

Pöls lässt den Lockenkopf nicht mehr aus den Augen. Der Mann holt seine Schulterkamera aus einem Kleintransporter.

»Alles harmlos. Ehrlich! Ich weiß gar nicht, was Sie wollen.«
»Ich will das Material sehen.«
»Glauben's mir, ich hätte die Gelegenheit gehabt, die Bitch splitternackt zu filmen. Hab ich aber nicht, ich schwöre es. Ich habe Anstand. Die Aufnahmen sind soft wie feuchtes Klopapier, völlig harmlos. Wollen Sie mir wirklich daraus einen Strick drehen?«
»Ratsch nicht rum, zeig mir endlich die Aufnahmen.«
Der Mann legt seine Kamera auf die Motorhaube eines parkenden Fahrzeuges und drückt ewig lange an ein paar Knöpfchen herum.
»Nichts löschen! Ich warne dich! Im Notfall holen unsere IT-Spezialisten auch gelöschtes Material wieder aus der Versenkung.«
»Ich such die brauchbaren Aufnahmen.«
»Ich will alle sehen.«
»Aber das meiste ist völlig unbrauchbar - und harmlos.«
Als sich Pöls übers Display beugt, startet eine Filmaufnahme.
»Das ist verdammt finster. Ich kann nix erkennen.«
»Sie wollten alle Clips sehen. Bitte schön.«
»Ich kann da nicht einmal ansatzweise irgendwas erkennen. Welcher dilettantische Kameramann war da am Werk?«
»Kommt schon noch. Es ist so finster, weil die kleine Bitch in einem Weintank gesessen ist. Ich habe geglaubt, ich spinne, als ich sie da entdeckt habe. Warten Sie, gleich kommt sie raus.«
Es läuft kein Ton. Pöls kann nicht hören, ob und was der Kameramann zu Leyla gesagt hat und wie er sie lockte, auf jeden Fall blickt sie wie eine scheue Wildkatze aus dem ovalen Loch und als die Kamera heranzoomt, entsteigt sie dem Tank wie ein Alien und läuft geduckt davon. Das Kameraauge versucht ihr den Weg abzuschneiden, aber dann sind da ganz rasch die Hände des Mädchens vor der Linse und kurz darauf nur eine

orientierungslose Abfolge von Aluminium, Kacheln, Schatten - als segle das Ding führerlos durchs Universum. Finito!

»Die hat mir die Mühle aus der Hand gerissen. Wie ein kleiner Hulk. Ich glaube, die hat Superkräfte!«

»War das alles?«

»Ja.«

»Glaub ich nicht. Gib mir die Kamera. Sie ist konfisziert.«

»Das war schon das spannendste. Ehrlich. Das andere Zeug ist völlig fad, unterbelichtet, unbrauchbar - und harmlos.«

»Zeigen!«

In einer weiteren Sequenz pirscht sich die Kamera an Leyla heran, als sie gerade auf einem abgestellten Traktoranhänger sitzt. Gleich zwei Wunden kann der Inspektor ausmachen - seitlich an ihrem Bauch und am Nacken unterm Haaransatz. Auch die Kamera ist ganz geil auf diese Stellen und zoomt heran.

Die scharfe Sichel in der Hand des Mädchens registriert das Objektiv erst, als die Linse schon unmittelbar neben Leyla ist. Der Kameramann muss sich unter dem schwingenden Werkzeug hinweg tauchen. Wieder nur Chaos zu sehen, weil dem Kameramann die Mühle entgleitet.

»Die ist völlig crazy«, murmelt der Lockenkopf. »Wahrscheinlich wollte sie sich da gerade abkrageln. Ich bin mehr oder weniger ein Lebensretter.«

Das Kamerabild beruhigt sich und Leyla blickt dem Zuseher direkt entgegen.

»Stopp!«, ruft Pöls. »Dieses Bild - das brauche ich. Schick es mir auf mein Handy.« Pöls steckt Tobi seine Visitenkarte zwischen Hosenbund und Unterhose. »War's das oder gibt es weitere Filmchen?«

»Einen Clip habe ich vom ersten Tag, als wir anreisten. Da ist sie mir das erste Mal aufgefallen.«

»Am Tag des Brandanschlags im Flüchtlingsheim? Herzeigen«, fordert Pöls.

Hastig suchen die Finger des Kameramanns nach der Datei.

»Kurz davor habe ich sie das erste Mal gesehen. Sie hätte mich beinahe umgemäht.«

»Mit der Sichel?«

»Nein, mit der Reibn!«

Ein wackeliges Video startet. Schon beim Zuschauen wird es dem Inspektor schwindelig. Erst nach einer Weile ist in dem Wirrwarr ein Motorrad zu erkennen - eine Motocross-Maschine. Dieselbe, die Pöls im Winzerhäuschen untergekommen ist. Wie ein Pferdejockey hockt Leyla darauf, eine Aluminiumleiter geschultert. Vorne und hinten ragt die lange Leiter mindestens einen Meter über das Motorrad hinweg. Die Kamera läuft parallel mit, bis nur noch Grasbüschel zu sehen sind.

»Da hat es mich hingelegt«, rechtfertigt sich Tobi räuspernd. Bis er die Kamera wieder in Position gebracht hat, ist vom Motorrad lediglich der Dunst vom Auspuff zu sehen. Das Mädchen ist im Wald verschwunden.

»Wie spät war es da?«

»Das kann ich Ihnen auf die Minute genau sagen«, sagt der Lockenkopf stolz und drückt auf der Kamera herum. »Zehn vor sechs am Abend.«

50. Heinz Pöls: Ein weiteres Puzzlestück

Kaum verlässt Pöls den Bauernhof, kriegt er Schädelweh. Es kommt nicht vom Saufen. Das fühlt sich anders an - so viel Erfahrung hat der Inspektor. Nein, es ist dieses unangenehme Ziehen, wenn bei den Ermittlungen manche Dinge nicht zusammenpassen wollen. Die ganze Fahrt vom Winzer zum

Flüchtlingsheim geht ihm das Video mit der Leiter nicht aus dem Kopf. Wo ist Leyla damit hingefahren?

Pöls rollt vorm Flüchtlingsheim am Seggauberg vor und blickt durch die Windschutzscheibe auf das Haus. Er erinnert sich an Sonntagabend. An den Moment, als Mahmoud erschien. Was war das für ein Pahö. Pöls schließt die Augen. Er versucht sich die Bilder ins Gedächtnis zu rufen. Aber es bleibt finster. Bloß der imaginäre Lärm erklingt wie eine gespeicherte Tonaufnahme in seinen Ohren. Er führt den Flachmann an seine Lippen. Während er nuckelt, hört er echoumwoben die Stimme der Iranerin, die Mahmoud an jenem Sonntagabend mit den Worten begrüßte: »Mahmoud kommt direkt aus der Gruft!«

Damals hat Pöls dem keine Beachtung geschenkt. Er dachte, die Frau wäre einfach bestürzt über die körperliche Verfassung des Libanesen. Nun aber ergibt es für Pöls einen Sinn. Sie hat gesehen, wie Mahmoud aus dem Keller kam. Er hat das Heim nicht über den Haupteingang betreten. Mahmoud war im Keller. Aber warum? Vielleicht, weil er geholfen hat, die Leiter zu verstauen, die Leyla zum Heim brachte? Mahmoud & Leyla, ein kriminelles Paar?

Pöls schreitet zielgerichtet auf die Kellertür zu.

Windschiefe Ziegelstufen führen Pöls in ein unverputztes Kellergewölbe. Hier stehen tonnenweise gebrauchte Farbkübel und Heimwerker-Utensilien herum. Vielleicht fiel deshalb keinem die große Aluminiumleiter auf, die an einer Seite waagrecht an der Wand lehnt. Pöls nimmt sie mit seiner Taschenlampe in Augenschein, weil die Glühbirnen nur unzureichend Licht spenden. An einem Ende klebt das Firmenlogo des Schmollthaler-Hofes auf dem Holm.

»Stimmt es also doch, was man mir zugetragen hat«, sagt der Heimleiter, der gebückt von der Treppe ins Gewölbe blickt. »Dass der Herr Inspektor eilig im Keller verschwand. Ich dachte mir, ich gehe lieber nachsehen, falls Sie sich in der Toilettentür vertan haben.«

Pöls leuchtet dem Heimleiter ins Gesicht.

»Kennst du eine gewisse Leyla?«

»Leyla?« Zaghaft schüttelt Schneeberger den Kopf.

»Ich habe ein Foto von ihr.«

Pöls geht auf den Heimleiter zu und bringt den Screenshot auf sein Display, auf dem Leyla eindringlich wie ein Vampir die Kamera anvisiert.

»Lassen Sie uns doch ins Büro gehen. Es ist so ungemütlich, kalt und feucht hier herunten.«

Am Weg ins Büro informiert Pöls ein Einsatzkommando, dass man das Beweisstück aus dem Keller dringend ins Labor bringen müsse.

»Und? Sagt dir das Bild etwas?«

Der erste Weg des Heimleiters führt an die Haus-Bar.

»Auch ein Schluckerl?«

Pöls nickt.

Der Heimleiter setzt fort: »Ja, ich kenne das Mädchen. Baschar ist mit der einmal aufgetaucht und hat sich darum bemüht, ihr einen Platz im Heim zu beschaffen.«

»Und das fällt dir erst jetzt ein?«

»Woher soll ich wissen, dass das wichtig ist?«

»Weil diese Person durchaus als Täterin in Frage kommt.«

»Das ist bedrückend zu hören.« Der Heimleiter greift sich an den Krawattenknoten. Er braucht Luft.

»Aber ich wusste gar nicht, dass diese Frau noch im Land ist. Ihr Asylantrag wurde abgelehnt, insofern konnte ich ihr auch keinen Heimplatz anbieten, ganz abgesehen davon, dass wir komplett voll sind.«

»Wie lange ist das her, dass Baschar mit Leyla bei dir auftauchte?«

»Sicher schon ein paar Wochen. Auf mich machte Baschar den Eindruck, dass es ihm unangenehm war, für Leyla zu intervenieren. Sie hatte ihn ziemlich an der Kandare.«

»Was weißt du von Leyla?«

»Leider kann ich Ihnen da wenig dienen. Nur, dass Baschar sie von früher aus seiner Heimat kennt. Sie sind beide aus Idlib.«

»Weswegen wurde ihr Asylgesuch abgelehnt?«

»Weil sie sich strafbar gemacht hat. Diebstahl. Gewaltandrohung. Genaueres weiß ich nicht.«

»Wusstest du, dass Leyla bei einem Weinbauern untergekommen war?«

»Nein, davon hatte ich keine Ahnung.« Seine Betroffenheit wirkt echt. »Ich habe sie nur dieses eine Mal gesehen. Danach nie wieder.«

»Und du hast nie Verdacht geschöpft, dass diese Frau etwas mit dem Anschlag zu tun haben könnte, obwohl ihr Strafregister lang zu sein scheint und dir aufgefallen ist, dass sie Baschar offenbar ganz schön unter Druck setzte?«

»Nein, diese Konnexion habe ich nie hergestellt. Wie schon erwähnt, ich dachte, die Frau ist längst nicht mehr in Österreich, längst über alle Berge, zurück in ihrer Heimat.«

»Tja, das war ein Irrtum.«

»Bei welchem Weinbauern hielt sie sich auf?«

»Das kann ich dir leider nicht sagen.« Pöls schmunzelt und lehnt sich gegen das Fensterbrett.

»Dem Schmollthaler Sepp?«

»Wie kommst du auf den?«

»Nun!« Der Heimleiter öffnet die Bar, rückt ein paar Flaschen zur Seite, bis er einen Riesling vom renommierten Weingut hervorschiebt.

»Den hat mir Baschar bei dem Gespräch mit Leyla überreicht. Er, beziehungsweise wohl eher sie, hat gehofft, dass ich mich damit bestechen lasse.«

»Angenommen hast du die Flasche jedenfalls.«

»Er wollte sie nicht zurückhaben. Ich habe ihm klipp und klar mitgeteilt, dass ich Leyla keinen Platz besorgen kann.«

Er klappt die Bar zu und lächelt milde.

»Außerdem wäre eine Flasche Wein reichlich armselig für einen ganzen Heimplatz. Noch dazu bin ich davon ausgegangen, dass sie den Riesling aus dem Supermarkt gestohlen hat. Schmollthaler-Weine findet man hier in jedem Laden.«

Pöls stochert mit dem Finger in der Erde der verdorrten Blumen. Der Zeigefinger ist ganz grün. Der Inspektor riecht daran.

»Kein Wunder, dass dein Grünzeug den Geist aufgibt, wenn du es mit Kernöl ertränkst.«

Schwuppdiwupp steht der Heimleiter neben ihm, um sich selbst davon zu überzeugen, dass die Erde im Blumenkistl in Öl schwimmt. Er schüttelt den Kopf.

»Trotz meines Nein zur Heimaufnahme, kam Baschar die Tage darauf und wollte mir in ihrem Namen Kernöl andrehen. Das fand ich dann schon fast wieder witzig, dass man einen Kernölbauern mit Kernöl zu bestechen versucht.«

»Hast du die Flasche trotzdem behalten?«

»Baschar wollte sie nicht zurücknehmen. Ich habe sie Stefan geschenkt. Warum sollte mir der die in die Blumen kippen?«

»Vielleicht, weil er seine Schüler nicht selbst aussuchen darf.«

»Darf er doch. Bis auf Mahmoud hat er bestimmt, wer aus dem Heim bei ihm unterrichtet wird.«

»Warum bei Mahmoud nicht?«

»Weil ich von Anfang an merkte, dass der Junge ein Ausnahmetalent ist.«

»Wen wollte Sonnleitner stattdessen für sein Programm?«

»Keine bestimmte Person, aber einen Syrer.«

»Warum ausgerechnet nur Syrer?«

»Er hat zu Syrien eine besondere Affinität, weil seine Jugendliebe dorthin auswanderte. Ich glaube, in die ist er noch immer verschossen.«

»Von Österreich nach Syrien auswandern. In Zeiten wie diesen. Auch kein Bemmerl.«

»Sie ist Ärztin. Der Job ist ihre Passion. Sie hat sich nicht gegen Stefan entschieden, sondern für ihre Mission. Ich glaube, deshalb seine starke Identifikation mit dem Leid der Flüchtlinge.«

»Hast du ihm gedroht, dass du ihm keine Schüler mehr zur Verfügung stellst, wenn er Mahmoud ablehnt?«

Der Heimleiter trinkt hastig einen Schnaps.

»Das ist kein großes Ding. Ich denke nicht, dass mir Stefan das übel nimmt. Er schätzt Mahmoud.«

»Durchaus möglich, aber als kleine Rache hat er dem Jungen einen Dialekt eingehämmert, mit dem ihn keiner für Voll nehmen kann. Sonnleitner neigt zu eigenwilligen Lernmethoden. Aber immerhin kein Sprachfehler!«

Pöls tunkt noch einmal den Finger in die Blumen. Er ist sich sicher, die Kernöl-Überschwemmung geht auf Sonnleitners Kappe.

51. Bushra: Sara und Leyla

Bushra erschrickt, als Sara mit Leyla plötzlich in ihrem Zimmer auftaucht.

»Die Dreharbeiten wurden abgebrochen.«

»Was? Warum?«

»Der Polizist sucht Leyla. Irgendwer hat sie verpfiffen.«

»Ich habe dir gesagt, die Polizei macht Probleme. Du wolltest nicht hören.«

»Wir müssen Leyla verstecken. Bald wird man überall nach ihr suchen.«

»Und wo sollen wir sie verstecken?«

»Wo fällt eine Ausländerin am wenigsten auf? Im Flüchtlingsheim.«

»Aber hier ist ständig Polizei.«

»Genau das ist unser Vorteil. Diese Polizisten bewachen nur das Haus, nicht die Zimmer. Hauptsache ist, dass die Fremdenpolizei fernbleibt. Das sind die wirklich Schlimmen. Denen darf sie nicht in die Finger geraten. Baschars Zimmer ist leer. Ich bringe sie dorthin.«

»Aber dort darf keiner rein. Die Polizei hat die Tür versiegelt.«

»Bushra, sei nicht so naiv. Nirgendwo wird die Polizei weniger suchen als in Baschars Zimmer.«

»Und wenn der Inspektor kommt?«

»Bis der Depp hier ist, haben wir für sie ein besseres Versteck. Jetzt heißt es erst einmal abwarten. Wenn die Fremdenpolizei Leyla nicht innerhalb der nächsten Stunden findet, werden sie annehmen, dass sie ins Ausland geflüchtet ist. Dann kehrt Ruhe ein. Dann bringe ich sie in ein anderes Versteck.«

»Wo soll das sein?«

»Weiß ich noch nicht. Ich werde aber eines finden. So lange bleibt Leyla hier.«

»Ich habe kein gutes Gefühl.«

»Wir schaffen das. Ich besorge uns E-Bikes aus dem Hotel-Container und deponiere sie hinterm Haus.«

52. Heinz Pöls: Die Crew auf Schloss Seggau

Nachdem Pöls mit dem Heimleiter gesprochen hat, fährt er nochmals nach Heimschuh und mustert den Kernölautomaten. Er läutet wieder den Mann mit dem Lodenhut aus dem Haus und hält ihm den Schnappschuss von Leyla unter die Nase.

»Ganz genau, das ist das Luder. Die ist ein regelrechter Kernöl-Junkie.«

»Und warum Luder? Du kannst doch froh sein, wenn die Nachfrage nach dem Automaten groß ist.«

»Weil sie sich nichts sagen lässt. Ich wollte sie abpassen, nachdem ich durchschaut habe, dass sie immer in der Dämmerung daherschleicht.«

»Wozu abpassen?«

»Weil ich ihr einen Rabatt anbieten wollte. Ich freu mich doch, wenn jemand mein Produkt so schätzt. Die hat pro Tag mindestens sechs Flaschen gekauft.«

»Wie viele Flaschen passen in deinen Automaten?«

»Genau 40. Ich fülle regelmäßig auf.«

»Insgesamt hat sie dir fast eine ganze Füllung abgekauft.«

»Das kommt hin. Ich wollte sie fragen, was sie macht, wenn sie keine Jetons mehr zur Verfügung hat. Aber die wirkt auf mich wie Eine aus dem Urwald. Scheut jeglichen menschlichen Kontakt. Als wäre sie unter Wildtieren aufgewachsen.«

Er sieht sich das Bild nochmals an und muss lachen.

»Ja, so hat sie mich auch angegofft. Einerseits scheu wie das letzte Einhorn, andererseits muss man Angst haben, dass sie sich gleich schreiend auf dich wirft und dir ein Scherzel aus dem Oberschenkel reißt. Die vertilgt eine Flasche Kernöl pro Tag. Ich liebe mein Kernöl auch, aber zu viel ist zu viel. Man kann's auch übertreiben. Wahrscheinlich ist die sexsüchtig. Die hält sich im Asylantenheim zehn Männer, denen sie Kernöl einflößt.«

Der Inspektor spürt, dass die Fantasie mit dem Mann allmählich durchgeht und kaum noch wertvolle Hinweise zu erwarten sind. Als Pöls schon zu seinem Wagen unterwegs ist, ruft ihm der Mann hinterher.

»Warum suchen's das Dirndl? Hat sie etwas ausg'fressen?«

»Sie könnte eine wichtige Zeugin sein. Wenn Sie auftaucht, meldest du das bitte umgehend der Polizei.«

Am Blick des Mannes mit dem Lodenhut weiß Pöls, dass der keinen Finger rühren wird. Blöd wäre er auch, seine beste Stammkundin auszuliefern.

Kaum biegt der Inspektor auf die Bundesstraße, bemerkt er die beiden LKWs des TV-Senders, die sonst immer vorm Haus des Schmollthalers stehen. Dahinter der Lieferwagen von Tobi und unübersehbar ein pinker Jeep, den Marlene Bodenbauer steuert.

»Was ist denn da los?«

Pöls hängt sich sofort an die Karawane der Filmcrew. Der Fahrstil der Moderatorin ist genau wie ihr Verhalten vor der Kamera: völlig überdreht und unkontrollierbar. Die Fahrt führt ihn zum Schloss Seggau. Sowohl die LKWs als auch die restlichen Fahrzeuge des Fernsehsenders parken im Innenhof des ehemaligen Bischofssitz am Seggauberg, quasi nur ein Katzensprung vom Flüchtlingsheim entfernt.

Da sind sie alle: der Wächter, Tobi, die Kameraleute, die Regisseure, die gesamten Assistenten und natürlich Marlene Bodenbauer, die Moderatorin. Sie steigt aus ihrem Jeep und stakst in ihren hochhackigen Schuhen auf den Schlosseingang zu.

»Mir sagte man, ihr dreht die gesamte Woche«, schneidet ihr Pöls den Weg ab. Er hätte mit ihrem süßlichen Lächeln gerechnet, stattdessen blickt sie aber drein wie die böse Stiefmutter aus einem Walt-Disney-Märchen.

»Der liebe Inspektor. Haben wir das Ihnen zu verdanken?

Die Dreharbeiten beim Schmollthaler wurden abgebrochen. Keine Ahnung, ob es jemals weitergeht. Sieht eher schlecht aus, sagt mir mein Gefühl. Ein Großteil unserer Crew ist hier im Schlosshotel untergebracht. Jetzt müssen wir auch für den Rest, der eigentlich beim Schmollthaler übernachten soll, eine Unterkunft suchen.«

»Warum wurde unterbrochen?«

»Na, weil diese kleine Ägypterin abgehauen ist. Uns hat die Fremdenpolizei ein Filmverbot erteilt und alle suchen nach der Kleinen. Dass damit unsere Sendung den Bach runtergeht, scheint niemanden zu interessieren. Steirischer Funkenflug ist das Aushängeschild unseres Senders. Ohne dem kann der Sender einpacken. Was für ein Desaster.«

»Die Fremdenpolizei? Wer hat denn da geplaudert?«

Pöls dreht gedankenverloren um und trottet auf seinen Wagen zu.

»Warten Sie«, ruft Marlene. »Sie könnten uns tatsächlich eine Hilfe sein. Wir brauchen ein Happy End. Erzählen Sie uns mehr von Ihrer Azra. Dann drehen wir eben mit Knecht Ruprecht den Schluss.«

»Ganz sicher nicht. Erstens, gibt es mit Azra kein Happy End. Zweitens bezweifle ich, dass sich das Publikum mit dem Knecht-Liebesleben zufriedengibt. Die wollen wissen, wie es zwischen Fifi und den Mädchen ausgeht.«

»Da überschätzen Sie unser Publikum. Die wollen seichte Unterhaltung. Wer wen knutscht ist völlig egal. Hauptsache, es wird geküsst.«

»Dann kannst du die Schlussszene mit deinen Assistenten drehen.«

Pöls winkt ihr zu und steigt in den Wagen. Im Rückspiegel sieht er Marlene, die sich Tobi mit Schulterkamera schnappt und ihn am Krawattl zu ihrem Jeep führt.

»Vergiss es«, zischt Pöls gegen den Spiegel. »Ich mache mich für dich nicht mehr zum Affen.«

53. Heinz Pöls: Schlechte Stimmung beim Schmollthaler

Die Kiste des Inspektors ist nicht gerade auf Verfolgungen ausgelegt. Dementsprechend gelingt es ihm auch kaum, den knalligen Jeep aus dem Rückspiegel abzuschütteln. Im Gegenteil: Die Moderatorin klebt ohne große Mühe am Auspuff.

Und so kommt er im Konvoi zum Weingut. Er hat gerade geparkt und ist noch nicht einmal ausgestiegen, da empfängt ihn der Senior Schmollthaler - mit hochrotem Kopf. Wütend reißt er die Fahrertür auf.

»Dir drück ich deinen Plutzer in deinen Kragen, du Hundling. Mir die Fremdenpolizei auf den Hals zu jagen.«

»Hör zu, ich hab dich nicht verpfiffen. Aber lange hätte ich mir das auch nimmer angesehen. Geh zur Seite und lass mich aussteigen.« Pöls quetscht sich aus seinem Wagen.

Der alte Schmollthaler ist nicht zu besänftigen.

»Ausgerechnet vor der Weinlese müsst's ihr mir die Leyla aufschrecken. Sie ist besser als meine professionellen Erntehelfer.«

»Geht's dir also nur um deine verlorene Arbeitskraft?«

»Natürlich nicht. Das Dirndl hat mir vertraut. Jetzt glaubt sie, ich habe sie an die Polizei verraten.«

Pöls spürt Marlene Bodenbauer und Tobi in seinem Nacken.

»Die Fremdenpolizei kennt keinen Spaß beim Verstecken abgewiesener Asylanten. Sieh zu, dass mir das lästige Kamerateam vom Hals bleibt, wenn du willst, dass ich bei der Auslegung deines Strafmaßes milde gestimmt bin.«

»Diese Zigeuner vom Fernsehen sind hartnäckig wie Zecken.«

»Führ sie auf deinem Weingut spazieren oder was auch immer, aber ich möchte die Quasseltante nicht in meiner Nähe haben.«

Pöls geht auf das Gebäude zu und ignoriert Marlene Bodenbauers penetrantes Rufen.

Der Inspektor betritt das Haupthaus. Die letzten zwei verbliebenen Kandidatinnen sitzen flennend beim Tisch. Sara ist nicht dabei. Dafür Helene und Sonja. Frau Schmollthaler versucht mit frisch gebackenen Buchteln die Gemüter zu beruhigen.

»Herr Inspektor, wollen Sie auch eine kosten? Eben erst aus dem Ofen.«

Pöls schüttelt den Kopf und setzt sich zu den Damen. Das scheint denen nicht zu behagen. Mit rot geschwollenen Augen blicken sie ihn verächtlich an. Helene rückt den Stuhl zurück, schnappt sich Sonjas Hand. Gemeinsam verschwinden sie aus dem Raum.

»Ich wollte nicht der Romantik-Killer sein.«

»Das liegt nicht an Ihnen. Franz hat sich dazu entschieden, Helene und Sonja nach Hause zu schicken, weil er nicht glaubt, dass die Dreharbeiten jemals weitergehen werden.«

»Ich bin überrascht, dass es Sara nicht bis ins Finale geschafft hat.«

»Sara hat sich entschieden, den Hof zu verlassen.«

»Sie hat freiwillig das Handtuch geworfen?«

»Das hat uns alle sehr verwundert«, sagt die Mutter und serviert trotz Ablehnung des Inspektors eine dampfende Buchtel. Ihr ansonsten so strenges Gesicht wirkt deutlich gelöster, als wäre eine Last von ihren Schultern gefallen.

»Wir sind davon ausgegangen, dass sie ganz scharf auf Franz

ist. Und vor allem auf den Hof. Weil sie schon Tage vor den Drehaufnahmen immer wieder vorbeikam.«

»Ihr habt Sara schon gekannt?«

»Kurz nachdem wir dem Fernsehsender mitteilten, welche Personen wir auf den Hof einladen werden, tauchte sie auf.«

»Wir? War es nicht Fifis eigene Entscheidung?«

»Doch, aber es ist auch wichtig, dass die Chemie zu den Schwiegereltern stimmt, immerhin wohnen wir unter einem Dach.«

»Sie akzeptieren nicht jede Frau am Hof?«

»Bei so Fernseh-Unterhaltungsshows versuchen die dir doch immer, irgendwelche Provokateure ins Nest zu setzen, damit es für den Zuschauer lustiger wird. Aber auf die Spompernadel können wir verzichten. Ich hole Ihnen gerne die Bewerbungspost. Da werden's staunen, was da für schräge Vögel dabei sind. Gepiercte, durch und durch, mit abgescherten Haaren. Bei manchen waren wir uns alle drei nicht einig, ob das Mandel oder Weibel sind.«

»Aber Sara hat euch allen behagt?«

»Die hat ein süßes Video geschickt. Das hat uns gefallen. Sie ist wirklich ein reizendes Mendscherl.«

»Wann ist sie aufgetaucht, am Hof?«

»Das erste Mal mitgekriegt haben wir es vor etwa drei Wochen. Sie hat geglaubt, wir sehen sie nicht, aber sie strahlte wie ein Atomreaktor, so verliebt war sie.«

»Warum habt ihr gewusst, dass das Sara ist?«

»Das war uns erst klar, als plötzlich wenige Tage vor Drehbeginn ihr Freund vor unserer Haustür stand.«

»Etwa Baschar?«

»Ja, ich glaube, so hieß der. Ich merke mir so ausländische Namen nicht.«

»Was wollte der?«

»Meine Männer sprechen. Sepp und Franz hatten aber keine Zeit, weil wir im Vorfeld der Dreharbeiten unglaublich viele Pressetermine hatten.«

Die Bäuerin wendet sich ab und murmelt für sich. »Ich hoffe, wir müssen wegen dem Abbruch nichts zurückzahlen.«

Der verführerische Duft der Buchtel hat gewonnen. Pöls beißt in das Ding. Der Zucker staubt nur so durch die Luft. Als sich die Staubwolke legt, erblickt der Inspektor die Moderatorin bei der Tür. Sie grinst ihn breit an. Hinter ihr steht der alte Schmollthaler, der mit den Schultern zuckt und entschuldigend erklärt: »Die Furie lässt sich nicht abschütteln.«

Freudestrahlend kommt Marlene Bodenbauer auf den Inspektor zu.

»Ich habe gehört, Sie sind für den Abbruch der Dreharbeiten zuständig. Damit schulden Sie mir eine würdige Schlussszene, mein lieber Inspektor.«

»Du bist eine ganz Hartnäckige.« Pöls muss fast ein bisserl schmunzeln. »Das hat man mir schon erzählt, dass du dich nicht so einfach abwimmeln lässt. Gut, du sollst deine Szene bekommen.«

Ihm wird das ohnehin alles gerade etwas viel: Ein Buch übers Bombenbasteln, das dem Fifi gehört, aber ausgerechnet am Tatort in einem Müllcontainer gefunden wird. Die Ex-Freundin von Baschar, die sich am Hof herumtreibt, oder vielleicht sogar mehr als ihr lieb ist festgehalten wird. Und dann ist da auch noch Sara, die in Leyla durchaus Konkurrenz um die Gunst von Fifis Herz sehen könnte. Vielleicht ist es ganz hilfreich, wenn eine erfahrene Fernsehmoderatorin ihre Medienpsychologie auspackt.

54. Heinz Pöls: Das eigenwillige Fernsehinterview

Pöls fährt vor dem Hotel Schloss Seggau vor. Man erwartet ihn mit offenen Armen. Der Wächter, dem er einst seinen Autoschlüssel überließ, lächelt ihn an:

»Beeilen Sie sich - Marlene ist schon einsatzbereit.«

Der Inspektor wird an einen LKW herangeführt. Er glaubt, er betritt das Innenleben eines Raumschiffes. Überall Bildschirme, Lichter, Kabel, Knöpfchen und Personen, die an Reglern drehen.

»Der Platz ist für Sie.«

Pöls darf zentral in einem gepolsterten Bürodrehstuhl an einem gewaltigen Mischpult Platz nehmen. Auf manchen Bildschirmen laufen abgedrehte Szenen von Fifi und seinen Hofdamen. Direkt am Screen vor Pöls ist aber Marlene Bodenbauer zu sehen. Frisch geschminkt und herausgeputzt wie ein Engel.

»Hallo, mein lieber Inspektor, ich habe Sie auf meinem Ohr.«

»Du hörst also klar und deutlich, wenn ich dich instruiere?«

»So klar wie Christian de Neuvillette aus Cyrano de Bergerac.«

»Wer immer das auch sein mag, ich nehme das als ein Ja.«

»Aber ich nehme mir das Recht heraus, die Fragen auf meine Weise zu formulieren.«

»Hauptsache, du lockerst ihre Zungen.«

»Sie hat Sie nicht verstanden, Herr Inspektor«, sagt ein Techniker neben Pöls und biegt ihm eine elastische Stange vor den Mund, an deren Spitze ein kleiner Knubbel sitzt.

»Sie müssen schon ins Mikrofon reden.«

»Da rein?«

Der Techniker zeigt den Daumen nach oben, dann wendet er sich mit seinem eigenen Mikrofon an die Moderatorin.

»Marlene, der Inspektor hört dich genauso gut. Sind unsere

Gesprächspartner schon bereit?«

»Ja, ich habe Vater und Sohn perfekt platziert.«

Ein Regieassistent im LKW deutet auf einen Bildschirm darüber und darauf kann Pöls das Setting sehen: Junior und Senior sitzen im Weinkeller vor den historischen Holzweinfässern.

»Dann können wir loslegen«, nuschelt der Regisseur ins Mikrofon und es wird ein Countdown von zehn Sekunden heruntergezählt.

Schnulzige Musik.

Die Kamera zoomt auf Marlene Bodenbauer, die dem Inspektor einen Kussmund schickt.

»Herzlich willkommen beim Steirischen Funkenflug. Ich begrüße euch erneut aus dem Sausal, einem der schönsten Fleckchen in ganz Österreich. Ich will hier gar nie mehr weg. Aber es rufen uns neue Single-Bauern und es gilt einsame Herzen glücklich zu machen. Wie ist es mit Winzer Fifi weitergegangen, werdet ihr euch fragen. Nun, meine geschätzten Zuseherinnen und Zuseher, ich muss euch gestehen, wir sind zwar im Süden Österreichs, aber hier ereignen sich Dinge wie im Wilden Westen. Seht her, ich habe euch Franz und Sepp Schmollthaler mitgebracht.«

Die Moderatorin übt sich als Kellermeisterin und versucht zwei Gläser mit Wein zu füllen - aus dem jungen Fass für den Junior, aus dem Dinosaurier für den Senior.

Pöls beißt fast in den Mikrofonknubbel.

»Fang endlich an. Ich möchte wissen, wie es den beiden ergangen ist, als Leyla am Hof auftauchte.«

Marlene Bodenbauer lächelt mit Augenaufschlag und nimmt zwischen Vater und Sohn Platz.

»Ein Tropfen Riesling, was könnt es Besseres geben? Sepp, du weißt, was man sagt: Im Wein liegt die Wahrheit.«

Der Senior nickt.

»Dann möchten wir auch die ungeschminkte Wahrheit über die Hofwoche bei Franz erfahren. Lieber Fifi, wie geht es deinen Hofdamen?«

»Ist keine mehr da.«

»Wo sind sie denn geblieben, die reizenden Dirndln?«

»Hab alle heimgeschickt.«

»Nicht gefunkt?«

»Nein.«

»Aber das ist völlig unmöglich beim Steirischen Funkenflug. Und so einfach gebe ich mich nicht geschlagen. Sonst wäre ich keine gute Liebesbotschafterin. Ich glaube, da muss ich nachhelfen.«

»Wenn's nicht funkt, funkt's nicht.«

»Aber da war doch auch die reizende Sara. Trügt mich der Eindruck, oder flogen da nicht gehörig die Funken?«

»Von ihrer Seite vielleicht. Von meiner nicht.«

»Dabei ist sie so ein hübsches Mädel. Wir mussten mehrmals unsere Kameralinsen wechseln, weil sie durch Saras Schönheit zu Bruch gingen.« Die Moderatorin lacht schrill auf, als wäre ihr gerade eine Jahrhundertpointe gelungen und ergreift beide Hände des Jungwinzers.

»Ist Sara nicht genau dein Typ? Ich zitiere aus deiner Bewerbung: je exotischer, desto besser - für den weltoffenen Kellermeister.«

Der Junior nickt, aber der Senior fährt grob dazwischen.

»Den Satz hat sich einer aus eurer Redaktion ausgedacht. Das kam nicht wirklich aus Fifis Herzen.«

Marlene lässt den Junior aus und wendet sich dem Vater zu.

»Der Sepp möchte natürlich, dass sein Bub ein möglichst heimisches Dirndl anlächelt, nicht wahr. Damit es ihm nicht so ergeht, wie seiner Schwester, die sich vom arabischen Look angezogen fühlt.«

»Über meine Schwester will ich im Fernsehen nicht reden, damit das klar ist.«

»Höre ich da heraus, dass du befürchtest, der Fifi könnte einen ähnlichen Faible haben? Aber weißt du, Sepp, die Liebe kann man sich nicht aussuchen, sie schnappt sich einen, ob man will oder nicht. Und jetzt einmal ehrlich: Kann man es jemanden verdenken, wenn er sich in eine Wahnsinnsfrau wie Sara verliebt? Wie war das für dich Fifi, als du Saras Bewerbung das erste Mal gesehen hast?«

Er zuckt mit den Achseln.

»Trifft sie optisch nicht deinen Geschmack?«

»Optisch vielleicht, aber die redet mir zu viel.«

»Nicht so wie Leyla.«

»Was hat denn Leyla mit dem zu tun?« Die Faust des Seniors donnert auf den Tisch, dass die Weingläser vibrieren.

»Ein gutes Stichwort, Sepp. Wie habt ihr euch gefühlt, als dieses fremde Mädchen vor ein paar Wochen zu euch kam?«

»Fremdes Mädchen?«, unterbricht der Senior. »Die Leyla ist meine …«

»Stopp, Sepp!« Die Moderatorin legt ihren Zeigefinger sanft auf seine Lippen.

»Du solltest dir gut überlegen, ob du das Nichten-Märchen wirklich vor TV-Publikum ausbreiten möchtest. Für den Fall, dass man die Leyla doch noch findet.«

Schlagartig röten sich die Wangen des ansonsten so blassen Mannes.

»Fifi, erzähle mir, wie du dich dabei gefühlt hast. Entspricht Leyla nicht exakt den Beschreibungen deiner Traumfrau?«

Aber der Junge kommt nicht zu Wort, weil der Senior laut wird.

»Als Leyla bei uns auftauchte, war sie der reinste Zigeuner-Binkel.«

Marlenes Hände ergreifen Fifis und sie blickt ihm tief in die Augen.

»Fifi, schildere uns diesen magischen Moment.«

55. Junior: Rückblick - Begegnung mit der Fremden

Fifi liebt es, die Sonnenaufgänge von seinem Winzerhäuschen aus zu genießen. Auch, wenn ihm bald das ganze Schmollthaler-Weingut gehört - diese kleine, feine Designerbuschenschank ist sein Kraftort. Hier findet er Ruhe. Hier ist er kreativ. Er sitzt mit einer Tasse Kaffee bei einem Tischchen und komponiert Textzeilen für die neue Melodie, die ihm seit Tagen nicht mehr aus dem Kopf gehen will.

Der Vater mit seinem lauten Organ stört die Ruhe.

»Schau nicht so tramhappert. Pack zsam, wir müssen den Verbiss kontrollieren.«

Sepp Schmollthaler trägt den Spaten wie ein Gewehr.

»Und wenn ich einen Hasen erwische, der sich's in den Rieden gemütlich macht, den erschlag ich mit Genuss.«

Der alte Schmollthaler hat eine Art durch die Glastür zu gehen, dass die ganze Fensterfront vibriert.

»Ich komm schon.«

Fifi schnappt sich seine Gitarre und schultert die Harmonika.

»Bua, wir gehen arbeiten und ned musizieren.«

Der Senior steht schon am Übergang zum Weingarten.

»Schauen tu ich mit den Augen.«

»Du g'fällst mir, und wer packt an, wenn's was zu reparieren gibt?«

Es muss nicht weit marschiert werden, um die ersten Schäden zu begutachten. »Auf der Seite haben's die ganzen Trauben weggefressen, diese Gfrasta.«

Mit einer Gartenschere schneidet er gnadenlos die Triebe ab.

»Solange sie nur die Trauben futtern, soll es mir recht sein. Aber das da ist Rehfraß und die geben sich mit den Trauben nicht zufrieden.«

Zornig beginnt der Senior am gespannten Draht zwischen den einzelnen Rieden herumzuhantieren.

»Hast du das gehört?« sagt er und dreht sich dem Junior zu.

»Klar, bin nicht terrisch. Da sitzt irgendwo ein Haserl.«

»Und deshalb predige ich dir Tag und Nacht, du sollst das Gstauda zwischen den Riedenzeilen mähen.«

»Mir taugt es aber, wenn ich dazwischen ganz viele Blumen und Insekten habe. Das kommt unserer Qualität zugute.«

»Mehrarbeit ist das, mehr nicht. Wenn du das so hoch wachsen lässt, dann dauert's ewig, bis man das wieder ausrottet. Und die Blumen, die keiner braucht, entziehen dem Boden Nährstoffe, die für unsere Trauben wichtig wären.«

»Ich möchte auf Bio-Qualität umsteigen.«

»Nicht, solange ich an dem Hof noch ein gewichtiges Wörtchen mitzureden habe. Der Schmollthaler-Clan produziert seit über 100 Jahren erstklassigen Weißwein, da wären wir schön blöd, auf das zu pfeifen, was uns unsere Vorgänger vorgelebt haben.«

»Du hast selbst gesagt, ich darf experimentieren.«

»Sollst ja auch, aber nicht auf Kosten unseres Images.«

»Ist doch wunderschön, wenn es überall summt und surrt.«

»Da war es schon wieder, dieses Geräusch«, flüstert der Senior, auch wenn bei ihm Flüstern so laut ist wie bei anderen der gerufene Gruß über die Straßenseite. »Aber jetzt entkommt mir das Viech nicht mehr.«

Er packt die Schaufel eher wie einen Baseballschläger, kriecht auf die andere Riedenseite und schleicht sich an das Gebüsch an.

Fifi nutzt die Auszeit, um sich auf den Boden zu setzen und die Harmonika abzunehmen. Er darf die neue Melodie nicht vergessen, drückt die Knopferl, bringt den Balg in Bewegung und summt mit. Bald verwandelt sich das Summen in Text. Fifi schließt die Augen und ruft sich die Zeilen ins Gedächtnis, die er vor wenigen Minuten gedichtet hat.

Eine Schnulze, passend zu seinem Gemütszustand. Er hat sich entschlossen, beim Steirischem Funkenflug teilzunehmen und die Bewerbungen treffen ein, als gäbe es beim Schmollthaler irgendwas umsonst.

»Fifi!«, brüllt der Vater.

Der Junior erhebt sich, um über die Rieden zu blicken. Sepp tigert einem Wesen hinterher, von dem Fifi zuerst nur die langen Haare wahrnimmt. Ein Mädchen. Es hat ein braunes Gesicht und läuft im Zick-Zack-Kurs durch die Rieden. Auch wenn der Vater den Weingarten wie seine Westentasche kennt, kommt er ihr kaum hinterher. Sie ist wieselflink und wendig. Kaum holt er auf, schlägt sie einen Haken und gewinnt wieder mehrere Meter Vorsprung. Und dann ist es ein zu tief gespannter Draht zwischen zwei Riedenhölzern, der ihr zum Verhängnis wird. Ihre Stirn verfängt sich darin. Wie ein Messer schneidet sich der Draht durch die Haut. Sie taumelt zurück und ihr Sturz mit dem Rücken auf die abfallende Wiese wird vom Senior verhindert.

Fifi schleudert die Harmonika beiseite und eilt den beiden zur Hilfe. Der Vater hat Schwierigkeiten, sie festzuhalten. Ihr Geschrei vertreibt die Nebelkrähen aus dem Weingarten.

»Not Police! Killing! Not Police! Killing!«, brüllt sie in einer Tour und zappelt so wild, dass den Senior die Kraft verlässt und sie sich losreißen kann.

»Was für ein Biest«, protzt der Vater, der in der hohen Wiese landet.

»Lauf ihr nach, worauf wartest noch«, kriegt Fifi die Wut ab.

Aber der Junior kann das Mädchen nicht mehr sehen. An den schwankenden Rieden lässt sich vermuten, wo sie gerade läuft. Runter Richtung Hof.

»Schau dir das Luder an«, sagt der Vater und blickt auf sein blutiges Hemd. Er knöpft es auf und ein Schnitt klafft in der Bauchdecke. Sofort ist der Junior zur Stelle.

»Lass! Weg mit deinen Pfoten! Schnapp dir das Dirndl. Das ist nur ein oberflächlicher Kratzer. Ich schaff das schon alleine runter, aber du nimmst jetzt deine Füße in die Hand und los geht's.«

Fifi lässt vom Vater ab.

»Ganz sicher?«

»Geh endlich, oder du kriegst a Fotzn!«

Das möchte Fifi nicht riskieren, wissend, dass der Vater seine Drohung umsetzt und hastet den steilen Hügel hinab. Von der Fremden ist nichts zu sehen. Die Mutter steht ahnungslos beim Brunnen im Garten vorm Wohnhaus. Die wäre ganz anders aus dem Häuschen, wenn sie eine Fremde gesehen hätte. Also kann das Mädchen nur in die andere Richtung oder direkt in den Weinkeller geflüchtet sein.

Fifi öffnet die Tür und verschafft sich einen Überblick. Alles ruhig. Niemand zu sehen. Achtsam, Stufe für Stufe, betritt er die große, noble Vorhalle des Weinkellers. Er weiß, dass die Frau bewaffnet sein könnte. Mit einem Messer oder sonst einem Gerät, um böse Schnittverletzungen zu verursachen.

»Hallo?«, entscheidet sich Fifi für die diplomatische Variante und legt den ganzen Sanftmut in seine Stimme. »Ich möchte dir nichts tun. Ich möchte dir helfen. Wer bist du? Wie heißt du? Benötigst du Hilfe? Hast du dich verlaufen?«

Aber es kommt keine Rückmeldung. Trotzdem ist sich Fifi sicher, auf der richtigen Spur zu sein. Am Steinboden sind blutige Abdrücke. In einem Rotweinlager würden die vielleicht nicht auffallen, aber hier in der Südsteiermark - äußerst verdächtig. Die Fußspuren geleiten Fifi zu den großen historischen Holzweinfässern. Lautlos nähert sich der Junior ihnen an.

Wie in der Geisterbahn fliegt die Eingangstür auf.

»Hast du das Luder gefunden?«

Der Vater steht in der Tür. Der Fetzen um seinen Bauch ist blutig rot.

»Mach nicht so einen Lärm. Du verschreckst sie sonst.«

»Soll ich ihr danken, dass sie versucht hat mich abzumurksen?«

»Sie hat Angst.«

»Die wird schon wissen, warum.«

Der Senior kommt an seinen Sohn heran, überholt ihn, bleibt beim hintersten Fass stehen und gafft in die Ecke. Er muss nichts sagen. Fifi weiß, dass er sie entdeckt hat.

»Wenn ich einen Schritt näher gehe, habe ich wahrscheinlich den nächsten Hakel im Bauch. Wir sollten die Polizei rufen.«

»No Police!«

Fifi kommt näher. Sein Herz erweicht sofort, als er das Mädchen so zusammengekauert in dem dunklen Spalt zwischen Fass und Mauer liegen sieht. So verletzlich.

»Keine Polizei«, flötet Fifi und streckt ihr den Arm entgegen.

»Pass auf, Bua, die beißt dir vielleicht in die Pfoten.«

Aber Fifi achtet nicht auf den Rat des Vaters, taucht tiefer in den Spalt ein und fischt das Mädchen hervor.

»Die stinkt wie die Esel vom Huberbauer«, sagt der Senior und weicht zurück.

»Darauf brauch ich erst einmal einen Schluck.«

Während sich der alte Kellermeister an seinem eigenen Wein bedient, platziert der Junior den Gast auf einer rustikalen Holzbank.

»Hat die gute Dame einen Namen?«, fragt der Senior, gesellt sich mit einem Weinglas neben die Frau und bietet ihr einen Willkommenstrunk an.

»Die verschmäht unseren Saft.«

Eingeschnappt trinkt er aus, erhebt sich und greift sich schmerzverzerrt an den Bauch. »Möchte nicht wissen, was die alles angestellt hat, wenn sie von der Polizei so Angst hat.«

Der alte Schmollthaler verlässt den Weinkeller. Kurz nach seinem Abgang betritt die Mutter den Raum.

»Bring sie mit rüber. Sie wird Hunger haben«, sagt sie kurz angebunden und ist wieder dahin.

Schüchtern folgt die Fremde dem Junior.

In der Stube hat die Mutter sämtliche Speisen kredenzt. Stumm serviert sie dem Mädchen Wasser. Zünftige Frühschoppenmusik gurgelt leise aus dem Radio.

Kaum sitzt die Fremde, kennt sie kein Halten mehr und haut rein. Zuerst vom würzigen Fleisch, vom Käse, von den Knödeln. Erst, als der Kartoffelsalat an die Reihe kommt, ist mit einem Mal Schluss. Als wolle man sie vergiften, blickt sie auf den ausgespiehenen Bissen am Teller. Das Kernöl übers ganze Porzellan verspritzt. Die Mutter fängt das Mädchen vor dem Ausgang ab und führt sie ins Bad.

Fifi blickt auf die hinterbliebenen Speisen. Groß ist die Fremde nicht, aber sie hat eine Portion zu sich genommen, die nicht einmal Junior und Senior gemeinsam verdrücken könnten.

56. Heinz Pöls: Die Interviewten werden nervös

Pöls gafft gebannt auf den Monitor, auf dem die Moderatorin und die beiden Schmollthaler zu sehen sind. Der Junior braucht einen Schluck Wasser.

»Aber gewaschen und gesättigt sah sie dann nicht mehr wie eine Zigeunerin aus, oder?«, fragt die Moderatorin und flirtet mit der Kamera.

»Sowas hat man noch nicht gesehen«, klatscht der Senior die Hände zusammen. »Die hat unser Bad in ein Schlachtfeld verwandelt. Da haben wir geglaubt, die hat in unserer Dusche ein Hendl abgestochen. Alles voller Blut. Die wollte sich umbringen.«

»Wollte sie nicht«, fährt der Junior dazwischen.

»Was weißt du schon! Ich habe sie verarztet, während Mutter und du den Dreck weggewischt habt. Die wollte sich mit dem doppelschneidigen Rasiermesser den Kopf abschneiden.«

»Dann hätte sie sich an der Gurgel geschnitten und nicht am Nacken.«

»Wir mussten ihr versprechen, dass wir sie nicht an die Polizei ausliefern. So sieht's aus.« Der Senior schreitet auf die Kamera zu, dass sein ganzes Gesicht den Bildschirm einnimmt. »Nächstenliebe nennt man das. Das Mendscherl ist am Zahnfleisch daher gekrochen. Ich habe sie wieder aufgepäppelt. Und dann seid's ihr angetanzt mit euren blöden Kameras und habt's die mühevolle Vertrauensarbeit mit eurer Sensationsgeilheit wieder zunichte gemacht. Und jetzt ist sie weg. So schaut's aus.«

Er zupft sich das Hemd aus der Hose und stülpt den Stoff auf, damit die Kamera seine Narbe am Bauch einfangen kann.

»Danke der Nachfrage, die Wunde heilt hervorragend.«

Ausgelaugt wie ein Dauerläufer schleppt sich der alte Kellermeister auf seine Holzfässer zu.

»Und jetzt schenk ich dir einen Riesling ein, Marlene, weil, ich kann es nicht dulden, dass du uns ein Glaserl servierst und selbst leer ausgehst.«

»Nennt man das Ablenkungstaktik?«

»Das nennt man steirische Gastfreundschaft.«

Die Moderatorin rupft sich ihr Trachtenkleid zurecht und lächelt professionell in die Linse.

»Ja, in der Liebe ist es auch ein bisschen wie beim Wein. Je länger er reift, desto besser das Ergebnis.«

Dem Inspektor kann man eine Engelsgeduld wahrlich nicht absprechen. Pöls hat die letzte Viertelstunde nicht unterbrochen und Marlene freie Hand gelassen, aber allmählich wetzt er auf dem Bürostuhl im LKW im Schloss Seggau nervös hin und her.

»Marlene, bring endlich Baschar ins Spiel, der den Schmollthaler Leyla wieder wegnehmen wollte.«

Über den Bildschirm versucht er aus Marlenes Gesicht ablesen zu können, ob sie ihn verstanden hat, aber die Kamera zoomt auf den Senior, der den Wein serviert. Endlich rückt wieder Marlene ins Bild. Sie fächert sich den Geruch des Rieslings an ihre Nase und imitiert Verzücktheit.

»Jetzt ist sie weg, die liebe Leyla. Wenn man euch so zuhört, möchte man annehmen, dass ihr darüber erleichtert seid, aber nein, ich blicke in trübe Gesichter. Es zeigt sich einmal mehr, wie schnell man fremde Menschen in die Herzen schließt.«

Der Senior nickt. »Wie ein krankes Haustier haben wir sie in unsere Familie integriert.«

»Interessanter Vergleich.« Marlene kann es nicht unterlassen, hysterisch aufzulachen. »Ich hätte eher erwartet, dass du sagst, sie wurde nahezu wie die echte Nichte zu dir. Aber ein Haustier? Oder denkst du dabei an ein Arbeitstier? Ist sie dir im Weingarten fleißig zur Hand gegangen, Sepp?«

»Sie hat das freiwillig gemacht. Bei unseren Steillagen geht nichts mit Traktor oder Maschinen. Viele Lagen werden mit Sichel gewipfelt. Du kannst dir nicht vorstellen, wie gut das Dirndl mit dem Gerät umgeht.«

»Eine gute und günstige Arbeitskraft. Und dann kommt Baschar. Ist das Leben manchmal nicht unfair?«

»Welcher Pascha?«, stellt sich der Senior blöd und verschränkt die Arme vor der Brust. Die Moderatorin wendet sich Fifi zu.

»Ich habe gehört, er wollte für Leyla einen Platz im Flüchtlingsheim organisieren. Wie habt ihr euch gefühlt, als er eines Tages an eure Tür klopfte?«

»Blödsinn«, funkt der Senior wieder dazwischen. »Er hat sich bedankt, dass wir Leyla bei uns aufgenommen haben und so gut für sie sorgen. Erst durch ihn haben wir ihren Namen erfahren.«

»Ach, jetzt weißt du doch, von wem wir reden.« Das Lächeln der Moderatorin hat etwas Diebisches.

Der Kellermeister nickt: »Ja, sie ist manchmal mit ihm mitgegangen. Heimlich. Nachts. Tagsüber war sie wieder hier. Warum hätte sie zurückkehren sollen, wenn es ihr dort so viel besser gegangen wäre?«

»Vielleicht, weil du ihr gedroht hast? Kaum etwas anderes kann man mit Gesten deutlicher vermitteln.«

»Stellt's uns nicht als die Bösen hin, denn das Gegenteil ist der Fall. Leyla leidet an Zucker. Ein Diabetes-Hascherl. Aber mit Zucker kennen wir uns aus. Seit Generationen zählen die Schmollthaler Broteinheiten. Typ II haben wir im FF wie nix.«

»Und deshalb kehrt Leyla zu euch zurück?«

»Das Dirndl kennt nur Insulinpumpen. Das ist halt blöd, wenn so ein Pumperl den Geist aufgibt. Sie ist von unserem Wissen abhängig. Zweimal habe ich sie schon bewusstlos irgendwo in die Rieden liegen gesehen. Ohne uns wäre sie längst über den Jordan gegangen.«

Der Senior lehnt sich selbstgefällig zurück und genießt die Ahnungslosigkeit in Marlenes Blick. Nur der Junior schaut drein, als käme ihm jeden Moment das Mittagessen wieder hoch.

»Fifi? Geht es dir …«

»Zum Klauen hat dieser Ausländer sie animiert«, platzt es aus ihm hervor.

»Mein Bua übertreibt. Die paar Sachen, die sie mitgehen ließ, fallen nicht ins Gewicht.«

»Was hat sie denn gestohlen?«, will Marlene wissen.

»Ein paar Flascherl Wein, ein paar Kerzerl, ein paar Wimpel. Alles aus unserem Winzerhäuschen. Sie hat geglaubt, wir merken es nicht, aber wir haben sie gesehen, wie sie damit in den Wald spaziert ist. Wahrscheinlich wollte sie diesem Burschen einen romantischen Abend bescheren.«

»Baschar ist ihr Ex! Mit dem hat sie keinen romantischen Abend. Der war ein einziges Mal bei uns im Weinkeller. Und seither fehlt das Buch aus meiner Survival-Enzyklopädie. Er hat das Buch gestohlen. Da verwette ich meinen Hof.«

»Bua, trink und schweig. Du redest lauter Unsinn.« Der Senior sammelt die leeren Gläser ein und will sie wegräumen, da sieht er, wie Marlene zärtlich den Arm seines Sohnes berührt.

»Muss für dich ein Schock gewesen sein, Fifi, als plötzlich die alte Liebe von Leyla vor der Tür stand.«

Marlene erkennt den skeptischen Blick des alten Kellermeisters, erhebt sich sofort und nimmt ihm die Gläser ab, bevor er sie noch zu Boden fallen lässt.

»Ich bediene euch heute. Ihr sollt euch wie Stars fühlen«, trällert sie wie ein fröhliches Vöglein.

Pöls als unsichtbarer Zuschauer beobachtet, wie die Moderatorin mit den scheppernden Gläsern aus dem Bild stolziert. Hastig beugt sich der Inspektor zum Mikrofon.

»Hinter dem letzten Holzfass steht ein Tiegel Terpentin. Konfrontiere die beiden damit.«

Der Senior ist gerade mitten in seinem Vortrag.

»Die Leyla ist ein hübsches Mädchen, darüber brauchen wir nicht zu diskutieren. Aber Fifi hätte diese ganze TV-Seifenoper nicht nötig, wenn es mit Leyla geklappt hätte. Also warum verschwenden wir wertvolle Zeit mit Gequatsche über Belanglosigkeiten? Reden wir lieber über den Wein. Ich experimentiere gerade an einem eigenen Diabetes-Wein. Weißt du, wie der heißen soll? Sweet Leyla!«

Er dreht sich dem Kameramann zu, aber von der Seite kommt Marlene heran und knallt den schweren Tiegel Terpentin auf den Tisch. Das verschlägt sogar dem Kellermeister die Sprache.

»Wenn ich mir jetzt vorstelle, Vater und Sohn machen gemeinsame Sache, um Leyla am Hof zu halten, dann würde der Brand im Flüchtlingsheim unter einem neuen Licht erscheinen. Dann verwundert es auch nicht, wenn dieses angeblich gestohlene Buch dort auftaucht.«

»Wir haben ein Alibi«, kommt es wie aus der Pistole geschossen aus dem Senior.

»Fifi und ich waren in der Tatnacht die ganze Zeit zuhause. Fragen's meine Frau, aber niemand könnte unser Alibi besser bestätigen als Leyla.«

»Dann hoffen wir, dass ihr nichts zugestoßen ist, der lieben Leyla«, sagt die Moderatorin.

»Ich habe gesehen, wie sie weggegangen ist«, meldet sich der Junior zu Wort. »Gemeinsam mit Sara.«

»Haben Sie das gehört, mein lieber Inspektor«, spricht Marlene unmittelbar in die Kamera. »Leyla und Sara stecken unter einer Decke.«

57. Heinz Pöls: Auf der Suche nach Sara und Leyla

Könnten Leyla und Sara gemeinsam Baschars Mörderinnen sein? Aber aus welchem Grund? Pöls begibt sich vom Schloss Seggau ins wenig entfernte Flüchtlingsheim. Dort herrscht verstärktes Polizeiaufgebot. Jede Person, die das Haus betritt oder verlässt, wird kontrolliert wie bei einem Flughafen-Check-In. Pöls kann sich nicht vorstellen, wie hier Sara und Leyla ungesehen ins Haus kommen sollen. Er betritt Bushras Zimmer. Sie ist allein, wirkt wie immer erschrocken wie ein scheues Reh. Langsam sollte sie wissen, dass der Inspektor nicht beißt und streichelzahm ist.

»Wo ist Sara?«

»Nicht hier.«

»Du weißt, wo sie ist.«

»Nein.«

»Sie ist deine beste Freundin. Man weiß immer, wo seine besten Freunde sind.«

»Diesmal nicht.«

»Bushra, wenn du etwas weißt, musst du es mir erzählen. Glaube mir, es ist besser, wenn ICH Sara und Leyla finde und nicht die Fremdenpolizei - denn dann werden beide Mädchen abgeschoben, soviel ist fix.«

»Ich nicht weiß.«

Pöls kommt ganz nah an sie heran. Ihre Angst ist nahezu körperlich zu fühlen. Weiter als bis zu ihrem Bett kann sie nicht zurückweichen. Sie sinkt auf die Matratze, zieht sich die Decke bis zur Nase hoch. Zu spät. Der Inspektor hat es gesehen.

»Hat dich jemand geschlagen?«

Sie schüttelt kräftig den Kopf.

»Mahmoud?«

Ihr Schütteln wird heftiger. Tränen.

»Wird er oft gewalttätig?«

»Gegen mich noch nie.«

»Aber gegen Baschar?«

»Ja, Baschar oft.«

»Hat sich Baschar nie gewehrt?«

»Früher nicht.«

»Später schon?«

»Letzte Woche. Hat Baschar mit Krückstock geschlagen auf Mahmoud.«

Sie deutet auf ihre Schulter. Pöls hat sofort die Blessuren von Mahmoud vor Augen. Also war es nicht der Pfuscher-Lois, der ihm die Striemen verpasste, sondern Baschar.

»Worum ging es bei dem Streit?«

»Ich sofort auf meine Zimmer.«

»Und warum hat Mahmoud dir heute eine Ohrfeige verpasst?«

Sie senkt den Blick.

»Wegen deiner Behauptung, dass du ihn am Tatort gesehen hast?«

»Sie müssen sagen Mahmoud, dass ich habe retourniert. Bitte!«

»Das mache ich, verlasse dich darauf.«

Der Besuch bei Mahmoud im Zimmer der Iraner steht ohnehin auf dem Plan. Jetzt geht der Inspektor noch eine Spur energischer zu diesem Termin.

Bei den Iranern versperren ihm zwei große Männer das Vordringen in den Menschen gesäumten Raum.

»Lasst mich durch zu Mahmoud.«

»Gerade ungünstig.«

»Die Polizei kommt immer ungünstig.«

Pöls schiebt sich an den Männern vorbei, die keine Gegenwehr leisten, aber weiterhin grimmig dreinschauen. Manchmal ist es von Vorteil, wenn man etwas verschwommen sieht. Als die aufgeblasenen Körper vor Pöls aus dem Blickfeld verschwinden, erblickt er den Gesuchten. Mahmoud sitzt über ein Backgammon gebeugt. Ein bärtiger Iraner ihm gegenüber. Rund um die beiden drängen sich Zuschauer, die ihre Geldscheine in den Fäusten zu verstecken versuchen. Bewohner aus anderen Zimmern. Ausschließlich Männer.

»Alles legal«, sagt einer aus der Menge ungefragt.

»Da Inspektor is gwiss naid dou, uns a Muraipredi z'holtn. Er hots sichali gneadi, mia den Braundstifta z'nennan.« (Der Inspektor ist gewiss nicht hier, um uns eine Moralpredigt zu halten, sondern er kann es nicht mehr erwarten, mir meinen Brandstifter mitzuteilen.)

Pöls tritt an das Backgammon Spielbrett heran. »Wer gewinnt? Ich bin hier, um mich nach deiner Wunde zu erkundigen.«

Der Iraner schaltet sich ungefragt ein: »Er ist geimpft. Tetanus.«

Mahmoud winkt ab. »Sia wiassns, göll, dass mia des Süra-Biarschl treischn wult.« (Sie wissen, dass mich das syrische Bürscherl schlagen wollte.)

»Eher, dass er dich geschlagen hat. Ja, kam mir zu Ohren.«

»Trauschn kaun ma des naid neinan.« (Geschlagen kann man das nicht nennen.)

Mahmoud zieht sein Shirt aus, um die Blessuren sichtbar zu machen. »Er haut grod amol mei Schulta dawuschn, der Pleampel.« (Er hat gerade einmal meine Schulter erwischt, der Idiot.)

»Warum hast du mir das nicht gleich gesagt, sondern den Pfuscher-Lois beschuldigt?«

»Wauls mia liaba warat, wein da Pfuscher-Lois in Haifn gangert.« (Weil mir lieber wäre, wenn Pfuscher-Lois ins Gefängnis geht.)

»Vielleicht aber auch, weil es kein gutes Bild erzeugt, wenn derjenige, der in deinem Zimmer jämmerlich verbrennt, dich wenige Stunden zuvor vermöbelt hat.«

»I giab earna raicht, dass deis koa guats Liacht auf mia wirft. Deisholb haun i a gflunkert.« (Ich gebe Ihnen recht, dass das kein gutes Licht auf mich wirft. Deshalb habe ich auch gelogen.)

»Bei deinem Spezialprogramm lernst du offenbar nicht nur Stoasteirisch, sondern auch G'schichtln drucken. Baschar hat dich mit einer Krücke geschlagen. Wieso bilde ich mir ein, dass du für seine Krücken verantwortlich bist?«

»Sie san a g'scheiter Michl. Owa es woa a Gfrett. I haun eam afoch gsogt, dass er d' Sara und Bushra auglahnt lossn sul. Do haut er nua kudat und i haun eam autoppt. Schau isa auwan Roa ouwi groult.« (Sie sind klug. Aber es war ein Missgeschick. Ich habe ihm gesagt, dass er Sara und Bushra in Ruhe lassen soll. Da hat er nur gelacht und ich habe ihn leicht gestoßen und schon ist er über den Hügel runter gerollt.)

»Muss erniedrigend sein, wenn einem der kleine Baschar so wenig Respekt entgegenbringt.«

»Sul i ehrli sai? I woa sölig, dass ea endli amol Aia zoagt haut. Ollewaul haut ea si olles gfollt laussn. I haub eam sogor mai Waungan hingholtn.« (Soll ich ehrlich sein? Ich war froh, dass er sich endlich einmal gewehrt hat. Ständig ließ er sich alles gefallen. Ich habe ihm sogar meine Wange hingehalten.)

»Erwischt hat er nur deine Schulter.«

»Wala a Schwindlicha is. Dea haut zwoa linke Griffln. Olles waus ea mocht geit'n Boch owe.« (Weil er ein Schwindliger ist. Er hat zwei linke Hände. Alles, was er angreift, geht schief.)

»Das kann ich ihm nicht einmal verübeln. Ich bin auch patschert.« Pöls ist überzeugt, er hätte auch nur die Schulter getroffen. Der tote Baschar wird ihm immer sympathischer.

Gedankenversunken lässt sich der Inspektor von seinen Beinen in Mahmouds Zimmer führen. Der Gestank hängt noch immer zwischen den Wänden. Pöls schreitet aufs demolierte Fenster zu. Mit seinem Kreuz ist das Hochklettern aufs Fensterbrett schon eine Meisterleistung. Nur ganz kurz schaut er durch das zerschlagene Glas in die Tiefe. Das genügt, dass ihm ganz flau im Magen wird. Lieber dreht er sich dem Zimmer zu. Das Bücherregal ist jetzt auf Augenhöhe. Mit einem ungeschickten Sprung könnte man sich schon daran den Schädel rasieren. Aber wieso sollte Baschar das tun? Wie ein ungelenker Käfer kriecht Pöls vom Fenstersims.

»Am Weihnachtsbaum die Lichter brennen, wie glänzt es festlich, lieb und mild.«

58. Heinz Pöls: Die Angst des Quotennazis

Pöls rollt mit seinem Wagen langsam durch Leibnitz. Sein Smartphone ist beim Versuch, abzuheben, zwischen die Pedale gefallen.

»Hallo?«, krächzt eine Stimme aus dem Fußraum.

»Ja, hallo, hier spricht Inspektor Heinz Pöls. Wer spricht da?«

»Otto Meixner. Mir wurde mitgeteilt, dass Sie auf der Suche nach Esat Nazari sind. Ich bin sein ehemaliger Arbeitgeber.«

»Sein ehemaliger? Ist er nicht mehr bei dir beschäftigt?«

»Es tut mir leid, Esat ist vor etwa einem halben Jahr verstorben. Verkehrsunfall. Unverschuldet. Ein Geisterfahrer hat ihn gerammt. Fahrerflucht.«

Pöls fährt erstmal an den Straßenrand. Er lässt die Beine aus der offenen Fahrerseite baumeln und erkundigt sich bei Bobo, ob der von Sahir Aid etwas herausgefunden hätte.

»Er verunglückte im Winter auf einer Skitour«, spricht Bobo

aus dem Lautsprecher. »Sein Arbeitgeber hat mir gesagt, Sahir war kein besonders guter Skifahrer. Die Tour war eindeutig zu schwer für ihn.«

»Sterben ja dahin wie die Fliegen, die Schüler vom Sonnleitner.«

Gedankenverloren setzt Pöls die Fahrt fort und steuert die Retzhoferstraße an. Er muss erst gar nicht bis ganz vor zu dem Haus mit den Hitler-Gartenzwergen. Pfuscher-Lois latscht mit seinem Hund gerade im Schneckentempo neben dem Bahnhofsgebäude her. Pöls hupt und fährt an den Bürgersteig ran.

»Die Polizei anlügen. Das kommt nicht gut.«

Pfuscher-Lois schenkt dem Inspektor nur einen grantigen Blick.

»Wir haben deine Gassi-Runde vom Sonntag bestimmt.«

Pöls hält das Hundehalsband mit einer Hand in die Höhe.

»Das Bandl ist hin.«

»Nein, funktioniert einwandfrei. Wunderbar, die neue Technologie.«

»Ich war am Sonntagabend daheim bei der Mama.«

»Das Gerät sagt aber etwas anderes.«

Pöls wirft dem Mann das Halsband vor die Füße. Sofort ist die Schnauze des Köters da und inspiziert es.

»Ist mir wurscht, was das Bandl sagt. Ich war daheim. Punkt! Aus!«

»Laut dem GPS hast du Sonntagabend eine schöne Seggaubergrunde gedreht. Ausgerechnet um das Flüchtlingsheim. Zufall?«

»Da muss der Wolf durchs Loch im Gartenzaun abposcht sein.« Alois packt seinen Hund an beiden Ohren.

»Du schlimmer Bua. Strawanzen gehen. Das hamma gern! Böser, böser Wolf! Ich verspreche, daheim werde ich ihm die Ohrwaschln langziehen.«

»Was soll das Theater? Wenn du zugibst, dass du die Runde gegangen bist, ist alles im Lot. Laut GPS warst du nämlich rund eine Stunde vorm Brand beim Heim, hast dich dann noch ewig im benachbarten Waldstück aufgehalten und bist zur Tatzeit durch die Leibnitzer Innenstadt heimwärts spaziert. Damit wärst aus dem Schneider und hättest ein Alibi.«

»Ich bin zuhause gesessen wie jeden Abend.«

»Mit dieser Aussage gefährdest du dein Alibi, das dich entlasten würde.«

»Ich war daheim. Bei der Mama.«

»Du riskierst lieber, dass dich die Polizei Hops nimmt, als von der Mama eine mit dem Kochlöffel drüber zu kriegen, weil du dein heiliges Versprechen gebrochen hast?«

Alois hantiert am Hund herum, versucht ihm das Ersatz-Halsband abzunehmen und das GPS-Band wieder anzulegen. Pöls hupt und rollt im Schritttempo davon.

»Überlege dir das gut, Alois!«

Kapitel V

Götterdämmerung am Donnerstag

59. Heinz Pöls: Raus aus den Federn

Gestern Früh, nach dem vielen Weinkonsum am Dienstag, da hätte Pöls es verstanden, wenn der Körper ein Aufstehen verweigert - aber heute?

Der Inspektor liegt wie gelähmt am Rücken und starrt an die kahle Wand. Es ist nicht die Müdigkeit, die ihn unter der Bettdecke hält. Schon seit geraumer Zeit bringt er kein Auge mehr zu. Heute ist Donnerstag. Der Sehtest steht unmittelbar bevor.

Wo bleibt Rudis Routine-Anruf?

Statt Telefon, schallt die Türglocke. Gott, will der Vorgesetzte Pöls persönlich abholen, damit er ihm nicht entgeht? Der Rücken fühlt sich an wie Blei.

Schwerfällig erhebt sich Pöls mit dem vierten Bimmeln der Türglocke. Wer immer vor der Tür steht, ist von der Anwesenheit des Inspektors überzeugt.

Zur Wohnungstür sind es sieben Meter. Ein Kraftakt, den Türöffner zu drücken. Bis der Gast die zwei Stockwerke erklimmt, bleiben Pöls 60 Sekunden, um sich etwas überzuziehen. Schlaftrunken versucht er die roten Markierungen im verschwommenen Blick zu behalten. Ein Anknallen der Zehen gegen Türstock oder Bettfuß wäre jetzt nur unnötiger Zeitverlust.

»Klopf, klopf, Herr Heinzelmann«, hört Pöls, als er sich im Badezimmer gerade in ein Shirt quält.

»Wo ist denn der Heinzelmann?«

Hawara Hannes steht in der Wohnungstür. Einen Karton Kürbiskernöl in den Händen.

»Hannes, es ist Sechs in der Früh.«

»Richtig und später bist du dann im Einsatz und wir kriegen dich nie mehr zu Gesicht. Kernöl hält zwar fast ewig, aber wir wollen trotzdem verhindern, dass es vergammelt. Aus dem Grund der Lieferservice.«

Der Hawara findet den Weg in die Küche selbständig.

»Sag mal, diese alberne Geschichte mit dem Hund erzählst du in deinem Büro noch immer, nur um dich abends vor Kollegen-Bierchen zu drücken?«

»Und vor Überstunden«, sagt Pöls und knipst das Licht an, weil die dichten Vorhänge vorm Küchenfenster kaum Tageslicht reinlassen.

»Ihr wart beim Schneeberger?«

»Ja, der hat so ziemlich alles, was du aus Kürbis machen kannst.«

»Und ist euch bei dem irgendetwas komisch vorgekommen?«

»Hä?«

»Vergiss es. Wieviel kriegst du?« Pöls schnappt sich sein Sparschwein, in dem genug Bares für die Begleichung der Rechnung enthalten sein sollte.

Hannes serviert die Rechnung. Der Inspektor nudelt einen 50 Euro-Schein aus dem Sparschweinbauch. »Der Rest ist für den freundlichen Lieferservice«, sagt Pöls und lässt die Rechnung in seiner hinteren Hosentasche verschwinden.

Dankend klopft Hannes seinem Kumpel auf den Rücken. Pöls schreit sofort auf.

»Sorry, Heinzelmann.«

Trotz Schmerzen begleitet der Inspektor den Hawara bis zur Tür. Draußen im Treppenhaus dreht sich Hannes nochmals nach Pöls um.

»Bist du von Weihnachtslieder auf Kinderlieder umgestiegen?«

»Wieso?«

»Weil du Am Dam Des summst.«

»Tu ich nicht«, protzt Pöls und wirft die Tür zu.

60. Heinz Pöls: Ein Ende in Sicht

Vorm LKA Graz ist der Parkplatz noch verwaist. Nur der Wagen von Heinz Pöls steht schon da.

»Heinzi, du kannst es wohl kaum zu deinem Augencheck erwarten!«

Rudi Steiner offenbar auch nicht, sonst würde er nicht im Büro seines Inspektors auf dem Sitzball hocken und dämlich auf und ab wippen.

»Ich wollte dir gerade den Bericht auf den Tisch legen. Keine Spur von Leyla Saleh. Die Auslandsbehörde geht davon aus, dass sie längst in Slowenien ist. Damit ist unser Teil der Zuständigkeit erledigt. Die slowenischen Kollegen sind am Zug. Wenn du bis Mittag keine Erkenntnisse hast, die die Tatverdächtige entlasten, schließen wir den Fall als geklärt mit dem Hinweis: Täterin flüchtig. Gegen Leyla Saleh wird ein internationaler Haftbefehl erteilt. Du darfst deine Füße hochlegen.«

»Rudi, es ist lange nicht gesagt, dass dieses Dirndl die Brandstifterin ist.«

»Hm, da kommt uns diese Nachricht auf deinem Anrufbeantworter ganz gelegen.«

Der Vorgesetzte tippt auf eine Taste an dem klobigen Kästchen am Tisch und der Jungwinzer bellt aus dem Lautsprecher: »Hier spricht der Franz Schmollthaler. Ich möchte da etwas klarstellen. Ich mag die Leyla, verknallt war ich nie in sie. Das mit dem Alibi, dass Ihnen der Voda gestern gegeben hat, das stimmt so nicht ganz. Also, aus seiner Sicht stimmt's. Er hat nicht gelogen. Aber ich habe es nicht ausgehalten, wie der Voda sie ständig als Arbeitsvieh eingesetzt hat. Weil sie anpacken kann wie ein Bersch. An dem Wochenende, wo es im Asylantenheim brennt hat, haben der Voda und ich uns deswegen ziemlich in die Haare kriegt. Sie ist immer häufiger vom Hof weggeblieben. Der Voda hat's eh gesagt - tagsüber ist sie wieder bei uns aufgetaucht, aber nur noch selten. Zum Arbeiten war sie kaum noch zu gebrauchen. Der Voda wollte ihr das verbieten und hat sie immer öfter am Abend in ein Gärfassl eingesperrt. Er hat es gut gemeint, ehrlich, weil er verhindern wollte, dass sie wieder ihren Blutzuckerwert übersieht. An dem Sonntagabend hat er das wieder getan - aber ich habe sie freigelassen. Sie ist mit meiner Reibn abposcht. Sie war mit ziemlicher Sicherheit bei den Asylanten. Irgendwann in der Nacht ist sie heimgekommen und hat sich im Badezimmer eingesperrt. Das war danach voller Blut. Die Muata hat halb durchgedreht und geflucht, dass wir Leyla vom Hof verbannen sollen.«

Im Hintergrund kann man die Stimme des Seniors hören.

»Fifi, was treibst denn da herinnen in aller Herrgotts Früh?«

Kurz danach ist die Leitung getrennt.

Rudi Steiner drückt zufrieden aufs Knöpfchen.

»Wie praktisch, dass uns der Bauer das gleich protokolliert.«

Der Vorgesetzte erhebt sich und klopft seinem Inspektor auf die Schulter.

»Wegen dem ist Leyla noch lange nicht überführt. Erstens wüsste ich kein Motiv, warum sie Baschar abbrennen sollte, zweitens demoliert die Aussage des jungen Winzers auch das eigene Alibi. Wer sagt uns, dass er der Kleinen nicht hinterhergefahren ist und dann dort Rampa Zampa gemacht hat? Vielleicht wollte ihn Leyla sogar von der Tat abhalten - und bekam die Verletzung ab, weil der Fifi sich nicht so leicht abhalten lassen wollte.«

»Heinz, mach es dir doch nicht unnötig schwer. Denk an den Staatsanwalt. Der lobt dich für die nächste Erfolgsstory der Polizei unter seiner Führung. Und ich freue mich auch, denn so haben wir zwei Fliegen auf einen Schlag erledigt und ich darf dieses lästige Kapitel abhaken.«

»Du redest schon wieder von diesem Augencheck.«

»Kannst dir nicht vorstellen, wie die da oben schon rotieren, weil die Förderung halbiert wird, wenn wir keine einwandfreien Fitness-Daten vorlegen.«

61. Heinz Pöls: Neueste Erkenntnisse aus dem Labor

Mit aufkommenden Frust spaziert Pöls den langen Gang hinunter zum Labor. Ihm will einfach nicht eingehen, welches Motiv Leyla haben könnte, Baschar abzufackeln. Gut, er ist ihr Ex und wer weiß, welche Rechnungen sie noch mit ihm offen hatte - aber warum sollte sie die Vollstreckung dann ausgerechnet in Mahmouds Zimmer durchführen?

Den Dschibuti-Wimpel in der Hand tritt Pöls den »Laborratten«, wie er sie gerne nennt, gegenüber. Die Begrüßung fällt der frühen Stunde geschuldet verhalten aus.

»Habt ihr irgendwas an der Aluminiumleiter feststellen können?«

»Aluminiumleiter?«

»Ja, die habe ich euch gestern schicken lassen.«

»Davon weiß ich jetzt nichts. Aber von dem Sackerl voller Glassplitter gibts eine Identifikationsanalyse. Und die Fingerabdrücke auf dem Weinglas, das du uns gestern zukommen hast lassen, sind ident mit den Spuren an beiden Türklinken der Zimmertür des Opfers.«

»Was nicht verwunderlich ist. Sara verschwieg niemals, dass

sie in Mahmouds Zimmer war. Was ist mit den Scherben?«

»Es handelt sich um Splitter zweier Glasflaschen aus dem Hause Schmollthaler. Einmal Riesling, einmal Sauvignon Blanc, falls du es genau wissen möchtest.« Fast zeitgleich streckt ihm der Labor-Kollege einen Pappbecher entgegen.

»Kaffee für den tüchtigen Inspektor?«

Pöls hofft, dass er nicht genauso fertig aus der Wäsche guckt wie diese Laborratten. Er nimmt den Becher an und stellt ihn eilig auf einem Tisch ab, bevor das Teil ihm die Finger verbrüht.

»Vorsicht!«, jammert der zweite Labor-Kollege mit Zornesfalten auf der Stirn. Er schirmt den Becher des Inspektors vor den Laborergebnissen ab, auf die beinahe Kaffee geschwappt wäre.

»Was hamma denn da?« Pöls ist schon neugierig.

»Das ist dieses Stück vom verbrannten Wimpel, das aus der Molotow-Flasche sichergestellt werden konnte. Wir haben die verknotete Kordel aufgeschnitten und das hier gefunden.«

»Was ist das?«

»Wonach sieht es dir aus?«

»Erinnert mich an meine Schmerzzäpfchen!«

»Es ist ein Mikrochip.«

»Und was ist da drauf?«

»Das lässt sich leider nicht mehr eruieren. Der Mikrochip hat bei der Feuerhitze kapituliert.«

»Kannst du nachsehen, ob hier auch so ein Dingsbums drinnen ist?«

Pöls legt den Dschibuti-Wimpel neben den Kaffeebecher. Der erste Labor-Kollege lässt sich nicht lange bitten, zückt sein scharfes Werkzeug und fummelt gleich an dem Stoffding herum.

Pöls testet die Temperatur des Kaffees. Mit zwei Fingern an der oberen Mündung lässt sich der Becher greifen, ohne dass man Brandwunden davonträgt. Während die Laborratten mit dem Wimpel beschäftigt sind, kippt Pöls mit flinker Handbewegung einen satten Schluck aus seinem Flachmann in den Kaffee. Er trinkt und im nächsten Moment kann er die Kordel schärfer sehen.

»Volltreffer«, sagt der erste Labor-Kollege und zieht eine winzige Kapsel aus dem Stoff. Sieht tatsächlich aus wie die Miniaturversion einer Pille. Statt Medizin vollgestopft mit filigraner Technik.

»Der Chip wandert sofort zu unseren IT-Spezialisten im Haus. Die können dir dann hoffentlich mitteilen, wozu das Ding taugt.«

»Na bitte, vielleicht muss der Fall doch nicht voreilig zu den Akten.«

Pöls schlürft vorsichtig den Schaum vom Kaffee, dann kippt er den Rest in einem Zug in sich hinein.

62. Heinz Pöls: Ein sonderbares Projekt

Die IT-Abteilung ist nie vor zehn Uhr besetzt. So lange kann Pöls nicht warten und klemmt sich in seinen Wagen hinters Lenkrad, brettert nach Spielfeld. Ein paar Stunden Gnadenfrist hat er schließlich noch. Vielleicht seine allerletzte Fahrt - der heutige Augenarzttermin hängt wie ein Damoklesschwert über dem Inspektor. Gar nicht auszumalen, wie das sein wird, wenn er nicht mehr selbst hinterm Steuer sitzen darf. In seinem Kopf hört er den bellenden Dialekt von Bobo als ständigen Begleiter Tag für Tag. Aber er schwört sich, ehe das passiert, quittiert er lieber seinen Dienst und sucht sich einen neuen Job.

Hupende Verkehrsteilnehmer lassen Pöls wieder auf die Straße konzentrieren. Ja, es macht ohnehin keinen Sinn, sich darüber den Kopf zu zerbrechen, was heute Mittag sein wird - es gilt erst einmal, dem Trainer auf den Zahn zu fühlen.

Neben dem alten Pickup verstellt ein Brauerei-Lastwagen die Parkplätze vor dem ehemaligen Zollwirt. Pöls pfercht sein Auto zwischen Mistkübel und Scheunentor.

Stefan Sonnleitner befördert gerade alte Stahltanks auf einer Sackrodel zum Heck des LKWs. Den Bart originell geflochten.

»Gibt's was zu feiern?«, fragt Pöls.

»Kommt die Kriminalpolizei gut voran?«

»Wir haben durchaus etwas sehr Interessantes entdeckt. Vielleicht kannst du mir da weiterhelfen.«

»Nur zu gerne.«

»Das ist wahrscheinlich genauso eine Lüge, wie du sie mir die letzten Tage aufgetischt hast. Wie ist das mit Mahmoud? Muss er dafür büßen, dass du dir ausnahmsweise deinen Schüler nicht selbst auswählen durftest?«

Der Trainer schmunzelt und streicht sich seine Bartzöpfe. »Stoasteirisch ist doch keine Strafe. Damit ist er in der Region überall einsetzbar.«

»Eines muss man dir lassen: Aus dem Mund von Mahmoud klingt es zwar manchmal etwas holprig, aber man kann ihn als Steirer verkaufen. Dafür hättest du dir einen Steirer-Orden verdient.« Pöls holt den etwas ramponierten Dschibuti-Wimpel hervor. »Auf den Chinesen-Chip hingegen kannst du nicht stolz sein. Laut unserem Labor Billigware.«

Pöls mustert Sonnleitners Gesicht. Es wirkt genauso unbeeindruckt wie vor zwei Tagen, als der Inspektor sich wunderte, dass hier nicht nur Deutsch unterrichtet wird.

»Die Chinesen-Chips werden's in allen Fahnderln finden«, sagt Sonnleitner und winkt den Inspektor mit sich ins Haus. Dort kann Pöls die Teile des Wimpels am Bartresen unter die Lampe halten.

»Dann bin ich auf deine Erklärung gespannt.«

»Ich hoffe, ich langweile Sie nicht. Ich habe Ihnen erzählt, dass diese Wimpel beim großen Ansturm der Flüchtlinge 2015 als Willkommensgeschenke überreicht wurden.«

»Also doch nicht bloß eine nette Willkommensgeste. Sondern mit Hintergedanken.«

»Mit dem Chip lässt sich völlig datenschutzkonform überprüfen, wohin der Reisestrom geht. Der Mikrochip sendet den Standort. Das bedeutet, ich kann sehen, wo sich der Wimpel gerade befindet. Ich kann aber nicht sehen, wer den Wimpel trägt. Das ist völlig anonym. Ein niederschwelliges Statistik-Tool.«

»Vorausgesetzt, die Leute werfen diese Fahnen nicht in den nächsten Mülleimer, weil dann glaubt's ihr, dass die Leute einfach hiergeblieben sind.«

»So etwas muss man einkalkulieren, absolut korrekt. Das ist kein offizielles Messgerät, sondern wirklich nur ein kleines, niederschwelliges Zusatzfeature, um den Verlauf des Flüchtlingsstroms grob zu dokumentieren.«

»Unter wissenschaftlicher Qualität verstehe ich etwas anderes.«

»Wahrscheinlich scheiterte das Projekt an diesem Manko. Der administrative Aufwand steht in keiner Relation zum Resultat. Deshalb kam dieses Tool erst gar nicht zum Einsatz. Das Projekt wurde verworfen. Und aus dem Grund purzeln so viele originalverpackte Wimpel bei mir im Keller herum. Aber ich schäme mich nicht dafür. Ich bin ein kreativer Mensch. Als gewissenhafter Kriminalpolizist wissen Sie sicher von meinen zahlreichen Jobwechseln. Ich musste Schulen verlassen, weil ich alteingesessene Regeln zu durchbrechen versuchte. Ja, ich experimentiere und vieles geht schief oder stellt sich, wie in diesem Fall, als unrentabel heraus. Aber ich dachte mir, wenn ich diese Dinger nun schon einmal habe, kann ich sie für andere Zwecke nutzen. Darf ich es Ihnen demonstrieren?«

»Nur zu!«

Sonnleitner fährt den Stand-PC hinter der Bar hoch.

»Dauert ein bisschen, bis der alte Onkel einsatzbereit ist.«

Nachdem es so weit ist, tippt der Trainer wie verrückt auf der Tastatur herum. Pöls blickt ihm über die Schulter.

»Jeder unserer Trainings-Absolventen bekam einen Wimpel. Ich muss nur die jeweilige Chipnummer eintragen und schon leuchtet auf der Steiermark-Karte der Standort auf.«

»Da leuchtet aber gar nix auf.«

»Der Transponder gibt wenige Tage nach Aktivierung den Geist auf.«

»Und während seiner aktiven Zeit leuchtet hier der Standort auf?«

»Wenn ich die Chipnummer eingebe, ja.«

»Ohne Chipnummer kannst du nicht sehen, wo sich die restlichen verteilten Wimpel befinden.«

»Ohne Chipnummer nicht.«

»Schade. Ich habe nämlich kürzlich einige eurer Wimpel auf einer Winzerhütte gefunden. Hätte mich interessiert, ob da noch der eine oder andere funktioniert.«

»Ohne Nummer geht das nicht. Aber ich kann's probieren. Wo haben Sie die Wimpel gesehen?«

»In Kitzeck. Beim Kellermeister Schmollthaler. Kannst du dir erklären, wie der Weinbauer zu so vielen Wimpeln kommt, wenn die ausschließlich für Flüchtlinge bestimmt waren?«

»Nachdem aus dem Projekt nichts wurde, habe ich viele Wimpel an Gastronomen verteilt.«

»Dein Wimpel steckte in dem Molotow-Cocktail vom Flüchtlingsheim.«

»Wie entsetzlich. Ich bin schockiert.«

»Ich habe auch erfahren, dass zwei deiner ehemaligen Schüler kürzlich verstorben sind.«

»Ja, Esat und Sahir. Ich habe es über die Zeitung mitbekommen. Ich bin erschüttert. Ich hoffe, dadurch wird meine Erfolgsbilanz nicht geschmälert, um mein Programm endlich offiziell ausrollen zu können.«

»Verdient hättest du es dir wohl. Nach so vielen Rückschlägen. Zuerst rennt dir die Frau davon, dann kündigt man dir den Job und dann lehnen die Behörden deinen Schützenverein ab.«

»Verloren hat nur, wer liegen bleibt.«

»Warum hast du keine Lizenz für den Schützenverein erhalten?«

»Ungünstiger Zeitpunkt. Weil damals gerade die Flüchtlingswelle anrollte und schlichtweg andere Schwerpunkte gesetzt wurden. Flexibel wie ich nun einmal bin, ist mir die Idee zu meinem Integrationszentrum gekommen. Tja, Erfindergeist bringt man nicht um.«

»Mit deinem Zentrum hast du derzeit nur Ausgaben.«

»Ich habe von meinen Eltern viel geerbt.«

»Ja, dass du Geld hast, kann man dir ansehen. So einen dicken Pickup könnte ich mir nie leisten.«

»Aber ein sehr alter Pickup, wohlgemerkt. Ich brauche keinen Luxus. Ich bin zufrieden, mit dem, was ich habe.«

So viel Optimismus lobt sich der Inspektor - und dennoch nimmt er Sonnleitner diese Unbekümmertheit nicht ab.

63. Heinz Pöls: Hexenschuss

Pöls weiß schon nicht mehr, wie er hinterm Lenkrad sitzen soll, ohne Krämpfe zu bekommen. Sein Bedürfnis, rasch nach Graz zu kommen, hält sich in Grenzen. In Leibnitz fährt er von der Autobahn ab. Ein kleiner Abstecher zum Flüchtlingsheim kann nicht schaden. Die Polizeikollegen sind abgezogen.

Nur noch Bobo ist da und liefert Pöls ein Update: »Wir haben die Freigabe für Zimmer Nummer 19 erteilt. Damit begonnen werden kann, den Raum zu renovieren. Immerhin wird jeder Platz in diesem Heim dringend benötigt. Es kehrt wieder Ruhe ein in unsere Region. Bald schon trennen sich unsere Wege, Pöls.«

»Nicht so voreilig. Es gibt noch einige Fragen zu klären. Du hättest dir die Mühe machen können und mehr über Sonnleitner rausfinden können. Der Kerl tischt mir ein fürs andere Mal neue Überraschungen auf.«

»Ich bin dran, Pöls. Ich habe sämtliche Ämter durchtelefoniert. Keiner will von dem angeblich entstehenden Integrationszentrum etwas wissen.«

»Aber wie kann es dann sein, dass Polizei und Bundesheer über ihn Personal beziehen?«

»Ich finde es raus, Pöls, manchmal ist's echt schwierig. Ich kann zum Beispiel niemanden ausfindig machen, der etwas von Sonnleitners Freundschaftswimpel-Projekt wusste. Das kann aber daran liegen, da das Projekt nie umgesetzt wurde.«

»Ich sehe schon, du hast noch viele offene Baustellen, bevor sich unsere Wege trennen. Ran an die Arbeit!«

Als Pöls das Heim betritt, vernimmt er tatsächlich so etwas wie entspannte Stimmung.

Vermehrt sitzen kleine Grüppchen im Flur. Es ist genauso laut wie die Tage zuvor, aber es wird gelacht, gesungen und nicht mehr geflennt.

Auch der Heimleiter wirkt gelöst. »Herr Inspektor, Baschar wird natürlich immer in unserem Herzen sein. Aber das Leben geht weiter.«

»Der Mörder von Baschar ist noch nicht gefasst.«

»Sagten Sie nicht selbst, dass es dieses abgeschobene Mädchen war?«

»Nein, das behauptete ich nie. Ich habe gesagt, sie könnte zum Kreis der Hauptverdächtigen gezählt werden, solange Leyla uns nicht Rede und Antwort steht.«

»Flucht ist bekanntlich ein Schuldeingeständnis.«

»Und das aus deinem Mund. Das muss einem erst einmal auf der Zunge zergehen.« Pöls zieht eine Grimasse. »Und Sara? Dass eines deiner Schäfchen weg ist, lässt dich kalt? Den fürsorglichen Dad?«

»Sara hat Leyla höchstwahrscheinlich zur Flucht verholfen. Sie ist eine sozial engagierte junge Dame. Sie hat sich bewusst für dieses Leben entschieden.«

»Und ich sehe es als meine Aufgabe, dieses sozial engagierte Mädchen zu finden«, sagt Pöls, stellt das Glas ab und möchte sich erheben - doch - exakt mit dem Schwung, mit dem er sich in die Höhe stemmen möchte, fährt ihm ein Schmerz in den Rücken, der alle bisherigen Kreuzschmerzen verblassen lässt.

»Hilfe!«, krächzt er und klammert sich gegen die Armlehne.

»Herr Inspektor? Alles gut?« Der Heimleiter wird kreidebleich. »Was ist passiert?«

»Ich kann mich nicht mehr bewegen.«

Schneeberger kommt heran und unternimmt alles Erdenkliche, um Pöls in den Stand zu bekommen. Umarmend wie ein betrunkenes Tanzpaar stolpern vier Beine über den Boden, stoßen an Tisch, Schrank, Tür.

»Kann mir jemand helfen?«, brüllt der Heimleiter in den Flur. Sofort sind ein paar hilfsbereite Heimbewohner zur Stelle.

»Vorsichtig, er hat Schmerzen. Wir brauchen ein Bett.«

Pöls kann nur affenartige Laute von sich geben. Schneeberger hat Pöls komplett an ein halbes Dutzend Asylanten übergeben, die den Inspektor durchs Heim tragen.

Der Heimleiter geht voraus und weist den Weg. »Bringt ihn am besten in Baschars Zimmer - das ist unser einziges freies Bett.«

Pöls sieht die Lampen des Flurs über seinem Kopf. Er fühlt sich wie auf einer schwankenden englischen Galeone. Mit Rumms fliegt eine Tür auf und er wird in Baschars Bett auf eine muffige Matratze verfrachtet.

»Ich informiere sofort die Rettung«, sagt der Heimleiter, der die Hand des Inspektors ergreift, als würde er einem Sterbenden die letzte Beichte abnehmen.

»Nein«, krächzt Pöls. »Informiere lieber meine Fitnesstrainerin.«

Mit verkrampften Fingern versucht er irgendwie seine Geldbörse aus der Hosentasche zu bringen, aber er versagt. Schneeberger sieht eine Weile zu, dann fasst er sich ein Herz und nimmt dem Inspektor die Arbeit ab.

»Suchen Sie das?«

Er streckt die Geldbörse in die Höhe.

»Da muss irgendwo ihre Adresse stehen. Die Body&Soul Oase.«

Der Heimleiter wühlt sich durch Plastikkarten. Dann steckt plötzlich Azras Visitenkarte zwischen Zeige- und Mittelfinger.

»Und Sie brauchen sicher keinen Krankenwagen?«

»Nein, nur Azra Moosbrüller. Mach schnell. Ich sterbe.«

Hinter dem Heimleiter steht eine ganze Wand an Heimbewohnern. Alle gaffen sie auf Pöls, als läge da der Ötzi, den man gerade frisch aus dem Eis gekratzt hat.

»Lasst mich durch.« Bobo zwängt sich an den neugierigen Bewohnern vorbei und kommt auf Pöls und Schneeberger zu. Ein mitleidiges Lächeln auf den Lippen.

»So habe ich dich ja noch nie gesehen, Pöls. Machst du schlapp?«

»Hexenschuss.«

Bobo dreht sich den Heimbewohnern zu und treibt sie alle aus dem Raum. Auch der Heimleiter muss gehen. Bobo knallt die Tür ins Schloss, stapft an Pöls heran.

»Kann ich irgendwas für dich tun, Pöls?«

»Du musst im LKA anrufen, beim Büroleiter für Leib & Leben. Du musst ihm die Situation schildern, wie schlimm es mir geht und musst ihm sagen, dass ich es heute unmöglich ins Büro schaffe.«

Bobo knipst mit seinem Smartphone ein Foto.

»Wenn ich deinem Chef das schicke, sendet er dir garantiert Blumengrüße.«

»Mach das nicht!«

Aber unentwegt produziert das Handy Klickgeräusche.

»Ich habe am Weg hierher die Arbeitgeber von Sonnleitners Schülern kontaktiert«, sagt Bobo. »Alle bestätigten, dass die sechs Personen einwandfreie Zeugnisse vorweisen konnten.«

»Wie kann das sein, wenn Sonnleitners Zentrum gar nicht existiert?«

»Ich frage nach, Pöls.«

64. Heinz Pöls: Unterm Bett

Endlich Ruhe. Allein zurückgelassen kann Pöls durchatmen. Auf der muffigen Matratze schwinden die Schmerzen. Er blickt an die schimmelbefallene Decke und konzentriert sich auf seine Atmung. Spürbar beruhigt sich der Puls. Seine Muskeln entspannen. Der Blick des Inspektors schweift zur gegenüberliegenden Wand. Irgendetwas stimmt nicht. Die Kernölflaschen standen nach der Zimmerdurchsuchung in einer Reihe an der Wand und die Bretter lagen übereinander gestapelt auf dem

Teppich. Und jetzt bilden die Bretter drei nebeneinander gestellte sechseckige Regale, befüllt mit den Kernölflaschen. Verflucht, wahrscheinlich spielen Pöls seine Augen wieder einen verdammten Streich, als wollten sie ihn bestrafen, dass er den Augencheck versäumt.

In einem Akt körperlicher Höchstanstrengung gelingt es Pöls, die Rechnung von der Kernölmanufaktur Schneeberger hervorzuziehen.

Wusste er doch, dass er dieses Muster schon irgendwo gesehen hat. Die drei Sechsecke an der Wand sehen exakt so aus wie das Firmenlogo von Schneeberger. Beim langen Hinschauen verschwimmen die Mosaike zu ineinanderfließenden Ketten.

Pöls wirft die Rechnung zu Boden und schließt stöhnend die Augen. Selbst blind tanzen die Kasteln eine ganze Weile wirr vor seinem inneren Auge, bilden einmal Waben, formen sich dann zum DNA-Strang und enden in einer liegenden Acht.

Er reißt die Augen auf. Irgendetwas irritiert ihn. Ein Geräusch, ein seltsames Gefühl, als wäre eine Ratte unter seinem Bett und fresse sich durch die Matratze bis zu seinem Hintern.

Aufgestachelt von der eigenen Vorstellung vollbringt er die Meisterleistung, sich zur Seite zu drehen und streckt den Oberkörper aus dem Bett, um unters Gestell zu sehen.

Glühende Augen starren ihn an.

Sie gehören Leyla und ehe er aus dem Bett steigen kann, robbt das Mädchen unter dem Lattenrost hervor und will zum Fenster stürmen.

Beweglich wie ein Leopard könnte er sich auf die Hauptverdächtige stürzen - aber in seinem Zustand?

Sie könnte problemlos durch die nicht abgeschlossene Tür flüchten, bleibt aber vor dem vergitterten Fenster stehen und klopft ihre Fäuste pausenlos aufeinander. Was möchte sie ihm damit mitteilen?

»Ich tu dir nichts, Dirndl.« Er muss Vertrauen zu diesem Wesen herstellen. So unauffällig wie möglich aktiviert er auf seinem Smartphone Bobos Nummer.

»Bruno Stangl anrufen.«

Mit dem Verbindungsaufbau nimmt er es an sein Ohr. Besetztzeichen! Jetzt erst fällt Pöls auf, dass Leylas Hände ganz grün sind und dass sie immer auf diese Mosaikwand gafft.

»Hast DU die Regale gebaut?«

Weil der ängstliche Blick partout nicht aus ihrem Gesicht weichen will, wedelt er beschwichtigend mit den Armen.

»Ich glaube dir, dass du Baschar nicht angezündet hast.«

Als hätte Pöls ein Schlüsselwort gesagt, bricht aus dem Mädchen ein Schwall arabischer Laute hervor. Pöls legt Sanftmut in seine Stimme.

»Ich hole Bushra. Sie wird übersetzen. Dann kannst du mir alles erzählen.«

»Bushra«, sagt sie. Das nächste Schlüsselwort!

»Ja, Bushra.«

»Bushra!«

»Ganz genau. Ich hole sie. Du bleibst hier sitzen.«

Es ist wie die Zähmung des letzten Einhorns. Vorsichtig erhebt er sich. Das Schwierigste ist, dabei keine affenartigen Geräusche von sich zu geben, die das Mädchen zusätzlich erschrecken, nur weil sein Rücken zu explodieren droht. Wie ein Hundertjähriger schleppt er sich zur Tür.

»Nicht weglaufen. Ich komme gleich wieder. Mit Bushra.«

»Bushra«, wiederholt sie erneut.

»Genau, mit Bushra.«

Ein bisschen fühlt er sich an Tarzan und Jane erinnert. Bevor er aus dem Zimmer geht, sieht er nochmals zu ihr zurück. Sie wird nicht flüchten - trotzdem wäre ihm wohler, wenn Bobo auf sie aufpassen könnte.

Dann zwängt er sich aus dem Raum. Die ersten Meter bewältigt er, ohne dass man von ihm Notiz nimmt. Erst bei den Treppen werden manche auf ihn aufmerksam.

»Herr Inspektor, geht es Ihnen schon wieder besser?«, fragt eine der Iranerinnen.

»Habt ihr meinen Kollegen von der Polizei gesehen?«

Die Arme schwenken in Richtung Ausgang. Klar, dass sich Bobo das schöne Wetter nicht entgehen lässt. Pöls nickt und erklimmt die Treppen. Stufe für Stufe. Bis er endlich oben ist. Treppensteigen mit Hexenschuss ist die Hölle.

65. Bushra: Planänderung

Bushra liegt in ihrem Bett und studiert die Landkarte. Der Regionalplan des Bezirks Leibnitz. Am Fußende liegt ein prall gefüllter Rucksack. Plötzlich schwingt die Tür auf.

»Sara, du sollst mich nicht so erschrecken.«

»Mist, dieser Inspektor ist hier. Er hat Leyla entdeckt. Ich habe es durchs Fenster gesehen. Sie hat mir das vereinbarte Hilfe-Zeichen gedeutet«, sagt Sara und klopft die Fäuste aufeinander.

»Wir sind geliefert.«

»Nein! Er weiß nicht, dass ich auch hier bin.«

»Es war ein Fehler, Leyla hierher zu holen.«

»Sie wollte aber hier her. Es war ihr Wunsch.«

»Warum tut sie das?«

»Keine Ahnung. Sie sucht etwas.«

»Und jetzt haben wir den Inspektor an den Fersen.«

»Kein Problem. Er braucht einen Übersetzer und wird gleich bei dir aufkreuzen. Lenke ihn ab. Damit ich Leyla unbemerkt aus dem Heim bringen kann.«

»Wie soll ich das anstellen? Ich habe ihn schon einmal belogen. Er wird mir nicht glauben.«

»Sag ihm, du hast Leyla gerade in den Wald laufen sehen. Zeig dort runter. Dann wird er ihr hinterherlaufen wollen. Dann sind wir ihn los.«

»Das klappt niemals.«

»Wir müssen es riskieren.«

Sara schnappt sich den Rucksack und verlässt den Raum.

Der Plan, erst nachts mit Leyla abzuhauen, ist damit über den Haufen geworfen. Verzweifelt stellt sich Bushra ans Fenster. Allein der Gedanken, dass der Polizist demnächst hier auftauchen wird, lässt ihren Magen Achterbahn fahren. Sie blickt hinaus auf den verlassenen Trampelpfad, auf die Bäume, deren Blätter im Wind winken.

Unweigerlich muss sie an die Geschichte denken, die Leyla ihr und Sara gestern unter der Decke erzählte. Sie weiß, dass sie davon noch lange Alpträume haben wird - Nacht für Nacht.

66. Heinz Pöls: Chaos

Pöls misslingt es, sanft gegen Bushras Tür zu klopfen. Die Schmerzen im Rücken übertragen die Aggression an die Muskeln. Er wartet nicht ab, bis das Mädchen ihn hereinbittet und betritt den Raum. Zum Glück ist sie da.

Bushra steht beim offenen Fenster, dreht sich um und blickt den Inspektor mit großen Augen an. »Wenn Sie gekommen wegen Sara - nein, sie ist nicht hier.«

»Ich habe Leyla gefunden.«

»Was?«

»Sie ist im Haus. Sie versteckt sich in Baschars Zimmer. Ich brauche dich als Dolmetscherin. Sie versteht mich nicht.«

Bushra schließt das Fenster. Sie will die Vorhänge vorziehen, doch mitten im Schwung gefrieren ihre Bewegungen.

»Bushra, hast du gehört? Ich brauche dich.«

»Aber, …«

»Beeile dich.«

»Da unten - laufen Leyla!«

»Wie bitte?«

Schmerzgeplagt wackelt Pöls durch den Raum, bleibt dann aber auf halbem Weg stehen und dreht wieder um. Bis er beim Fenster ist, ist Leyla ohnehin über alle Berge. Am Flur brüllt er nach Bobo. Er muss die Arschbacken zusammenkneifen, um seinen Hexenschuss zu unterdrücken. Bobo erscheint gerade beim Haupteingang.

»Gute Besserung von deinem Chef«, ruft der Kollege zu Pöls hoch und hat noch sein Mobiltelefon in der Hand. Pöls möchte es vermeiden, den Namen Leyla quer durch das Heim zu brüllen. Daher bemüht er sich um Diplomatie.

»Wenn du dich schon draußen herumtreibst, hast du dann wenigstens gesehen, wer gerade türmt?«

»Ich wusste nicht, dass Mahmoud das Haus nicht verlassen durfte.«

»Ich rede nicht von Mahmoud.«

»Aber der ist gerade von seinem Sprachtrainer abgeholt worden.«

Bobo muss dem Inspektor ansehen, wie schlecht es ihm geht, denn der Kollege kommt förmlich über die Treppen geflogen, um Pöls nach unten zu helfen.

»Ich muss dringend den Heimleiter sprechen.«

»Du hast ein schlechtes Timing, Pöls, der ist ebenfalls weggefahren. Vielleicht fünf Minuten versetzt zum Trainer. Was du brauchst ist Ruhe, Pöls.«

67. Heinz Pöls: Magische Hände

Bobo betrachtet den Inspektor in Baschars Bett.

»Wiederhole das, Pöls. Ich soll unters Bett schauen?«

»Mach schon. Ich kann nicht, wegen meinem Kreuz. Was siehst du?«

»Jede Menge Lurchis.«

»Warum ist sie bloß abgehauen?«

»Wer?«

»Ich habe Leyla gesehen.«

Behutsam deckt Bobo den Inspektor mit einem Leintuch zu.

»Du hast Fieber, glaube ich.«

»Ja? Blick mal zur Wand. Bilde ich mir das ein?«

Pöls erwartet sich eine seriöse Reaktion seines Kollegen - vernimmt aber nur ein:

»Wouti!«

Dann, nach ein paar Sekunden:

»Da war jemand wütend.«

Als Pöls seinem Blick folgt, bemerkt er: Sämtliche Bretter und zerschmetterte Flaschen liegen am Boden. Von sechseckigen Regalen ist nichts mehr zu erkennen.

»Ich lasse den Saustall umgehend beseitigen«, verspricht Bobo und stürmt aus dem Zimmer, als würde es brennen.

Pöls bringt den Blick nicht weg von dem Chaos. Warum hat Leyla das getan? Er ertappt sich selbst dabei, wie er summt: »Am Dam Des, Disse Malle Press, Disse Malle Pumperness, Am Dam Des.«

Wieder schließt er die Augen und versucht zu entspannen. Beinahe schläft er ein. Er hat kein Zeitgefühl, wie lange er da gelegen ist, als es plötzlich klopft.

Azra bleibt unterm Türrahmen stehen, wartet, bis Pöls reagiert.

»Mein Rücken! Ich glaube, ich sterbe.«

»Wie alle Männer, wenn's mal ein bisschen zwickt und zwackt.« Sie kommt beschwingt an ihn heran, setzt sich an den Bettrand. »Du musst dich auf den Bauch legen, wenn ich mir den Rücken vorknöpfen soll.«

Mit vereinten Kräften schafft es Pöls in Bauchlage. Während sie seinen Rücken knetet, versucht er die Sechsecke zu vergessen und fokussiert aufs Fenster, aber wie es der Teufel will, hat er die nächste optische Täuschung - als wären die Gitterstäbe verschoben.

»Azra, siehst du, was ich sehe? Ist das Gitter offen?«

»Ja, Heinz, das sind Fenstergitter zum Öffnen.«

Sein Instinkt, der ihm befiehlt aufzustehen, wird von Azra jedoch bestimmt unterbunden.

»Liegen bleiben!«

Der Kopf des Inspektors landet wieder auf dem Polster. Er atmet tief ein und aus. Die Augenlider werden schwer.

»Jingle bells, jingle bells, jingle all the way!«

Die traute Zweisamkeit wird von Bobo unterbrochen, der schon von der Weite ruft: »Pöls, dein Vorgesetzter ist am Telefon.« Bobo kommt mit dem Smartphone in der Hand an das Bett heran.

»Ganz schlechter Zeitpunkt.« Azra will den Kollegen abwimmeln.

»Ich muss.« Pöls streckt einen Arm nach Bobo und dem Handy. Er hat eine düstere Vorahnung. »Mein Augentest.«

Er kriegt das Telefon zu greifen und hört schon seinen Chef.

»Heinzi!« Die Stimme von Rudolf Steiner ist ganz aufgeregt.

»Hat dir der Leibnitzer Kollege nicht ausgerichtet, dass es mich ziemlich arg erwischt hat und es mir dreckig geht?«

»Heinzi, der Schmollthaler-Hof brennt.«

»Gibt's nicht!«

»Das Weingut steht in Flammen. Die Feuerwehr ist unterwegs. Du musst da sofort hin - das ist deine G'schicht.«

Pöls lässt das Telefon fast fallen. Bobo bewahrt es vom Sturz. Er nimmt das Smartphone ans Ohr und beendet das Telefonat mit Steiner. »Pöls, wenn du mich brauchst, ich bin dann mal beim Schmollthaler.«

Pöls windet sich unter Azras Händen hervor und kauert sich an den Bettrand.

»Heinz, wenn du das tust, waren meine Handgriffe umsonst.«

»Ich muss zu meinem Auto, Azra.«

Azra verhindert, dass sich der Inspektor aufrichten kann.

»Ist dir bewusst, dass ein Hexenschuss der Schuss vor den Bug ist? Dein Körper teilt dir mit, dass du so nicht mehr weitermachen kannst. Wenn du das ignorierst, riskierst du einen Bandscheibenvorfall. Und dann ist wirklich Feierabend.«

»Schön und gut, aber ich muss zum brennenden Schmollthaler-Hof.«

»Die extreme Verkrampfung des Körpers signalisiert dir, dass deine Wirbelsäule ziemlich beleidigt ist.«

»Ich kann's meinem Körper nicht verübeln, dass er beleidigt ist, aber das ändert nichts an meinem Job.«

»Sei vernünftig, verspannte Muskeln behandelt man mit Wärme.«

»Ich stell mich eh zum Feuer.«

»Wenn du schon so unvernünftig bist, dann lass mich dich wenigstens fahren«, sagt sie mit strengem Blick.

68. Bushra: Rollercoaster durch den Wald

Bushra lässt sich auf dem Weg in die Gemeinschaftsküche von niemandem aufhalten, obwohl sie von mehreren Kolleginnen angesprochen wird. Zielstrebig marschiert sie weiter. In der Küche stellt sie sich ans Fenster und blickt durch den dichten Vorhang. Der Inspektor steigt schwerfällig in das winzige Auto einer sportlichen Dame. Kaum sitzt der Inspektor am Beifahrersitz, fegt das Auto mit Vollgas weg.

Bushra schleicht zum Hinterausgang. Hinter den Büschen will Sara die E-Bikes versteckt haben. Bushra kann das Chrom der Lenkstange schon zwischen den Ästen funkeln sehen. Auf Sara ist Verlass. Ein schickes Rad liegt auf der Erde. Diese E-Bike-Dinger sind fürchterlich schwer. Bushra hat Mühe, es aufzustellen. Sie schiebt es auf den wenigen Metern vom Gebäude bis zum Treppelweg. Erst da steigt sie auf und radelt auf den Waldrand zu. Ohne Stromunterstützung. Sie weiß nicht, wie lange das Fahrrad schon hier liegt und wie voll der Akku noch ist. Daher heißt es Haushalten. Immer wieder blickt sie sich um. Niemand folgt ihr. Lange geht es gerade dahin, dann wird der Waldweg kurviger und führt steil bergab.

Der Hund taucht wie aus dem Nichts auf. Die lange Leine spannt sich quer über den Weg. Bushra würgt die Bremshebel so fest sie kann. Das Vorderrad stellt quer und das Mädchen köpfelt auf den wurzeligen Waldboden. Für einen Moment sieht sie Sterne und schmeckt das Adrenalin.

»Sieh an, eine Schlampe aus der Schmarozerburg. Wo wollma denn hin?«

Der ungepflegte Typ tritt hinter dem Baumstamm hervor. Sein Köter kläfft heiser.

Panisch tastet Bushra nach ihrem Fahrrad. Ihre Schulter brennt wie Feuer und ihr Kopf hämmert, aber all das muss ihr jetzt egal sein. Will sie dem ekligen Kerl entkommen, heißt es Zähne zusammenbeißen. Hier im Wald hilft ihr niemand. Sie ist völlig auf sich selbst gestellt. Das E-Bike liegt gute zwei Meter von ihr entfernt.

»Luxus-Radeln für die Schmarotzer! Für euch täten alte, klapprige Drahtesel auch genügen, aber nein, lieber nehmt's die besten Radeln unseren Urlaubern weg, die wenigstens Geld für die Region dalassen.«

Der eklige Typ kommt näher. Sie robbt über den unebenen Boden, ergreift die Lenkstange und bringt das schwere Ding und sich selbst umständlich in die Höhe. Ein altes Klapprad wäre ihr jetzt sogar lieber als dieses Hightech-Monster.

»Wo willst du hin? Mich wirst du nicht mehr los. Genauso wenig wie wir euch G'sindel loswerden.«

Der Kerl breitet seine Arme aus und lacht wie ein Verrückter. An dem gibt es kein Vorbeikommen.

»Na, komm zu Papa!«

Bushra quält sich auf den Fahrradsitz. Ihr Finger schiebt den Hebel für den E-Motor auf »on«, aber es tut sich nichts. Die Pedale fühlen sich bergauf wie in Beton gegossen an. Bushra verliert das Gleichgewicht, rutscht vom Sitz.

Das Lachen des Kerls im Ohr. Erneut packt sie das Rad beim Lenker, springt auf. Diesmal bergab. Sie löst die Bremse und lässt die Reifen einfach laufen. Das Vorderrad eiert wie verrückt. Mit Karacho auf die Leine zu.

»Spinnt die Alte?«

Der Mann versucht den Hund auf seine Seite zu ziehen, der Köter flüchtet auf die andere Seite. Kurz ist die Leine wieder quer über den Weg gespannt, dann entgleitet sie dem Kerl, der rücklings gegen einen Baum kracht. Bushra fixiert den Lenker. Nur nicht stürzen. Sie wird immer schneller. Links von ihr die Hände des Geisteskranken, die nach ihr schnappen. Rechts von ihr der heiße Atem des Köters.

»Dafür kommst du in die Hölle«, hört sie den Mann hinter sich brüllen. Sie ist ihm entkommen.

69. Heinz Pöls: Ein zweiter Funkenflug

Azra hat einen winzigen Fiat. Manche Hundehütten sind größer als dieses Auto. Aber sie flitzt damit dahin wie in einer Rakete. Am Ziel angelangt, klammert sich Pöls noch fester an den Türgriff. Im Vergleich zum Brand im Flüchtlingsheim ist das ein Großbrand. Der stolze Hof, der vor einem Tag noch als Traumkulisse fürs Fernsehen diente, gleicht jetzt einem lodernden Christbaum. Drei Löschfahrzeuge bemühen sich, die Flammen aus unterschiedlichsten Winkeln zu bekämpfen.

Azras Fiat quetscht sich zwischen zwei Polizeiautos. Pöls kommt kaum rascher vom Beifahrersitz als aus dem Ledersessel im Büro des Heimleiters.

»Danke, Azra. Das ist lieb von dir, dass du mich chauffierst.«

»Vernünftig ist das nicht. Du brauchst Ruhe.«

Viel Zeit zum Winken bleibt nicht. Von hinten greift eine Pranke unsanft an den Nacken von Pöls - die ganze Kneterei von Azra mit einem Schlag für die Katz.

»Dir hab ich das zu verdanken, du Hundling!«

Sofort sind zwei Polizisten zur Stelle, um den Senior vom Inspektor zu pflücken. Das macht Sepp Schmollthaler nur rasender. »Wegen dir hat sie mir das angetan.«

»Leyla?«

»Ja, sicher! Meine historischen Holzfässer hat sie in die Luft g'sprengt. Das kann mir niemand mehr ersetzen. Schau dir meinen Hof an. Das geht auf deine Kappe. Du hast Leyla Angst gemacht. Sie fürchtet nichts mehr, als abgeschoben zu werden. Police! Killing! Verschreckt habt's ihr das Dirndl. Bei mir rächt sie sich dafür.«

»Hast du sie gesehen?«

»Wenn ich die in die Finger kriege, bleibt von ihr nix mehr übrig!«

Zwei Polizisten zerren den Senior davon. Schwarzbacher, der dicke Polizeikollege, tritt an Pöls heran.

»Wahnsinn, wir ham glaubt, die ist bei die Jugos, und dann das!«

»Leyla hat doch dieses Feuer niemals gelegt. Als ich sie heute sah, war sie ängstlich wie ein scheues Haserl. Die fackelt doch nicht so mir nichts dir nichts ein ganzes Weingut ab.«

»Das sind Kinder des Krieges. Die wachsen mit Gewalt auf. Denen ist alles zuzutrauen. Die schauen dich vielleicht mit herzigen Augerln an, aber wenn du nicht damisch aufpasst, krageln die dich in der nächsten Sekunde ab.«

»Das kann dir hier auch passieren, dass du deine Loyalität zu Nicht-Österreichern ausdrückst und dafür im Postkastl eine kleine Briefbombe vorfindest - ohne treuherzigen Blick.«

»Die Fuchs-G'schicht hat schon einen langen Bart. Mit der brauchst uns nimmer kommen.«

Pöls kann die Blicke nicht vom Senior nehmen, der von Polizisten daran gehindert wird, sich der Feuersbrunst zu nähern.

»Ihr Dodeln, lasst's mich meine Landwirtschaftsgeräte in Sicherheit bringen. Die sind ein Vermögen wert.«

»Machen unsere Kollegen.«

»Ihr greift's die nicht an. Ihr könnt's die nicht bedienen.«

»Wir haben geschultes Personal. Alles Profis. Die können mit allem fahren.«

»Uns sagen die Flachland-Winzer auch ständig, sie könnten genauso guten Wein wie wir produzieren. Aber in dem steilen Gelände mutieren die Flachländer zu Weicheiern. Das können nur wir.«

Pöls wandert zum Weinkeller, bei dem der Brand, der hier zuerst am wildesten wütete, einigermaßen unter Kontrolle gebracht wurde. Nach wie vor qualmt es wie aus einer Dampfküche. Ein Feuerwehrmann tritt hustend aus dem Nebel.

»Die Holzfasseln sind nimmer zu retten.«

»Nichts mehr übrig?«

»Wenig, das hier ist noch traurig an einem Sprissel gehangen.« Aus dem großen Handschuh fällt ein klitzekleines Ding in die Hand des Inspektors. »Vorsicht, heiß!«

Heiß, aber unzerstörbar. Das fehlende Stück von Sonnleitners Silberkette. Jetzt hält Pöls tatsächlich den anderen Verschlussteil in der Hand. Auch hier ist etwas eingraviert, wieder zu winzig für die Augen des Inspektors.

»Die ist längst bei der Grenze«, hört Pöls hinter sich den herankommenden Kollegen Bobo sagen.

»Ja, meinst du? Vielleicht sollten wir uns dann mal nach Spielfeld begeben. Zum Zollwirt.«

Pöls hält Bobo das Kettchen entgegen. Der Kollege nimmt sich die Gravour vor: »Forever! Ja, das hätte er wohl gerne.«

»Forever? Das steht da?«

»Ja, sicher, oder liest du wieder was anderes?«

»Nein, Forever, ganz klar. Da hat sich Sonnleitner tatsächlich schwer geirrt, als er das eingraviert hat.«

70. Bushra: Die verlassene Mühle

Bushra muss die ganze Fahrt bis nach Kitzeck an den ekeligen Kerl denken. Immer wieder dreht sie sich um. Nein, er kann ihr nicht gefolgt sein. So schnell war sie doch noch nie hier. Die Räder des Fahrrades rollen auf einem unscheinbaren Seitenweg, der zuerst entlang eines Waldstücks verläuft und dann einem Bächlein folgt. Über den schattigen Weg gelangt Bushra zu einer verlassenen Mühle. Verwilderter Garten drum herum. Ein kleiner Fischteich würde an herkömmlichen Tagen zum Verweilen einladen. Nicht heute. Bushra lehnt das E-Bike gegen die Fassade, geht um die Ecke, klopft am Fensterbalken neben der Eingangstür. Niemand öffnet. Bushra legt ihre Hand an die Türklinke. Es ist nicht abgesperrt.

In dem Häuschen herrscht Finsternis. Spinnweben, Staub, Holzverbau. Als Bushra weiter in den Raum vordringt, stolpert sie beinahe über zwei Krücken. Auf der Eckbank neben dem Tisch liegt ihr Rucksack, aber von Sara und Leyla fehlt jegliche Spur.

Die beiden wollten doch auf Bushra warten. Bushra erfasst Panik. Sie geht vors Haus. Auch von den Rädern ihrer Freundinnen ist nichts zu sehen. Bushra läuft zum Waldrand.

Kaum taucht sie hinter die erste Baumreihe ein, wird es auch schon wieder steil. Obwohl sie achtsam ist, sieht sie die Hände nicht kommen, die sie plötzlich packen und zur Seite ziehen. Schreiend wirbelt Bushra herum.

»Bushra!«

Es ist Sara. Ihr Shirt klebt wie ein nasser Fetzen am Körper. An den verfilzten Bandagen um ihre Unterarme haften klumpenweise Dreck und ihre Haare sind zerzaust, als kämen sie aus einem Windkanal.

»Du wolltest doch mit Leyla bei der Mühle auf mich warten.«

»Leyla ist weg«, sagt Sara. »Der Schmollthaler hat sie geschnappt. Der bringt sie um. Wir müssen sie finden, bevor es zu spät ist.«

»Wie sollen wir das anstellen?«

»Wir müssen Fifi finden. Wo ist dein Rad?«

»Bei der Mühle.«

»Los, wir haben nicht viel Zeit.«

71. Heinz Pöls: Auf der Sterzautobahn

»Ich habe ein bisschen was über die Jugendliebe von Sonnleitner herausgefunden«, sagt Bobo auf der Fahrt vom brennenden Winzerhof in Kitzeck nach Spielfeld. »Maria Berger aus Graz. Ging ein paar Jahre vor der großen Flüchtlingswelle nach Syrien, als Assistenzärztin in einem Diabeteszentrum. Ich habe sie angerufen. Sie hat keinen Kontakt mehr zu Sonnleitner. Sie meint, sie wolle ihn nicht verletzen, da er noch immer für sie schwärme.«

Das ist ja alles schön und gut, aber Pöls kann sich kaum auf das Gesprochene konzentrieren. Das ist der Musik geschuldet, die viel zu aggressiv aus den Lautsprecherboxen dröhnt.

»Bobo, was ist das?«

»Jedenfalls keine Weihnachtslieder, Pöls. Das ist Lindemann. Ein bisserl was anderes, gell? Gefällt es dir?«

»Gefallen? Eine ernsthafte Frage?«

»Was hörst du so, Pöls? Ich wette, du bist so ein Volksmusik-Feti.«

»Feti?«

»Bei den Stoakoglern gehst du bestimmt ab, stimmt's?«

Wie auf Kommando ertönt die schwungvolle Harmonika-Tuba-Polka aus dem Handy von Pöls. »Was lachst so blöd?«, zischt Pöls den Fahrer an. »Denk lieber nach, ob dir endlich eingefallen ist, an welchen Fernseh-Kommissar ich dich erinnere?« Der Inspektor zieht sein Mobiltelefon aus der Tasche. »Was gibt's?«

»Hier spricht das Labor«, nasaliert es in das Ohr des Inspektors. »Wir haben auf der dreiteiligen Aluminium-Mehrzweckleiter sehr schöne Fingerabdrücke von zwei Personen gesichert. Wir haben in unserer Kartei den Namen einer der beiden Personen: Ramadan Mahmoud. Von der zweiten Person fehlt die Identität.«

Die zweite Person kann nur Leyla sein. Sie hat die Leiter nachweislich vom Hof entführt, erinnert sich Pöls an den Motorrad-Clip von Tobi.

72. Bushra: Dem Senior auf der Spur

Aus dem abgebrannten Dachgiebel steigen dicke weiße Wolken auf. Das Feuer ist zwar weitgehend unter Kontrolle, aber eines scheint schon klar, vom Hof bleibt nicht viel übrig. Die Hektik ist aus den Bewegungen der Feuerwehrmänner gewichen. Routiniert rollen sie Schläuche auf, schaufeln Schutt zu einem Haufen, packen Stahlflaschen in die Einsatzfahrzeuge, haben keine Eile mehr. Trotzdem stehen noch immer zu viele Polizeifahrzeuge am Parkplatz, als dass sich Bushra auf ihrem E-Bike näher heranwagen würde. Sara hält es auf dem Gepäckträger nicht mehr aus und springt ab.

»Geh nicht näher, Sara.«

»Wir müssen weiter rüber.«

»Nein.«

»Dort drüben ist Fifi.«

Sara deutet zu den Landwirtschaftsfahrzeugen, die seitlich neben den Weinreben parken. Dort besteigt der Jungwinzer gerade einen mächtigen Traktor, der von vorne mit der riesigen Baggerschaufel bis hinten mit einem langen Strohanhänger so riesig wie ein Schlachtschiff wirkt.

Sara sprintet auf ihn zu. Nicht einmal mit E-Motor könnte Bushra ihre Freundin einholen. Sie muss zusehen, wie Sara sich dem Junior nähert.

»Fifi!«

Als er Sara erblickt, springt er sofort aus dem Traktor, läuft ihr entgegen und drückt sie an sich.

»Dein Vater…«

»Er hat mir befohlen, unseren Fuhrpark in Sicherheit zu bringen, solange der Hof noch glimmt. Wir dürfen sie bei einem Nachbarn unterstellen.«

»Er hat Leyla geschnappt. Er wird Selbstjustiz begehen.«

Ohne Zögern packt Fifi Sara bei der Schulter und schiebt sie zum Traktor. »Spring auf, ich habe eine Vorahnung, wo er sie hinbringen wird.«

Er hüpft selbst auf den Fahrersitz und will seinen Traktor schon starten. »Halt! Bushra muss mit.«

Sara winkt zu Bushra herüber. Die ist inzwischen abgestiegen und schiebt ihr Rad an den Anhänger heran. Fifi hopst nochmals aus seinem Sitz und kommt auf sie zu, nimmt ihr das Fahrrad ab und wirft das schwere Ding wie nichts im großen Bogen auf den Anhänger. Bushra hilft er etwas taktvoller auf die Ladefläche.

»Halt dich gut fest«, gibt er ihr als Ratschlag mit, während er wieder im Führerhaus verschwindet. Sie sieht noch, wie die Baggerschaufel in die Höhe schwenkt, ehe der Traktor eine enge Wendung auf den Parcours legt. Bushra wird durchgerüttelt wie in einer Waschtrommel. Sie klammert sich beidhändig an die Stahlstreben des Anhängers und trotzdem hat sie das Gefühl, jeden Moment wie von einem störrischen Bock abgeworfen zu werden.

In der Ferne ist ein Industriegelände zu erkennen. Fifi steuert direkt darauf zu. Bushra erblickt eine gigantische, fensterlose Halle. In riesigen Containern liegen vor dem breiten Eingang Unmengen an Weinflaschen, farblich getrennt. Der Traktor stoppt so uncharmant wie die gesamte Fahrt sich anfühlte. Bis Bushra sich aufrappelt und über die Kante blickt, läuft Fifi schon auf das große Hallentor zu. Sara ihm hinterher.

»Sara! Nicht!«

Bushra kämpft sich über das Geländer aus dem Anhänger. Das Hollern der Stiefel über Metalltreppen ist aus der Halle zu hören - sowie aufgebrachte Stimmen.

»Voda!«

»Tu es nicht!«

»Weg mit dem Gewehr.«

Bushra steht an der Schwelle zur Halle. Unendlich viele Stellagen und Container voller Flaschen, stählerne Querstreben, Stahlgittertreppen im Zick-Zack-Muster. Ein architektonisches Meisterwerk.

Dann Schüsse! Gefolgt von verzweifelten Schreien.

Bushra weicht hinter die Tür zurück, hält sich die Ohren zu, zittert. Als sie wieder einen Blick in die Halle wagt, kommt ein Gesicht, blaß wie ein Geist, auf sie zugeschossen.

Es dauert, bis sie ihre Freundin erkennt. Sara packt Bushra und zerrt sie mit sich mit.

»Wir müssen weg. Schnell!«

»Was ist passiert?«

»Sie sind tot, alle tot!«

73. Heinz Pöls: Der Falsche hinterm Tresen

Als Pöls und Bobo beim Gasthof in Spielfeld eintreffen, ist weder vom Sprachtrainer noch von Mahmoud etwas zu sehen - dafür ist eine andere Person anwesend, die man hier nicht erwartet hätte: Der Heimleiter Schneeberger.

»Übernimmst du neuerdings das Sprachtraining?«

»Nein, ich greife Stefan nur manchmal unter die Arme. Ich wohne nicht weit von hier und im Heim läuft wieder alles einigermaßen rund. Dort bin ich entbehrlich.«

»Wo ist er denn, unser Super-Trainer?«

Pöls zwängt sich am Heimleiter vorbei ins Haus. Es sieht nicht sehr belebt aus. Gerade einmal über der Bierschank brennt Licht. Der Monitor des Computers hinterm Tresen strahlt in die Finsternis.

»Er muss bald kommen.«

»Ich dachte, er hat mit Mahmoud eine Trainingssession.«

»Dachte ich auch!«, sagt Bobo, der die beiden immerhin wegfahren gesehen haben will.

»Heute ist kein normales Sprachtraining.«

»Sondern?«

Der Heimleiter winkt Pöls zu sich an den Computer. Er dreht den sperrigen Monitor etwas in seine Richtung. Das Ding auf dem Bildschirm sieht aus wie eine Urkundenvorlage. In der Namenszeile liest Pöls: Mahmoud Ramadan.

»Mahmoud bekommt heute sein Kasperl-Zertifikat?«

»Ja, Stefan meint, er hat es sich längst verdient. Die besonderen Umstände haben uns dazu bewogen, ihn gehen zu lassen. Es wird einige Zeit in Anspruch nehmen, bis sein altes Zimmer wieder benutzbar ist. Da empfanden wir es als sinnvoller, Mahmoud so rasch wie möglich zu vermitteln.«

»Ohne Prüfung?«

»Doch, die wird soeben im Praxis-Test absolviert.«

»Und danach überreicht ihr ihm dieses Ding?«

»Ja, Inspektor.«

»Ah, deshalb das frische Bier. Na, dann warten wir am besten auf ihn, so eine Feier lässt man sich nicht entgehen«, sagt Pöls, nimmt auf dem Barhocker Platz und schielt zu den Schnapsflaschen hinter Schneeberger. Aus der Distanz kann er kein Etikett lesen, also wagt er eine kühne Vermutung: »Ich hätte Lust auf Kürbisschnaps.«

»Eine gute Wahl, Inspektor. Der ist aus meiner Manufaktur.« Mit Stolz sucht der Heimleiter nach der gewünschten Flasche. »Will der Kollege auch einen? Geht aufs Haus.« Bobo lehnt dankend ab.

»Ich sehe mich lieber mal ein bisschen um«, sagt der tüchtige Leibnitzer Polizist und wechselt nach draußen vors Haus.

»Was machst du eigentlich, wenn dein Flüchtlingsheim am Seggauberg aus den Nähten platzt, aber überraschender Besuch kommt, der um Hilfe bettelt?«

»Da sind mir die Hände gebunden.«

»So streng? Wo bleibt die Nächstenliebe?«

»Wenn kein Platz frei ist, ist kein Platz. Was soll ich tun?«

»Da kommt eine zuckerkranke Frau aus Syrien und bettelt um eine Bleibe. Und du verbietest ihr ein Dach überm Kopf, weil sie offiziell abgelehnt wurde und das Strafregister nicht ganz sauber ist? Für so kaltherzig halte ich dich nicht.«

»Auch ich muss mich an Regeln halten.«

»Sieht man an eurem Integrationszentrum. Solange der Durchbruch auf sich warten lässt, agiert man im Dunkeln. Du bist doch ein Geschäftsmann. Die Kohle machst du mit deinen Kürbissen. Das Heim ist eine Art Ehrenamt, aber du lässt dich von deinen Gästen gerne mit Spirituosen beschenken. Ich stelle mir das so vor: Da klopft Leyla an deine Tür. Baschar gegenüber musst du der korrekte Heimleiter bleiben, aber die Kleine schenkt dir Wein. Wer wärst du, ihr nicht zu helfen? Im Heim ist tatsächlich kein Platz frei, doch du weißt, Mahmoud hat demnächst seine Prüfung und wird flügge. Ein, zwei Monate, was macht es schon, die kleine Leyla an einem anderen Ort zwischenzulagern. Der Zollwirt ist riesengroß. Du bietest ihr Unterschlupf. Aber irgendwie kriegt Baschar davon Wind und setzt dich damit unter Druck.«

Der Heimleiter stürzt den Schnaps in seine eigene Kehle.

»Diese Unterstellung schlägt dem Fass den Boden aus.«

»Und dann frage ich mich, was hat er eigentlich für ein Alibi, der feine Herr Heimleiter, außer - zur Tatzeit bereits zu schlafen.«

»Meine Frau kann das bestätigen.«

»Die hat auch geschlafen.«

»Wenn's aber so ist.«

»Dein Freund Sonnleitner hätte mir jetzt eine lupenreine Erklärung geboten. Los, streng dich an.«

Schneeberger fährt sich mit der Hand durch seine gestriegelte Frisur. »Herr Inspektor, keiner stellt in Frage, dass diese abgewiesene Asylantin die Brandstifterin ist - und ich habe dieser Person niemals Unterschlupf geboten. Niemals würde ich die Existenz des Flüchtlingsheims in Gefahr bringen, indem ich einer abgeschobenen Person unerlaubterweise Asyl gewähre. Wir werden regelmäßig geprüft.«

»Am Seggauberg, aber hier? Hier fällts doch niemanden auf, wenn in diesem Haus für ein paar Wochen eine Asylantin versteckt wird. Vom nächsten Nachbarn sieht man gerade einmal das Hausdach.«

»Stefan würde dieses Risiko niemals eingehen. Nicht so knapp vor der Bewilligung seiner Vision.«

»Kann es kaum erwarten, ihn das zu fragen. Wo bleibt er bloß? Ich weiß, wie wir uns die Wartezeit verkürzen.«

Der Heimleiter gafft Pöls voller Fragezeichen an.

»Mit einer Partie Kegeln.«

»Ich dachte, Sie haben es mit dem Rücken.«

»Es genügt das Wort ›Kegeln‹ und mir geht's prima.«

Pöls drängt zum Kellerabgang, der Heimleiter bleibt bei der Bar stehen. »Ich muss etwas gestehen, Herr Inspektor.«

Pöls wartet.

»Ich habe die Fremdenpolizei informiert, nachdem Sie mir erzählten, dass sie noch im Land ist. Die Frau ist doch eine Gefahr für die Region.«

»Warum bist du davon so überzeugt?«

»Mir war klar, dass sie die Brandstifterin sein muss, nachdem Sie mir dieses Kettchen zeigten.«

»Sonnleitners Kettchen?«

»Es gehört Leyla.«

»Wie kommst du darauf?«

»Nachdem ich Baschar mitgeteilt habe, dass ich für Leyla nichts tun kann, ist er nochmals zu mir gekommen, hat mich gefragt, was man tun kann, wenn man auf der Flucht so traumatisiert wurde, dass man sich an nichts mehr erinnern kann - außer an vereinzelte Bilder.«

»Was für Bilder?«

»Das habe ich ihn auch gefragt. Er konnte es mir nicht sagen. Ich habe ihm geraten, dass diejenige Person eine professionelle Hilfe in Anspruch nehmen sollte. Und wenn man dazu nicht in der Lage ist, fragte er mich. Ich gab ihm den Rat, dass die Erinnerung vielleicht zurückkommen könne, wenn man diese Bilder aufzeichnet und sie immer wieder ansieht. Während ich mit ihm redete, spielte er mit diesem Kettchen in seinen Händen.«

»Also gehört es Baschar?«

»Das glaube ich nicht. Wegen seiner Reaktion. Ich habe ihn gefragt, aber er steckte es blitzschnell weg. Es muss diesem Mädchen gehören. Sie haben selbst gesagt, dass Sie es vor Mahmouds Fenster gefunden haben. Baschar kann es nicht getragen haben, wenn er jämmerlich im Zimmer verbrannte?«

74. Bushra: Flucht aus der Abfüllhalle

Hand in Hand hetzen Sara und Bushra zum Traktor. Sara springt auf den gefederten Fahrersitz. Bushra setzt sich skeptisch daneben und beobachtet, wie ihre Freundin verzweifelt an dem Gerät herumhantiert.

»Du kannst Traktor fahren?«

»Ich muss mich konzentrieren. Er hat es mir doch gezeigt, wie's geht.«

Der erste Versuch, den Traktor zu starten, endet mit einer harschen, ruckartigen Bewegung, die beide Mädels fast von den Sitzen wirft.

»Halt dich fest, Bushra.«

Die hat nie etwas anderes in Erwägung gezogen.

»Bist du sicher, dass du das Ding fahren kannst?«

»Das weiß ich noch nicht.«

Beide Mädchen zucken zusammen, als die Baggerschaufel unsanft auf den Betonboden knallt.

»Offenbar der falsche Knopf.«

Hektisch unternimmt Sara den nächsten Startversuch.

»Mist, in der Show habe ich es auf Anhieb hinbekommen.«

Auch der nächste Versuch geht in die Hose.

»Jetzt weiß ich wenigstens, dass Fifi mich heimlich unterstützt hat und ich nicht wirklich selbst gefahren bin.«

Aber dann röhrt der Motor mit einem Mal hysterisch auf und aus dem Auspuff schießen pechschwarze Wolken. Sara wendet das Monster - plötzlich springt eine Gestalt auf die Baggerschaufel. Leylas Augen funkeln Sara und Bushra an. Das Shirt des Mädchens ist vollkommen zerrissen. Venen treten an den schweißnassen Oberarmen hervor. Überall Dreck und Blut. Wie frisch aus dem Schlachthof. Einer Spinne ähnlich klettert sie über die Kühlerhaube ans Führerhaus heran, windet sich herein und schiebt Sara vom Fahrersitz. Bushra und Sara sitzen eng gedrängt und müssen tatenlos zusehen, wie Leyla das Landwirtschaftsgerät mit einem Formel 1-Boliden verwechselt.

»Dort ist die Straße«, ruft Sara.

»Wir brauchen keine Straße«, antwortet Leyla, die auf Bushra nun den Eindruck einer Kriegerin im Blutrausch macht. Und schon neigt sich die Schnauze des Traktors in die Höhe, als strebe das Mädchen einen Senkrechtflug zum Mond an. Die schweren Reifen planieren über die Wiese. Links und rechts rasiert die hochgezogene Baggerschaufel kostbare Reben. Aufgewühlte Erde spritzt seitlich in Fontänen in die Luft. Hinter dem Anhänger steigen Staubwolken zu einer regelrechten Mauer an, als pflüge Leyla durch die Wüste Gobi.

75. Heinz Pöls: Kegeln anno dazumal

Tatsächlich sind die schweren Möbel von der Bahn beseitigt. Voller Vorfreude drückt Pöls auf die Knöpfchen der Armaturen, mit denen sich normalerweise die Kegelbahn bedienen lassen. Alles bleibt tot.

»Nicht einmal die Lamperln funktionieren.«

»Ich habe es befürchtet.« Schneeberger stellt das Stamperl neben Pöls ab. »Zur Beruhigung - mein Kürbisschnaps.«

»Aber auf digitale Anzeigen pfeife ich. Die kann ohnehin kein Mensch lesen.«

Hartnäckig drückt Pöls auf den Knöpfen weiter. Doch es bleibt alles finster. »Es wäre zu schön gewesen«, murmelt Pöls.

Aber da - mit einem Mal erheben sich die Kegel wie müde Schauspieler.

»Na, bitte, wer sagt's denn.«

»Aber finster ist es dort vorne noch immer.«

Der Heimleiter hat recht. Ganz blass schimmern die Kegel aus dem schwarzen Loch.

»Wer beginnt?«

»Gerne Sie, Inspektor.«

»Das ist mir eine Ehre.«

Aber als Pöls sich eine Kunststoffkugel schnappen will, zeigt ihm sein Rücken seine Grenzen auf. Pöls ist wie elektrisiert. Nein, so knapp vorm Ziel will er sich dem Schicksal nicht fügen.

»Beginn doch du!«

»Alles in Ordnung, Herr Inspektor?«

»Allmählich müsstest du meinen Gesichtsausdruck kennen. Los, starte deine drei Versuche und ich scheibe weg, was du übriglässt.«

Allein wie der Heimleiter den Ball an sich nimmt und sich an der Abwurflinie platziert, enttarnt ihn als Anfänger.

»Die Regel muss ich dir nicht mehr erklären, oder?«

Schneeberger stiert in die Unendlichkeit.

»Und nicht übertreten«, fährt Pöls in die Konzentrationsphase. »Da bin ich genauso streng wie meine Hawara.«

Aber Schneeberger läuft gar nicht an, schwingt einfach den Arm und lässt die Kugel aus. Wie magnetisch angezogen von der Fehlwurfrinne schwenkt die Kugel zur Seite und plumpst von der Lauffläche.

»Null Punkte«, kommentiert Pöls.

»Los, mach deinen zweiten Versuch.«

Pöls weiß nicht, ob er sich über das Anti-Talent des Heimleiters freuen oder ärgern soll. Auf jeden Fall stehen nach drei Fehlversuchen noch immer alle Neune.

»Wie geht's Ihrem Rücken? Einigen wir uns auf Unentschieden?«

Mehr braucht es nicht. Zähne zusammenbeißen und ab an die Auswurfstelle, aber die Bälle kommen nicht mehr über das Förderband zurück. Eine einzige Kugel liegt im Fach.

»Normalerweise benötige ich nur eine Kugel, um alles abzuräumen«, sagt Pöls. Bis auf ein minimales Armschwenken ist nicht drinnen. Ein guter Kegelspieler muss theoretisch die Kugel nur fallen lassen. Mit der richtigen Technik visiert sie zielsicher den Idealtreffpunkt an.

Als ihm die Kugel entgleitet, muss er schreien. Sein Rücken wird von brennenden Indianerpfeilen torpediert. Aber immerhin - die Kugel rollt. Und nicht einmal übel. Ziemlich mittig.

Laut kracht der Kunststoffball gegen das Holz. Musik in des Inspektors Ohren. Die Kegel wirbeln so wild durch die Luft, dass sich die Bänder der einzelnen Pins ineinander verheddern.

»Guter Stoß, Herr Inspektor.«

Im Kegelraum sind tatsächlich alle Kegel von den Socken gehoben und hängen jetzt wie riesige Maden in einem Spinnennetz. Pöls schreitet an die Armaturen. Mehrmals bedient er die Regler. Nichts passiert. Die Kegeln bleiben wild verschnürt.

»Das war's dann wohl, Inspektor. Einigen wir uns auf Unentschieden.«

»Ich habe noch zwei Versuche.«

Aber keine Kugel mehr. Pöls betritt die Lauffläche und wandert über den blanken Boden auf den Kegelraum zu. Wenn die Mechanik nicht will, muss man händisch eingreifen.

»Keine Sorge, ich weiß, was ich tue«, sagt Pöls, nachdem er den irritierten Blick des Heimleiters registriert.

»Ist nicht das erste Mal. Ich bin Profi.«

Er steigt in den Maschinenraum ein. Der Geruch von altem Schmieröl, ranzigem Fett und altem Mahagoni erinnert ihn an seine Treffen mit seinen Kumpels.

Hinter den Kulissen fühlt sich Pöls stets wie in einer Zauberkiste. Von vorne sieht man die Bühne und das Ensemble, aber hier hinten, da offenbart sich die imposante Technik. Aus den rostigen Ketten, Stricken und Förderbändern ist jegliches Leben gewichen. Umständlich versucht Pöls die Kegel mit bloßen Händen zu entwirren. In Vollbesitz seiner Kräfte vielleicht ein

Kinderspiel, gehandicapt dagegen ein unlösbarer gordischer Knoten. Die Bänder blockieren sich teilweise gegenseitig und der Inspektor ist bald mit seinem Jägerlatein am Ende. Er lässt von den Stricken ab und will aus dem Kegelkasten krabbeln, übersieht jedoch eine stählerne Querstrebe und fällt nach hinten - gegen eine Wand, die dem Druck nachgibt und den Inspektor in einen dunklen Raum kippen lässt. Pöls befreit sich aus seiner misslichen Lage und zieht sein Handy aus der Hosentasche.

Taschenlampe an.

Der Lichtschein ist zu schwach, um den Raum in seinem gesamten Ausmaß zu erfassen, aber ausreichend, um einen Schalter an der Wand in Szene zu rücken. Pöls tippt dagegen. Neonlicht flackert auf. Mit jeder Röhre wächst der Raum ein Stück an. Bis eine ganze Halle erleuchtet ist, die sich als Schießstand offenbart. Die Zielscheiben im Hintergrund sind mannigfach durchlöchert. In Griffweite zu Pöls liegen Unmengen an Gewehren in einem Container.

»Das ist natürlich weitaus lustiger als Kegeln«, sagt Pöls, als er Schneeberger hinter sich herankommen sieht.

»Stefan plante einst einen Schützenverein aufzumachen.«

»Offenbar blieb es nicht nur beim Vorhaben. Sind das scharfe Waffen?«

»Nachdem man ihm den Schützenverein untersagte, war er am Boden zerstört. Aber fürs Integrationszentrum hat er diesen Raum wiederbelebt.«

»Fürs Integrationszentrum? Das wird ja immer bunter. Was lernen die Schüler hier? Stoasteirisch und Herumballern?«

Der Inspektor nimmt sein Handy zum Ohr. Besetztzeichen! Wann hängt Bobo eigentlich nicht am Telefon?

»Bevor Sie das melden, Herr Inspektor, würde ich Sie bitten, dass Sie sich das Konzept von Stefan erklären lassen.«

»Was gibt es da zu erklären? Das ist gemeingefährlich und höchst illegal!«

»Nein, ist es nicht. Das Training umfasst nicht nur Sprachkurse. Das meinte ich vorhin mit Freiluft-Praxis. Stefan ist ausgebildeter Jäger und ihm ist es wichtig, den Schülern auch eine gute Schusswaffenausbildung mit auf den Weg zu geben. Polizei und Bundesheer sind bisher unsere einzigen Abnehmer. Da kommst du mit reinen Dolmetscherdiensten nicht weit, da brauchst du stärkere Argumente. Umgang mit Waffen ist ein effektiver Bonus.«

»Ihr vermittelt uns illegal ausgebildete Schützen? Das pack ich jetzt nicht. Das muss ich melden. Am besten, ich lasse euch gleich in Puntigam links einliefern.«

»Dann geht der Traum von einem wirklich guten Integrationsprogramm nie in Erfüllung.«

»Irgendwer muss euch aus euren wirren Träumen reißen. Ihr könnt nicht einfach in der Gegend rumpfeffern. Der Wilderer - ich hätte es mir denken können.«

»Pöls?« dröhnt Bobos Stimme gedämpft durch den Keller.

»Pöls, wo bist du?«

»Hier hinten, Bobo! Hinter den Kegeln«, schreit Pöls.

Der Heimleiter flüstert: »Bitte, lassen Sie sich das Projekt von Stefan erklären. Dann wird Ihnen einiges klarer. Er kann das besser als ich und dann wird es auch Sinn ergeben.«

»Das kann er mir am Revier erklären - beim Verhör.«

»Stefans Plan ist visionär und würde Integration auf ein höheres Level heben. Ich verlange nicht mehr, als sich seine Idee anzuhören, bevor sie ihm den Riegel vorschieben.«

»Wenn das selbsternannte Multitalent nicht in fünf Minuten aufkreuzt, dann kann ich das nicht mehr aufschieben.«

»Er wird es in fünf Minuten nicht schaffen. Ich weiß, wo er ist. Ich werde arrangieren, dass er in 15 Minuten beim Heim ist.«

»Wo treibt er sich rum?«

»Er ist mit Mahmoud auf den Demmerkogel gefahren.«

»Ein bisserl auf Tauben schießen oder was?«

»Eine Wanderung zur Schulung des Jagdinstinktes. Ohne Waffen. Die liegen alle hier.«

Bobo blickt ungläubig um die Ecke. »Was treibt ihr denn hier hinten? Pöls, mich ereilte gerade ein Anruf von Helmi.«

Plötzlich verstummt der Leibnitzer Kollege, als er noch ein Stück weiter vorgedrungen ist. Der Inspektor muss nichts sagen. Bobo greift sich auf die Stirn.

»Wouti!«

»Was hat Helmi gesagt?«

»In der großen Abfüllhalle gabs eine Schießerei. Die beiden Schmollthaler hat's erwischt.«

Pöls blickt zu Schneeberger.

»Am Demmerkogel sind Sonnleitner und Mahmoud, hast du gesagt? Bist dir sicher, dass sie keine Waffen mithaben?«

»Soll ich Verstärkung ordern, Pöls?«

»Auf jeden Fall, eine Garnitur zum Zollwirt, die schon mal den ganzen Laden auf den Kopf stellt. Wir knöpfen uns Trainer und Schüler vor.«

Pöls reicht dem Heimleiter das Telefon, damit der sein Versprechen einlösen kann und Sonnleitner samt Mahmoud zum Flüchtlingsheim bestellt.

76. Bushra: Zurück zur kleinen Mühle

Leyla bleibt am Gaspedal. Die Fahrt mit dem Traktor stellt jene von Fifi vollkommen in den Schatten. Hatte Bushra gedacht, der Trip des Jungwinzers wäre ein Höllentrip, so war es im Nachhinein betrachtet die reinste Wellnesstour. Der Anhänger ist längst kein stiller Begleiter mehr. Seine Reifen laufen nicht mehr rund. Die Eisengestänge surren wie verstimmte Gitarrensaiten. Und trotzdem glüht der Traktor gnadenlos auf eine Mulde zu. Wie von einer Kanonenkugel voll getroffen zerbricht der Anhänger in seine Einzelteile. Leiterplatten, Eisenstangen und Teile des E-Bikes sausen durch die Luft. Die Kupplung bricht und bringt den Traktor kurzfristig aus dem Gleichgewicht. Bushra hat komplett die Orientierung verloren. Erst als sie die Mühle erblickt, weiß sie wieder, wo sie sind. Die Baggerschaufel stoppt hauchdünn vor der Steinfassade. Leyla springt ab und verschwindet im Haus. Sara hilft Bushra von dem schweren Gerät. Die Beine sind so wackelig, dass Bushra sich nach wenigen Schritten in der Mühle sofort wieder setzen muss. Auf den nächstbesten Hocker. Sie bekommt nicht mit, was rund um sie passiert. Hört die schnellen Schritte von Leyla, die wie ein Wirbelwind durchs Haus fegt. Dann das Klappen der Tür.

»Die hat uns eingesperrt.« Sara trommelt gegen die Tür.

»Leyla, was soll denn das?«

Durch das milchige Fenster sieht man schemenhaft einen Schatten davonziehen. Der riesige Traktor lässt kaum Licht in die Mühle.

Bushra erfasst Panik: »Und wenn sie das Feuer gelegt hat?«

77. Heinz Pöls: Der Trainer in der Zwickmühle

Bobo fährt voraus. Dahinter der Inspektor, der sich dazu entschlossen hat, mit dem Heimleiter mitzufahren, um sicherzustellen, dass der keine Telefonate führt, die nicht für fremde Ohren bestimmt sind.

»Warum schaust du so besorgt? Angst, dass euer komischer

Integrationsplan doch nicht so ausgereift ist und wir euch gehörig in den Allerwertesten treten?«

»Nein, es irritiert mich, dass Sie im Sommer Weihnachtslieder summen.«

»Hab ich nicht.«

»Haben Sie schon.«

»Ja? Welches?«

»Es wird scho glei dumper, es wird scho glei Nocht.«

»Verzeih, aber vielleicht habe ich da so eine Vorahnung.«

Der Heimleiter kann froh sein, dass Pöls nur Weihnachtslieder trällert. Einen Wagen vor ihnen wird das Fahrzeug mit Metal Rock beschallt!

Bobo lenkt auf den ersten Parkplatz vorm Flüchtlingsheim ein. Ein Versprechen wurde immerhin gehalten: Der Pickup von Stefan Sonnleitner steht protzig vorm Eingang. Von dem Trainer und Mahmoud ist jedoch nichts zu sehen.

»Sie sind sicher schon in meinem Büro.«

»Das hoffe ich für dich und Sonnleitner, sonst könnt ihr gleich einpacken.«

Der Heimleiter zieht die Handbremse.

»Darf ich Ihnen aus dem Sitz helfen, Herr Inspektor?«

»Sehe ich so aus, als ob ich das nicht alleine schaffen würde?«

Schneeberger wirbelt um sein Fahrzeug, öffnet die Beifahrertür und assistiert Pöls beim Aussteigen.

Bobo wartet vorm Hauseingang auf die beiden.

»Unsere Jungs sind schon gen Spielfeld unterwegs«, sagt er.

Pöls nickt anerkennend und will dem Heimleiter ins Haus folgen, wird aber vom Leibnitzer Kollegen zurückgehalten.

»Neuigkeiten von den Schmollthalern. Sie sind am Leben. Der Senior liegt auf der Intensivstation. Der Junior ist immerhin ansprechbar. Der hat solche Muskelpakete, dass die Kugel nicht zu weit eingedrungen ist.«

»Warum informieren die eigentlich immer dich vor mir?«

»Bestimmt, weil man dich in deinem Nachdenken nicht unterbrechen will. Ich bin gerne dein kleines Sprachrohr. Wo ich doch so gerne telefoniere. Ich halte es nicht aus, nichts zu tun.«

»Ach ja, was hast du noch so rausgefunden?«

»Wegen den Zeugnissen. Da habe ich mich schlau gemacht. Die sechs Schüler von Sonnleitner weisen die Bestätigung der Bildungsdirektion auf.«

»Die aber das Zentrum abgelehnt hat. Also gefälscht.«

»Anzunehmen.«

Das genügt Pöls, um mit der nötigen Aggression das Büro zu betreten, in dem der Trainer breitbeinig im Designersessel hockt und mit seinem Bart spielt, der heute zu mehreren kleinen Zöpfen geflochten ist. Pöls bleibt lieber stehen. Zu hoch ist das Risiko, den Hexenschuss wieder einzuladen.

»Da fehlt doch einer. Wo ist Mahmoud?«

»Er ist mir abgehauen.«

»Wie bitte? Wann? Wo?«

»Am Demmerkogel. Er hat mich verarscht. Ich bin mir sicher, er hat das geplant. Es ging ganz schnell. Den fange ich schon wieder ein. Ich war ihm dicht auf den Fersen, das schwöre ich, aber dann kam von euch der Befehl, dass ich umgehend hier erscheinen muss.«

»Sag bloß, Mahmoud ist bewaffnet?« Der Trainer nickt. »Womit?«

»Einem SG 77.«

»Großartig! Aus deinem Besitz.«

»Klar, aber alles legal.«

Pöls versucht ruhig zu bleiben, Fassung zu wahren. Am liebsten würde er dem Kerl gleich Handschellen anlegen.

»Ok, warte hier auf mich«, sagt er zähneknirschend und hinkt aus dem Büro, durch den langen Flur, zum Ausgang. Ausschau nach dem Leibnitzer Kollegen. Bobo ist nicht zu sehen, dafür parkt jetzt auf dem hintersten Platz der rosa Jeep von Marlene Bodenbauer. Diese Frau wird er wohl nie los. Hektisch wirft Pöls den Kopf von links nach rechts. Stets mit der Befürchtung, dass die Moderatorin jederzeit mit Mikrofon in der Hand aus irgendeinem Eck gesprungen kommen könnte und den Inspektor wieder vereinnahmt. Wo steckt Bobo bloß? Wahrscheinlich hängt er wieder am Handy!

»Pöls, schon fertig mit dem Verhör?«

Es ist Bobo, der ums Hauseck schlendert und den Hosenreißverschluss schließt. Der Inspektor erschrickt so stark, dass er instinktiv zu seiner Waffe greift.

»Bobo!« Pöls atmet durch. »Schicke ein Einsatzkommando auf den Demmerkogel. Mahmoud muss sich dort irgendwo herumtreiben - bewaffnet. Mit einem Bundesheer-Sturmgewehr. Am besten fährst du selbst auch dorthin und hältst mich am Laufenden. Und achte auf eine freie Telefonleitung!«

Pöls schielt zum rosa Jeep.

»Und pass auf, dass sich dir das Fernsehen nicht an die Fersen heftet.«

Zurück im Büro serviert der Heimleiter dem Trainer gerade einen Drink.

»Darf es für den Herrn Inspektor auch ein Arak sein?«

»Ich überlege ernsthaft, ob ich mir eure Lügen noch eine Sekunde länger anhören möchte.«

»Es sind keine Lügen«, sagt der Heimleiter entsetzt. »Wäre das Konzept so verkehrt, dann hätte ich niemals meine Zustimmung für unsere Kooperation gegeben.«

»Ja? Wie ist das mit den gefälschten Zeugnissen? Wahrscheinlich hat dich Sonnleitner mit denselben Lügen geködert wie alle anderen.«

Der Trainer lässt sich gemütlich in die Rückenlehne sinken.

»Wissen Sie, jedes Mal, wenn ich meine Vision vom Integrationszentrum der Zukunft vortrage, sind die Reaktionen ähnlich. Die Leute meinen, es geht doch nicht, dass man Asylanten, die frisch in unser Land kommen, mit Waffen hantieren lässt, nur weil sie vielleicht besonders intelligent sind oder über eine besonders rasche Auffassungsgabe verfügen. Ich sage, doch, gerade dieser Kombination bedarf es, weil diese Menschen unvergleichbare Voraussetzungen mitbringen.«

»Jetzt bin ich gespannt.«

»Die stammen vorwiegend aus Krisengebieten und haben dem Schrecken, teilweise dem Tod, ins Auge geblickt. Alleine der Anblick einer Waffe kann bei solchen Menschen Traumata auslösen. Bei mir erlernen sie nicht nur den Umgang mit der Waffe, sondern erleben zum Beispiel ein Gewehr nicht mehr als Unglücksbringer, sondern als funktionale Überlebensstrategie. Elementar ist auch, dass diese Menschen durch Krieg und Flucht enorm viel aufgestaute Aggression mitbringen. Das Schießtraining dient als Ventil, um überschüssige Energien abzubauen. Bevor diese Leute wie tickende Zeitbomben herumlaufen, erlernen sie bei mir, mit ihren Gefühlen richtig umzugehen. Viele haben bereits Waffenerfahrung. Bei denen bedarf es nur eines Feinschliffs. Sprachkompetenz in Kombination mit einer guten Schützenausbildung eröffnet den Schülern eine Vielzahl an Einsatzmöglichkeiten in Berufsfeldern, die händeringend nach guten Fachkräften suchen. Nun bringen Sie einmal der österreichischen Bevölkerung bei, dass wir die Flüchtlinge in ihrer Profession weiterbilden und sie zu Profis im Umgang mit Krisensituationen machen. Da greifen sich alle an den Kopf. Genau dieses Potenzial der Flüchtlinge benötigen wir dringend bei der Polizei und in der Landesverteidigung. Es ist noch nicht so lange her, da stand die serbische Volksarmee wenige Kilometer von hier an der österreichischen Staatsgrenze und die Soldaten haben geglaubt, in Spielfeld wartet der böse Feind, die NATO, und möchte Jugoslawien überfallen. Da geht es dann blitzschnell und unsere Grundwehrdiener blicken in die Mündung des Todes. Die jüngste Flüchtlingswelle hat uns Menschen ins Land gespült, die mit solchen Situationen besser umgehen können. Die dürfen aber nicht zum Heer. Also habe ich mir überlegt, wie bringt man diese Talente an die geeigneten Positionen? Mit meinem gezielten Integrationstraining.«

Nach dem Vortrag kehrt eine gespannte Stille ein. Der Heimleiter räuspert sich.

»Kannst du mir die Kooperationsverträge der Partnerbetriebe eventuell nochmals vorlegen?«

»Um ans Ziel zu kommen, muss man manchmal etwas schummeln. Aber das löst sich alles in Wohlgefallen auf, ihr werdet sehen. Vertraut mir.«

Das kostet Pöls einen Lacher.

»Ich wette, meine Kollegen, die gerade den Zollwirt auf den Kopf stellen, finden massenhaft Urkundenfälschungen.«

»Spätestens, wenn ich vorweisen kann, dass mein Konzept funktioniert, wird man mir Glauben schenken. Dann hätte man mir garantiert die Bewilligung erteilt, dass ich die Schützen offiziell ausbilden darf. Aber dann hat man mir Mahmoud ins Nest gesetzt.«

Sonnleitners bitterböser Blick trifft den Heimleiter, der beinahe verfällt.

»Bis heute Mittag hätte ich für Mahmoud meine Hand ins Feuer gelegt. Er hat mich heute angerufen und gebeten, ob wir seine Abschlussprüfung vorverlegen können. Ich fand seine Argumente plausibel und habe mit Schneeberger eine Vorverlegung diskutiert. Da wusste ich noch nicht, was er vorhat. Im Nachhinein kann ich eins und eins zusammenzählen.«

Der Heimleiter muss sich setzen.

»Was ist denn nun mit Mahmoud?«
»Ich beginne am besten bei vergangenen Sonntag.«

78. Stefan Sonnleitner: Rückblick - Mahmouds Trainings-Sonntag

Mahmoud betritt den Schießstand. Sonnleitner streckt ihm das Gewehr entgegen.

»Zaleign! Puatzn! Zsaumbaun!« (Zerlegen! Putzen! Zusammenbauen!)

Der Trainer pflegt einen militärischen Befehlston. Mahmoud salutiert. Normalerweise ist er bei der technischen Wartung der Waffe äußerst penibel und perfektionistisch. Nicht so an diesem Sonntag. Sonnleitner entgeht die Schlamperei nicht.

»Wül mi da Libaneis froatzln? Waus is laus?« (Will mich der Libanese ärgern? Was ist los?)

Der Schüler bleibt auf die Waffe fokussiert.

»I haub ollewaul des Gschau von dea Rotzpippn vua mia.« (Ich habe ständig den Gesichtsausdruck von dem frechen Jungen vor mir.)

Der Trainer möchte, dass er fortfährt.

»D' Rotzpippn haut a Blattl in die Griffl kriagt. Hiaz kennt ea olle Nauman von maine Vuagänga.« (Der freche Junge hat eine Liste in die Hände bekommen. Jetzt kennt er die Namen meiner Vorgänger.)

»Jau und? Dei Nauman san koa G'haimnis!« (Ja, und? Die Namen sind kein Geheimnis!), schreit der Trainer.

»D' Rotzpippn woas a, dass ma ned nua Deitsch leana.« (Der freche Junge weiß Bescheid, dass wir nicht nur Deutsch lernen.)

Mahmoud fischt den Zettel aus dem Notizblock hervor und legt ihn auf die leere Pistolenablage.

»Follt dia wos auf?« (Fällt dir was auf?)

»A Keanölflaik!« (Ein Kernölfleck!)

»No waus?« (Noch was?)

Der Trainer kneift die Augen zusammen. Hinter den Namen der Absolventen lachen liegende Achter vom Papier.

»Waus wül ea hiaz?« (Was will er jetzt?)

»Mia aufblattln.« (Mich auffliegen lassen.)

Mahmoud offenbart seine frische Wunde an der Schulter.

Der Trainer nimmt Mahmoud das Gewehr ab und verstaut es im Container.

»Los, wir klären dieses Problem sofort«, vergeht dem Trainer die Lust auf Dialekt.

»Hiaz?« (Jetzt?)

»Du wirst mit dem Jungen reden und das Problem aus der Welt schaffen.«

Wenig später sitzen die beiden Männer im Pickup - auf dem Weg zum Flüchtlingsheim. Die Sonne rollt über den Berghang und taucht die unendlichen Kukuruzfelder der Sterzautobahn in ein Abendrot.

Der Wagen stoppt vor dem Heim.

»Du hast fünf Minuten. Alles, was sich nicht in dieser Zeit klären lässt, ist sinnlos.«

Mahmoud nickt und will schon aussteigen, stoppt aber mitten in der Bewegung.

»Entn. Deis is da Pfuscher-Lois. Dem muass i a no amol a Tschninöll geibn.« (Dort drüben. Das ist der Pfuscher-Lois. Dem muss ich auch eines Tages eine Ohrfeige verabreichen.)

Dann springt Mahmoud raus, hastet zum Eingang.

Sonnleitner verfolgt den Nazi im Seitenspiegel. Einen Hund an der Leine. Er hat das Tier nicht im Griff. Der Köter macht mit ihm, was er will. Der Typ verschwindet über den Treppelweg in dem angrenzenden Wald.

Sonnleitner zählt die Minuten. Es verstreichen fünf Minuten, zehn. Mahmoud taucht nicht auf.

79. Heinz Pöls: Mahmouds Alibi wackelt

Pöls blickt dem Trainer ins Gesicht.

»Du bist einfach gefahren?«

Sonnleitner nickt.

»War das nicht unverantwortlich, dem Jungen gegenüber?«

»Wer bei mir zu spät kommt, ist raus. Das wusste er. Er hat sich für diese Variante entschieden.«

»Wie spät war es, als du mit Mahmoud das Flüchtlingsheim erreicht hast?«

Der Trainer bläht seine Wangen auf, überlegt.

»Es muss 19 Uhr gewesen sein.«

Pöls notiert die Uhrzeit.

»Das wäre rund eine Stunde vorm Brand. Wir können also davon ausgehen, dass Mahmoud zum Tatzeitpunkt im Heim war. Die Stunde würde gut passen, in der sich alle Vorbereitungen treffen lassen. Warum hast du uns das nicht sofort bei der ersten Befragung erzählt?«

»Von dem Brand wusste ich lange nichts. Ich dachte mir, Mahmoud wird die Zeit benötigen, um das Problem mit dem Kumpanen zu lösen. Ich bin heim und relativ bald darauf schlafen gegangen.«

»Na, da habt ihr beiden was gemeinsam - einen gesegneten Schlaf«, sagt Pöls und schenkt Trainer und Heimleiter gleichermaßen Blicke. Der Heimleiter muss sich sofort wieder an der Bar bedienen.

»Wie ging‘s weiter?«

»Am nächsten Morgen stand Mahmoud bei mir auf der Matte. Mit einer Bisswunde am Oberschenkel. Er hat mir erzählt, dass es im Flüchtlingsheim gebrannt hat und dass er wüsste, dass es der Nazi war. Ich habe es Mahmoud abgenommen. Er bat mich, ihm ein Alibi zu geben.«

»Du bist nicht nur Sprachtrainer und Scharfschütze, sondern auch Chirurg!«

»Wenn Sie meinen Lebenslauf kennen, wissen Sie von meiner Jägerausbildung.«

»Du meinst eher von den Wilderergeschichten.«

»Ich weiß, wie man Rotwild ausnimmt, aber auch, wie man sie wieder zuflickt.«

»Wie soll Mahmoud zu dir gekommen sein ohne Auto?«

»Er hat Schneebergers Blechkiste geliehen.«

»Und das hast du nicht mitgekriegt?«, fragt Pöls den Heimleiter. Der schüttelt den Kopf: »Ich musste meine Schäfchen beruhigen.«

»Euch beiden kam bisher nie der Gedanke, dass Mahmoud das Feuer gelegt haben könnte?«

»Für mich stand außer Zweifel, dass es der Nazi war. Ich habe den Typen mit meinen eigenen Augen vorm Heim herumstrolchen gesehen. Warum sollte Mahmoud sein eigenes Zimmer in Brand setzen?«

»Um Baschar loszuwerden?«

»Und der Hundebiss?«

»Vielleicht kam der Pfuscher-Lois ungelegen, als Mahmoud gerade zündelte.«

»Ein Nazi, der den Brandanschlag auf ein Flüchtlingsheim vereiteln will - das nenne ich einmal eine lesenswerte Schlagzeile. Da kann ich nur den Kopf schütteln. Warum knöpft ihr euch den Nazi nicht vor?«

»Der Rottweiler vom Pfuscher-Lois hat ein GPS-Halsband getragen. Dadurch konnten wir die Route seines Herrchens auf die Minute genau rekonstruieren. Er war am Sonntag tatsächlich vorm Flüchtlingsheim - und zwar, wie du bestätigt hast, um 19 Uhr. Danach ist er aber in den Wald und zum Zeitpunkt des Brandanschlags spazierte der Hund artig durchs Stadtzentrum von Leibnitz.«

»Wer sagt, dass der Nazi den Hund an der Leine führte?«

»Die Videoüberwachung. Am Hauptplatz schießt die Webcam alle paar Minuten ein Foto. Auf zwei Schnappschüssen sind Hund und Herrl zu sehen. Selbst wenn der Hund Mahmoud gebissen hat - es muss geraume Zeit vor dem Brandanschlag geschehen sein.«

Pöls genießt die knisternde Ruhe im Raum. Er wartet, bis der Trainer ihn anblickt.

»Wenn Baschar Mahmoud auffliegen lassen hätte, dann wärst auch DU in die Bredouille geraten. Wer sagt mir, dass du wirklich heimgefahren bist und nicht selbst dafür gesorgt hast, dass das Bürschchen schweigt?«

»Ich habe nichts zu verbergen.«

»Ach nein? Oh, wie freue ich mich auf das Ergebnis der Hausdurchsuchung.«

»Ja, offiziell ist es verboten, was ich mache und ich muss ein bissl tricksen, aber letztlich gibt mir meine Erfolgsbilanz recht.«

»Wenn dir deine Absolventen nicht alle der Reihe nach sterben! Ich könnte mir vorstellen, dass meine Kollegen auf diese Bilanz pfeifen?«

»Dann falle ich eben ein weiteres Mal auf die Schnauze. Bin ich gewohnt. Mich kriegt man nicht klein. Ich stehe immer wieder auf. Wie so ein Batteriehaserl.«

»Haserl ist ein gutes Stichwort. Schmerzt es dich, dass du von deiner Jugendliebe Maria nichts mehr hörst?«

»Ich sehe, Sie stöbern fleißig in meinem Privatleben herum.

Maria arbeitet in Syrien. Nicht eben gleich um die Ecke.«

»Sie arbeitet in einem Diabeteszentrum.«

»Richtig, Zuckerkrankheit war immer ihr Steckenpferd. Auch, als sie noch hier praktizierte.«

»Leyla leidet auch an Diabetes.«

»Wer?«

»Das ist wiederum die Ex-Freundin von Baschar.«

»Die Hauptverdächtige«, wirft der Heimleiter ein. »Die derzeit flüchtig ist, nicht wahr, Herr Inspektor?«

»So wie sich die Dinge entwickeln, würde es mich nicht wundern, wenn Mahmoud und die Hauptverdächtige unter einer Decke stecken«, sagt der Trainer und wird von den Oberkrainern unterbrochen, die aus der Hosentasche des Inspektors jodeln. Pöls nimmt das Handy zum Ohr und drückt auf die Lautsprechertaste.

»Bobo, bitte nur gute Nachrichten.«

»Ich habe eine gute und eine schlechte. Wie man's nimmt. Die Kollegen haben die Fährte von Mahmoud aufgenommen.«

»Dann sollen's das Bürscherl gleich dingfest machen.«

»Das ist das Problem. Er hat eine Geisel bei sich.«

Kaum lässt Pöls sein Handy in der Hose verschwinden, schießt der Trainer aus dem Sessel hoch: »Wie ich es gesagt habe. Mahmoud und die vermisste Asylantin machen gemeinsame Sache. Das ist keine Geisel. Die wollen Sie verarschen. Darf ich Sie begleiten, Inspektor? Ich bin sein Trainer. Auf mich wird er hören.«

»Ich denke, du hast schon genug Schaden angerichtet. Konzentriere dich lieber darauf, wie du meinen Kollegen dein irrwitziges Zentrum erklärst. Bin schon gespannt, wo du die Lizenzen für deine Sturmgewehre gefladert hast.«

»Alles legal.«

»Ein Fall fürs Irrenhaus«, sagt Pöls zum Abschied und bewegt sich aus dem Büro. Wie weit ist dieser Ausgang denn noch? Auf dem Weg zum Parkplatz tropft ihm der Schweiß der Anstrengung in die Augen. Keine Energie mehr, der Fernsehmoderatorin auszuweichen, die ihn in Empfang nimmt.

»Mein lieber Inspektor, ich begleite Sie, wohin auch immer Ihre Mission Sie führt.«

»Ich glaube, das Kegeln hat mir wirklich den Rest gegeben.«

»Wovon sprechen Sie?«

»Ich brauche dringend ein Bett, eine Wärmelampe, Ruhe.«

»Da habe ich genau das richtige Platzerl für Sie.«

Die Moderatorin hakt sich bei Pöls ein und bringt ihn zu ihrem knalligen Jeep. Immerhin hat der einen Komfort-Beifahrersitz, der Weltklasse gefedert ist.

80. Bushra: Mahmoud und Sara

Als Sara und Bushra in der Mühle in dem winzigen Dachzimmer nach einem Ausweg suchen, entdeckt Bushra den kleinen Kernöl-Abdruck eines Schraubverschlusses auf der Matratze.

Für Sara steht fest: »Sie ist wegen dem zur Mühle zurückgekehrt. Sie hat stundenlang nach diesem Verschluss in Baschars Zimmer gesucht.«

»Wozu braucht sie einen Schraubverschluss?«

»Keine Ahnung, was sie da drinnen versteckt. Vielleicht einen Zünder, um das nächste Haus in die Luft zu sprengen.«

»Darüber macht man keine Witze.«

»Ist kein Witz. Hast du die Furie gesehen? Leyla ist schizophren. Von einer Sekunde auf die andere kann sie vom scheuen Reh zur Raubkatze mutieren.«

»Wo ist sie hin?«

»Das wüsste ich auch gerne.«

Sara drängt sich an Bushra vorbei und trampelt die Treppen hinab. Auf der Hälfte des Weges hält sie an.

»Da! Da könnten wir raus.« Sie zeigt auf einen Schlitz im Gemäuer, der wohl einst zur Verbindung mit dem nicht mehr vorhandenen Mühlenrad diente.

»Das ist doch viel zu schmal.«

Bushra kriegt allein beim Anblick des Schlitzes sämtliche körperlichen Zustände.

»Das? Schmal? Du hast mich unter dein Bett gezwängt. Im Vergleich dazu ist das hier eine Komfortspalte.«

»Unter meinem Bett ist mehr Platz.«

»Niemals. Außerdem bist du schlanker als ich. Du solltest wenig Mühen haben, mir zu folgen, Bushra.«

Sara schickt sich an, sich durch den Mauerschlitz zu zwängen.

»Hilfe!«

»Was ist los? Steckst du fest? Ist der Spalt zu eng?«

»Da drüben geht Mahmoud. Und er hat ein Gewehr.«

Bushra schleicht die Treppen nach unten, versucht durch das Fenster etwas zu erkennen, aber mehr als einen leichten Schatten kann sie nicht ausmachen.

Als sie wieder nach oben blickt, ist Sara schon durch den Schlitz hindurchgekrochen.

»Er darf nicht entkommen.«

»Sara, bleib! Es ist zu gefährlich.«

»Ich muss ihm nach.«

»Nicht!«

»Ich muss dafür sorgen, dass er nicht türmen kann und die Polizei ihn festnimmt.«

»Tu es nicht.«

»Bushra, sieh zu, dass du den Inspektor informierst.«

Dann ist sie aus dem Spalt verschwunden. Bushra sieht nur noch einen Schatten durch das milchige Glas. Niemals kommt sie durch diesen Spalt. Sie wird ersticken. Die Steine werden sie erdrücken und ihr Kopf wie in einem Schraubstock gefangen sein. Sie hastet zur Küchenzeile. Irgendein Ding, womit sie das Milchglas einschlagen kann. Und dann sieht sie die Krücken. Sie zögert keine Sekunde.

81. Heinz Pöls: Ungewöhnlicher Arbeitsplatz

Marlenes Jeep parkt im Innenhof von Schloss Seggau. Pöls hat keine Augen für das historische Gemäuer, nur für den Übertragungs-LKW.

»Das wird Ihr Wohnzimmer, mein lieber Inspektor.«

»Ich weiß nicht, ob ich das durchstehe.«

»Keine Sorge, für Ihr Wohl ist gesorgt.«

Sie deutet zur Seitenfront des Hotels. Zwei Laufburschen des TV-Senders transportieren soeben ein Feldbett Richtung LKW.

»Wir machen es Ihnen so gemütlich wie möglich.« Marlene löst den Gurt des Inspektors.

»Schaffen Sie es alleine in den Container?«

Obwohl Pöls nichts sagt, winkt die TV-Lady zwei Assistenten herbei, die den Inspektor jeweils links und rechts packen und wie eine Statue vom Jeep zum LKW befördern.

»Unsere Scheinwerfer wirken zudem wie Wärmelampen«, hört er die Moderatorin ihm nachrufen. Sie begleitet den Inspektor, bis er im Regieraum des LKWs gut gebettet ist. Ein dickes Kissen im Nacken, damit er komfortabel zu den Monitoren sieht.

Marlene zieht den Wächter am Unterarm heran.

»Bei allen weiteren Wünschen hilft Ihnen unser Best Boy Flo. Den kennen Sie ja bereits.«

Dann ist nur noch die Parfümwolke von Marlene übrig und

ihre grelle Stimme hallt über den gesamten Schlosshof: »Tobi, Gasfuß! Wir haben's gnädig!«

Pöls berührt seinen Diener mit dem Fuß.

»Hör zu, Junge, in meiner Hosentasche steckt meine Geldbörse und darin die Adresse meiner Fitnesstrainerin. Fisch sie raus und ruf sie an. Mach schnell!«

82. Bushra: Auf der Demmerkogel-Warte

Bushra hört das ferne Bellen. Scharenweise Suchhunde und ein Hubschrauber in der Luft. Sie stapft durch den Wald. Es geht steil bergauf. Sie darf Mahmoud und Sara nicht aus den Augen verlieren. Die beiden sind gut hundert Meter voraus. Rund um sie trällern ausgelassen Vögel. Ohne dem lauter werdenden Konzert der Polizeihunde könnte man es fast Idylle nennen. Gelegentlich funkelt der Gewehrlauf, mit dem Mahmoud Sara bedroht. Immer wieder bleibt sie stehen und ihr Entführer muss sie mit Gewalt vorantreiben. Auf dem Bergrücken wird ihm wohl bewusst, dass er mit Sara im Schlepptau eine erfolgreiche Flucht vergessen kann. Blaulicht huscht immer öfters durch die Zweige. Die Polizei hat seine Fährte aufgenommen. Mahmoud treibt Sara in einen hölzernen Turm - eine gut 15 Meter hohe Aussichtswarte. Bis Bushra an das Konstrukt heran kommt, erscheinen die Oberkörper von Mahmoud und Sara hoch oben hinterm Geländer einer überdachten Plattform.

Es dauert nicht lange und die Warte ist von Polizeihunden und deren Herrchen umzingelt.

Mahmoud brüllt von oben herab, dass er jeden ausradieren werde, der den Turm betrete. Bushra wird von beiden Seiten von zwei Polizisten geschnappt und hinter einen Baum geführt.

»Wer sind Sie?«

»Bushra. Lebe mit Sara im Flüchtlingsheim.« Bushras Zeigefinger zeigt schüchtern in die Luft. »Sara? Ist das die Geisel?«

»Kennen Sie den Mann?«

»Mahmoud Ramadan.«

Wie zur Bestätigung nickt der Polizist und beordert einen anderen, eine Meldung an den leitenden Inspektor rauszuschicken.

»Kommen Sie mit.«

Der Polizist führt Bushra von der Warte weg. Bushra kann Mahmoud und Sara nicht mehr sehen, hört nur das Schreikonzert, das sich Mahmoud mit den Polizisten liefert.

An der Hinterseite der Warte werden die Hunde zusammengetrieben. Ihre Ruten peitschen aufgeregt hin und her. Bald kreist der Hubschrauber über dem Demmerkogel. Bushra erblickt den jungen Kollegen des Inspektors. Augenblicklich atmet sie auf. Sie mag den Kerl. Er hat ihr die Fingerabdrücke abgenommen und war dabei zuvorkommend und freundlich. In seiner Gegenwart fühlt sie sich gut aufgehoben. Anders als beim Inspektor, der immer so einen Blick in seinem Gesicht trägt, als hätte ihm jemand in die Suppe gespuckt.

Der junge Polizist hat rasch das Kommando übernommen und spricht per Megafon zu Mahmoud. »Lassen Sie das Mädchen gehen. Ergeben Sie sich. Wir garantieren Ihnen eine faire Behandlung.«

»Putzt eink oda i schiass ollemitnaund aus de Gattihousn.« (Verschwindet, oder ich schieße euch aus den Unterhosen.)

»Der Inspektor ist im Anmarsch.«

»Dea kaun ma gstulln bleim. Fia dein bin i souwiasou da oanzige Schuidigai. Fia dain bin i Owoschwossa.« (Der kann mir gestohlen bleiben. Für den bin ich ohnehin der einzige Schuldige. Für den bin ich Abschaum.)

»Ich verspreche Ihnen ein faires Verfahren, aber Sie verschlimmern die Sache nur, wenn Sie das Mädchen nicht frei lassen.« Der Kidnapper bleibt uneinsichtig. »Nehmen Sie das Gewehr von ihrem Kopf.«

Bushra hält Mahmouds Drohgebärden nicht mehr aus und marschiert ein paar Schritte zurück, um sein Gebell nicht mehr hören zu müssen. Über den Forstweg rollt ein Pickup auf sie zu. Sie kennt den Mann, der aus dem Koloss steigt: Mahmouds Trainer. Ihr schaudert vor seiner Statur, seinem Blick, seinem Gang, dem geflochtenen Bart. Dennoch ist sie froh, ihn zu sehen, weil sie hofft, dass Mahmoud auf ihn hört und diesen Schwachsinn beendet. Mit Handschlag begrüßt der Mann die Polizisten.

»Lasst mich zu ihm durch.«

»Kennst du den Freak?«

»Gewiss - und das macht ihn leider nicht ungefährlicher. Ich muss dringend zu ihm, bevor er Unheil anrichtet.«

»Der leitende Inspektor ist noch nicht eingetroffen. Bruno Stangl hat einstweilen die Assistenz übernommen.«

Der Polizist deutet zur Warte.

»Bobo versucht gerade mit dem Geiselnehmer zu verhandeln.«

»Mit Mahmoud kann man nicht verhandeln. Ich muss dringend hoch.«

Der Trainer steht in geduckter Haltung neben der Tür, die zu den Treppen führt.

»Was machen Sie hier?«, sagt Bobo verärgert, als er den Trainer sieht. »Sie sollten dringend zu Ihrem Ausbildungszentrum, dort erwarten Sie bereits meine Kollegen.«

»Die Schelte an meiner Vorgangsweise muss leider warten. Mahmoud wird die Kleine abknallen, wenn ich nicht eingreife, das verspreche ich Ihnen. Wir müssen ihn sofort unschädlich machen.«

»Das entscheiden nicht Sie. Wir kümmern uns um die Lage.«

»Offenbar nicht gut genug. Ich höre ihn rumbrüllen. Entweder Sie lassen mich hoch zu ihm. Mich kennt er. Mir wird er nichts tun. Oder Sie schicken umgehend Ihre Männer hoch und machen ihn kampfunfähig, sonst fliegen uns hier bald die Kugeln nur so um die Ohren.«

»Wir warten auf den Inspektor.«

»Bis der kommt, ist die Geisel tot. Dein Super-Inspektor erweckt für mich nicht den Eindruck, als ob er dieser Situation gewachsen wäre.«

Bobo presst seine Lippen fest aneinander. Überlegt.

»Jede Sekunde ist wertvoll«, betont der Trainer. »Ich habe Mahmoud ausgebildet. Ich weiß, dass der nicht ins Leere schießt und leider weiß ich auch, dass er ein verdammt guter Manipulator ist. Er hat selbst mich hinters Licht geführt.«

»Danke für Ihren Input, aber gehen Sie aus der Gefahrenzone. Wir werden versuchen, Mahmoud abzulenken und unbemerkt Einsatzkräfte in den Turm zu schicken.«

Bushra wird von zunehmendem Motorenlärm abgelenkt. Ein rosa Jeep parkt neben dem Pickup. Einer Diva gleich entsteigt die Fernseh-Moderatorin gemeinsam mit einem Kameramann, der gut einen Kopf kleiner ist als sie, dem Wagen. In Natura sieht Marlene Bodenbauer noch beeindruckender aus als auf Baschars spiegelnden Tablet.

»Mund zu, kleine Dame«, sagt der Kameramann, als er an Bushra vorbeimarschiert. Er schultert die Kamera. Nur seine Locken stehen hervor. In Marlenes Schatten stapft er auf den Turm zu. »Was will die denn da?«

Sonnleitner stellt sich ihr breitbeinig in den Weg.

»Haut ab, ihr Fernsehvögel. Das hier ist Polizeibereich.«

»Und wer sind Sie? Der Sheriff vom Dienst? Ich komme auf Anweisung von Heinz Pöls.«

»Nehmen Sie die Kamera runter, oder ich werde handgreiflich. Das hier ist keine Showbühne. Ihr verdammtesDuckspack!«

Bobo schreitet ein: »Das ist wirklich alles andere als ein geeigneter Drehort. Bitte weichen Sie zurück.«

»Ich habe die exklusive Genehmigung des Inspektors.« Die Moderatorin hält dem Polizisten ein Mobiltelefon entgegen, aus dem die Stimme von Pöls erklingt.

»Ich möchte alles live und in Farbe sehen, damit ich mir einen Überblick verschaffen kann.«

»Pöls? Wo bist du?«

»In bester Gesellschaft, Bobo. Sobald die Kamera Mahmoud und die Geisel einfängt, kann ich euch live mitverfolgen und Marlene in Echtzeit mit Informationen füttern.«

»Du bist verrückt, Pöls.«

»Das ist geisteskrank«, zischt der Trainer. »Mit so einem Kasperltheater gefährden wir Menschenleben. Eine Geiselbefreiung ist kein Entertainment-Event. Wenn Mahmoud die Kamera sieht, wird er das Feuer eröffnen. Wollt ihr den Menschen zum Abendbrot ein Blutbad servieren?«

»Bobo, sorge dafür, dass ich ein schönes Bild serviert bekomme und dann sage ich: Bühne frei für Marlene.«

»Das ist völlig Irre.«

»Da muss ich dem Trainer recht geben, Pöls. Das fühlt sich falsch an.«

»Ich sage immer: Wenn es sich falsch anfühlt, ist es richtig. Also, bringt mich endlich in Position, sonst schlafe ich noch ein. Ich bekomme nämlich nebenbei eine herrliche Rückenmassage.«

83. Heinz Pöls: Vom Bett aus dirigiert

Pöls liegt mittlerweile am Bauch auf der Feldliege, damit Azras Hände ungestört fungieren können. Das Kinn auf den Handrücken ruhend, hat Pöls die Monitore im Blick. Auf einem sieht er Marlene Bodenbauer, die sich ihre Frisur in Form bringt. Der Kameramann erklimmt das Dach des Jeeps, der eine Autobuslänge vorm Holzturm parkt. Pöls wird schwindelig, weil die Kamerabilder Achterbahn fahren.

»Sehen Sie jetzt besser, Inspektor?«, fragt der Lockenkopf.

Die Aussichtsplattform rückt ins Bild. Pöls ist sich nicht sicher, ob seine Augen wieder verrücktspielen oder ob die Kameralinse erst scharf stellt. Plötzlich blickt Mahmoud ungläubig in die Kamera. Jetzt erst wird Pöls bewusst, dass die Geisel Sara und nicht Leyla ist.

»Geht es der Geisel gut?«, brüllt Pöls, der ganz vergisst, dass Mahmoud ihn nicht hören kann, sondern er bloß in Marlenes Ohr plärrt.

Die Moderatorin blickt scharf in die Kamera. Dann stellt sie sich auf ihre Position, räuspert sich und mit einem Fingerschnipser zaubert sich ein wunderbares Lächeln auf ihr Gesicht.

»Dramatische Szenen am Demmerkogel, meine Damen und Herren.«

»Das wird live übertragen?«, fragt Pöls erstaunt. Flo bleibt gelassen: »Marlene sagt das immer, egal ob Publikum oder nicht. Das ist so in ihr drinnen. Ungescriptes Material lassen wir nie ungeprüft auf unsere Zuschauer los.«

»Wozu hat sie sich dann so fett Lippenstift aufgetragen?«

»Weil das Marlene ist! Die steigt schon mit Glitter-Lipstick aus dem Bett.«

Pöls konzentriert sich wieder auf das Geschehen auf dem Monitor, da Marlene mit Mahmoud Kontakt aufnimmt.

»Mein lieber Mahmoud Ramadan, ich bin Marlene Bodenbauer und bin gekommen, um deinem Anliegen Gehör zu verleihen.«

»Putzts eink.« (Verschwindet.)

»Warum benötigst du ein menschliches Schutzschild?«

»D' Sara is desölbi Kroat wia ais olle. Nix ois forferln.« (Sara ist dieselbe Kröte wie ihr. Redet nichts als dummes Zeug.)

»Dann nutze diese Gelegenheit und erzähle uns, wie du in dieses Schlamassel geraten bist.«

»Putzts eink!« (Verschwindet.)

»Wir dürsten nach Menschen, die sich so ausdrücken können wie du.«

Mahmoud schickt daraufhin einen Schwall arabischer Worte in die Kamera. Schweigen rundherum. Nur Azra kann sich ein Lachen nicht verkneifen.

»Was ist?«, fragt Pöls irritiert.

»Das waren so ziemlich die übelsten Schimpfwörter, die man einer Frau an den Kopf werfen kann.«

»Du verstehst arabisch?«

»Glaubst du, ich heiße ohne Grund Azra?«

»Moosbrüller!«

»Mein Vater ist stolzer Steirer und hat meine Mama aus Marokko geheiratet. Ich bin zwar in Graz geboren, aber meiner Mama war es wichtig, dass ich auch ein paar Brocken arabisch beherrsche.«

»Und was hat Mahmoud gesagt?«

»Dass wir ihn immer als Mörder sehen werden, egal, was er getan hat.«

Pöls schnappt sich den Mikrofon-Knuppel.

»Marlene, frag ihn, warum wir ihn seiner Meinung nach nicht für den Täter halten sollen.«

Gebannt blickt Pöls auf den Monitor.

Marlene mit Augenaufschlag: »Wie willst du, dass wir dich sehen? Erkläre uns dich. Jeder Mensch macht Fehler. Das ist keine Schande. Aber man sollte auch zu seinen Fehlern stehen. Sprich es dir von der Seele und wir verstehen deinen Groll, deine Beweggründe und können uns besser in dich hineinversetzen und dich vielleicht verstehen. Vielleicht auch nicht, aber du trägst dann die Last halb so schwer mit dir. Die Schuld kann dir keiner abnehmen, aber jedes Vergehen hat das Recht auf Gnade, Wiedergutmachung und Versöhnung.«

»Wia sul ma deis olles guat mochn? Da Baschar is hinich und dei baid'n Rauschschädl san hinich.« (Wie soll man das wieder gut machen? Baschar ist tot und die beiden Rauschköpfe sind tot.)

»Falls du damit die Schmollthaler meinst: Die erfreuen sich des Lebens.«

»Was?«, schreit Sara über das Geländer. »Fifi lebt?«

Danach ist sie nicht mehr zu halten.

»Fiiiiifiiiiii!«, brüllt sie in die Kamera, als würde er ihr zusehen. Mahmoud drängt sie grob aus dem Bild.

»Siehst du, Mahmoud, das hättest du nicht erfahren, wenn wir uns nicht so nett miteinander unterhalten hätten. Warum nimmst du nicht dieses dumme Gewehr herunter und erzählst uns in aller Ruhe, wie es zu dieser Situation kommen konnte?«

Aber es ist Sara, die sich erneut Gehör verschafft.

»Baschar hat herausgefunden, wie es in Mahmouds Spezialtraining zugeht. Damit hatte er etwas gegen Mahmoud in der Hand und ließ sich nicht mehr länger schikanieren.«

Mit aller Kraft klammert sie sich gegen das Geländer und widersetzt sich einer Rückversetzung aus dem Kamerabild.

»Baschar hat gefordert, dass Mahmoud seinen Platz räumt. Mit dem ist Mahmoud nicht klargekommen. Das war Baschars Todesurteil.«

»Sei staad, du Bissgurrn. Nix ois forferln.« (Schweig, Weib! Nichts außer dummes Zeug reden.)

»Dann erhältst du hier die Chance, deine Sicht der Dinge zu berichten«, strahlt Marlene Bodenbauer und lässt Mahmoud in den Zoom nehmen.

»Baschar woar wia ausgewechsült. Ois warat da Teifl in eam einigfoarn.« (Baschar war wie verwandelt. Als stecke ein Dämon in ihm.)

»Und den musstest du ihm austreiben. Aber Baschar hat's dir gegeben«, schreit Sara.

»Staad!« (Schweig!)

Für einen Moment rücken die Köpfe von Mahmoud und Sara aus dem Bild. Die Kamera schwenkt suchend hin und her, aber nichts außer Holz, Himmel, Baumwipfel. Geräusche eines Handgemenges und kurz peitscht der Gewehrlauf wie eine Lanze durch das Bild. In der Ecke der Aussichtsterrasse tauchen Mahmoud und Sara auf. Er würgt sie mit der quer gelegten Waffe. Dann verdeckt der Rücken der Moderatorin den Ausblick, in ihrer gewohnten Manier, nicht-jugendfreie Bilder nicht in die Wohnzimmer der Zusehern zu schicken. Aber hier ist es doch nur der Inspektor, der dem Treiben folgt - und am liebsten würde er Marlene an die Gurgel hupfen.

»Bist du durchsichtig, du Goas? Weg mit dir!«, brüllt er gegen den Monitor und wird augenblicklich von Azra gerügt, weil die eben gelockerten Muskeln wieder verkrampfen.

Erst langsam fischt die Kameralinse aus dem konturlosen Farbenspektrum Schärfe und Mahmoud erscheint im Bildausschnitt. Von Saras Hals hat er inzwischen abgelassen, aber sie hechelt um Luft und klammert sich mit beiden Händen an das Geländer.

»I haun dem Biarschl gsaugt, dass wia dessölbe Zül vafuign. I hait oafoch nua a wengal Zeit braucht.« (Ich habe Baschar gesagt, dass wir dasselbe Ziel verfolgen. Ich hätte einfach etwas mehr Zeit benötigt.)

»Du wolltest nicht einsehen, dass er dich durchschaut hat«, zischt ihn Sara an.

Mahmoud presst die Mündung des Gewehrs gegen Saras Kinn. Marlenes dreht sich der Kamera zu und spricht zu Pöls: »Lieber Inspektor, Ihr Kollege ist schon ganz nervös und möchte die Einsatzkräfte losschicken.«

»Geh aus dem Bild, damit ich etwas sehe.«

Aber auch ohne Marlene Bodenbauer sind nur noch Hinterköpfe über dem Geländer der Aussichtsplattform zu erkennen. Der Kameramann verlässt seine Position. Wildes Gerückel am Monitor. Pöls schließt die Augen. So ein Gewackel hält kein nüchterner Magen aus.

Als er sie wieder öffnet, gafft Bobos Gesicht überdimensional groß in die Kamera.

»Pöls, die kleine Zimmerkollegin von Sara ist uns entwischt.«

»Was heißt entwischt?«

»Rauf - zu Mahmoud. Ich schicke unsere Männer hinterher. Ich brauche deine Freigabe.«

»Wenn Mahmoud das mitkriegt, gibt es garantiert Tote.«

»Dieses Risiko müssen wir eingehen, Pöls.«

»Dann rauf mit den Burschen.«

Ein kurzer Schwenk von Bobos Arm und eins, zwei, drei, vier, fünf schwer Bewaffnete rattern wie ein Güterzug durch die Pforte und hoch den Turm.

Keine fünf Sekunden später ein Schrei vom Himmel. Die Kamera schwenkt nach oben und zoomt auf Mahmoud, der sich mit dem Rücken über das Geländer beugt und sich die Gewehrmündung selbst gegen das Unterkiefer presst.

»Ruf die Männer zurück«, plärrt Pöls.

»Sie bleiben im Treppenhaus. Zugriff jederzeit möglich.«

»Mein lieber Inspektor«, hat Põls auf einmal die Moderatorin im Ohr, ohne sie zu sehen. Ihr stoßartiges Atmen dröhnt in seinem Schädel.

»Ich werfe mein Mikrofon auf den Balkon.«

Dann ein fürchterliches Geräusch, das Pöls fast das Trommelfell zerfetzt. Mit einem Mal vernimmt Pöls die arabischen Stimmen von Sara und Bushra. Der Inspektor verrenkt den Hals, um Azra anzusehen.

»Was sagen sie?«

»Bei diesem Geschrei und Gestöhne verstehe ich nichts.«

»Irgendwelche brauchbaren Wortfetzen?«

»Irgendeine sagt, dass endlich die Wahrheit gesprochen werden müsse.«

»Wer sagt das zu wem? Bushra zu Sara?«

»Keine Ahnung, wer wer ist. Du hörst ja selbst, dass man die Stimmen kaum voneinander unterscheiden kann.«

Mittlerweile ist auch der Kameramann in den Turm eingedrungen. Am Monitor sieht man Einsatzkräfte, die im Spalier bis zum Ausgang zur Plattform stehen. Durch den plötzlichen Wechsel der Lichtverhältnisse ist die Kamera für eine Sekunde genauso blind wie Pöls, wenn er in einen Tunnel ein- oder ausfährt.

Als die Linse sich der Gegebenheit angepasst hat, sieht man Sara und Bushra, die am Boden liegen und dahinter Mahmoud, der eine Hand am Abzug hat und verzwickt in die Kamera schielt. Wie ein Vorhang rückt seitlich die Moderatorin ins Bild, die das Mikrofon vom Holzboden hebt und es Mahmoud entgegenstreckt.

»Sehe mich als die Stimme des Inspektors«, sagt sie. »Er kann dich ganz deutlich sehen. Der liebe Inspektor weiß, dass du nicht das Feuer in deinem eigenen Zimmer gelegt hast. Er vermutet, dass Baschar den Brand selbst verursacht hat. Vieles spricht dafür. Der Inspektor hat Abschürfungen von Wurfgeschossen an der Mauer neben Baschars Fenster gefunden. Daher glaubt der Inspektor, dass Baschar den Flaschenwurf an seinem eigenen Fenster geübt und festgestellt hat, dass er zu ungeschickt für diese Aufgabe ist. Also musste er den Brand unmittelbar im Zimmer legen. Er schlägt die Flasche gegen die Wand und wirft sie aufs Bett, steigt aufs Fensterbrett und tritt die Scheiben ein, damit es so aussieht, als wäre der Molotow-Cocktail ins Zimmer geschleudert worden. Er will zur Tür, springt in einem Riesensatz vom Fenster, dass er mit dem Kopf gegen das Regal schlägt. Unser Labor hat Haut- und Blutspuren des Opfers an der Metallkante des Regals gefunden. Baschar hat sich selbst außer Gefecht gesetzt.«

Die Moderatorin legt ihre freie Hand sanft auf das Gewehr, dessen Lauf inzwischen orientierungslos in den Himmel zeigt.

»Dann war es kein Mord, Mahmoud, sondern ein bedauerlicher Unfall«, sagt sie und nimmt ihm das Gewehr ab.

In der nächsten Sekunde verstellen die Einsatzkräfte das Bild und Pöls vernimmt ein Ächzen und Stöhnen und das ratternde Geräusch der einrastenden Handschellen.

Dabei war Marlene mit ihrer Ansprache nicht fertig: »Ungelöst ist jedoch die Frage, was Sara und Bushra von Baschars Plan wussten.«

Die Einsatzkräfte pressen Marlene bis an den Rand der Plattform.

»Ist das nicht eine herrliche Aussicht«, schnurrt ihre Stimme in das Ohr des Inspektors und der Kameramann schwenkt über das hügelige Steirerland.

»Bis nach Slowenien kann man an schönen Tagen blicken.«

84. Heinz Pöls: Bushra und Sara auf den Zahn gefühlt

»Ich bin durchgeknetet wie ein Sauerteig«, stöhnt Pöls, der es in Bauchlage nicht mehr aushält und dem Feldbett wie ein Faultier entsteigt.

Der Kameramann hat sich wieder seiner Hauptaufgabe besonnen und hält filmisch fest, wie Mahmoud umringt von den Schwerbewaffneten von der Warte abtransportiert wird. Weitere Polizisten kümmern sich um Sara und Bushra.

»Mit den beiden Mädchen bin ich noch nicht fertig«, merkt Pöls an und lässt sich auf einen Regiesessel nieder. Marlene Bodenbauer braucht nur einen Moment, um die Frisur in Schuss zu bringen und das Dekolleté zu richten. Sie kämpft sich zu den beiden Mädchen durch und das Mikrofon wandert an ihren Mund.

»Ich spiele wieder Voodoo-Puppe des Inspektors und übermittle euch seine Gedanken. Er kann nicht ausschließen, dass euch eine gewisse Mitschuld an Baschars Tod in Form unterlassener Hilfeleistung trifft.«

Die beiden Mädchen blicken die Moderatorin böse an.

»Marlene, frag Sara, warum sie nicht zugibt, dass sie Mahmoud am Sonntagabend nicht gesehen hat«, sagt Pöls.

»Niemand kann mir nachweisen, was ich gesehen habe und was nicht.«

»Und warum hast du versucht, Bushra eines auszuwischen?«

»Habe ich nicht.« Betroffen blickt sie zu ihrer Freundin. »Ich dachte mir, wenn Bushra zuerst sagt, dass sie Mahmoud gesehen hat, würde man dem mehr Glauben schenken und ich hätte dann behauptet, ich stand bei meiner ersten Aussage unter Schock und war voller Angst vor Mahmouds Rache. Ich konnte nicht ahnen, dass Bushra ihre Aussage revidiert. Ich wollte sie nicht als Lügnerin dastehen lassen. Ehrlich nicht.«

Sara muss ihre Freundin umarmen. Bushra bleibt ernst und fragt: »Aber warum gibst du nicht zu, dass du Mahmoud nicht gesehen hast?«

»Weil ich nicht will, dass er straffrei davonkommt. Er hat Baschar auf dem Gewissen. Selbst, wenn er nicht das Feuer gelegt hat.«

»Also gibst du es zu? Erzähle uns, wie es sich ereignet hat.«

Und so liegt es an Sara, ihre Sicht der Dinge darzustellen.

85. Sara: Rückblick - Der verhängnisvolle Sonntag

Sara balanciert auf den hinteren Küchenstuhlbeinen und blickt Bushra hinterher, die müde den Flur entlang trottet und in ihrem Zimmer verschwindet. Der Stuhl landet wieder auf allen vier Beinen und Sara steht auf, huscht zum Treppenabgang. Lautlos schwebt sie hinab und hält vor Baschars Zimmer, lauscht, dann öffnet sie einen Spalt, erblickt aber nicht den smarten Syrer, sondern Mahmoud, der neben dem Bett kniet und einen Koffer durchwühlt, als suche er darin nach Kokain. In Zeitlupe drückt Sara die Tür wieder ins Schloss und verschwindet hinter den Treppen. Viel länger hätte sie sich nicht Zeit lassen dürfen. Mahmoud dampft aus Baschars Zimmer. Wäre er nicht so gedankenverloren unterwegs, könnte er Sara womöglich erblicken, aber so stampft er einfach schnurstracks aus dem Haus. Einen Moment lang überlegt sie, ob sie ihm nachgehen soll, ihn aufhalten und fragen, mit welcher Berechtigung er Baschars Zimmer betritt und dessen Sachen durchwühlt.

Tatsächlich tragen ihre Füße sie vor das Heim. Der Asphalt ist trotz Abendschatten noch warm. Von Mahmoud ist nichts zu sehen. Vielleicht auch besser so. Sie will ihrem Sehsinn dieses

Gesicht gar nicht länger aussetzen als nötig. Viel mehr möchte sie zu Baschar und mit ihm eine Versöhnung anstreben. Die letzten Tage sind nicht optimal gelaufen. Seit der Zusage für die Dreharbeiten zum »Steirischen Funkenflug« hat man sich auseinandergelebt.

Sie betritt sein Zimmer. Mahmoud hat den Koffer wieder komplett unter das Bett geschoben. Aber sein präpotentes Aftershave liegt verräterisch in der Luft.

Den Koffer wieder hervorzuholen ist ganz schön mühsam. Was hat Mahmoud darin bloß gesucht?

Sie wühlt sich durch Baschars Kleidungsstücke. Nichts Ungewöhnliches. Erst in einem Seitenfach ertasten ihre Finger eine herausgerissene Notizblockseite. Kernölverschmiert. Eine ganze Reihe an Namen ehemaliger Heimbewohner, die man nur ganz selten im Haus antraf. Auf der Liste steht auch Mahmouds Name. Diese Liste hat er wohl gesucht und nicht gefunden. Sara steckt sie ein, schiebt den Koffer wieder unters Bett und setzt sich erschöpft aufs Bett. Sie öffnet die Lade des Nachtkästchens. Ein einziges Buch: »Eine kurze Geschichte über die primitivste Granate der Welt.«

Baschar behauptet doch, er lese so viel und habe deswegen keine Zeit. Wusste sie doch, dass er lügt. Das Schundheft hat keine 200 Seiten.

Sara lehnt sich gegen die Wand und blättert sich hindurch. Trockene Abhandlungen übers Bombenbasteln. Sie starrt über den Buchrand auf die andere Zimmerseite, an der Flaschen in drei nebeneinander stehenden Regalen gestapelt sind. Mindestens 20 Flaschen. Dafür hat Baschar Zeit? Fürs Lesen dämlicher Bücher und Fabrizieren eigenartiger Stellagen? Aber Sara und Bushra begleitet er nicht mehr zur Steinernen Wehr. So langsam wird sie zornig, welche Prioritäten ihr bester Freund setzt. Baschar hat nicht mehr alle Tassen im Schrank.

Sie hüpft vom Bett und geht auf die Regale zu.

»Du sollst merken, dass ich da war«, sagt sie und beginnt, die sechseckigen Kasteln abzubauen, stellt die Flaschen der Reihe nach nebeneinander wie Lemminge an die Fußleiste und türmt die Bretter auf dem Fleckerlteppich. Das befriedigt sie ungemein.

»Wer so viel Zeit hat, kann sich die Mühe ruhig ein weiteres Mal machen.«

Jetzt muss sie herzhaft lachen. Noch einmal tritt sie vors Heim. Vielleicht kann sie Mahmoud jetzt erspähen. Aber Fehlalarm. Niemand ist vorm Haus. Sie kübelt Baschars Drecks-Lektüre in den Altpapiercontainer und geht wieder ins Gebäude, steigt ganz leise die Treppen hoch. Verächtlich knurrt sie im Vorbeigehen gegen Mahmouds Zimmertür, hält aber in der Bewegung an.

»Ist Mahmoud schon wieder zurück?«

Das Geräusch kam eindeutig aus seinem Zimmer. Schon ist ihre Hand auf der Klinke und sie öffnet einen Spalt. Beißender Geruch schlägt ihr entgegen. Da kniet Baschar am Boden und stopft einen Wimpel in den Hals einer Weinflasche. Er ist so in seine Arbeit vertieft, dass er Sara nicht eintreten hört.

»Baschar!«

Vor Schreck lässt er beinahe die Flasche fallen. Er kommt aus der Hocke hoch und sieht Sara leichenblass an.

»Was zum Teufel machst du da, Baschar?«

»Tür zu«, keift er, zieht sie herein und drückt die Tür ins Schloss.

»Ich erteile Mahmoud eine Lektion.«

»Was hast du vor?«

»Ich sorge dafür, dass Mahmoud auszieht.«

»Was ist in dich gefahren? Drehst du völlig durch? Du liest zu viel Schundliteratur.«

»Mach dir keine Sorgen. Nur ein kleines Feuerchen.«

»Aber du kannst doch nicht einfach Feuer legen. Du kannst doch mit sowas gar nicht umgehen.«

»Natürlich kann ich das.«

»Auf der Steinernen Wehr bringst du nicht einmal ein Lagerfeuer zustande.«

»Das ist etwas ganz anderes. Ich habe mich ausreichend eingelesen. Sara, bring jetzt meinen Plan nicht völlig durcheinander.«

»Falls es dich interessiert - nebenan wohnen gleich Bushra und ich.«

»So weit kommt das Feuer gar nicht. Es geht nur darum, Mahmoud zu erschrecken. Er soll glauben, dass es die Nazis auf ihn abgesehen haben.«

»Das glaubt der doch niemals.«

»Er muss es mir nicht abkaufen. Aber Dad. Der wird Mahmoud vorsichtshalber verlegen. Und wir sind ihn los.«

»Wir werden mitverbrennen.«

»Ich verkohle nur das Bett. Mehr passiert nicht. Ich schlage sofort Alarm. Bevor mehr passiert, hat die Feuerwehr schon alles gelöscht. Ein kleiner Brand mit großer Wirkung.«

»Du Spinner, das klappt doch nie.«

»Wenn ich mir etwas vornehme, dann klappt das auch. Ich habe dich beim Steirischen Funkenflug reingebracht. Das hast du mir auch nicht zugetraut. Du hast zu mir gesagt, du wünschst dir, jemand legt Mahmoud das Handwerk.«

»Aber das hier ist Feuer. Das ist nicht dein Metier.«

Sie will ihm die Flasche aus der Hand nehmen, aber er zieht zurück.

»Wenn du schon so einen Irrsinn machst, dann lass dir wenigstens helfen.«

»Das musst du nicht. Ich habe schon Hilfe.«

»Von wem?«

»Geht dich nichts an.«

Er schiebt sie an der Schulter Richtung Tür.

»Hau ab. In ein paar Minuten wird es hier richtig laut. Aber denke daran: Dann sind wir Mahmoud los.«

»Wer hilft dir? Bushra?«

»Machst du Scherze?«

»Sie ist verknallt in dich. Sie würde alles für dich tun.«

»Dann solltest du dir an ihr ein Beispiel nehmen und mir auch den Wunsch erfüllen und endlich verduften. Sara, jede Minute, die du mich bei den Vorbereitungen störst, bringt den Zeitplan durcheinander. Ich muss das Ganze vor Mahmouds Rückkehr erledigt haben.«

»Er war vor einer halben Stunde noch im Haus.«

»Was?«

»Ich habe ihn gesehen. In deinem Zimmer. Als hättet ihr euch abgesprochen. Er kramt ein bisschen bei dir, dafür darfst du ein bisschen bei ihm.«

»Bist du dir sicher, dass du Mahmoud gesehen hast?«

»Bitte schön«, sagt sie und holt den zerknitterten Notizblockzettel hervor. »Er war auf der Suche nach dieser Liste. Hat sie aber nicht gefunden.«

Etwas verwirrt nimmt Baschar ihr den Zettel aus der Hand, faltet ihn zusammen und steckt ihn ein. Offenbar glaubt er ihr nun. »Dann muss ich mich beeilen. Los, Sara, haut ab.«

»Du wirst mich nur los, wenn du mir sagst, wer dir hilft!«

»Die hartnäckige Sara.«

»Also: Wer?«

»Kennst du nicht. Geh endlich!«

»Plötzlich so nervös?«

»Meine ehemalige Love Affair ist aufgetaucht. Bist du jetzt zufrieden? Und jetzt raus mit dir. Ich habe es eilig.«

»Ich habe Bauchweh bei dem Gedanken, dass du gleich mit diesem Ding hantierst.«

»Vertraue mir.«

»Deine Ex«, murmelt sie.

»Ja, sie wohnt zur Zeit bei deinem Fifi.«

»Was?«

Aber mitten im Wort schiebt er sie aus dem Zimmer. Die Tür ist zu. Wie in Trance wandert sie in ihren Raum. Von Bushra stehen nur die Haare am Kopfkissen hervor. Sie schläft unruhig, murmelt undeutliches Zeug.

Sara lehnt sich an die Wand, die ihr Zimmer mit Mahmouds verbindet. Langsam sinkt sie in die Knie, bis sie am Boden sitzt.

Gleich wird es losgehen. Sara will es nicht hören. Tief schiebt sie sich die Zeigefinger in die Ohren. In ihrer Vorstellung wärmt sich der Rücken an der Mauer. Die Bretter unter ihrem Po vibrieren. In ihrem Kopf ein einziges Rauschen. Dann hält sie es nicht mehr aus, sich komplett abzuschotten.

Schreie!

Und von einer Sekunden auf die nächste riecht sie Rauch.

Bushras Arme schlagen im Bett um sich. Die Decke rutscht zu ihren Hausschuhen und sie schrickt aus ihrem Alptraum hoch.

Sara beugt sich über ihre Freundin:

»Bushra! Steh auf! Das Haus brennt.«

86. Heinz Pöls: Raus aus dem Feldbett

Pöls hat die Augen geschlossen und lässt Saras Schilderungen wirken, während Azra ihn weiterhin durchknetet. Die Erzählungen passen gut zu den Informationen der Spurensicherung und zu seinen Annahmen. Er stellt sich das bildhaft vor: Baschar mit dem Molotow-Cocktail in der Hand in Mahmouds Zimmer. Jetzt war es kein Test mehr. Jetzt ging es darum, nichts falsch zu machen. Und Baschar machte so ziemlich alles falsch. Begonnen bei der Dosierung. Für den Ernstfall nahm er extra einen Schuss mehr Terpentin als bei den Proben. Die Brandbombe explodierte ihm noch in den Händen. Von der Stichflamme war er kurzzeitig blind. Er torkelte zum Bett, versuchte mit der Decke die Flammen zu ersticken, aber dabei fing der Stoff Feuer. Baschar bestieg das Fensterbrett, trat die Scheiben ein, damit es so aussehen sollte, als wäre die Flasche hereingeworfen worden. Er wollte über die Leiter absteigen, aber dieses verdammte Ding lehnte nicht wie vereinbart an der Hausmauer. Leyla hielt sich nicht an den Plan. Zum Springen war es zu hoch. Baschar hatte Angst, sich sämtliche Knochen beim Sprung aus dem ersten Stock zu brechen. Aber das Feuer rückte ihm immer näher. Er entschied sich dazu, die Flucht über den Hausflur anzutreten, sprang aber in seiner Tollpatschigkeit gegen das Bücherregal und knockte sich aus.

Pöls öffnet die Augen und muss sich erst einmal besinnen, wo er sich befindet. »Azra, du bist eine Wucht!«

Pöls kann aufrecht aus dem LKW steigen und fühlt sich nicht mehr wie in ein Mittelalterkorsett eingeklemmt.

»Optimale Bedingungen für eine Therapie sehen für mich anders aus, aber zumindest bist du diesmal die meiste Zeit still gelegen.«

»Was schulde ich dir für diese Spezial-Behandlung?«

»Ein edles Abendessen.«

Pöls blickt auf die Uhr. »Mit etwas Glück kriege ich einen Platz bei meinem Lieblingsitaliener.«

Pöls fischt sein Telefon aus der Tasche. Eigentlich, um beim Italiener anzurufen, aber just in diesem Moment legen die Oberkrainer los und ein Anruf kommt herein.

»Ein paar Kleinigkeiten gilt es noch mit meinen Kollegen abzustimmen«, sagt Pöls entschuldigend und dreht sich zur Seite. Ohne Brille kann er am Display nichts lesen.

»Bobo?«

»Spreche ich mit Herrn Heinz Pöls von der Grazer Mordkommission?«

Die Stimme ist so dünn, dass Pöls Mühe hat, sie zu verstehen.

»Wer spricht denn da?«

»Karin Schneeberger von der Kürbismanufaktur Schneeberger. Sie müssen meinem Mann dringend helfen. Er wird von einer Verrückten im Keller festgehalten.«

Im Hintergrund ist das Schreien des Heimleiters zu hören.

»Beeile dich Karin, Leyla wird ungeduldig!«

»Sie ist wahnsinnig, Inspektor, sie will meinen Mann foltern.«

Pöls rotiert um die eigene Achse.

»Wie lange brauchen wir nach Oberlupitscheni?«

»Heißt so dein Italiener?«

»Sag bloß, du kennst Oberlupitscheni nicht. Das liegt zwischen Seggauberg und Gamlitz.«

»Ich dachte, dein Lieblingsitaliener wäre in Graz.«

»Hast du Lust auf Kürbis?«

Pöls eilt auf den kleinen Fiat von Azra zu. Ungeduldig klopft er aufs Autodach.

»Wir legen einen kleinen Zwischenstopp ein, aber du musst aufs Gas drücken.«

87. Bushra: Bitte, einmal Krankenhaus

Der lockige Kameramann hat sein Equipment in den knalligen Jeep verfrachtet und gönnt sich eine selbstgedrehte Zigarette. Von Mahmoud ist nichts mehr zu sehen. Er hockt gut bewacht im Polizeibus am Ende der Forststraße. Marlene Bodenbauer steht beim Heck und diskutiert unermüdlich mit Bobo, der w.o. gibt. Woraufhin die TV-Lady dem Kameramann triumphierend den »Daumen hoch« zeigt. Der Lockenkopf saugt an seiner Zigarette, ehe er die Kamera wieder aus dem Wagen holt, sie schultert und auf seine Chefin zustapft.

Bobo kommt währenddessen Sara und Bushra entgegen.

»Ich habe psychologische Betreuung beantragt. Sie erwartet euch im Heim.«

»Brauche ich nicht. Ich will umgehend zu Fifi.«

»Es ist besser, wenn ihr euch schont. Ich lasse euch ins Heim zurückbringen.«

»Ich kann nicht zur Ruhe kommen, ehe ich nicht Fifi gesehen habe.«

»Ich werde sehen, was ich tun kann.«

Bushra ist fasziniert, wie ruhig der junge Polizist bleibt. Erst als er das Mobiltelefon am Ohr hat, wirkt er zunehmend nervöser. »Geh ran, Pöls, geh schon ran«, murmelt er und bewegt sich von den Mädchen weg.

Plötzlich klopft Sara Bushra auf die Schulter und verkündet schrill: »Wir haben ein Taxi.«

Sie steht neben dem Trainer. Der grinst breit. »Wenn ihr auf die Polizei wartet, seht ihr euren Weinbauern frühestens morgen Früh. Ich kann euch gleich zu ihm ins Krankenhaus bringen.«

88. Heinz Pöls: Am Weg zum Kürbisbauern

Azra jagt den kleinen Wagen über die Autobahn.

»Wir wären ein gutes Team«, sagt Pöls und genießt, wie die Landschaft frech an ihm vorüber fliegt.

»Ist das dein Handy?«, fragt sie und deutet auf seine ausgebeulte Hosentasche. Sein Fuß wippt zum volkstümlichen Klingelton mit. Er nickt und nimmt das Telefon zum Ohr.

»Bobo, habt ihr Mahmoud sicher abgeliefert?«

»Wir sind am Weg, Pöls, aber neben mir sitzt jemand, der eine große Bitte am Herzen hat.«

Dass dieser Polizist immer in Rätseln sprechen muss und nicht direkt mitteilen kann, um was es geht.

»Sag schon!«

Aber da ist nur ein Knistern in der Leitung und auf einmal die süßliche Stimme von Marlene Bodenbauer.

»Mein lieber Inspektor, unsere glorreiche Zusammenarbeit ist noch nicht ausgeschöpft. Ich habe eine geniale Idee. Unser charismatischer Kleinkrimineller möchte sich noch so vieles von der Seele reden.«

»Mahmoud? Hat er das gesagt?«

»Keiner meiner Interviewpartner kann sich im Vorfeld vorstellen, was sie mir im Gespräch alles offenbaren werden. Ich spüre so etwas, mein lieber Inspektor.«

»Liebe Marlene, die Sünden nimmt bei uns in der Steiermark der Pfarrer ab.«

»Du kannst einem Moslem nicht mit einem Pfarrer kommen.«

»Dann versuche dein Bestes. Meinen Sanktus hast du. Würdest du mir meinen Leibnitzer Kollegen wieder an den Apparat holen?«

Knistern.

»Ich bin dran, Pöls.«

»Ich fürchte, Leyla möchte uns in der Kürbismanufaktur des fürsorglichen Heimleiters auch noch etwas von der Seele plaudern. Ich habe schon eine Sondereinheit informiert und bin gerade selbst auf dem Weg dorthin.«

»Geht das denn mit deinem Rücken?«

»Meinem Rücken geht es blendend. Sobald Mahmoud wichtige Details von sich gibt, möchte ich darüber informiert werden.«

89. Bushra: Der Patient erwacht

»Vielen Dank!«

Sara springt als Erste aus dem Pickup, der quer zum LKH Südsteiermark hält. Sie wartet nicht auf Bushra und verschwindet gleich hinter der Schiebetür.

Bushra ist hundemüde, aber der penetrante Moschusgeruch verweigerte ihr ein Nickerchen auf der Herfahrt. Die Frischluft vor dem Krankenhaus tut gut. Hinter ihr gurgelt der Motor des verbeulten Monsters davon.

Sara ist längst außer Sichtweite. In der großen Eingangshalle kommt sich Bushra verloren vor. Am Empfangsschalter grübelt sie nach Fifis richtigem Nachnamen.

»Suche Schmollthaler.«

Mimiklos rollen die Pupillen der Krankenschwester hinter der Plexiglasscheibe nach unten. Sie studiert eine Liste.

»Franz oder Sepp Schmollthaler.«

»Franz.«

»Zweiter Stock, Abteilung C, Zimmer III. Die Besuchszeiten sind aber längst vorbei.«

Ohne ein Wort zu sagen, entfernt sich Bushra von dem Plexiglas. Sie irrt durch lange Flure. Patienten in Schlafröcken, Krankenschwestern und Ärzte kommen ihr entgegen. Niemand nimmt von ihr Notiz. In den zweiten Stock zu gelangen, erweist sich als die leichtere Übung. Schwieriger wird es, die richtige Abteilung ausfindig zu machen. Sie nimmt ihren Mut zusammen, wendet sich an eine Krankenschwester und fragt nach dem Weg.

»Da sind Sie komplett falsch. Es ist verwunderlich, dass Sie überhaupt hier reingekommen sind. Der Bereich ist normalerweise nur mit Code zugänglich.«

Die Dame schnippt mit den Fingern, als ein Pfleger mit einem leeren Krankenbett vorbeikommt.

»Lupo, führe dieses Fräulein in die Notaufnahme.«

Er nickt, schmunzelt Bushra zu und sagt zu ihr: »Spring aufs Bett, dann sind wir schneller.«

Kaum hat sie Platz genommen, gibt er richtig Gas. Die Krankenhausflure sind seine Rennstrecke.

»Das ist Zimmer III.«

Er wirft sie aus dem Bett, zwinkert ihr zu und dampft weiter. Blick nach links, nach rechts, dann wagt sie den Eintritt. Sara steht neben dem großen Bett. Fifi liegt wie eine Mumie verpackt darin. Vorsichtig nähert sich Bushra. Sie hat Angst, Blut sehen zu müssen. Fifi hat einen Turban am Kopf und von seinem nackten Oberkörper ist vor lauter Bandagen fast keine Haut sichtbar.

»Das ist meine liebe Zimmerkollegin Bushra«, sagt Sara und strahlt Bushra an.

»Es geht ihm gut.«

»Gut ist übertrieben«, krächzt er.

»Für das, dass zwei Mal auf dich geschossen wurde.«

»Mein Voda hat viele Talente. Schießen zählt zum Glück nicht dazu.«

»Dein Vater schießen?« Bushra ist entsetzt.

»Er wollte es nicht. Er war im Wahn. Wie geht es ihm?«

»Keine Ahnung«, sagt Sara und dreht sich Bushra zu. »Kannst du das herausfinden?«

»Ich? Wie soll machen?«

»Er ist in der Intensivstation«, sagt der Junior. »Einen Stock tiefer.«

Bushra wünscht sich den flotten Pfleger wieder an ihre Seite.

»Nur eine Stock tiefer«, murmelt Bushra verzweifelt. Sie erreicht zwar die Intensivstation, doch ohne Keylog lässt sich der große Zugang nicht passieren. Bushra schreckt zur Seite, als die Tür aufgeht und von drinnen mehrere Sanitäter gelaufen kommen. Ihre Arme voll mit Beatmungsgeräten. Sie sieht den Männern hinterher, dann aber wieder zum Zugang. Das Tor steht offen. Schnellen Schrittes huscht sie hindurch. Niemand, der sie aufhält. Zwischen all den Ärzten, Sanitätern und Pflegekräften fühlt sie sich deplatziert, dennoch scheint sie niemanden aufzufallen. Sie hat keine Ahnung, in welchem Raum der Senior untergebracht ist. Vor einer Tür steht ein Arzt, dem Türstock zugewandt.

»Könnten Sie mir helfen?« Bushra macht ein paar Schritte auf ihn zu, aber genau in dem Moment öffnet er die Tür und taucht in den Raum ein.

Diese Moschuswolke - als sie seitlich das Profil erblickt, ist ihr klar, dass der Trainer unter dem weißen Kittel steckt.

90. Heinz Pöls: Finale beim Kürbisbauern

Vor der Manufaktur Schneeberger begrüßen originelle Kürbis-Männchen die Besucher. Pöls hat aber keine Zeit für die fröhlichen Gesellen. Eine hagere Frau steht händeringend neben einem großen Kellertor. Ihrem Gesicht ist anzusehen, dass sie nicht mit so einem kleinen Auto gerechnet hat.

»Sind Sie der Inspektor?«, fragt sie zögerlich. Pöls nickt. Er könnte eine hilfreiche Hand fürs Aussteigen gebrauchen, aber die Hagere gafft ihn nur an.

»Sie ist da drinnen«, sagt sie und deutet auf ein altes, edles Holz-Flügeltor.

Hinter dem Fiat bremst sich eine Kolonne Polizeieinsatzfahrzeuge ein. Schwer bewaffnete Jungs strömen aus den Wagen und platzieren sich rund um den Hof. Ihr Oberbefehlshaber kommt neben Pöls zu stehen.

»Wir wären einsatzbereit, Kollege Pöls.«

Aber Frau Schneeberger fuchtelt: »Die Verrückte darf keine Polizei sehen, sonst tötet sie meinen Mann, das hat sie mir eindringlich mitgeteilt.«

»Wenn die Kidnapperin Leyla ist, wäre mir neu, dass sie deutsch spricht.«

»So viel Englisch verstehe ich noch: Police! Killing!«

Pöls grübelt.

»Was erwartet uns hinter dem Tor? Wie groß ist der Keller und wo befindet sich Leyla mit Ihrem Mann?«

»Sie hält meinen Mann ganz hinten im letzten Lager fest. Sie hat ihn pudelnackert ausgezogen und gefesselt.«

»Gibt es einen Hinterausgang?«

»Nein, das hier ist der einzige Zugang zu unserem Keller.«

Pöls deutet den Bewaffneten, vor dem Tor Stellung zu halten. Die Hagere dagegen bittet er, ihr den Weg zu weisen und Azra wünscht er sich unmittelbar an seine Seite.

»Ich glaube, ich brauche deine Dolmetscher-Qualitäten.«

»Ich habe Arabisch jahrelang nicht mehr praktiziert.«

»Ist doch wie Radfahren. Kann man‘s einmal, kann man‘s immer.«

»Ich konnte es aber noch nie wirklich gut.«

»Ich muss dir jetzt einfach vertrauen.«

Er winkt sie mit sich und folgt Frau Schneeberger, die soeben in den Keller eintaucht. Ein langer gewölbter Tunnel führt zu einer ganzen Batterie an Kellerlöchern. Die Tür zum Mittleren steht sperrangelweit offen. Schon aus der Distanz kann Pöls die sechseckigen Regale erkennen. Wie auf Schneebergers Firmenlogo. Wie in Baschars Zimmer. Leyla tritt aus dem Lager und verhindert ein Vordringen des Inspektors zum Heimleiter, von dem am Boden bloß die dürren, behaarten, nackten Beine zu sehen sind. In einer Hand hält Leyla ein gekrümmtes Gärtner-Messer, in der anderen die Rechnung, die Pöls heute Morgen von seinem Hawara bekam. Und ihr Gesicht ist grün verschmiert, als hätte sie in Kernöl gebadet.

Ruhig spricht der Inspektor in Leylas Richtung, adressiert aber seine Therapeutin.

»Du wirst sie ohne Hektik fragen, warum sie den Heimleiter festhält und was sie von ihm will.«

»Ich hoffe, ich verwechsel keine Vokabeln.«

»Das hoffe ich auch.«

Und siehe da: Das Mädchen beginnt zu erzählen.

91. Leyla: Rückblick - Kontakt mit Baschar

Leyla hockt in der dichten Blumenwiese, die Fifi Schmollthaler zwischen den Rieden wuchern lässt. Der Alte findet sie trotzdem. An seinen wilden Gesten versteht sie, was er ihr wohl sagen will.

»Da treibst dich rum. Nicht, dass ich dich wieder irgendwo ohnmächtig rumliegen sehe. Los, auf mit dir.« Er presst ihr ein Schmalzbrot in eine Hand, die Sichel in die andere. »Essen und dann arbeiten. Damit wir von dir irgendeinen Nutzen haben.«

Der Alte stapft wieder davon. Sie setzt sich wieder in die Wiese und hört Fifis Singen näher rücken. Er komponiert wohl wieder ein neues Lied. Auch, wenn sie den Text nicht versteht, klingt die Melodie voller Melancholie und Sehnsucht.

Dann ist da dieses Kichern. Aus der anderen Richtung.

Leyla blickt auf und sieht ein Mädchen. Ein verdammt hübsches Mädchen. Im Schutz der Weinrieden schleicht sie sich an Fifi an. Und plötzlich glaubt sie zu träumen - hinter der Hübschen taucht Baschar auf, ihr Lebensmensch aus Idlib, mit dem sie ein paar Jahre sogar zusammen war, bevor es sich herausstellte, dass sie als platonische Freunde füreinander bestimmt sind.

Sie lässt ihn nicht mehr aus dem Blick. Verfolgt ihn bis zum Flüchtlingsheim am Seggauberg und findet heraus, hinter welchem Fenster er zuhause ist.

»Ich kann mich an nichts mehr erinnern«, gesteht sie ihm, nachdem sie ihn zur kleinen Mühle entführt hat. Sie überreicht ihm das Silberkettchen und eine winzige Pille. Zuerst betrachtet er den Schmuck, dann das kleine Ding.

»Was ist das?«

»Keine Ahnung. Habe ich mir aus dem Nacken geschnitten, weil es so fürchterlich gebrannt hat und ich die Narbe gefühlt habe.«

»Wer hat dir das implantiert?«, sagt er und streicht ihr über die Wunde.

»Ich weiß es nicht. Meine Erinnerung ist wie weggeblasen. Ich sehe mich nur noch an der Grenze stehen. Da ist dieses kleine, hilflose Mädchen, das ihre Hände nach mir ausgestreckt hat. Sie haben sie einfach in diesen blauen Lieferwagen verfrachtet. Dann ist alles dunkel.«

»Wie bist du zum Schmollthaler gekommen?«

»Ich weiß es nicht. Es ist wie eine völlige Leere. Es blitzen immer nur dieselben Bilder auf. Ein teuflisches Gesicht, ein eigenartiges Mosaik, eine unendliche Schleife.« Die Tränen übermannen sie.

»Bevor ich zu den Lieferwagen gegangen bin, hat mir die Ärztin im Diabeteszentrum noch gesagt, ich müsse mich vor falschen Polizisten in Acht nehmen. Ich habe so schrecklich Angst, dass ich noch nicht in Sicherheit bin.«

Baschar steckt den Chip ein und drückt das Mädchen an sich.

»Ich werde dir helfen, Leyla. Mach dir keine Sorgen. Alles wird gut.«

92. Leyla: Rückblick - Baschars Idee

Manchmal übernachtet sie bei Baschar im Heim. Sie fühlt sich unwohl in diesem Gebäude, unwohl, abseits des Schmollthaler-Guts. So sehr sie Baschar schätzt, er ist kein Beschützertyp. Fifi strahlt da wesentlich mehr Sicherheit aus.

Leyla will nicht, dass irgendjemand sie am Seggauberg sieht. Aber eines Tages entdeckt sie der Heimleiter und besteht auf ein Klärungsgespräch.

Baschar hat die Idee, den Heimleiter ein Märchen aufzutischen.

Nach einem Termin beim Heimleiter kommt Baschar euphorisch ins Zimmer.

»Dad hatte gerade eine prima Idee. Du sollst die Bilder, die dir durch den Kopf jagen, aufzeichnen.«

»Ich kann nicht zeichnen.«

»Du musst es probieren.«

»Glaubst du, das habe ich nicht schon hundertmal versucht? Es sind Sechsecke. Verdammte Sechsecke. Ich kann sie x-mal aufzeichnen, macht es bei mir nicht Klick.«

»Vielleicht musst du es exakt so nachstellen, wie du es in dir trägst.«

»Wie soll das gehen?«

»Keine Ahnung, aber du kannst mein Zimmer gerne als Werkstatt benutzen.«

93. Leyla: Rückblick - Begegnung der sonderbaren Art

Baschar besorgt elektrische Fahrräder, mit denen Leyla und er bequem zwischen Seggauberg und Kitzeck pendeln können.

Der alte Schmollthaler hat von Baschars Besuch Wind bekommen und versucht zunehmend, Leylas Ausflüge zu unterbinden. Seit sie einmal in der Fremde übernachtet hat, ist der Senior im Umgang mit ihr ruppiger. Sie hat Angst, dass ihm der Geduldsfaden reißen könnte und er sie der Polizei meldet. Daher will sie spätestens am Abend immer am Hof erscheinen.

Es dämmert bereits, als sie sich vom Flüchtlingsheim auf den Weg macht.

Das knallrote Sonnenlicht blinzelt wie feurige Augen durch die Äste. Leyla strampelt in die Pedale. Der E-Motor gibt auf. Sie steigt ab, um ihren Puls zu beruhigen, lehnt sich an die Lenkstange und blickt in die Ferne.

Aus einem Blechgehäuse strahlen sie tausend grüne Scheinwerfer an. Wie elektrisiert fährt sie in die Höhe.

Dieses Bild hat sie schon einmal gesehen. Sie kneift die Augen zusammen. Sofort hat sie diese Sechsecke vor ihrem imaginären Auge. Und in diesen Sechsecken diese grünen strahlenden Kreise.

Sie wirft das Rad zu Boden und schleicht sich an den Blechkasten heran. Baum für Baum. Der gesamte Kasten leuchtet wie ein Schaufenster. Aber die runden Strahler erlöschen, je näher sie kommt und je weniger Sonnenlicht reflektiert. Es sind keine Lampen. Als sie direkt vor dem Automaten steht, entpuppen sich die Kreise als Flaschenböden. Verstört tastet Leyla den Kasten ab. Um die Flaschen aus der Box zu bekommen, muss man Geld einwerfen. Sie besitzt keine einzige Münze. Ein Stein tut es auch - drei, viermal gegen die Scheibe gedonnert, geht das Glas zu Bruch. Leyla schnappt sich so viele Flaschen, wie sie tragen kann.

»Dreckspack!«, schreit ein Mann mit Lodenhut, der mit Mistgabel über die Straße gelaufen kommt.

Leyla flüchtet zu ihrem Rad. Auf dem Weg dorthin entgleiten ihr zwei Flaschen. Mit einer einzigen gelingt ihr die Flucht.

94. Leyla: Rückblick - Erste Erinnerungen

Zwei Wochen später. Leyla hat aus Baschars Kleiderschrank alle Bretter herausgerissen und die Wäsche einfach in einen großen Koffer verfrachtet, den sie unters Bett schiebt. Neben dem Schrank stehen dicht gedrängt mehrere Kernölflaschen. Leyla plagt sich, die Bretter zu Sechsecken zusammenzusetzen. Genau da platzt Baschar in die Bastelstunde. Zornig schüttelt er seinen Pullover aus, in dem er Jetons für den Kernölautomaten gesammelt hat. Die Plastikmünzen purzeln auf die Bettdecke.

»Bereust du schon, dass du mir dein Zimmer als Werkstatt zur Verfügung gestellt hast?«

»Nein, hat nichts mit dir zu tun. Aber ich bin wieder einmal dem Hausidioten in die Arme gelaufen. Eines Tages werde ich den Kerl umbringen. Er demütigt mich ständig vor den Heimbewohnerinnen.«

Baschar stützt sich am Fensterbrett ab und blickt durch die Gitterstäbe.

»Er soll nur seine blöden Joggingrunden drehen. Ich wünsche ihm, dass er eine Wurzel übersieht.«

Leyla wird blass - sie schließt die Augen. Aber egal, ob offen oder geschlossen, sie sieht dieses teuflische Gesicht vor sich. Ihr wird schwindelig und Baschar muss sie stützen. Er führt sie ans Bett.

»Mist, haben wir den Blutzucker übersehen?«

»Nein, das hat nichts damit zu tun.« Zum Schwindel gesellt sich Übelkeit. Sie muss sich hinlegen.

»Das Gesicht, das teuflische Gesicht. Er ist es.«

»Mahmoud?«

»Ich bin mir ganz sicher.«

»Aber was hat er damit zu tun?«

»Ich weiß es nicht, aber er hat etwas Schreckliches mit mir gemacht.«

»Glaubst du, dass er…« Baschar öffnet die Nachttischlade und blickt auf die kleine Pille, die Leyla sich aus dem Nacken geschnitten hat.

Leyla braucht Wasser. Sie hat unglaublichen Durst. Und mit einem Mal hat sie das Gefühl, sie befände sich in einem engen Schlurf. Sie schließt die Augen. In ihrem Kopf erklingt das Röhren von Motoren. Sie bildet sich den Gestank von Diesel ein und glaubt, in einem Lieferwagen eingesperrt zu sein. Ihre Schultern stoßen an andere, heiße Körper. Wimmernde Frauen. Gesäuselte Gebete in der Luft.

»Wasser«, brüllt sie, streckt ihre Arme aus und schlägt Baschar beinahe das Glas aus der Hand, das er besorgt hat.

»Trink, Leyla.« Er bettet ihren Kopf in seinen Schoß und streicht ihr über die Haare. Als der Schüttelfrost nachlässt und sie wieder ruhig atmen kann, breitet er eine Liste vor ihr aus.

»Das habe ich aus Dads Büro gestohlen. Das sind alle Mitglieder dieses kranken Clubs. Wir werden sie auslöschen.«

Leyla rupft ihm den Zettel aus der Hand, packt einen Stift und verwandelt die Ringerl hinter den Namen mit aggressiven

Schwüngen in liegende Achter, ehe sie das Papier verächtlich zu Boden flattern lässt.

95. Leyla: Rückblick - Eine Woche später

Das Kunstwerk ist fertig. Leyla blickt auf drei sechseckige Regale. Gefüllt mit Kernölflaschen.

Sie setzt sich aufs Bett und starrt auf das Kunstwerk. So lange, als wolle sie sich mit den Flaschenböden hypnotisieren.

Aber plötzlich riecht sie den erdigen Boden, sieht sich, wie sie in diesem fremden Keller erwacht. Allein.

Jeder Knochen tut weh, als hätte sie eine Walze überrollt und ihr Nacken brennt wie mit Brennnesseln eingerieben. Zum Schreien fehlt die Kraft. Die Zunge klebt am Gaumen. Sie hat unendlichen Durst und keine Ahnung, wie lange sie schon hier unten liegt. Der Raum ist nicht größer als sechs Quadratmeter. Spärliches Licht dringt über schmale Lüftungsschlitze herein. Im Lichtschein krabbelt ein Weberknecht. Leyla verfolgt seinen Weg über bröckelnden Verputz. Die Spinne klettert auf ein wabenförmiges Gerüst, das mit der Dunkelheit verschmilzt. Genauso wie der Weberknecht.

Leyla robbt auf das Gerüst zu, ertastet eckige Regale, in denen Flaschen gelagert sind. Sie zieht die erstbeste Flasche hervor. Aus dem Gleichgewicht geratene Glasflaschen scheppern, bis sie in ihren neuen Positionen wieder verharren. Mit zittrigen Fingern öffnet sie die Flasche und führt sie an ihre Lippen. Gierig saugt sie, spuckt das Zeug aber wieder aus, als sich der Geschmack intensiv entfaltet - ein schmieriges Öl mit extrem nussiger Note. Ohne sie zu verschließen, will sie die Flasche blind in die Stellage zurückschieben, aber durch das Nachrollen der anderen Flaschen findet sie nicht das passende Loch. Sie tastet die Regale mit ihren Fingern ab. Mit einem Mal gibt es ein lautes Klack und hinter dem Regal ist ein Spalt, der Kunstlicht eindringen lässt.

Leyla starrt in einen langen Tunnel, dann blickt sie an ihrem Körper herab. Sie trägt einen alten Leinenkittel. Über die gesamte Brust hat sich das Öl ergossen und färbt den weißen Leinenstoff giftig grün. Jetzt sieht sie, dass nahezu die gesamte Wand mit drei sechsseitigen Regalen ausgekleidet ist. Aus jedem Mosaik strahlen die Flaschenböden wie grüne Scheinwerfer hervor.

Langsam erhebt sich die Gefangene und betritt den beleuchteten Tunnel. Gitterummantelte Kellerlampen an der gewölbten Steindecke. Am Ende befindet sich ein großes Tor. Offen!

Ihre Fußsohlen brennen. Die Schuhe hat man ihr genommen.

Vor dem Tor hält sie inne. Frische Luft weht ihr entgegen. Nur der Mond bricht die Finsternis und skizziert einen Wald zur linken und ein sternförmiges Windrad zur rechten Seite.

Obwohl sie niemanden sieht, könnte sie schwören, dass sie nicht allein ist. Zwischen den Ästen, den Büschen, dem Waldrand. Überall vermutet sie hungrige Augen. Als würden Wölfe auf sie lauern. Ein Busch erwacht zum Leben und kommt auf sie zu. Und dann erkennt sie den Lauf eines Gewehres. Sieht das Weiß der Augen. Leyla sprintet los. So schnell sie kann in den Wald hinein. Der nussige Geschmack des Öls noch immer auf ihrer Zunge.

96. Leyla: Rückblick - Rache

Leyla hockt hinter dem historischen Holzfass, als Frau Schmollthaler in den Weinkeller kommt und Baschar hereinführt.

»Er will unbedingt zu euch.«

»Wir haben keine Zeit«, plärrt der Senior ihr entgegen. »Wir müssen die Weinproben nehmen und um Zwei haben wir diesen Interviewtermin für die Regionalzeitung.«

»Es ist auch nur ganz kurz«, sagt Baschar und tritt näher heran.

»Ich suche einen Weinkeller, in dem Wein und Kernöl in sechseckigen Regalen gelagert werden.«

»Siehst du bei uns sechseckige Regale?«

»Ich behaupte ja auch nicht, dass es euer Keller ist. Als kleines Gegengeschäft verrate ich euch, wie eure Sklavin mit richtigem Namen heißt.«

»Sklavin? Ich glaube, ich hör wohl nicht recht.«

»Leyla. Sie heißt Leyla und sie ist meine Ex-Freundin.«

Fifi fängt Baschar am Unterarm ab.

»Bring uns so kurz vor den Dreharbeiten keinen Wirbel in die Hütte. Setz dich, trink einen Wein und hau wieder ab.«

Später, als Leyla und Baschar sich bei der kleinen Mühle treffen, fällt ihr erst auf, dass Baschar mit Krücken humpelt.

»War das Fifi?«

»Nein, Mahmoud hat gecheckt, dass ich die Teilnehmerliste entdeckt habe und als er die liegenden Achter sah, ist er ausgezuckt. Er weiß, dass ich ihm auf den Fersen bin. Ich kann es ihm ansehen.«

Als sich Leyla zu ihm setzen will, glaubt sie, er schiebt ihr einen Polster unter den Hintern, aber es ist ein dünnes Büchlein.

»Habe ich bei deinem süßen Bauern entdeckt.«

»Was ist das? Ich kann kein Deutsch.«

»Aber das Cover spricht für sich selbst.«

»Bomben?«

»Damit lernt man, wie man einen Molotow-Cocktail zusammensetzt.«

»Wozu?«

»Um Mahmoud zu zeigen, dass wir es ernst meinen. Wir knöpfen uns alle von der Liste vor. Wir räuchern diesen Clan aus.«

»Du willst ihn umbringen?«

»Nein, wir legen das Feuer und rufen die Feuerwehr. Wenn er schlau ist, erkennt er das Warnsignal.«

97. Leyla: Rückblick - Der Plan

Leyla und Baschar treffen sich bei dem kleinen Winzerhäuschen. Über die Tage hat Leyla alle wichtigen Utensilien zusammengestellt, die es für die kleine Feuer-Drohung bedarf: Terpentin, Weinflasche, syrischen Wimpel, Streichhölzer.

Sie hätte mit einem freudigen Gesicht gerechnet, aber Baschar wirkt deprimiert.

»Ich habe zwei Linke. Ich kann zwar die Bomben bauen, treffe aber nicht einmal auf wenige Meter in mein eigenes Zimmer.«

Baschar lässt sich frustriert auf einen Stuhl fallen.

»Mahmoud hätte mich beinahe erwischt.«

Er stützt die Ellbogen am Tisch ab und wühlt in seinen Haaren. Leyla versucht ihn zu beruhigen, da platzt es aus ihm hervor.

»Ich konnte nicht anders. Ich musste ihm erzählen, was ich weiß.«

»Du hast ihm aber nichts von mir erzählt.«

»Doch.«

»Baschar!«

»Er will dich sehen.«

»Niemals.«

»Keine Sorge, das habe ich ihm klar gemacht.«

»Was hast du ihm gesagt?«

»Ich habe meine Krücken sprechen lassen.«

»Nun weiß er, dass ich in seiner Nähe bin.«

Jetzt ist es Baschar, der Leyla beruhigen muss.

»Wir schaffen das. Morgen ist Mahmoud bei seinem Training. Da stecken wir seine Bude in Brand.«

»Aber wenn du nicht triffst?«

»Ich lege das Feuer direkt in seinem Zimmer.«

»Das ist zu gefährlich.«

»Ich werfe die Flasche und seile mich ab.«

»Wenn du dich dabei genauso geschickt anstellst wie beim Flaschenwurf?«

»Traust du mir das nicht zu?«

»Du hast Schmerzen in den Beinen. Abseilen ist zu riskant. Wir machen das anders.«

Sie zieht Baschar am Shirt und führt ihn vor die Designerhütte. An der Dachschräge klemmt eine große Aluminiumleiter.

»Sobald ich von unten sehe, dass es brennt, stelle ich dieses Monstrum an die Hausmauer und du kannst bequem absteigen.«

»Wir haben doch ausgemacht, dass du nicht mehr in die Nähe des Heimes gehst.«

»Du hast gesagt, Mahmoud ist beim Training. Dann wird er mich auch nicht in die Finger kriegen.«

»Und wie willst du dieses Monstrum zum Heim befördern?«

Baschar hat schon Probleme damit, die Leiter aus der Verankerung zu lösen, ohne sich die Finger einzuklemmen.

»Mach dir darüber keine Sorgen. Du kümmerst dich um das Feuer. Ich um deinen Fluchtweg.«

98. Leyla: Rückblick - Dieser verdammte Sonntagabend

Leyla stellt die Leiter ab und legt das Ding quer gegen die Bäume. Drei Baumstämme sind als Stütze notwendig.

Leyla lauscht in den Wald. Zum Waldrand und dem Flüchtlingsheim sind es einige Meter. Viel näher wagt sie sich noch nicht heran. Zu groß die Furcht, Mahmoud könnte doch in der Nähe sein.

Bis Baschar das Feuer legt, dauert es noch eine Weile. Die Zeit nutzt sie, um in sich zu gehen. Sie lehnt gegen eine dicke Eiche. Mit Rums fällt die Leiter um. Als sie aufblickt, kann sie es kaum fassen: das teuflische Gesicht!

Mahmoud stürmt sofort auf sie zu.

»Bleib stehen.«

Niemals! Die Kollision der Aluminiumstreben mit den Schienbeinen lässt ihn humpeln, dennoch ist er schneller, als es Leyla lieb wäre.

»So warte doch, ich will dir nichts tun.«

Leyla taucht durch die Äste hindurch. Ihm peitschen sie voll ins Gesicht, trotzdem hält ihn das nicht auf. Seine Pranken schnappen nach ihr. Und dann ist da diese dumme Wurzel. Leyla stolpert und räumt mit ihrem Körper alle Pilze ab, die ihr in die Quere kommen. Vor lauter Konzentration auf das Mädchen übersieht Mahmoud dieselbe Wurzel. Er ist schneller wieder auf den Beinen. Jetzt fasst er ihre Schultern und schleudert sie zu Boden.

»Sieh mir ins Gesicht!«, befiehlt er, doch sie verschließt die Augen.

»Ich habe dir die Flucht ermöglicht. Ich hätte dich ohne weiteres töten können, habe es aber nicht getan.«

So gut es geht, versucht sie sich zu wehren, aber er ist einfach zu schwer. Und dann sieht sie das Kettchen in seiner Hand, das er ihr vors Gesicht hält.

»Gehört das nicht dir?«

Sie will es ihm aus der Hand reißen, genau in dem Moment grölt ein Fremder und ein Hund bellt nah an ihrem Ohr.

So schlägt ihre Hand bloß gegen sein Wrist und das Kettchen fällt auf den Waldboden.

Mahmoud steigt von ihr ab und dreht sich dem Fremden zu. Erst jetzt erkennt Leyla den Rottweiler mit rot blinkendem Halsband um den massiven Schädel. Wie ein Killer schnappt das Tier nach Mahmouds Oberschenkel. Schreiend stürzt der Mann auf den Hintern. Leyla versucht die Gunst der Stunde zu nutzen, ihre Flucht zum Motorrad wird vom Hund gestoppt, der jetzt ihren Schenkel mit einem Knochen verwechselt.

Schreiend küsst auch sie den Waldboden. Der Hundebesitzer ist selbst zu Fall gekommen, als ihm der Hund entkam. Wie ein Käfer krabbelt er über die Wurzeln und bemüht sich, den Griff der Leine zu erfassen. Kaum hat er sie, spannt er sie straff - mit dem Effekt, dass der Rottweiler das eigene Herrchen attackiert.

Was für ein Schreikonzert. Alle Drei winden sich am Boden - Mahmoud, Leyla und der Fremde. Luft-Radelnd strampeln alle Beine nach der geifernden Schnauze. Der eine oder andere Tritt sitzt. Bald wird es dem Hund zu viel und er springt über ein paar Wurzeln davon. Mahmoud kommt als Erster auf die Beine und macht sich daran, Leyla wieder zu schnappen. Da wird er vom Fremden angesprungen. Die beiden Männer rollen ineinander verkeilt über den abfallenden Hang. Mahmoud stößt gegen einen Baumstumpf. Der Fremde springt erschrocken vom bewusstlosen Körper.

Leyla ertastet das kleinere Stück des Kettchens. Eilig blickt sie, ob sie auch den anderen Teil findet, doch dann sieht sie der Fremde an und sie entscheidet sich, zur Motocross-Maschine zu humpeln. Nichts wie raus aus dem Wald. Kein Gedanke mehr an die Leiter. Sie fährt zum Winzerhäuschen, versteckt die Maschine hinter der Bar, quält sich über den steilen Weingarten zum Hof und nimmt sich die Bisswunde vor.

99. Heinz Pöls: Im Keller des Kürbisbauern

Pöls ist fasziniert, wie Azra und Leyla miteinander kommunizieren. Er hat ein gutes Gefühl. Der Griff des Mädchens um das Messer entspannt sich.

Der Inspektor hofft nur, dass die ständigen Piepsgeräusche seines Smartphones die Stimmung nicht kippen lassen, aber Bobo sendet unentwegt neue Offenbarungen von Mahmoud.

Ganz heimlich schielt er zu den Nachrichten, um zu erfahren, was Marlene Bodenbauer aus dem Libanesen herauskitzeln konnte.

100. Mahmoud: Rückblick - Der Tag der Prüfung

Heute ist Mahmouds großer Tag. Die Abschlussprüfung steht an. Man hat ihm bisher nicht verraten können, wie dieser Test aussehen wird. Er sitzt fein gekleidet wie ein Firmling in der Gaststube des Zollwirts und wartet. Plötzlich kracht der Trainer bei der Tür herein und überreicht Mahmoud ein Kleiderpaket.

»Zieh das an und dann komm mit nach draußen.«

Eine Tarnuniform. Sie passt wie angegossen.

Als er damit in der Dämmerung am Parkplatz erscheint, sitzt bereits ein weiterer Mann im Pickup.

»Darf ich dir vorstellen? Malek Suliman. Mann der ersten Stunde bei uns. Er war der erste, der dieses Spezialprogramm absolvierte. Ich würde dir ja auch gerne alle anderen vorstellen, aber die sind bei ihren Arbeitgebern schwer beschäftigt.«

Malek lacht, als hätte der Trainer einen Scherz gemacht.

Mahmoud muss auf der Rückbank Platz nehmen. Zur Grenze sind es keine zehn Minuten. Der Pickup stoppt wenige Meter vom slowenischem Staatsgebiet entfernt.

Sonnleitner blickt auf die Uhr. Die Dämmerung ist vorangeschritten. Ein großgewachsener Mann mit dichtem Walrossbart kommt an den Pickup heran, reicht eine Liste und einen rostroten Rucksack beim Seitenfenster herein. Er spricht mit Akzent.

»Die Fuhr trifft in dreißig Minuten ein.«

Der Mann blickt in die Fahrerkabine und schmunzelt, als er Mahmoud auf der Rückbank registriert.

»Ich habe dir ein bildhübsches Mädchen ausgesucht.« Dann zwinkert er dem Trainer zu. »Sie ist die Lieblings-Klientin deiner Maria.« Der Mund unter dem Walrossbart grinst breit.

Der Mann dreht wieder ab.

Sonnleitner öffnet den Rucksack und blickt vorsichtig hinein - als könne eine Giftschlange zum Vorschein kommen. Nach und nach holt er Sachen hervor, die er kurz beäugt und dann nach hinten zu Mahmoud wirft: Eine Frauenbluse, einen Seidenschal, eine abgenutzte Armbanduhr, Messgeräte für Diabetiker, gebrauchte und originalverpackte Tablettenschachteln, ein paar syrische Lira, zusammengefaltete syrische Pfund.

Nach dem großen Beutel nimmt sich der Trainer die vorderen Fächer des Rucksacks vor: Ein schmales Taschenmesser, ein Feuerzeug, Taschentücher. Eines davon benutzt und zusammengeknüllt. Mahmoud beobachtet, dass Sonnleitner es schon wegwerfen möchte, aber dann schlängelt sich wie ein kleiner flinker Wurm ein silbernes Kettchen hervor. Ein Strahlen zaubert sich auf des Trainers Gesicht.

»Ich bin immer wieder fasziniert, wie einfach es funktioniert.«

Er küsst das Kettchen und nimmt das Telefon zum Ohr.

»Ich brauche einen negativen Asyl-Bescheid für Leyla Saleh. Bei der Begründung hast du freie Hand. Wie wäre es mit gewaltsamen Aufbegehrens? Sollte morgen bei mir am Schreibtisch liegen. Um den Rest kümmern sich meine Männer.«

Sonnleitner steckt das Handy weg, beugt sich zwischen den Vordersitzen zu Mahmoud zurück und überreicht ihm das Kettchen. »Ich habe dieses Schmuckstück selbst geschmiedet. Hiermit übergebe ich es dem Prüfling für seine Mission.«

Mittlerweile ist es finster. Grelle Scheinwerfer gleiten über die Grenze. Ein weißer Lieferwagen bleibt unweit des Pickups stehen. Der Mann mit dem Walrossschnauzbart gibt aus der Distanz das »OK«-Zeichen.

Der Trainer entnimmt dem Handschuhfach eine kleine Box und öffnet sie vor Mahmouds Augen. Zum Vorschein kommen ein Skalpell und ein syrischer Tischwimpel.

»Ich nenne die Prüfung gerne ›Capture the flag‹. Deinem Zielobjekt wird ein blauer Chip eingesetzt. Du kriegst diesen Wimpel, versehen mit einem roten Chip. Deine Aufgabe ist es, mir den blauen Chip auszuhändigen und die Fahne am Fundort zu hinterlegen.«

Der Trainer lenkt den Pickup vom Parkplatz, denn der weiße Lieferwagen setzt sich in Bewegung. Es geht hinab von der Autobahn, über eine kleine Brücke über die Mur und entlang eines Feldweges gen Westen.

»Polizei und Bundesheer spielen mit?«

»Die bekommen lediglich durchlöcherte Zielscheiben aus seinem Schießstand präsentiert.«

Zehn Minuten später stoppt der Wagen vor einer Kürbismanufaktur.

Ein dicker Mann steigt aus dem weißen Lieferwagen.

»Die wäre mir beinahe krepiert. Hatte eine hyperglykämische Entgleisung. Ich habe sie wieder aufgepäppelt.«

Gemeinsam mit Malek trägt der Dicke das Mädchen in den Keller.

»Ich unterziehe dein Zielobjekt jetzt einer kleinen, feinen Operation«, sagt der Trainer. »Danach beginnt deine Mission, mein Junge.«

101. Mahmoud: Rückblick - Die Jagd

Aufmunterndes Schulterklopfen. »Ich begleite dich bis zum Klapotetz«, sagt Malek. »Von da an bist du auf dich alleine gestellt.«

Es dauert keine Stunde, bis die Zielperson vor dem Keller erscheint. Wachsame Augen wie ein Luchs. Mahmoud hat das Gefühl, sie starrt ihn direkt an. Aber mit seinem beschmierten Gesicht und der Tarnuniform kann sie ihn in der stockdunklen Nacht unmöglich sehen. Zum Grübeln bleibt keine Zeit. Das Mädchen läuft los. Er muss beinahe einen Schritt zur Seite hechten, damit sie ihn nicht rammt. Sie ist erstaunlich schnell und braucht keinen Vorsprung. Mit einem konzentrierten Schuss könnte er sie erledigen. Im Sucher führt Mahmoud die Frau ins Fadenkreuz. Statt abzudrücken, schultert er die Waffe und jagt ihr hinterher.

»Schneller!«, hört er Malek. »Mach uns keine Schande, Libanese.«

Mahmoud muss vermeiden, dass der Trainer eingreift, weil er das Gefühl hat, er wäre der Aufgabe nicht gewachsen. Daher legt er an Tempo zu. Dem Zielobjekt geht die Kraft aus. Sie wird spürbar langsamer. Der Vorsprung schwindet. Noch vor der Bergkuppe gerät sie in Griffweite. Mahmoud packt zu. Zusammen stürzen sie auf die Erde. Er weiß, dass er von Malek und Sonnleitner beobachtet wird.

»Wehr dich nicht«, fleht er das Mädchen an, aber die strampelt wie verrückt. »Ich tu dir nichts, aber dazu musst du kooperieren.«

Als rede er russisch, tritt und schlägt sie weiter, trifft ihn mehr als ihm lieb ist und macht ihn wirklich wütend. Er fängt ihre Arme und presst sie gegen die Erde.

»Sieh zu, dass du abhaust.« Mahmoud legt sich auf sie drauf. Das ist zwar alles andere als gentleman-like, aber nur so vollbringt er es, mit einer Hand das Kettchen aus seiner Hosentasche hervorzukramen. Weil es demoliert ist, kann er es ihr nicht umhängen. Stattdessen presst er es ihr in ihre Hand und schließt sie zur Faust.

»Mit diesem Schmuckstück werden in Syrien Sonnleitners Opfer ausgewählt. Er zahlt dafür horrende Summen. Er kauft sich menschliche Spielfiguren für sein krankes Spiel. Nimm es mit, damit es nie wieder unschuldigen Opfern umgehängt werden kann.«

Er rollt sich von ihrem Körper und lässt sie flüchten.

102. Mahmoud: Rückblick - Wiedersehensfreude

Seit Baschar Mahmoud verraten hat, dass sich Leyla bei ihm gemeldet hat und er alles wisse, geht ihm ein Gedanke nicht mehr aus dem Kopf: Er muss dieses Mädchen finden. Sofort!

Das Spezialtraining steht an und Mahmoud muss dafür sorgen, dass ihn der Trainer wieder zurückbringt. Denn jede

Minute ist jetzt wichtig. Sonnleitner parkt den Pickup vorm Flüchtlingsheim.

»In fünf Minuten bist du wieder zurück«, gibt er Mahmoud mit auf den Weg. Der ist schon unterwegs zum Eingang. Statt hoch in den ersten Stock bleibt er im Erdgeschoss und betritt Baschars Raum - ohne zu klopfen.

Zu gerne hätte er den kleinen Wicht überrascht, aber Baschar ist gar nicht hier. Auch gut, so hat Mahmoud Zeit, sich ein wenig umzusehen. Vielleicht findet er hier einen Hinweis auf Leylas Versteck.

Für einen Moment verharrt Mahmoud vor den eigenartigen Weinregalen, aber rasch widmet er sich wichtigeren Dingen: Er muss Hinweise auf Leyla finden, bevor sie, aufgestachelt von Baschar, einen schweren Fehler begeht.

Mahmoud kniet sich neben das Bett und zieht einen Koffer hervor. Nichts darin deutet auf die Anwesenheit eines weiblichen Wesens hin. Die Finger tasten die Seitenwände ab. Aus einem schmalen Fach zieht er ein silbernes Kettchen hervor. Der liegende Achter startet Loopings. Damit Baschar begreift, dass Mahmoud ihn durchschaut, steckt er das Kettchen ein, hinterlässt Baschar aber die Liste mit den Programmteilnehmern und schiebt sie in das Seitenfach.

Ein Luftzug lässt Mahmoud aufblicken. Das Fenster ist einen Spalt geöffnet. Er erhebt sich, um es zu schließen. Und genau da erblickt er diesen Dorf-Nazi mit seinem Hund am Waldrand. Allein der Anblick dieses Kerls lässt den Puls von Mahmoud in die Höhe schnellen. Wenn er schon nicht Baschar zur Rede stellen kann, dann wenigstens den belämmerten Nazi.

Er stürmt aus Baschars Zimmer und schnellen Schrittes auf den Waldrand zu, so fokussiert auf den Nazi, dass er ein Hindernis übersieht, dass ihm kurz nach Eintauchen in den dunklen Wald gegen die Schenkel schlägt.

103. Heinz Pöls: Leyla & der Heimleiter

Pöls macht einen Schritt auf Leyla zu. Er hält seine Hand auf. Wenn Azra richtig übersetzt hat, händigt sie ihm das Gärtner-Messer aus. Ansonsten wird er gleich schreien.

Das Mädchen gibt sich sanft, legt die Waffe weg und geht zur Seite, damit Pöls zum Heimleiter vordringen kann.

»Zuerst wollte sie mir den Chip in den Rücken einsetzen«, sagt Schneeberger, als ihm der Inspektor auf die Beine hilft.

»Aber dann konnte ich sie von meiner Unschuld überzeugen. Ich wusste nicht, dass Stefan meinen Keller für seine kranken Spielchen missbraucht.«

Schneeberger überreicht Pöls einen Aluminiumschraubverschluss, in dem ein kleiner Chip in einem Kaugummi klebt.

Seine Frau kommt heran. Sie fallen sich in die Arme. Pöls wartet ab, bis sie ihrem Mann wieder Luft lässt und ihm seine Unterhose, in die er geschwind schlüpft, reicht.

»Meine Arabischkenntnisse sind zwar bei weitem nicht so gut wie die ihrer Kollegin, aber ein paar Brocken beherrsche ich Dank meiner Schäfchen. Ich habe vor ein paar Wochen Leylas Insulinpumpe gefunden. Dort drüben in der Ecke lag sie. Ein Produkt, das man bei uns nicht bekommt. Ich habe mich lange gefragt, wie das hierherkommt und fand keine Antwort darauf. Als mich Leyla hier fesselte, geriet ihr ihre eigene Pumpe in die Hände, die ich auf der Stellage deponiert habe. Ich habe nicht nur meine Unschuld beteuert, sondern konnte sogar ihr Interesse für mein Kernöl begeistern, das blutzuckersenkende Wirkung besitzt.«

»Und das mit ein paar Brocken arabisch?«

»Fotos sagen mehr als tausend Worte, Herr Inspektor.« Unter einem der Regale liegt ein aufgeschlagenes Fotoalbum.

»Meine Großmutter ist die Gründerin dieser Kürbismanufaktur. Sie litt an Diabetes. Bei ihr war das noch eine aufwendige, Lebensqualität einschränkende Prozedur.«

Der Heimleiter zieht das Fotoalbum heran und tippt mit der Fingerkuppe auf ein Bild, das eine alte, freundliche Frau zeigt, die auf einem hohen Stuhl sitzt. Während ihr ein Arzt in den linken Oberschenkel eine Spritze verabreicht, prostet sie der Kamera mit einem Stamperl Kernöl zu.

»Wie Leyla die Pumpe anstarrte, wusste ich sofort, dass es ihre ist und ich bat meine Frau, mir das alte Familienfotoalbum zu bringen.«

»Und dann habt ihr verkostet?«

»So ist es. Hätte ich Leyla einen Bären aufgebunden, hätte sie mich garantiert filetiert. Das ist doch der beste Beweis, dass mein Diabetes-Kernöl reinste Medizin ist.«

»Bei dem Herrn Inspektor musst du kein Werbegespräch führen«, fährt seine Frau dazwischen. »Zieh dich mal g'scheit an, da draußen warten dutzende Polizisten.«

»Dass mich Stefan so hinters Licht geführt hat. Ich bin erschüttert. Ich werde meine Zusammenarbeit mit ihm beenden.«

»Mach dir keine unnötigen Umstände. Ich glaube nicht, dass der Mann so schnell die Sonne zu Gesicht bekommt.«

Pöls fuchtelt mit seinem Smartphone herum, auf dem weiterhin News von Bobo eintrudeln.

»Marlene ist eine Wucht - ihre Kamera und ihr Einfühlungsvermögen sind doppelt so wirkungsvoll wie unsere Verhörmethoden.«

»Was erzählt dein Kollege denn so über Mahmoud?«, ist Azras Neugier geweckt.

104. Mahmoud: Rückblick - Sonntagabend / Nach dem Brand

Als Mahmoud zu sich kommt, liegt er im Stockdunklen allein am Waldboden und hat das Gefühl, Sirenen zu vernehmen. Auf allen Vieren kriecht er den steilen Hang nach oben. Schon eine Reihe vor dem Waldrand funkelt das blaue Licht mehrerer Feuerwehreinsatzfahrzeuge durch die Zweige. Und aus Mahmouds Zimmer dringt dunkler Rauch. Er kann es kaum fassen und humpelt auf das Gebäude zu. Keiner nimmt von ihm Notiz. Feuerwehrmänner stürmen hektisch an ihm vorbei. Ein dicker Mann rempelt ihn zur Seite.

»Steh ned deppert im Weg umanaund«, keift er ihn in einem Steirisch an, das beinahe denselben Klang hat wie jenes, das Mahmoud vom Trainer beigebracht bekam. Kann nur ein Bulle sein, denkt sich Mahmoud und tritt lieber den Rückweg in den Wald an. Sein Fuß schlägt im Finstern gegen die Leiter, die zwischen den Baumstämmen eingeklemmt am Boden liegt.

Dieses Mädchen hat die Leiter hergebracht. Mahmoud darf nicht zulassen, dass die Feuerwehr oder Polizei das Ding findet. Er muss es verschwinden lassen. Geduldig wartet er bis sich die Lage beruhigt. Als die Zeit gekommen ist, packt er die Leiter und schleicht mit ihr zum Hintereingang.

Im Keller fasst er sich in die Hosentasche - das Silberkettchen ist nicht mehr darin.

105. Mahmoud: Rückblick - Donnerstag/ Erneuter Ruf des Trainers

Der Trainer stürmt in den Raum der Iraner. Mahmoud trifft auf Sonnleitners Blick.

»Mitkommen!«

»Aber das Training ist doch immer sonntags«, wirft einer der Iraner folgerichtig ein.

»Angesichts der jüngsten Ereignisse wird die Abschlussprüfung vorgezogen.« Sonnleitner streckt seinen Arm nach Mahmoud aus. Er kann es offenbar nicht erwarten, dass sein Schüler in die Gänge kommt.

»Abschlussprüfung!«, skandieren die Iraner. Zuerst zurückhaltend, rasch lauter und inbrünstig. Der Trainer setzt ein gezwungenes Lächeln auf. Seine Hand packt Mahmoud bereits am Nacken. Er zieht ihn mit sich.

Auf den Gang. Raus vors Heim. In den Pickup.

»Warum haust es goa so gnädi?« (Warum hast du es so eilig?)

»Ich weiß, wo sie ist.«

»Leyla?«

»Wie immer du sie nennen willst: Zielobjekt, Opfer, Fleisch, Wild. Hauptsache, wir beenden das Kapitel ein für alle Mal.«

»Owa d' Leyla is o'taucht. Im gaunzn Laund suachens noch ihra.« (Aber Leyla ist abgetaucht. Sie wird im ganzen Land gesucht.)

»Nein, die Kröte ist nicht abgetaucht. Sie hat nicht vor, zu fliehen. Sie will uns auffliegen lassen. Die Polizei hat sich zurückgezogen. Das Heim steht nicht mehr unter Beobachtung. Das ist der ideale Zeitpunkt für dich, die unvollendete Geschichte endlich einem Ende zuzuführen.«

»Am höllichtn Tog?« (Am hellichten Tag?)

»Im Wald ist es finster und irgendwo dort versteckt sich dieses Mädchen. Wir werden sie kriegen.«

Der Pickup kommt am Parkplatz des Schmollthaler-Weinguts zu stehen.

»Lass uns nachsehen, ob diese Göre nicht einfach frech bei ihrem Herrchen sitzt.«

Sonnleitner schickt Mahmoud zum Weinkeller. Vorsichtig tastet sich der Schüler vor. Jeder Raum wird durchsucht. Keine Spur von dem Mädchen. Sobald er sie erblickt, will er sie umgehend warnen. Als er in den Raum mit den historischen Fässern zurückkehrt, steht der Trainer herinnen, umzingelt von Benzinkanistern.

Mit überkreuzten Armen blinzelt er zu den Fäusten.

»Wohnhaus oder Weinkeller?«

»Wos? Koa Aunung!« (Was? Keine Ahnung!)

»Wähle: links oder rechts.«

Mahmoud entscheidet sich für die rechte Faust. Der Trainer öffnet sie und der unvollständige Teil des Silberkettchens kommt zum Vorschein.

»Weinkeller!«

Grinsend hängt Sonnleitner das Kettchen an den Zapfhahn eines riesigen Weinfasses.

»Das habe ich hier hinterm Fass gefunden. Also ist die Göre nicht weit. Ich habe dir doch erzählt, dass ich das selbst geschmiedet habe. Aber die Frau, für die es bestimmt war, ist nicht würdig, so einen Schmuck zu tragen.«

Die Hände greifen nach dem Benzinkanister. In schwungvollen Bewegungen bespritzt der Trainer die Holzfässer mit Benzin.

»Frauen sind es einfach nicht wert, dass man ihnen solche Geschenke macht.«

Sonnleitner lacht auf.

»Schau nicht so plemplem. Das Feuer sind nicht wir. Das war Leyla. Die Schmollthalers werden eine ganz schöne Wut auf die Göre haben.«

Kurz darauf steht der Weinkeller in Brand und Trainer und Schüler hetzen zum Pickup.

106. Mahmoud: Rückblick - Hoch vom Demmerkogel

Den Demmerkogel kennt Mahmoud von seinen Wanderungen. Die höchste Erhebung im Sausal. Genau diesen Berg steuert der Trainer an. Zuerst über Schotterstraßen, dann einen Waldweg bis zur Aussichtswarte.

»Hoch mit dir.«

Auf der Fahrt hierher ließ der Trainer die Benzinkanister von Mahmoud an unterschiedlichen Ausbuchtungen in den Wald schleudern.

»Ist das nicht ein feiner Ausblick? Man sieht wunderbar auf Kitzeck und das reizende Feuer. Findest du nicht auch, dass es sich farblich außerordentlich gut in die Umgebung einbettet?«

Grinsend setzt der Trainer einen Feldstecher an seine Augen und überblickt das Sausal. Mahmoud kann den in Flammen stehenden Schmollthaler-Hof mit freiem Auge erkennen. Das Martinshorn liegt in der Luft.

»Wäre schade um den Hof, wenn sie ihn nicht bald retten.«

»Und wenn uns oana gseign hot, wia dei Kraxn vom Hof davongrauscht is?« (Und wenn wer gesehen hat, wie dein Pickup vom Hof davongerast ist?)

»Hättest du deine Aufgabe damals ernster genommen, müsstest du jetzt nicht zittern.«

Summend scannt der Trainer erneut die Umgebung ab.

»Ich glaube, da trifft gerade dieser dumme Inspektor beim Schmollthaler ein.«

Das Grinsen wird breiter, als Sonnleitner sich mit dem Feldstecher ein Stück weiter dreht.

»Wenn das mal nicht unsere kleine Leyla ist. Heute ist unser Glückstag.«

Mahmoud kann nichts erkennen, außer Wald, idyllische Weinfelder, vereinzelte Häuser.

»Ja, wir sind mit dem Radl da«, trällert der Trainer vor sich hin. Sein Singen geht in ein Pfeifen über. Bis er sagt: »Sieh dir an. Die haben sich ein kleines Nestchen gefunden.«

»Dei?« (Die?)

»Leyla ist nicht alleine. Diese optisch äußerst attraktive Göre aus dem Flüchtlingsheim ist bei ihr.«

»Sara!«

»Wenn du das sagst. Unser geliebter Inspektor verlässt den Hof. Das ist unsere Chance. Wir schnappen uns den Bauern und zeigen ihm Leylas Versteck.«

107. Mahmoud: Rückblick - Die Wut des Kellermeisters

Der Pickup bleibt im Wald in einer langgezogenen Kurve stehen. Links zweigt ein schmaler Forstweg ab.

»Wenn mich mein Orientierungssinn nicht betrügt, kommen wir auf diesem Pfad zu Leylas Versteck«, sagt der Trainer und deutet auf den Forstweg. »Da geht's weiter nach Kitzeck zum lieben Schmollthaler. Holen wir uns zuerst die kleine Flüchtige oder den alten Deppen?«

Ohne lange zu überlegen, beugt er sich über Mahmouds Schoß und langt zum Griff der Beifahrertür.

»Es ist schließlich deine Mission. Du schnappst dir die Göre und wartest auf mich.«

Mahmoud nickt. Er windet den Oberkörper zurück, um nach dem Gewehrkoffer zu greifen, der im Fußraum vor der Rückbank liegt. Rüde Schläge vom Trainer auf die Finger.

»So weit sind wir noch nicht. Wenn du so scharf aufs Abknallen bist, dann hättest du das bei deinem ersten Prüfungstermin tun können. Fürs Holen brauchst du keine Waffe.«

Der Trainer hilft nach, dass Mahmoud schneller den Wagen verlässt.

»Richte der Kleinen schöne Grüße von mir aus. Ich werde mich beeilen, damit du nicht zu lange auf mich warten musst.«

Mahmoud muss zur Seite springen, sonst rumpeln ihm die fetten Reifen des 400 PS-Monsters über die Zehen. Er blickt den roten Rücklichtern hinterher.

Das ist Mahmouds Chance!

Er weiß nicht, wie lange sein Vorsprung währt, aber er muss zusehen, so rasch wie möglich zu Leylas Versteck zu gelangen. Ein schmales graues Dach. Mehr konnte er vom Demmerkogel aus ohne Fernglas nicht erspähen. Es war aus drei Kilometern Entfernung ein winziger Punkt.

Gleichmäßig joggt Mahmoud über die Forststraße. Das kleine Haus will und will nicht auftauchen. Inzwischen ist der Trainer garantiert schon oben in Kitzeck und wahrscheinlich gar schon beim Schmollthaler.

Endlich zeigt sich die abgenutzte Fassade einer kleinen Mühle. Unscheinbar markiert sie das Ende der Forststraße. Hinter der Mühle schlängelt ein schmaler Waldweg davon.

Zwei E-Bikes lehnen an der Hausmauer. Mahmoud hat diese Modelle schon öfters beim Flüchtlingsheim gesehen. Er stellt sich ans Fenster der Mühle. Die Scheiben sind so vergilbt, dass man dadurch überhaupt nichts erkennen kann. Zwei Schritte weiter ist er beim Eingang. Die Klinke lässt sich problemlos nach unten drücken. Die Tür ist offen. Er betritt das kleine Haus.

Sara steht keine drei Meter von ihm entfernt mit dem Rücken zu ihm an der Kochzeile und räumt Sachen aus einem Rucksack.

»Ich weiß nicht, wie lange es dauern wird, bis Bushra zu uns aufschließen kann, aber so lange müssen wir hier ausharren«, sagt sie und glaubt hinter sich offenbar jemand anderen.

Mahmoud schleicht ungesehen die gedrungene Treppe hoch in ein winziges Dachzimmer. Dort liegt Leyla auf einer schmalen Matratze.

»So lange werde ich mich noch ausruhen«, sagt Leyla müde und dreht sich nach Mahmoud um.

»Ganz ruhig«, deutet er ihr. »Ich bin gekommen, um dich zu retten.«

Aber sie springt von der Matratze hoch und rammt ihn zur Seite, jagt die Treppen hinab.

Bis Mahmoud aus der Mühle kommt, strampelt sie bereits auf einem Rad quer über die Wiese und hinein in den Wald. Mahmoud schnappt sich das zweite Bike und nimmt die Verfolgung auf. Er ist schon weit weg, als er Sara entfernt nach Leyla rufen hört.

Der Vorsprung von Leyla auf Mahmoud schwindet. Entweder hat ihr Bike keinen Saft mehr, oder sie vergisst in ihrer Panik schlichtweg auf die elektrische Unterstützung. Bis zum Ende des Waldes an der Straße hat er sie beinahe eingeholt. Leyla rumpelt über eine Kuppe, verlässt den Wald, gerät auf die Asphaltstraße und kollidiert mit einem Fahrzeug - einer eleganten Limousine, durch deren Windschutzscheibe das verblüffte Gesicht des alten Winzers gafft.

Leyla liegt benommen neben der Beifahrertür. Mahmoud wirft sein eigenes Rad zur Seite. Noch bevor er Leyla erreicht und ihr aufhelfen kann, ist der alte Schmollthaler ausgestiegen und klaubt das Mädchen unsanft von der Straße.

»Du hast mich ruiniert. Dafür wirst du büßen.«

Hinter der Limousine stoppt der Pickup des Trainers. Sonnleitner deutet Mahmoud durch die Windschutzscheibe den aufrechten Daumen und öffnet ihm die Beifahrertür.

»Gut gemacht. Gratuliere zum Prüfungs-Teilerfolg.«

Tatenlos muss Mahmoud zusehen, wie der Kellermeister Leyla in seine Limousine verfrachtet.

»Steig ein, der Schmollthaler bringt uns an den optimalen Ort für die Abschlussprüfung.«

Als Mahmoud zusteigt und der Wagen wieder startet, sieht er Sara, die sich die letzten Meter zum Straßenrand plagt.

Der Trainer muss sich ranhalten, um die Limousine nicht aus den Augen zu verlieren.

»Der kann‘s nicht mehr erwarten, der Kleinen ihre Lektion zu erteilen.«

108. Mahmoud: Rückblick - Eine Frage der Ehre

Nach wenigen Kurven ist die Fahrt schon wieder zu Ende. Eine riesige Halle erscheint vor dem Pickup. Es geht einmal herum um das fensterlose Gebäude. Der Winzer führt Leyla bereits im Schwitzkasten auf einen kleinen Hintereingang zu.

Der Trainer kichert und greift zum Gewehrkoffer. »Jetzt ist der Zeitpunkt gekommen, auf den du schon so sehnsüchtig gewartet hast.«

Mahmoud sieht sich um. Weit und breit keine Menschenseele. »Lass uns nicht zu viel Zeit verlieren. So, wie der Alte drauf ist, bringt er das Luder um, bevor wir in der Halle sind.«

Über den Hintereingang gelangt man direkt auf eine riesige Rampe. Der Kellermeister steht am Ende einer Stahlgitterbrücke und bindet Leyla an das Geländer.

»Alles hast du mir genommen! Meinen Hof, meinen Stolz. Du sollst meinen Zorn spüren.«

Mit wütendem Blick kehrt der Senior zum Trainer und Mahmoud zurück und wischt sich mit den Ärmeln übers Gesicht.

»Ang'schlatzt hat sie mich, das Luder! Aber der zeig ich schon noch, was es bedeutet, mich für dumm zu verkaufen.«

»Das war ihre letzte Frechheit«, verspricht Sonnleitner und drückt Mahmoud das Gewehr in die Hand.

»Mein Schützling hat auch noch eine Rechnung mit ihr offen. Vermassel es nicht wieder.«

»Ist das eine Schreckschuss-Puffen?«, fragt der Senior skeptisch.

»Soll so eine Göre weiterhin Höfe abfackeln?«

»Ich gebe dem Luder ein paar Fotzn, aber damit reichts auch. Eine Knallerei brauche ich hier herinnen nicht«, sagt Schmollthaler und nimmt Mahmoud die Waffe ab. Etwas besseres könnte Mahmoud nicht passieren. Aber der Trainer versucht die alte Situation wieder herzustellen.

»Damit sie dich dann wegen Körperverletzung anzeigt und dir auch noch den letzten Funken Würde raubt? Sie hat alles zerstört, was dir wichtig ist. Hast du das schon vergessen.«

»Ich denke, nach ein paar Watschen hat sie ihre Lektion gelernt.«

»Dieses Subjekt kommt aus dem Krieg. Da regiert das Gesetz des Stärkeren. Wahrscheinlich hast du mit deinen Streicheleinheiten in ihr lediglich ihre Rachsucht gestärkt. Vielleicht knöpft sie sich deinen Sohn und deine Frau als nächstes vor, wenn wir sie laufen lassen. Im Gegensatz zu dir wird sie kein schlechtes Gewissen plagen. Sie hätte dir das Dach überm Kopf auch angezündet, wenn du darunter gelegen wärst. Lass uns dir zeigen, wie man mit solchen Bazillen umgeht.«

»Das ist Mord.«

»Eher eine Frage der Notwehr. Sie oder deine Familie. Leyla wird keine Sekunde zögern, dir das Leben schwer zu machen. So eine Chance wie jetzt kriegst du vielleicht niemals wieder.«

Trainer und Winzer streiten um die Waffe. Mahmoud greift

beschwichtigend ein: »Mei Wisch warat sowieso nix weat, wenn i auf a gfaissltes Dirndl schiassn miassat.« (Mein Zeugnis wäre nichts wert, wenn ich auf ein gefesseltes Mädchen schießen müsste.)

Mahmoud geht auf Leyla zu. Er weiß, dass er sie schleunigst befreien muss, ehe der Trainer die Sache selbst in die Hand nimmt. Aber es gibt ein kleines Problem: Leyla lässt Mahmoud nicht an sich heran, hält ihn mit wilden Tritten auf Distanz.

»Ich löse deine Fesseln, aber dazu musst du aufhören, dich wie vom Teufel besessen zu benehmen.«

Es ist wie der Kampf mit einem tollwütigen Hund.

»Lauf«, flüstert er ihr zu, als er die letzte Bandage löst. »Sieh zu, dass du aus der Halle kommst.«

Kaum sind ihre Arme frei, wirbelt Leyla über das Geländer und springt auf die tiefere Plattform.

»Mahmoud, geh aus dem Weg«, ruft der Trainer. Als sich Mahmoud umdreht, hält der Senior die Waffe im Anschlag - kopfgewaschen vom Trainer.

Leyla trippelt über lange Metalltreppen in die nächste Etage. Über den Gitterrost bleibt sie ständig sichtbar.

Mahmoud joggt an Trainer und Winzer heran.

»Warat deis ned mai Aufgob?« (Wäre das nicht meine Aufgabe?)

»Mahmoud, geh aus dem Weg. Wir können uns keinen Fehlversuch erlauben.«

Der Lauf der Waffe folgt dem Opfer. Leylas hastige Schritte über die Eisentreppen sind zu hören.

»Ist dein Hof versichert? Wen willst du anzeigen? Eine Frau, von der die Polizei behauptet, dass sie längst nicht mehr im Land ist? Sie werden sagen, du sprichst von einem Geist. Vielleicht unterstellen sie dir sogar Paranoia. Denk an deine schönen alten Holzfässer. Sie hat dir demonstriert, was sie von deiner Jahrhunderte währenden Familiengeschichte hält. Niemand wird jemals erfahren, was sich in dieser heiligen Halle ereignet hat.«

Leyla stürzt auf dem Gitterboden. Rappelt sich auf. Sie läuft gute zehn Meter unter den Männern auf einer Plattform und erklimmt die nächste Treppe, die sie wieder ein Stück höher führt.

»Sie hat sich verirrt«, sagt der alte Schmollthaler, ohne den Blick vom Zielrohr zu nehmen. »Wir nennen die Halle scherzhaft das verfluchte Labyrinth. Jeder von uns Kellermeister hat sich hier schon mindestens einmal verlaufen. Wenn sie dort weiterläuft, kommt sie direkt wieder auf uns zu.«

Es ist Mahmouds letzte Chance, aktiv zu werden. Er hechtet über das Geländer und segelt mehrere Meter hinab, bis er auf einem eisernen Steg landet, der durch den Aufprall gehörig in Schwingung gerät.

»Leyla, hier darfst du nicht weiter«, ruft er dem Mädchen in ihrer Muttersprache zu. Sie behält den Kurs bei.

»Wo bleibt der Schuss?«, hört Mahmoud den Trainer schreien und legt einen Zahn zu.

Das Mädchen läuft, Treppen rauf, Treppen runter, Brücke hin, Brücke her. Und dann ist sie plötzlich auf demselben Steg wie Mahmoud. Er sprintet auf sie zu, rempelt sie zu Boden und begräbt sie unter sich. Wie einst bei seiner ersten Prüfung. Er weiß, dass das nicht die feine englische Art ist, aber er muss sie vor den Kugeln abschirmen. Jeden Moment erwartet er tödliche Einschläge in seinem Rücken. Aber statt Patronen ergreifen ihn fremde Hände. Der Trainer reißt ihn von Leyla hoch.

»Für diesen Verrat wanderst du in die Hölle, Burscherl.«

Als der Trainer nach dem Mädchen greifen möchte, packt Mahmoud zu und versucht den Mann über das Eisengeländer zu werfen - doch Sonnleitners Pranken krallen sich an Mahmoud fest. Direkt hinein in einen Berg aus Pet-Flaschen - Poly-Ethylen-Terephthalat. Begraben unter unzähligen Plastikflaschen vernimmt Mahmoud die Stimme von Fifi.

»Voda, tu es nicht.«

Dann ein Schuss.

Schreie!

Wie ein Krauler baggert sich Mahmoud aus dem Flaschenmeer. Er kann Leyla nicht mehr sehen. Nur den jungen Winzer, der mit schmerzverzerrtem Gesicht auf der Plattform zappelt, an der sich zuvor Mahmoud und der Trainer an die Gurgel gingen. Eine Brücke weiter erblasst der Senior und fällt auf die Knie.

»Mei Bua, was machst denn du auf einmal da?«

Das Gewehr segelt durch einen Spalt auf die untere Plattform. Wenige Zentimeter vom Trainer entfernt, der sich über eine Leiter aus der Flaschenmeer befreit hat. Mit dem nächsten Handgriff ist er im Besitz der Waffe.

Mahmoud taucht unter. Gebrochen durch das grüne Plastik sieht er Sonnleitner nun gleich in unzähliger Ausführung und muss miterleben, wie der Irre mit dem Gewehr in die Höhe zielt.

Zwei Schüsse - auf Junior und Senior.

Wie ein Rückenschwimmer furcht Mahmoud durchs Plastik. Über ihm erscheint das lachende Gesicht des Trainers.

»Viel Spaß bei deiner Rechtfertigung. Die Polizei ist schon auf dem Weg.«

Das Gewehr segelt im hohen Bogen in die Pet-Flaschengrube und versinkt irgendwo neben Mahmoud.

»Eine Kugel steckt noch in der Kammer - nutze sie sinnvoll.«

109. Heinz Pöls: Das war es dann, Oberlupitscheni

Pöls und Azra stehen neben ihrem Fiat vor dem Kernölkeller und blicken zu dem Polizeiwagen, in den Leyla verfrachtet wird.

»Was passiert nun mit ihr?«, fragt Azra.

»Sie kriegt hoffentlich Asyl. Immerhin ist sie eine wichtige Zeugin. Ich glaube, bei Stefan Sonnleitner haben wir erst die Spitze eines Eisberges entdeckt.«

»Hoffentlich ist der noch nicht geflüchtet.«

»Bobo meint, er kümmert sich darum.«

Pöls lächelt seine Chauffeurin an: »Soweit ich das beurteilen kann, liegt dir Arabisch im Blut.«

»Bisher dachte ich, du hast es nur mit den Augen, aber bei dir mangelt es auch gehörig an den Ohren.«

Pöls empfindet das als Kompliment, denn Azra erwähnte mit keinem Atemzug seine Steifheit. Offenbar macht er schon einen sportlichen Eindruck auf sie.

110. Bushra: Finale im Krankenhaus

Bushra traut ihren Augen nicht. Der Trainer steht im türkisen Arztkittel neben dem Krankenbett, in dem der alte Kellermeister regungslos liegt und rupft der Reihe nach Schläuchlein von Schmollthalers Körper. In einer siegessicheren Gelassenheit. Bushra ist wie gelähmt. Tatenlos sieht sie zu, wie der Trainer den Raum verlässt.

»Was suchen Sie da?« Von hinten legt sich eine Hand auf ihre Schulter und wirbelt sie herum.

Eine Krankenschwester blickt sie finster an.

»Hier darf niemand ohne Zutrittsberechtigung herein.«

Bushra stottert undeutliches Zeug und deutet zum Bett. Auf den Monitoren über dem Bett blinken Warnlichter und es ertönen schrille Pfeiftöne. Die Krankenschwester lässt von Bushra ab und stürmt aufs Bett zu. Bushra flieht aus dem Raum, eilt durch die Gänge, bis sie wieder Fifis Zimmer erreicht - bloß, weder Sara noch der Junior befinden sich darin. Das Bett ist leer.

Zurück auf den Gang registriert Bushra die offenen Fahrstuhltüren, zwängt sich durch die schließenden Türen und malträtiert die Erdgeschoss-Taste.

Vorm Krankenhaus erblickt sie den riesigen Pickup, der gerade einen U-Turn auf dem Parkplatz vollführt. Der grinsende Trainer am Steuer. Von Fifi und Sara erkennt sie nur die Silhouetten durch die Scheibe. Mit Vollgas rast der Wagen zur Ausfahrt - direkt auf die Kamera zu, neben der die bunt gekleidete Moderatorin steht und dem Fahrer entgegen brüllt: »Endstation! Wie fühlt es sich an, wenn der Vorhang fällt?«

Quietschend bremst sich der Pickup ein. Zwei Polizeieinsatzfahrzeuge versperren den Weg. Kurz darauf klicken die Handschellen und der wuschelige Mikrofon-Kopf wandert vor das Gesicht des Trainers.

»Zweifacher Mordversuch an den Schmollthalern, dazu Brandstiftung. Wie vereinbaren Sie das mit Ihrem Gewissen?«

»Ihr habt nichts gegen mich in der Hand außer lächerliche Geständnisse von asylbettelnden Flüchtlingen.«

»Für irgendwas kriegen wir dich schon ran«, sagt Bobo, der den Festgenommenen zum Einsatzwagen begleitet. »Ich bin nämlich auch schon auf deine Erklärungen gespannt, was du im Winter zur selben Zeit im selben Ort gemacht hast, in dem Sahir Aid bei der Skitour ums Leben kam, oder dass sich beim Fahrzeug von Esat Nazari Lackspuren gefunden haben, die auf deinen Pickup zutreffen könnten.«

Kommentarlos lässt sich Sonnleitner in den Polizeiwagen verfrachten.

111. Heinz Pöls: Erst die Spitze des Eisbergs

Marlene Bodenbauer hat sich den Grazer Hauptplatz als Treffpunkt erbeten. Wer ist Pöls, um einer schönen Frau einen Wunsch abzuschlagen? Die Dame aus Wien lässt aber auf sich warten.

Pöls nützt die Verspätung, bestellt sich beim Würstelstand seinen geliebten Erdäpfelsalat mit Kernöldressing und holt sich Bobo aufs Smartphone. Mit irgendwem muss er seine Gedanken teilen.

»Unglaublich, es tauchen immer mehr vermisste Diabetes Typ 2-Mädchen aus Syrien auf, dessen Spuren sich nach angeblichen negativen Asyl-Bescheiden in Österreich verlieren.«

»Ich habe mit Maria Berger gesprochen«, sagt Bobo. »Von ihr habe ich eine Liste aller Klienten ihres Diabeteszentrums in Syrien erhalten. Alle Vermissten stammen aus ihrem Zentrum. Sie hat berichtet, dass sie immer wieder mit Schleppern kämpfen, die sich als Polizisten ausgeben und auf den Flüchtlingsrouten Frauen für schmutzige Geschäfte ködern.«

»Mindestens einen dieser Schlepper hat sich Sonnleitner wohl zum Freund gemacht und kauft ihm regelmäßig Opfer aus dem Diabeteszentrum ab. Sein persönlicher Rachefeldzug gegen seine Jugendliebe, die seine unendliche Liebe verschmäht hat. SOS forever! Wahrscheinlich ließ er den Schlepper mit dem Kettchen jeweils das nächste Opfer bestimmen.«

»Seltsamer Rachefeldzug, bei dem die verhasste Person selbst nichts mitbekommt.«

»Er entzieht Maria nach und nach ihre Klientinnen, wegen

denen sie ihn im Stich gelassen hat und bleibt ihr im Herzschmerz indirekt verbunden. Sonnleitner forever.«

Schweigen in der Leitung.

»Tja, Bobo, damit ist unser Fall wohl gelöst.«

»Es war mir in jedem Fall eine Ehre, dich ein bisschen unterstützen zu dürfen, Pöls. Vielleicht sind wir eines Tages tatsächlich Kollegen. Ich möchte zum LKA wechseln.«

»Erwarte dir von mir kein Empfehlungsschreiben.«

Wieder Schweigen in der Leitung. Dann, zaghaft: »Pöls, mir ist endlich eingefallen, an wen du mich erinnerst.«

»Ich glaube, ich will es nicht wissen.«

»Es ist kein Kommissar. Deshalb bin ich so lange im Dunkeln getappt. Es ist…« Pöls drückt das Telefonat weg. Manche Geheimnisse nimmt man lieber mit ins Grab.

Exakt als die Moderatorin um die Ecke geflogen kommt, kleckert er sich sein extra gebügeltes Hemd an.

»Macht sich schick, mein lieber Inspektor. Keine Sorge, heute ist keine Kamera dabei. Tobi schneidet die finalen Szenen für den Steirischen Funkenflug. Wird eine stark verkürzte, aber dennoch liebenswerte Folge. Versprechen Sie mir, dass Sie sich das ansehen.« Sie kramt in ihrer Tasche und serviert ihm eine Festplatte neben den Salat. »Da sind alle Szenen drauf, die ich für Sie aufgenommen habe. Was Sie damit machen, bleibt Ihre Sache.«

»Auch die Knecht Ruprecht-Szene?«

»Sie haben's mir ja verboten, dass wir das senden.«

Er lächelt zufrieden und hofft, dass er in den Mundwinkeln keine Kernölflecken hat.

Aber die Moderatorin plagen ohnehin andere Gedanken: »Warum hat es dieses kranke Hirn ausgerechnet auf Diabetiker abgesehen?«

»Weil er wohl dachte, es seien schwache Opfer. Selbst, wenn

ihnen die Opfer entkommen, würden sie im Wald nicht lange überleben.«

»Da hat er dann aber nicht mit der Zähheit von Leyla gerechnet.« Marlene strahlt glücklich. »Wissen Sie schon, ob das arme Mädel Asyl erhält?«

»Das liegt nicht in meinem Aufgabenbereich.«

Pöls wirft den leeren Pappkarton und die Plastikgabel in den Abfall.

»Und was wird aus Azra?«

»Was soll daraus werden?«

»Ich hoffe, Sie erwidert Ihre Liebe, denn ich bin mir sicher, Sie sind ein wundervoller Romantiker.«

Jetzt wird Pöls beinahe verlegen.

»Es war mir eine Ehre, Sie ein Stück bei Ihrer Arbeit begleiten zu dürfen, Inspektor Heinz Pöls.«

»Insgesamt war es gar nicht einmal so nervig mit dir.«

Pöls vermeidet, zu viel grüne Zähne preiszugeben.

»Inspektor!«, ruft sie ihm hinterher und hält die Festplatte in die Höhe, die er beinahe beim Würstelstand vergessen hätte.

Epilog

»Halt still!« Azra gräbt ihre Knöchel tief in die Nackenmuskulatur des Inspektors. »Du bist noch immer verspannt wie ein Tennisschläger.«

Pöls liegt auf einer Massageliege in der Yoga- und Fitness-Oase und blickt durch das Loch im Massagepolster auf die darunterliegende Zeitung.

»Alle Schüler von Sonnleitners Spezialprogramm wurden festgenommen. Jene, die mit der Belastung nicht umgehen konnten und drohten, auszusagen, hat er rechtzeitig eliminiert.«

»Während der Massage sollst du dich nicht mit negativen Geschichten belasten.«

»Ist dir klar, dass ich diesen Skandal ans Licht gebracht habe?«

»Ja, durch einen Mordfall, der sich im Endeffekt als Unfall herausgestellt hat.«

»Manchmal muss man ein paar Umwege gehen, um die wahren Schlangengruben auszuheben.«

Pöls hält es in der liegenden Position nicht mehr aus. Er setzt sich auf und lässt die Beine baumeln.

»Wir sind noch nicht fertig, Heinz.«

»Ich bin zu aufgeregt.«

»Der Fall ist abgeschlossen.«

»Aber meinem Augenarzttermin entkomme ich nicht. Rudi hat mich für nächsten Montag einberufen. Da ist mein Kumpel Kovac noch nicht zurück.«

Pöls packt Azras Hände und führt sie an sein Gesicht.

»Können diese magischen Finger auch meine Augen heilen?«

»Wir können es mit Augen-Yoga versuchen«, sagt sie und befreit sich aus seinem Griff.

»Aber dazu würde ich dich bitten, dass du dir einen Termin geben lässt. Ich habe in 15 Minuten meinen nächsten Kunden.«

Sie hilft Pöls vom Massagetisch. Halbnackt steht er vor ihr.

»Versprich mir, dass wir gemeinsam Urlaub machen, wenn ich durch diese Augenkontrolle rassel und die mich rauswerfen.«

Sie wirft ihm sein Hemd entgegen und lächelt ihn an. War das jetzt eine Zu- oder Absage? Am liebsten würde er sie auf der Stelle küssen, aber dazu fehlt ihm der Mut - außerdem ist er durch die Massage ausreichend durchblutet und muss keine Ohrfeige heraufbeschwören. Er nimmt sich ganz fest vor, diese Traumfrau nicht mehr von der Angel zu lassen, egal wie der Test ausgeht.

Nachwort

Wir erinnern uns: 2015 kamen im Zuge der Flüchtlingskrise massenweise Menschen aus Syrien über die Grenze. Es dauerte nicht lange und ein Gerücht machte in der Südsteiermark die Runde: Aus dem idyllischen Hotel Hasenwirt in Seggauberg soll ein Großquartier für Flüchtlinge werden. Der Aufschrei im Bezirk Leibnitz war groß. Bürgerprotest, aufgebrachte Politiker und die mediale Berichterstattung ließen das Projekt im Keim ersticken. Zur großen Erleichterung der Leibnitzer Stadtpolitik und der Bewohner rund um Seggauberg hatten die neuen Eigentümer andere Pläne. Im Herbst 2016 eröffnete das neu renovierte Gasthaus Hasenwirt und das Hotel Weinlandblick. Aber was wäre gewesen, hätte das Flüchtlingsheim das Rennen gemacht? Diese Ausgangssituation bildete den ersten Fall vom Heinzi Pöls.

Auch, wenn ich regelmäßig Kitzeck und seine Buschenschänke besuche, gerne im Sulmbad abhänge, mit E-Bikes aus den Bikeboxen die Gegend erkunde und Kernöl-to-go genieße, sind die Personen und Handlungen im vorliegenden Kriminalroman frei erfunden.

Bedanken möchte ich mich bei Jörg Zormann als Testleser, der schonungslos den Finger in dramaturgische Wunden legte, Ingrid Edelmüller, die mit Adleraugen Tippfehler ausfindig machte, die weder mir noch dem Lektorat aufgefallen wären - und last, but not least meinem Vater, der darauf achtete, dass die Sprache nicht unter die Gürtellinie rutschte und Niveau behielt. Nur »schasaugert«, lieber Papa, dieses Wort kann und will ich in diesem Fall nicht aus meinem Wortschatz streichen.

Stoasteirisch lernen

A faina Zeckl	Ein feiner Kerl
akrad	gerade jetzt
aufbudln	aufregen
Bissgurrn	grantiges Weib
Broadloud	weit aufgerissener Mund
ebba	vielleicht, gar
einweimperln	einschleimen
entn	drüben
Flohbeitl	Hund
flunkern	lügen
gach	plötzlich
Gattihousn	Unterhose
Gfries	Gesicht
Gfrett	Missgeschick
Grifflin	Finger
griwln	nachdenken
Häifn	Gefängnis
Hiaz	jetzt
Hudriwudri	wild durcheinander
knoatzn	schlafen
krawuttisch	erzürnt
Kukuruz	Maiskolben
Lauscha	Ohren
Malefitzkerl	Teufelskerl
Pliempel	Idiot
Pülcher	Strolch
Roa	Hügel
Rotzpippn	frecher Junge
schasaugert	fehlsichtig

Schmafu	Blödsinn
Spompanadln	Dummheiten
Sterz	Maisgrieß-Polenta
Sterzautobahn	Straßenabschnitt zwischen Leibnitz & Mureck entlang von Maisfeldern
Tschinölln/ Fouzn	Ohrfeige
urassn	verschwenderisch sein